私が死んで満足ですか？
～疎まれた令嬢の死と、残された人々の破滅について～

マチバリ

Matibari

レジーナ文庫

Characters

登場人物紹介

アステル

ロロナの死について調べる、謎の青年。ロロナとかつて面識があるらしく……？

ロロナ・リュース

リュース伯爵家の長女で、王太子の婚約者。その美貌と優秀さから遠巻きにされ、『心を持たぬ紫水晶姫』と評されている。

カイゼル
リュース伯爵の門下生。貴族の子弟のようだが……？
シェザム
リュース家に代々仕える管財人。責任感が強く、義理堅い。
ゼリオ
王都で商売を営む、ミイシ商会の商会長。
ルミナ・リュース
ロロナの異母妹。贅沢好きで、口うるさい姉を疎んでいる。
ベルビュート
王太子で、ロロナの婚約者。ルミナと通じ、ロロナに婚約破棄を突きつける。

目次

私が死んで満足ですか？

～疎（うと）まれた令嬢の死と、残された人々の破滅について～

序章

大陸の北に位置する、ニルナ王国。

山脈にある水源からもたらされる河川の恵みと、豊富な資源により繁栄する国だ。

そのため他国から領地を狙われることも多く、幾度となく戦火に晒(さら)されてきた。

強大な軍事国家である隣国、ステラ帝国と同盟を結んだことや、十数年前の戦で勝利を収めたことにより、ようやく安定した国力を手に入れ、平和な時代を享受している。

今夜、王城では貴族子女が通う王立学園の卒業記念式典が開かれている。

豪華な装飾が施されたきらびやかな大広間には、楽団が演奏する優美な音楽が流れており、集まった卒業生とそのパートナーや親族たちは、一様に浮かれ顔で未来への希望を語り合っていた。

「皆に伝えたいことがある」

そんな和(なご)やかな空気を裂くような低い声が響き渡り、客たちは会話を途切れさせた。

奏者たちも手を止めたせいで、広間には突然の静寂が訪れる。

声の主は、壇上に立つ王太子ベルビュート。

王族の証である赤い髪と緑の瞳を備えた精悍な顔立ち。青年から大人の男性へ成長をはじめたたくましい体躯。まだ十九歳という若さではあるが、彼の表情はこれからこの国を支えていくという自信に満ちているように見えた。

「この時をもって、このベルビュート・ニルナはロロナ・リュースとの婚約を破棄する」

会場が揺れるほどのざわめきが起こる。

突然の発言に、誰もが混乱しているようだった。

ある者は眉をひそめ、ある者たちは顔を見合わせ小声で何ごとかを囁きあっている。

困惑と驚愕が広がる中、一人の少女が前へ進み出た。

「殿下……いま、なんとおっしゃいましたか？」

「聞こえなかったのか、ロロナ。俺はお前との婚約を破棄すると言ったんだ」

深紅のドレスを身にまとい、銀色の髪をきっちりと結いあげて細い首筋を晒す美しい少女の名は、ロロナ・リュース。

十八歳とは思えないほど大人びた顔立ちのロロナはリュース伯爵家の令嬢であり、この卒業記念式典に在校生代表として出席していた。

にもかかわらず、その横には誰もいない。

本来ならば婚約者であるベルビュートにエスコートされているべきなのに、二人の間には誰の目にもわかるほどの距離が存在していた。

ロロナは壇下からベルビュートを見つめ、菫色の瞳をわずかに細めたが、その表情からはなんの感情も読み取れない。

「本気でおっしゃっているのでしょうか」

紅の塗られた唇から紡がれる声は硬質で、怒りも悲しみも感じていないようだった。

「ロロナ……本当にお前は可愛げのない女だ。俺の言葉を聞いても動揺するそぶりすら見せないとは、さすが『水晶姫』だな」

侮蔑の滲んだ言葉を発するベルビュートは、忌々しいとでも言いたげに口元をゆがめた。

「殿下からそのように呼ばれる日がくるとは思いませんでした」

「はっ……『心を持たぬ紫水晶』とはよく言ったものだ。笑うことも怒ることもない冷徹なお前には似合いの二つ名だろう?」

あからさまな煽りを受けたにもかかわらず、ロロナの表情が乱れることはない。

そのことが不満なのか、ベルビュートは眉間に皺を寄せる。

「ベルビュートさま!!」

そんな二人の空気を壊すように、ベルビュートの背後から突如として小柄な少女が現れた。

「お姉さまにそんなひどいことを言わないでさしあげて……あまりにかわいそうです」

「ルミナ……お前は本当に優しいな」

ゆるくウエーブのかかった飴色の髪に、とろけた蜂蜜のような瞳をした愛らしく可憐な少女は、ロロナの異母妹であるルミナだ。

先日ようやく十六歳となり社交界入りしたばかりのはずなのに、ルミナは自分がここにいるのが当然だというような顔をしてベルビュートの横に並んだ。そして瞳を潤ませながら、その腕に縋りつく。

二人の姿はまるで仲睦まじい恋人同士にしか見えず、周囲のざわめきが色濃くなる。

ベルビュートはルミナを愛しげに見つめた後、鋭くも冷たい視線をロロナに向けた。

「……ロロナ。お前は母親が貴族ではないという理由だけで、妹であるルミナを虐めていたそうではないか。そのような悪辣な女を、俺は妻に迎えるつもりはない」

「それが理由ですか？」

「いいや、それだけではない。お前はいやしくも伯爵家の一員でありながら、市井で平民に交ざり商売をしているそうだな。俺の婚約者という肩書きを悪用し、私腹を肥やしているという噂まである。そんな品性の欠片もないお前が、王妃になれるはずがないだろう」

「……さようでございますか」

ベルビュートの言葉にロロナはわずかに目を伏せるが、表情に変化はないままだ。

周囲から「やはり感情がないというのは本当なのか」「さすがは『水晶姫』だ」と心ない囁き声が漏れはじめても、動揺するそぶりすら見せない。

「かしこまりました」

静かな声で返事をしたロロナは、指先でドレスを軽くつまみ、深く頭を下げた。

その美しく完璧なしぐさに、周囲はいま起こった騒動を忘れたかのように、ほぅとため息をこぼす。

ベルビュートさえも、彼女のしぐさに呆けたように目を奪われていた。

「それでは、失礼いたします」

ふわりとドレスの裾をなびかせ、ロロナは颯爽と壇上の二人に背を向けた。その動きはまるで舞台に立つ女優のように凛としたもので、誰もが言葉を忘れてその姿に見惚れている。

ロロナの靴が立てた優雅な足音に、ようやく我に返ったベルビュートが「おい！」と叫ばなければ、彼女はそのまま会場を出ていってしまっただろう。

「まだ何か？」

呼びとめられたのが意外とばかりに振り返るロロナに、ベルビュートは慌てた様子で表情を引き締め、わざとらしく咳払いをした。

「お前、何か申し開きはないのか？」

「ございません」

「なっ……なんだと！」

うわずった声で叫ぶベルビュートの横では、ルミナが困惑の表情でロロナを見つめている。

婚約破棄を告げた者と告げられた者という立場が、まるで逆転したような構図だった。

「お話は以上ですか？　では、婚約破棄の手続きはベルビュート様にお任せいたします」

「おい!!」

これ以上は時間が惜しいとでも言うように、ロロナはためらいなく会場を出ていく。

舞台の幕引きのような、とても清々しい去り様だった。

残されたベルビュートは「最後まで可愛げのない女だ！」と苦し紛れに叫んで、無理

やりにその場を収めることしかできなかった。

突如として起きた王太子と伯爵令嬢の婚約破棄騒動は、その夜のうちに式典の参加者の口から王都中に広まることになる。

未来の王妃として社交界に名を馳せていたロロナが抱える昏い噂に皆が熱狂し、早く誰かと語らいたいと夜明けを待ちわびた。

その翌日、さらなる衝撃的な知らせが彼らにもたらされた。

伯爵令嬢ロロナ・リュースが事故死した、と。

第一章　終わりのはじまり

王太子ベルビュート　一

「ロロナが死んだ、だと？」

知らせを受けたベルビュートは目を見開いて固まった。

ようやく自室に戻り、疲れ切った身体を休めようとしていた矢先のことだった。

思わずよろめきながらも、椅子にしがみつくようにして腰を下ろす。

「なぜこのタイミングで……」

ぐったりとうなだれながら頭を抱えたベルビュートは苛立たしげに舌打ちし、前髪をぐしゃりと握りつぶした。

「どうせ死ぬのならば、もっと早く死んでくれていればよかったものを！」

怒声とともに机を蹴りあげると、その場に控える執事やメイドたちが身体をすくませる。

ほんの数刻前、ベルビュートは国王と王妃に、昨夜の騒動について釈明をしたばかりだった。

「本当に最後まで忌々しい女だ」

疲れ切った様子で苦言を呈する両親の顔を思い出し、ベルビュートは長いため息をこぼす。

事前になんの相談もなくロロナに婚約破棄を告げたことを、国王も王妃もひどく憂いていた。

王族ならばもっと手順を踏み、騒動にならぬよう行動を起こすべきだったとベルビュートを非難したのだ。

幸いだったのは、婚約破棄そのものを撤回しろと言われなかったことだろう。

『王太子として自らの発言には責任を持て』

国王の静かな言葉を思い出し、ベルビュートはふんと鼻を鳴らす。

『もちろんです。この婚約破棄に関わる責任や賠償はすべて自分で賄います』

もとよりそのつもりだったとベルビュートは国王に宣言したのだった。

(俺の行動は英断だと讃えられるべきだ。ロロナは王妃にふさわしい女ではなかった)

ロロナが死んだことでその証明は難しくなったが、考えようによってはずいぶんと話が早くなった、と気を取り直す。

婚約破棄と言ってしまえば簡単だが、その手続きは意外と手間がかかる。

貴族の結婚は契約だ。正式な書面を作り、貴族院と教会の許可を得て締結される。

もし破棄するとなれば、双方の同意を示す書類と違約金を用意しなければならない。

だが、片方が死んだとなれば話は別だ。死別は契約違反ではない。

ベルビュートは、ロロナの死のおかげで婚約破棄に伴う事務作業と高額な違約金を支払う義務から解放されたのだ。

「最高の遺産だよ、ロロナ」

うっとりと微笑むベルビュートの顔に、王太子らしい気品は欠片(かけら)もなかった。

ロロナの生家であるリュース伯爵家は歴史こそ古いが、特に大きな影響力があるわけではない平凡な伯爵家。なのになぜ、王太子ベルビュートがロロナと婚約することになったかといえば、ひとえに十数年前の戦が原因だった。

ロロナの父であるリュース伯爵は、その戦で将として前線に立ち、大きな戦果を上げた。英雄リュース伯爵の活躍がなければ、ニルナ王国は負けていたかもしれない。その功績に対する褒美の一つとして、彼の娘ロロナを王妃として迎え入れるという約束がなされた。

婚約はベルビュートが四歳、ロロナが三歳の時だ。

だから物心ついた時、ベルビュートの横にはもうロロナがいた。

王族として生まれ、同じ年頃の子どもと触れ合う機会がなかったベルビュートにとって、ロロナは唯一ともいえる交流相手だった。

机を並べて学びながら、ともに成長し、デビュタントの日にはファーストダンスを踊った。

十四年もの長い間、隣にはずっとロロナがいたのだ。

「…………」

一瞬、ベルビュートの胸に苦いものがこみあげる。

その感情がなんなのかわからず、ベルビュートは思い切り顔をしかめた。

深い愛や恋心があったわけではないが、ともに過ごした日々で積み重ねた情のようなものは確かにあった。結婚してもそれなりの関係を築いていけると信じていた頃もある。

だが、いつしかベルビュートはロロナのことを疎ましく思うようになっていた。

ロロナは優秀すぎたのだ。どんな勉学においてもベルビュートの一歩先を行く。追いついたと思っても次の瞬間には遥か高みに登っていく。それが歯がゆかった。自分を支え、隣を歩くはずの存在が、自分よりも優秀であるという事実は、ベルビュートの矜持をひどく傷つけた。

愛らしい少女から美しい女性に成長する姿に、感動よりも先に畏怖を感じてしまったのも大きい。

何があっても怒ることも声を上げて笑うこともないロロナ。感情があるのか不安になるほど表情を変えないことから、瞳の色になぞらえて『心を持たぬ紫水晶』とまで呼ばれるほどに無機質で神々しい美しさを湛えるロロナが、ベルビュートは恐ろしかったのだ。

触れれば壊れてしまうのではないか、本当は腹の中で無能な自分をあざ笑っているのではないか。ベルビュートの心を不安が蝕むのに、そう時間はかからなかった。

いまのベルビュートがロロナに対して抱く思いは、もはや憎しみと失望だけのはずだったのに。

「……まあいい。これで俺はルミナと婚約できる。あいつだってリュース伯爵家の娘だ、約束を反故にするわけではない」

まるで自分に言い聞かせるように呟いて、ベルビュートは自分の中に湧きあがった感情に蓋をしたのだった。

異母妹ルミナ 一

「お姉さまが死んだ？」

真っ青な顔をした執事長が持ってきた知らせに、ルミナは急いで両手で顔を覆った。

その姿は、周囲からしてみれば姉の死を嘆き悲しんでいるように見えただろう。

だが、実際には笑い出したいのを必死にこらえているだけだ。

手のひらに包まれた口元は、三日月のごとき孤を描いている。

（なんてこと、あの邪魔なお姉さまがいなくなるなんて!! これですべて私のものだわ！）

叫び出したいのを呑みこむと、身体がふるふると震えた。

「ルミナ様……ああ、なんとおいたわしい」

執事長は彼女が泣いていると思ったのだろう。震えるルミナの肩にショールをかけて椅子に座らせる。

「ロロナお姉さまはどうして死んだの？」

顔を両手で覆ったままルミナが問えば、執事長はためらいながらもゆっくりと口を開いた。

「馬車が事故を起こしたのです。それはひどい有様で……ロロナ様のお身体は、その……」

「どうなったというの？」

「お顔が……これ以上はお許しください……」

「そう……しばらく一人にしてちょうだい……おねがい……」

か細い声で訴えると、執事長やメイドたちは静かに頷き、部屋を出ていく。

残されたルミナは、完全に人の気配がなくなったことを確認してからようやく顔を上げた。

「ふふふ！　やった！　やったわ！　なんて幸運なの！」

淑女としての慎みを忘れてソファにあおむけに横たわると、子どものようにはしゃいだ声を上げる。

晴れ晴れとした表情には、姉の死を悼む気配など欠片もない。

「これでベルビュートさまとリュース家のすべてが私のものになるのね！　素敵！」

嬉しくてたまらないといった様子で、ルミナはクッションを抱きしめた。

ルミナにとって二つ年上の異母姉であるロロナは、目の上のたんこぶでしかなかった。

いつも澄ました顔で、勉強や礼儀作法を完璧にこなす品行方正なロロナ。

顔立ちは女神のように美しかったが、それだけだ。声を上げて笑うことも、足を踏み鳴らして怒ることもないロロナのことがルミナは大嫌いだった。

「あの嫌な女がいなくなってせいせいするわ」

吐き捨てるように口にしながら、ルミナは愛らしいと称される顔を嬉しそうにゆがめた。

二人はリュース伯爵家の娘ではあったが、母親が異なる。

ロロナを生んだ前リュース伯爵夫人はしがない子爵家の令嬢で、菫色の瞳以外は平凡な顔立ちだった。飾られている肖像画を目にするたび、どうしてこんな女からロロナが生まれたのだとルミナは不思議に思ったくらいだ。

対して、ルミナの母であり現リュース伯爵夫人であるベルベラッサは華やかな美女だ。ルミナと同じ飴色の髪に蜂蜜色の瞳。華奢な身体と上品な立ち居振る舞いは完璧な貴婦人のそれで、ルミナはベルベラッサが鏡の前で美しく着飾る姿を見るのが何より好きだった。

「これでもう誰も私とお母さまを馬鹿になんてできないわ」

そう呟くロロナの瞳は欲望にきらめいていた。

ベルベラッサは平民の出だが、貴族の血を引いている。祖父がとある貴族の庶子だったのだ。

その美しい見た目は高貴な血統がもたらした恩恵だと祖父は喜び、彼女に最高の教育を施した。そして縁者を頼り、行儀見習いの名目で貴族の屋敷に出入りさせたという。努力の甲斐あって、幸運にもベルベラッサは妻を亡くしたばかりのリュース伯爵の目に留まり、ルミナを身ごもった。

平民の生まれでありながら伯爵夫人にまで登りつめたベルベラッサの物語はルミナの自慢だったが、周囲はそうではなかった。成りあがりの毒婦だと見下す者は少なくない。母は何を言われても平然としていたが、ルミナは悔しくてたまらなかった。

父である伯爵はいつも忙しいらしく、ほとんど屋敷にいることがない。母が苦しんでいることすら知らないのかもしれない。

せめて自分だけでも母の足枷にならぬように、ルミナは必死に努力した。礼儀作法をはじめ、あらゆる勉強に必死に取り組んだ。

だが、どうあがいてもロロナにはかなわなかった。

周囲はルミナの不出来さを嘲るどころか、相手がロロナなのだから仕方がないと慰め甘やかした。その優しさは逆にルミナのプライドをひどく傷つけたのだった。

「ふ、ふふ……でももういいわ。だって私がリュース伯爵家を継ぐんだから」

この国は男女問わず、第一子相続が原則。

だがリュース家の第一子であるロロナは王太子ベルビュートの婚約者で、いずれは伯爵家を出て王家へ嫁ぐ身だ。ルミナは自分がリュース家を相続するものだと信じていた。

だから幼い頃はロロナがどんなに優秀でも許せたのに。

『ロロナお姉さまが次期当主ですって⁉』

ある日突然知らされた事実に、ルミナは激しく打ちのめされた。

第一子が別の家門に婿入りや嫁入りする場合、爵位を掛け持ちできるという法律があったのだ。

それは第一子を体よく追い出し家門を乗っ取るという悪事が横行したことにより生まれた古いもので、ルミナは存在すら知らなかった。

ロロナはベルビュートに嫁いだ後もリュース家の家門を背負い、いずれ生まれる子どもにリュース伯爵位を継がせるつもりだと宣言したのだ。

「ルミナがいるのに！」

その時のことを思い出したルミナは、怒りに任せてクッションを殴りつけた。

跡継ぎになれないルミナは、ほんのわずかな財産を分与されてどこかの貴族に嫁ぐことになるのだろう。

そんなの納得できなかった。どうしてロロナばかり優遇されるのだ。血統、見た目、才能。何もかもを持って生まれたくせに。王太子の婚約者という地位だけでは飽き足らず、伯爵家のすべてを手に入れようとするロロナが憎らしくて、疎ましくてたまらなかった。

「残念だったわね、お姉さま。死んでくれて助かったわ」

ロロナが死んだいま、リュース家の跡継ぎはルミナ一人。

誰がなんと言おうと、全部ルミナのものだ。

「ベルビュートさまにお会いしなくっちゃ！」

声を弾ませながら立ちあがる。

たとえ喜ばしい死であっても、表向きは悼まなければならない。

なるべく喪に服して見えるような大人しいドレスを選ぶため、ルミナは鼻歌交じりでクローゼットの扉を開けた。

管財人シェザム　一

「ロロナお嬢様が亡くなっただと⁉」

真っ青になって叫んだのは、リュース家の管財人であるシェザム・ベルマン。

まだ二十六歳という若さだというのに、その顔には拭いきれぬ疲れが滲み、目の下には深く濃いクマが浮かんでいる。

シェザムは祖父の代から伯爵家に仕える家系に生まれ、早逝した父に代わり、若くしてリュース家の管財人となった。

不在がちな伯爵に代わり、いまではリュース家の金回りを一手に管理している。

伝令が息を切らせ届けてくれた電報を受け取ったシェザムは、蒼白な顔のまま執務室の椅子から一度は立ちあがるも、足を震わせずるずると床に座りこんでしまった。

「おしまいだ……何もかもがおしまいだ……」

虚ろな瞳のまま震える声でそう呟いたシェザムは、机にしがみつくようにしてなんとか立ちあがる。そして震える手で引き出しという引き出しを開けて、何枚もの書類を机の上に引っ張り出した。

乱雑に散らばるその書類には、どれもロロナのサインがしてある。それらはすべて借用書だった。

「伯爵に……伯爵に知らせなければ！」

悲痛な声で叫んだシェザムは書類をすべて鞄に突っこむと、転がるように執務室を飛び出す。

リュース家は借金まみれの家だ。

家のことに興味を示さず軍事に入れこむ伯爵は、訓練だ演習だといって別邸に入り浸り、めったに屋敷へ戻ってこない。戦時中はそれでよかったのだろう。功績を上げれば報奨金がもらえたし、ほかの貴族たちからの貢ぎ物が絶えることはなかったという。

だが、皮肉にもリュース伯爵の戦果がこの国に平和をもたらしたことにより、リュース家の収入は領地からの税だけになってしまった。

それでも問題はないはずだった。終戦の際に受け取った多額の報奨金があり、未来の王太子妃を出した家として社交界で揺るぎない地位を築いていたのだから。

「何も知らないんだ……あいつらは何も……」

シェザムは早足で廊下を進みながら、滲む汗と涙を乱暴に拭う。

「いまなら、まだ可能性があるかもしれない。伯爵がお嬢様の死で心を入れ替えてくだされば。そうすれば」

そう口にしながらも、青年は逃れられない破滅への予感に全身を震わせていた。

リュース伯爵 一

「ロロナが死んだだと？　どういうことだ！」

別邸で訓練中だったリュース伯爵は持っていた大剣を取り落とし、大きく目を見開いた。

「私の可愛い娘が死んだなどと世迷事を！　切り捨てられたいのか!?」

「本当です！　偽りではありません！　このように死亡証明書が……」

ロロナの死を告げに来た使者は真っ青な顔で、一枚の書類を伯爵に差し出した。

その書類には、ロロナが乗っていた馬車の事故で死亡したという事務的な文面が記されている。

「ご遺体はあまりに状態がひどく、教会で処置をして安置しております。ですから、葬儀の手配を……」

「そんな馬鹿な話があるか!!」

伯爵の恫喝に、使者は短い悲鳴を上げて目を剥くとその場で気を失ってしまった。

老いたとはいえ、戦場の鬼と呼ばれたリュース伯爵の迫力に耐えられなかったのだ。

「ロロナ……ロロナ……あああ!!」

伯爵は倒れた使者には目もくれず、書類を握りしめながら大粒の涙をこぼした。

鍛えあげられた巨躯に日に焼けた顔立ち。短く刈りあげた銀髪には白いものが交じっているが、雄々(おお)しいと表現するのがふさわしい壮齢の男が、声を上げて泣きじゃくっている。

伯爵は幼い頃から、頭を使って考えることが苦手だった。

いくら勉強しても身につかず、貴族らしい立ち居振る舞いを説明されてもピンとこない。

仕方がないから、唯一の特技ともいえる剣を握って身体を動かすことに己のすべてをつぎこむことに決めた。

そのおかげでいつの間にか国随一の強さを誇るようになり、最前線で指揮を執(と)る一軍の将にまで登りつめた。

強い男こそが有能という戦乱の時代、伯爵はめきめきと出世していく。

親同士が決めた縁談で得た妻は、印象的な菫(すみれ)色の瞳以外は平凡な女であったが、寡黙(かもく)で従順なところが気に入っていた。

そして、ロロナが生まれた。

自分と同じ銀の髪と妻と同じ菫(すみれ)色の瞳をしていなければ、血がつながっているとは信じられないほど美しく愛らしいロロナに、伯爵は夢中になった。

戦えば褒められ、帰宅すれば従順な妻と愛らしい娘がいる暮らしは、伯爵にとってこの世の春だったのだろう。

だが、伯爵が戦場に出ている間に悲劇が起きる。戦で居場所を失い、賊と化した集団が伯爵家に押し入り家財を盗み出した挙句、伯爵夫人の命を奪ったのだ。赤ん坊だったロロナの命が助かったのは不幸中の幸いだった。

伯爵はよき妻で母だった伴侶を亡くし、落胆した。怒りに任せて犯人と思しき賊の一団を壊滅に追いこんでもなお、収まらぬ悲しみと絶望に沈み、心と身体を荒らした。

そんな伯爵を周囲は不憫だと憐れみ、とても優しくしてくれたのだ。

「俺が、かわいそう？」

人々からかけられた言葉に、伯爵は生まれて初めて人に寄り添ってもらい、愛されたような気分になった。

周囲が必死に自分を励まし、慰め、支えようとしてくれるのが、たまらなく嬉しかったのだ。

妻を亡くした憐れな男として、思い切り不幸に酔うことができた。

多少の暴言や危うい行いも、まだ気持ちが落ち着かないのだから仕方がないと許された。誰もが献身的に伯爵を甘やかし、大切にしてくれた。

そして伯爵は一人の女性と出会う。貴族ではないが、伯爵が出会ったどんな貴婦人よりも美しく、上品で優しい女だった。伯爵は迷わずその女を娶った。ロロナに新しい母が必要だという建前とともに。

だが、その女は結婚した途端、煩わしい存在になり果てた。金を使うことばかり考え、伯爵にあれこれと口うるさい。しかも産んだのはまた娘。息子を欲していた伯爵はその娘をロロナほど可愛いとは思えなかったこともあり、逃げるように軍事に没頭した。

部下を厳しく鍛えあげることが楽しくて仕方がなかった。息子のように可愛がった部下たちを戦場に投入し、彼らが死んだと聞けば何をおいても真っ先に駆けつけ、その死を悼んだ。情に厚い将として、伯爵の地位と名声は揺るぎないものになっていく。

気がついた時には戦は終わり、たくさんの褒賞に加え、ロロナが王太子と婚約することまで決まっていた。

そこが伯爵の人生の頂点だった。

だが、平和な時代に粗暴な男は浮くものだ。

最初は温かく伯爵を出迎えてくれた社交界の面々は、いつまで経っても軍人気分の抜けない伯爵からだんだんと離れていった。

自らを飾り立てることに忙しい妻は伯爵に見向きもしないし、その妻によく似たもう一人の娘は、伯爵を怖がっているのか近寄ってくることもない。

唯一の癒しはロロナだが、王太子妃教育のせいでなかなかともに過ごす時間はなかった。

だから別邸を購入し、自分と同じく居場所をなくした兵士あがりを集め、訓練の真似事をして心を慰めた。

様々な武器を買い集め、別邸を砦のように作り変え、自分の王国を手に入れた幼子のように没頭した。

だが、心は満たされない。

戦があればよかったのに、と思うがそれを口にしてはならないことだけは足りない頭でも理解していた。

伯爵が思い出すのは、最初の妻が死んだ時のことばかり。

心にぽっかりと空いた喪失感を、周囲が必死に埋めてくれたあの甘美なる日々。

いっそいまの妻が死ねば満たされるかと伯爵は考えたが、想像してみてもどうにもうまくいかない。もとより交流らしい交流もないのだ。妻が死んだところで、悲しめるとも思えなかったし、周りが憐れんでくれるかどうかもわからない。

だが、ロロナなら？

美しく聡明で非の打ちどころのない娘。社交界で姫と呼ばれ、未来の王太子妃として期待されているロロナを失ったとなれば。

きっと周囲はまた伯爵を憐れみ、子どものように甘やかしてくれるだろう。

「ロロナ！　ロロナ！」

伯爵は声を上げて泣いた。それを周りが見ていると知っていたから。

商人ゼリオ　一

伯爵令嬢ロロナの死を告げるニュースは、貴族のみならず平民の間でも大きな話題になった。街で配られた新聞には、昨夜の婚約破棄騒動と事故を関連づけたセンセーショナルな記事が躍っている。

王都でも有数の商会であるミイシ商会の商会長ゼリオは、その記事を見つめて大きく目を見開いた。

「そんな……ばかな……！」

新聞を握りしめ、わなわなと腕を震わせる。

額に滲んだ脂汗がぼたりと落ちて机に染みを作ったが、拭うこともしない。おそらくいま、どんな儲け話が飛びこんできたとしてもゼリオは動くことができなかっただろう。

ゼリオが商会長を務めるミイシ商会は、ほんの数年前までは商会を名乗るどころか表通りに店すら持てないささやかな商いをしていた。旅商人だった父親が、結婚を機に王都に腰を据えてはじめた商売だ。父から仕事を引き継ぐかたちで商人の肩書きを得たゼリオだが、彼は商人らしい狡猾さも度胸も持ち合わせていない平凡な男だった。

目利きの才能だけはあったらしく、いい品を見つけることはできたが、人の好さのせいで商機を逃しては、儲けの種を奪われる日々。

だが、いまのゼリオは王都において絶大な発言権を持つ商人にまで成長していた。

「ふはは……これでこの商会はとうとう私だけのものになった！」

新聞を投げ捨てたゼリオは天井を見あげ、壊れたおもちゃのように高らかに笑い出した。

数年前のある日、突然訪ねてきた美しすぎる少女がゼリオの運命を変えた。それがロロナだ。

あまりの美しさに、ゼリオはとうとう天使が自分を迎えに来たのかと勘違いしたほどだ。腰まで伸びた銀色の髪に、紫水晶のように輝く菫色の瞳。精巧なビスクドールを思わせる姿に、呼吸をすることすら忘れたあの一瞬を、ゼリオは鮮明に覚えている。

ロロナはゼリオに手を差し伸べると、静かに「商売をしましょう」と言ったのだ。

ゼリオはなぜかその問いかけに頷いていた。それが正しいと直感したからだ。

それからの日々は、まるで魔法にかけられようにすべてが順調だった。

指示通りに取引をするだけで、笑いがこぼれるほどの利益が転がりこむようになった。

ほんの数ヶ月でゼリオがそれまでに出した損失の穴が埋まり、気づけばあっという間に大金持ちの仲間入り。増やした資産を元手に商売の手を広げ、大通りの一等地に商館を建てることができた。

貴族との付き合いも増え、いつしかゼリオは王都の流通に欠かせないほどの大物と呼ばれるようになっていた。

「ロロナお嬢様、貴族相手の商売はあなたが関わるべきでは？」

商会が大きくなりはじめた頃、ゼリオはロロナにそう尋ねたことがあった。

平民であるゼリオよりも、伯爵家の令嬢であり未来の王太子妃であるロロナが関わるほうが、信用度は高くなる。より商売の質を高みに押しあげることができるのは間違いない。

平和になったニルナ王国では貴族が商売に関わることも増えた。女性であっても事業を手掛けるのは珍しくない時代がすぐそこまで来ていることをゼリオは感じていた。

出会った時、ロロナはまだあどけない少女だった。だから大人であるゼリオに商売を託したのだろうと考え、いずれはすべて彼女に返すことになるものとばかり思っていた。

もう自分は必要ないのではないだろうかという不安から出た言葉に、ロロナは予想に反して小さく首を振ったのだ。

ロロナがミイシ商会に関わっていることを知るのは、初期の頃から取引のあるほんのわずかな顧客だけ。

どんなにけしかけても、彼女は表舞台に立つことを拒み、商会と自分の関係を表沙汰にしようとしない。

周囲から「商会長」と呼ばれ、これまで自分を見下してきた人々から手のひらを返すようにすり寄られるようになったゼリオは、ある考えに取り憑かれるようになった。

もうロロナは必要ないのではないか、と。

ロロナにはミイシ商会の収益から三割を相談手当として渡している。それはロロナとゼリオが最初に交わした契約だ。最初は納得できた。むしろたった三割でいいのかと不安に思うほどだった。商会の成功はすべてロロナの手腕によるものだったから。

だが商会が大きくなったいまでは、ロロナの判断が必要な場面はずいぶん減っていた。部下も育ち、これまでの経験を生かしてゼリオの独断で大きな金を動かすことも容易になった。

それなのに、最初の契約に期限を設けなかったせいで、いまだに収益の三割をロロナに渡し続けなければならない。

それに加え、一定の金額以上をつぎこむ大きな商談にはロロナの許可が必要だという契約も交わしていた。忙しいロロナと相談できぬままに流れてしまった契約はいくつもある。

もはやいまのゼリオにとって、ロロナは邪魔な存在でしかなかった。

「そうだ……契約書!!」

我に返ったゼリオは急いで金庫を開けると、ロロナと交わした契約書を取り出す。

この契約書は絶対のものだ。教会にも複写があるため、ゼリオの一存で修正することはできない。ずいぶん古くなった契約書に書かれた文言を目で追っていたゼリオは、は、と喜色めいた吐息をこぼし口元をゆがめる。

「くくっ……!　お嬢様、あなたはなんて……なんて素晴らしいお人だ」

契約書の末尾に書かれた一文が、ゼリオには輝いて見えた。

『契約者のどちらかが死亡した時点でこの契約は破棄される』

ゼリオは天を仰ぐ。この先、商会が得る収益はすべてゼリオ一人のものだと証明された。大きな契約にロロナの意思確認は必要ない。

もう意味をなさなくなった契約書を破り捨て、ゼリオはまるで踊り子のようにステップを踏む。

それは己の新しい門出を祝うかのように楽しげなものだった。

管財人シェザム　二

「そんなに急いでどこへ行こうというのですか」

馬車に乗りこもうとしていたシェザムを、甲高い声が引きとめた。

それが誰の声なのか、考えるまでもない。シェザムはため息を吐き出しそうになるのを必死にこらえながら、ステップにかけていた足を下ろして声がしたほうへ向き直る。

「これは奥様……今日もお美しく……」

「余計な口は利かなくてもいい。私の質問に答えなさい！」

耳障りな声に耳を塞ぎたくなるが、曲がりなりにも伯爵夫人に対してそんな態度を取るわけにはいかない。

シェザムは鞄の持ち手を強く握りしめると、なるべく憐れっぽく見える表情を作りあげて伯爵夫人であるベルベラッサに視線を向けた。

飴色の髪を結いあげ派手な衣装と装飾品に身を包んだベルベラッサは、花盛りを過ぎてなお威圧的な美しさを持っていた。

その首元で悪趣味な輝きを放っているイエローダイヤモンドのペンダントに気がついたシェザムは、表情を変えないようにするのがやっとだった。

(そのペンダントの購入資金を捻出するために馬を何頭手放したかなど、この女は知りもしないのだろうな!)

ある日突然、聞いたこともない商人から送りつけられてきた請求書の金額にシェザムは文字通り卒倒した。

それは、伯爵が飼育している軍馬数十頭にも値する額だった。

数年前ならば良質な軍馬数頭で済んだかもしれないが、平和な時代では気性の荒い軍馬の価値は下がる一方。伯爵に気づかれないように馬の買い手を探したシェザムの苦労など、ベルベラッサはまったく知らないだろう。

しかもイエローダイヤモンドは売り買いが禁止されている禁制品。

そんなものを堂々と身につけているベルベラッサの姿は、いまのシェザムにとっては唾棄したいほどに忌々しいものでしかない。

「……伯爵様のところです。その、ロロナお嬢様の件で」

「ああ。そういえば死んだのでしたね、あの子」

ベルベラッサは片眉を上げ、不満げに鼻を鳴らす。

「婚約破棄を告げられたというだけでも外聞が悪いのに、事故死だなんて。仮にも王太子の婚約者だったのだから、死に様くらいは美しくあってほしかったわ。ルミナにだって悪影響よ」

「……っ！」

ベルベラッサの言葉には、仮にも義理の娘であったロロナの死を悼む色は欠片もなかった。それどころか、その死に様にさえ文句をつけるとは。

シェザムは怒りを表情に出さぬよう、必死に奥歯を噛み締めた。

ここで感情を露わにしてベルベラッサを怒らせてしまえば、足止めどころでは済まない。一刻も早く伯爵と会って話をしなければならない理由がシェザムにはあった。

「まあいいわ。結果としてあの子が死んでくれたおかげで、このリュース伯爵家はルミナのものになるわけですし、感謝しなくては。そうでしょうシェザム？」

「……ええ」

「旦那様に会うのもその手続きのためかしら？　ロロナ名義の財産もルミナのものになるのよね？」

「そうです。お嬢様……ロロナお嬢様の名義になっている書類を書き換えるために伯爵様の同意が必要なので、確認をしていただきたくて」

「なるほどね。ならば急ぎなさい！　何をぼさっとしているの！」

自分で呼びとめておきながらなんと身勝手な！　と叫びそうになったが、シェザムはわざとらしく何度も頭を下げ、急いで馬車に乗りこむ。

これ以上ベルベラッサと同じ空気を共有することに耐えられなかったからだ。

御者が扉を閉めると同時に、深く長い息を吐き出し、頭を抱える。

動き出した馬車の振動がなければ、その場で気を失っていたかもしれない。

「……これから先、僕はどうすればいいんだ」

父の跡を継ぎ、いまのロロナと同じ十八歳でリュース家の管財人となったシェザムを待っていたのは、破綻寸前まで追いこまれた財政状況だった。

領地経営や財産管理に無頓着な上、いまは無意味な軍事遊びにばかり金をかける当主。どんな贅沢をしても許されると思っている伯爵夫人。

シェザムは彼らから押しつけられる請求書を処理するため、少ない財産をやりくりするだけで精一杯だった。ほんのわずかな油断で伯爵家は没落する。そんな綱渡りの日々は、シェザムの心から感情を奪い取り、生きる気力すら消し去ろうとしていた。

シェザムが二十歳になったその日、とうとう使用人たちに払うべき給金すら底をついた。ことが露見すれば皆逃げ出し、伯爵家は大変な騒ぎになる。そうなれば管財人であるシェザムは責任を問われるだろう。命が助かったとしても、まっとうな人生は二度と歩めない。

絶望に打ちのめされたシェザムは、普段は立ち入りを禁止されている庭園のベンチに腰かけ、空を見つめていた。自分の心とは真逆に晴れ渡る青空が憎らしくて、このまま死んでしまおうかとすら思った。

「誰かいるの？」

それが自分に向けられた言葉だと、シェザムは最初理解できなかった。

虚ろな気持ちで顔を上げると、すぐそばに誰かが立っているのがわかる。その人の着ている服がお仕着せではなく品のいいドレスだと気がつき、シェザムは青ざめた。使用人の分際でベンチに腰かけていることを見咎められると。

「シェザムではないですか。どこか具合でも悪いの？」

ベンチのすぐそばに立っていたのは、ロロナだった。

その菫色の美しい瞳がまっすぐにシェザムを見つめ、わずかに揺れているのがわかる。まだたった十二歳だというのに凛とした気品あふれる立ち姿に、絶望を忘れシェザムは見惚れてしまった。

本来ならばすぐに立ちあがって頭を下げなければならないのに、シェザムはそれができなかった。

「ロロナ、お嬢様？」

シェザムにとってロロナは雲の上の存在だった。美しく聡明な令嬢にして、未来の王太子妃。社交や勉強に忙しいこともあり、何度か遠目に姿を見たことしかない存在だった。

だが、シェザムは知っていた。ロロナはこのリュース家の唯一とも言える光だと。

無駄遣いどころかめったにものを欲しがらず、ドレスを仕立てるのもシーズンに一着程度。

伯爵夫人やもう一人の令嬢のように、使用人たちを無暗に叱りつけることもない。

そんなロロナが名前を知ってくれていた上に、自分を案じてくれたのだ。

「お嬢様……！」

シェザムは瞳から涙をあふれさせ、伯爵家の窮状をロロナに訴えていた。

もう限界だと。このままでは屋敷を手放しても何も残らないかもしれないと。

みっともなく泣きじゃくりながらシェザムがすべてを伝え終えると、ロロナは「ごめんなさい」と言って小さな手でシェザムの背中をさすってくれた。その言葉とぬくもりは、疲れ切ったシェザムをもう一度だけ頑張ってみようと思わせるほどに癒(いや)してくれた。

そしてその翌日、破産を告げる覚悟で目を覚ましたシェザムのもとに、自分の装飾品を売り払って得た金を抱えたロロナがやってきた。これを使って使用人たちに給金を払うようにと告げた少女の姿を、きっとシェザムは死ぬ間際にさえ思い出すだろうと確信している。

そのうちにロロナは平民の商人とともに商売をはじめ、毎月一定額の金銭を伯爵家に入れてくれるようになった。金が足りなくなれば工面する術を一緒に考え、やむなく使用人を減らさなければならない時には彼らが路頭に迷わぬように新しい勤め先を必ず見つけ出してくれた。

借金をする時も、ロロナが商売を通じて知った相手から破格の条件で契約ができるように取り計らってくれていたのだ。

それはすべて、ロロナという信用に足る存在が担保になった取引だった。

この六年間。ロロナがいたからこそリュース伯爵家もシェザムも生き残ることができた。

だがロロナが死んだ以上、この先新しい借入先を見つけることは不可能だ。

有能な商人であり未来の王太子妃ロロナがいないリュース伯爵家に、誰が協力するだろうか。

「ロロナお嬢様……」

絞り出すような声でロロナの名前を口にしたシェザムは、自分の視界がゆがんでいることに気がついた。

勝手にあふれ出す涙で前が見えなくなってくる。

それはロロナの死が招く、伯爵家の未来に恐怖したからではない。

「お嬢様……どうして死んでしまったのですか……」

シェザムはようやく、自分が悲しみに打ちのめされていることに気がついた。

息をするのがやっとなほどの深い苦しみに襲われていることを、身体がようやく理解したのかもしれない。

「あなたがいなくなったら、僕はどうすればいいか、もうわかりません」

笑うことも怒ることもしないロロナ。でも本当は誰よりも優しく、情け深い女性だということをシェザムは知っていた。

いつも礼儀正しく親切で、誰が相手でも態度を変えることがない。

彼女を大切にしない家族や婚約者の態度にも、ただ悲しげな色を瞳に滲（にじ）ませるだけ。

もっと感謝を伝えればよかった。どれほどロロナに救われていたかを言葉にすればよかった。

彼女にばかり重荷を背負わせていたことに対する後悔で胸がつぶれそうで、自分の無力さが情けなかった。

シェザムは両手で顔を覆い、声を上げて泣いた。

地面を削る車輪の音がその声をかき消しても、シェザムの悲しみが消えることは当然なかった。

王太子ベルビュート　二

「ベルビュートさま！　お姉さまが!!」

目を潤ませたルミナがベルビュートを訪ねてきたのは、もう日暮れも近い時間。

厚かましくも王族の居住区画まで侵入してきたルミナに、護衛の兵士や執事たちは渋い顔をしている。

ロロナが死んだという衝撃的な事件の直後でなければ、許されるはずもない。

「ルミナ……俺も知らせを聞いて驚いていたところだ。一体何があった？」

「私にも詳しいことはわからないのです。式典の会場を出た後、お姉さまはどこかへ行ったらしくて、昨日はお帰りになりませんでしたから」

「あの後ロロナは帰宅しなかったのか？　そのような報告は聞いていないぞ」

ルミナの言葉に、ベルビュートは眉をひそめる。

貴族令嬢が理由もなく帰宅しないなどありえない話だ。それに娘が帰ってこなければ、事故や事件に巻きこまれた可能性を考えて、貴族院に捜索願を出すのが普通。

だが、ルミナの口ぶりから捜索願を出してはいないようで、ベルビュートにも報告はなかった。

「ええ……ほら、あんな騒動の後だったのでどこかで気を紛らわせているのかと思って。それにお父さまも不在だったものですから」

「ああ……」

リュース伯爵家の現状を知っているベルビュートは、疑問に思いつつも納得するしかなかった。

「そうか……ロロナがどこに行っていたのかはわかっているのか？」

「いいえ。でも、式典を後にしたお姉さまの馬車が逃げるように郊外へ走っていったという目撃情報がありました。きっと婚約破棄があまりにショックで、適当に馬車を走らせたのかも」

本当にそうなのだろうかという不安がよぎるが、確かめる術はない。

どうしてもっと調べないのかという思いで心が苛立つが、ルミナを責めても仕方がないとベルビュートは首を振る。

「事故がわかったのは、今朝なんだな」

「はい。我が家の馬が王都のはずれで迷っているのを、警備兵が見つけたと聞いています」

「馬だけが？」

「ええ。それを不審に思い街道を調べたところ、横転した馬車が見つかって……」

そこまで語るとルミナはううう、と泣きながら両手で顔を覆ってしまう。

姉を失った悲しみに震えるそのいじらしい姿に胸を打たれ、ベルビュートはルミナをそっと抱き寄せた。

そのぬくもりを感じながら、ベルビュートは初めてルミナに会った日のことを思い出していた。

微笑むことのないロロナと違い、いつも愛らしく笑っているルミナは、王太子として息苦しい日々を送っていたベルビュートにとっての陽だまりだった。

初めて二人が顔を合わせたのは、ロロナがデビュタントを迎えた日のことだ。

ロロナとのダンスを終えたベルビュートは、「お姉さま！」と可愛らしい声を上げて駆け寄ってくる少女に目を奪われた。
ふわふわした飴色の髪と蜂蜜色の瞳をした少女は、ロロナとは何もかも正反対だった。あどけない顔立ちは愛くるしく、見ているだけで胸がぎゅっと締めつけられる気分になる。

「ルミナ。あなたはまだここに来てはいけないのに」

「だってお姉さまのデビュタントですもの！　お祝いしたくって。お母さまもいいと言ってくれたのよ？　そんなにだめだった？」

「困った子ね……。ベルビュート様、この子は妹のルミナでございます。ルミナ、王太子殿下にご挨拶を」

「初めまして、ベルビュートさま！　ルミナ・リュースと申します」

少々ぎこちないものの、練習の成果が見えるしっかりとした挨拶に、ベルビュートは頬をゆるませた。

姉であるロロナが女神にたとえられるのなら、ルミナは天使だろう。

その日から、ルミナはよくロロナにくっついて王城にやってくるようになった。

ロロナはいつもルミナを窘(たしな)めて帰るように促(うなが)していたが、ルミナは「仲間外れにしないで」と瞳を潤(うる)ませるものだから、ベルビュートはついついルミナの味方をしてしまう。

いつも完璧なロロナがルミナに困らされている姿を見るのが、少しだけ楽しかったのもある。

ある日、ベルビュートはルミナが瞳いっぱいに涙をためて庭園に座りこんでいるのを見つけた。何ごとかと駆け寄り、その小さな背中を撫でてやる。

「私、お姉さまみたいに全然うまくできないの。帰ったらきっと叱られるわ」

「誰がこんな可愛い君を叱るというのだい？」

「……それは……」

言いよどむルミナに対して、ベルビュートは手を貸してやりたい一心で根気強く問いかける。

その熱心さに折れたルミナは、実は……と恐ろしい事実を口にした。

「ロロナが君を？」

ルミナは後妻の娘だからと、ロロナにずっと虐められているというのだ。

両親の前ではベルビュートの前と変わらず清廉で貞淑な娘を演じているが、ひとたび二人きりになればルミナの出自を嘲り、なじり、不出来な妹だと見下して叱り飛ばすのだという。鞭で打たれたこともあると言って見せられた真っ白な脚には、その言葉通り真っ赤な筋がくっきりと残っていた。

その魅惑的なコントラストに激しく動揺しつつも、最初はルミナの言っていることが信じられなかった。

あのロロナが、異母妹を虐待するなど到底思えない。

「おねがい！　誰にも言わないで！」

だが怯えを滲ませ叫ぶルミナが嘘を言っているとも思えなかった。

それからもルミナはロロナにされたことをベルビュートに訴えてきた。

実際、ロロナが廊下でルミナに何かを指摘する現場を見たこともある。

表情一つ変えず淡々と何かを告げるロロナの前で、ルミナはかわいそうなほどに小さくなり涙を潤ませていた。

「やめないか、ロロナ」

気がついた時には、ベルビュートはルミナを庇っていた。

その瞬間、ロロナの表情が困惑したようにゆがんだのをベルビュートは見逃さなかった。

どんな時も冷静なロロナが動揺した。

もうそれだけで、ルミナの言葉はベルビュートの中で真実になっていた。

完璧なロロナが、妹を虐めている。

女神のようだと思っていた女の歪さを知った喜びがベルビュートの全身を震わせる。

それからはもう、ルミナを守り慈しむことがベルビュートの生きがいになっていた。

ルミナはベルビュートを否定しない。息抜きに興じても、一緒になって楽しんでくれる可愛いルミナ。

いつしか、どうして自分の婚約者がルミナではないのかと思うようになっていた。

ベルビュートが十六歳となり王立学園に入学してからも、ふとした瞬間に頭に浮かぶのは婚約者のロロナではなく、いつも自分に優しいルミナの顔だ。

翌年ロロナが入学してきたことで、ベルビュートの感情はどんどんルミナに傾いていく。

同学年でないことが救いに思えるほどに、ロロナは優秀な生徒だった。

常に学年首席を維持し、品行方正。

周りにも自分にも厳しい姿は、王族であるベルビュート以上に気品にあふれていた。

さすがは王太子の婚約者だ！　と誰かがロロナを褒めそやすたびに、ベルビュートの心には仄暗い気持ちが鬱積していく。

誰も何も言わないが、周囲はロロナとベルビュートを比べ、平凡な王太子と蔑んでいるのではという疑心暗鬼に囚われるようになっていた。

ベルビュートが最上学年になった年、新入生としてルミナが入学してきた。

誰もが王太子であるベルビュートに一線を引いた態度を取る中で、ルミナだけはいつも態度を変えず明るく接してくれた。

そばにいるのならば、ロロナのような近寄りがたい女より、体温を感じられるルミナがいい。

ベルビュートの心は完全に、ルミナに傾いていた。

そんな矢先、ある二通の密告文がベルビュートのもとに届いた。

——伯爵令嬢ロロナ・リュースは、貧民街に出入りし怪しげな商売をしている

——リュース家はいまでは禁じられている武器の購入を行い、禁制品にも手を出している

両方とも、最初はよくある誹謗中傷かと思っていた。

だが、実際に調べさせたところそれらはほとんど真実で、ロロナは貴族令嬢が立ち入るべきではない市井の商会に出入りし、驚くべきことに平民の商人と懇意になり、商売に手を染めていたのだ。

いくら時代が変わろうとしているといっても、未婚の貴族令嬢が平民の男と同じ場所で時間を過ごすなどありえない愚行だ。

リュース家の当主である伯爵がいまだにかつての戦を忘れられず、軍事ごっこをしているというのも耳の痛い話だった。加えて禁制品を買いあさる伯爵夫人の行いが社交界に広まれば、リュース伯爵家がつまはじきにされることは明白。

何も知らぬままにロロナと結婚していたら、王家は大恥をかいていたことだろう。

(伯爵や夫人の所業はどうにでもできる。むしろ、この秘密をうまく使えばロロナとの婚約破棄に使えるかもしれない)

リュース伯爵は軍人としては優秀だが、貴族としての駆け引きは苦手だ。

適当に脅せば、軍事ごっこから手を引き婚約破棄の書類にサインをするだろう。

同時にルミナの母が買い集めている禁制品も手放させればいいだけの話だ。

まだ大きな噂になっていないのならば、王家の力をもって握りつぶせばいいだけのこと。

そう閃いてしまったベルビュートは、もう止まれなかった。

あの完璧なロロナのプライドを粉々にするため、卒業記念式典の最中に素行の悪さを追及し、婚約破棄を告げればいい。

もし口答えしてくれれば、伯爵と夫人の秘密を匂わせて黙らせれば済む。そうすれば逆らわないはず、だと。

だが予想に反しロロナは抵抗するどころか、婚約破棄を嫌だとも言わなかった。

最後まで取り乱さず、美しいままだったロロナ。

そのロロナがあっけなく死んだ。

「……本当に、事故だったのか？」

「馬が何かを避けようとした弾みに車体が横転したのではないかという話でした。御者は衝撃で道に投げ出されたおかげで一命をとりとめたそうなのですが、お姉さまは車体と一緒に……ああ、おいたわしい……」

泣きじゃくるルミナの言葉をどこか遠くに聞きながら、ベルビュートは胸の奥がざわめくのを感じていた。

最後にロロナが見せた凛とした表情と、なんの未練も感じさせない背中が鮮明に蘇る。

あの女神のような美しさを二度と目にすることができないという事実が、心の奥底を震わせた。

「ベルビュートさま……これからどうなるのでしょうか」

震える声に、ベルビュートは慌てて思考を止めて腕の中のルミナを見つめた。

初めて会った時から変わらず可愛らしいルミナ。

だが、その輝きがなぜか突然衰えたように思えてしまう。

「……しばらくは喪に服さねばならぬことだけは事実だ。まだ調べるべきことや手続きも多い。しばらくは会うのを控えたほうがいいだろう」

「そんな」

「仕方ないであろう？」

不満そうなルミナの表情に、ベルビュートは初めて苛立ちを感じた。

いくら婚約破棄を宣言したとはいえ、まだ書類上の婚約者はロロナのまま。

ルミナと婚約を結ぶにしても、伯爵や伯爵夫人の問題を片づけてからでなければ先に進めない。

そんなこともわからないのか、と。

「とにかく、護衛をつけるから日が暮れる前に伯爵家に帰るんだ。明日にでも使いをやる。伯爵たちとも話をしなければならない」

ルミナはベルビュートの言葉にしぶしぶといった様子で頷き、ようやく部屋を出ていく。

その背中を見送りながら、ベルビュートは言い知れぬ不安に襲われていた。

ロロナの死によって問題から解放され、明るい未来へ歩めるはずなのに、泥沼に片足を突っこんだような不快さが消えない。

「大丈夫。なんの問題もないはずだ」

己に言い聞かせるように呟いて、ベルビュートはきつく目を閉じた。

異母妹ルミナ　二

「ベルビュートさまったら冷たいんだから！」

なかば追い返されるように強引に馬車に乗せられたルミナは、先ほどまで一緒にいたベルビュートの態度を思い出し、頬を膨らませた。

せっかく邪魔者だったロロナがうまく片づいてくれたのに、どうして素直に喜んでくれないのか。人目があるとはいえ、あんな追い出し方をされるとは思ってもいなかった。

「ようやく私の番がきたのよ……絶対に幸せになるんだから」

親指の爪に歯を立てながら、ルミナは遠ざかっていく王城を車窓から見つめる。

ルミナが物心ついた時には、ロロナは王太子妃教育のため毎日のように王城に通っていた。

それがうらやましくてたまらなかった。

綺麗なドレスを着て豪華な馬車に乗ってお城に行く。絵本に出てくるお姫様そのもののロロナ。

どうして自分は連れていってもらえないのかと駄々をこねたのは一度や二度ではない。

ある日、いつもならばロロナを迎えに来るだけのはずの馬車から、一人の男の子が降りてきた。

燃えるような赤い髪に綺麗な緑色の瞳。自信と優しさに満ちた笑顔と、背中をまっすぐに伸ばして歩く姿は光り輝いて見えた。

「王子さまみたい……！」

一目惚れだった。その姿をずっと見ていたくてたまらなかった。

こっそり男の子を追いかけると、その子はあろうことかロロナの手を取りその甲に口づけたのだ。

「……!!」

ルミナはようやく、その男の子こそがロロナの婚約者であるベルビュートだと理解した。

ベルビュートはロロナを迎えに来たらしく、しきりに何か話しかけている。優しく笑ってロロナを褒めているのかもしれない。それなのにロロナはいつもと変わらず無表情なまま。ベルビュートはそんなロロナの態度に困ったように首をかしげていた。

「ルミナなら、あんな顔させないのに！」

あんな素敵な人の前でどうして微笑まないのか、ルミナにはわからなかった。自分ならもっとうまくやれるのに。

苛立ちを感じながら、ルミナはロロナとベルビュートの姿を遠くからずっと見つめ続けていた。

「どうして、どうしてなのお母さま！」

その夜、ルミナは泣きじゃくりながらベルベラッサに訴えた。どうして自分がベルビュートの婚約者ではないのかと。

「かわいそうなルミナ……！」

ベルベラッサも自分の娘が選ばれなかったことが悔しかったのだろう、美しい顔に怒りを滲ませながら、二人の婚約にまつわる話をしてくれた。

戦が終わり、王家からリュース伯爵家にベルビュートとの婚約の打診がきた時、まだルミナは赤ん坊だった。

この国では三歳になり教会で洗礼を受けなければ、貴族としての籍を持つことができない。子どもはとても死にやすいからだ。当時まだ貴族籍がなかったルミナに、王太子の婚約者として契約を結ぶ権利はなかった。

「そんな理由で？　おかしいわ、お姉さまはこの家を継ぐのに」

「まったくだわ。でも安心しなさい。あの子が王家へお嫁に行くのなら、きっとこの家の相続権はお前に譲るはずよ。いくら冷血なロロナとはいえ、妹であるお前のことは可愛いはず」

「…………」

正直に言えば、リュース伯爵家の相続なんてルミナにはどうでもよかった。

ルミナが欲しいのはベルビュートだ。あの人が欲しい。あの人と結婚したい。

悔しくて悔しくてたまらなかった。

そのうちに、ロロナが相続権すらルミナに渡す気がないと知らされた時の絶望は言い知れないものだった。

だからルミナは行動を起こすことにした。

ロロナのデビュタントに無理やり同行し、ベルビュートに挨拶をしたのだ。

誰よりもロロナのそばにいたルミナにはわかっていた。ロロナはベルビュートを愛してはいない。ベルビュートもまた、冷たいロロナの心を測りかねて義務以上の感情を抱けないままでいるということを。

だから、ベルビュートの心を自分に向けるのは簡単だった。好きだという想いを隠さずに声や笑みに含ませるだけでいい。ロロナとは真逆に無邪気に笑って怒って、王太子という立場など関係なく一人の人間として彼が必要だと全身で訴（うった）えた。

ロロナに虐（いじ）められているという偽りの告白をするために、自らの足を鞭（むち）で打った日もあった。

ベルビュートの視線が、ロロナではなくルミナに真っ先に向くようになったと気がついた時の歓喜をなんと表現したらいいだろう。

愛してほしい人が自分を選んでくれた。それがどれほど嬉しかったかなんてきっと誰にも理解できない。

母は甘やかしてくれるが、ルミナの教育は金で雇った乳母や家庭教師に丸投げだった。

父は最低限の挨拶をするくらいで、可愛がってもらった記憶はあまりない。

姉は勉強が忙しくてめったに遊んでくれない。

広い屋敷でルミナはいつも一人だった。自分だけを見てくれる唯一の人が欲しかった。

「お姉さまには悪いけど、全部もらうわ」

ベルビュートも、伯爵家も、両親も、これからは全部ルミナのものだ。

うっとりと目を閉じたルミナだったが、馬車が大きく揺れたことではっと瞳を見開いた。

「ちょっと、何よ⁉」

声を上げれば、馬を操っている御者が焦った声で謝罪の言葉を叫ぶ。

「申し訳ありませんお嬢様！　犬が道を横切りまして……」

「もう！　気をつけなさい！」

お姉さまの二の舞いなんてごめんだわ、という言葉を呑みこみ、ルミナは唇に歯を立てる。

横倒しになった馬車の中、割れた窓ガラスや木片に顔をつぶされて絶命したというロロナ。

顔以外が無傷なことが皮肉に思えるほどの、むごい死に様だったという。

馬車を引いていた御者は投げ出された衝撃で意識を失っており、事故の原因は謎のまま。どうしてロロナの馬車があんな郊外の街道を走っていたのかもわかっていない。理由がわからないのは不安だが、たとえ真実を暴いてもロロナは帰ってこないのだから無意味だ。

窓から見あげた薄茜色の空には白い月が浮かんでいた。

淡く輝くその姿にロロナが重なり、ルミナは急いで目を閉じる。

嬉しいはずなのに、心のどこかにぽっかりと穴が空いたような気分だった。

ロロナの遺体は状態がひどいこともあり、まだ教会に安置されている。いずれは迎えに行かなければならないだろうが、それを考えるのは自分の役目ではないとルミナは首を振る。

「お姉さまは死んだ……死んだのよ……それでいいじゃない」

本当に姉は死んだのだろうか。疑問が一瞬だけ浮かぶ。

遺体を確認すべきだと感情が訴えるが、そんなことをする必要はないと理性が叫んだ。

これから幸せになるのだ。ロロナのことは忘れよう。姉の分まで幸せになればいい。

そうルミナは自分に言い聞かせ続けた。

リュース伯爵　二

「ロロナ……ああ、ロロナ」

突然知らされた可愛い娘の死。

打ちひしがれる伯爵の姿に、周囲の者たちもつられて涙ぐんでいた。

屋外だというのにその場にうずくまって泣きはじめた伯爵を部下たちは必死に慰め、ロロナの死を憐れむ言葉をかけていく。

そのたびに、伯爵は自分の心にあった大きな穴が埋められていく喜びを感じていた。

ロロナを失った喪失感は確かに大きい。美しく可愛く完璧な娘。

小さな頃から、困らされたことは一度もない。どこに連れ歩いても、周りはロロナを称賛する。

そしてそんなロロナの父である伯爵も「素晴らしい父親だ」と褒められたものだ。

ロロナは伯爵にとって自慢だった。

王太子妃教育をそつなくこなし、自分が不在でも屋敷を管理してくれる。

後妻に迎えたベルベラッサのように口うるさく金を要求することもない、できた娘だった。

「伯爵、なんとお悔やみを申したらいいか」

一人の青年が、沈痛な面持ちで伯爵に近寄ってきた。

「君は……」

伯爵の別邸は、かつての戦経験者や腕に自信がある者、騎士を目指す者たちの集会所のような場所になっていた。

大々的な軍事訓練が公的に不要になったため、思う存分戦えない者たちの受け入れ口として機能している。

ただ、役割や仕事があるわけではないので、やっていることは我流の訓練や空想の作戦会議ばかりだ。

伯爵は、自分と同様に行き場をなくした戦の亡霊の受け皿を自負していた。価値ある場所だと。

最近では、戦を知らない世代であるはずの若者が加わることもあった。

彼らは伯爵たちの栄光に心酔し、同じように戦いたいという熱い意志を訴えて集まってくる。

彼らの意志を伯爵は快く受け入れ、ここを居場所にするように説いていたのだ。

この青年も、確かそんな若者の一人だったはずだと伯爵はぼんやりその顔を見つめる。

年若いのにやけに腕が立つ青年だったので、すぐに名前を思い出すことができた。

「確か……カイゼルだったな」

カイゼルは騎士になりたいと言って数ヶ月前にふらりとやってきた青年だ。真面目に訓練に参加しており、迷いのない剣さばきには、時代さえ合っていればと惜しく思った記憶が浮かびあがる。

「ロロナ様は素晴らしい令嬢でした。まさか、お亡くなりになるなんて」

「君はロロナと面識があるのかね」

「ええ。一度だけ、夜会でご挨拶をいたしました。伯爵の門下であることをお伝えしたら、私のような者にもずいぶんと親切にしてくださって」

「そうか……」

貴族だったのかと意外に思いながら、伯爵はカイゼルの顔をじっと見つめた。

整っているが目立った特徴がなく、特に掴みどころのない顔立ち。彼の持つ雰囲気は、どうも王国貴族らしくない気がしたのだ。

腕前から察するに、ここへ来る前から何かしらの訓練をしていたのは間違いない。

平和な時代に生まれた年若い貴族令息に、そんな訓練を施す家があったことも意外だった。軍事に秀でた家門だろうかと考えてみたが、社交界に疎(うと)い伯爵はカイゼルの生家に思い至れない。

「お屋敷に戻られるのであればお供しますよ」

「屋敷に、戻る？」

なぜそのようなことを言うのだと伯爵はカイゼルの顔を見つめた。するとカイゼルは意外そうに目を丸くする。

「ロロナ様の弔(とむら)いの準備があるのでは？」

「弔(とむら)いだと？」

伯爵は苛立ちが湧き起こるのを感じた。

カイゼルの顔を睨みつけ、なんと不躾なと叫ぶのを必死でこらえる。

（娘を失ったばかりの俺に、煩わしい葬式の手配をしろというのか）

先の妻が死んだ時は状況が状況だったことや戦の最中だったこともあり、弔いのたぐいは親族や使用人たちが済ませてくれたような記憶がある。伯爵はただ嘆き悲しんでいるだけだった。

だが、いまはもはや戦時下ではない。

自身が伯爵家の長であり、すべての責任を背負っていることに伯爵はようやく気がついてしまった。

どっと汗が噴き出る。とても嫌な気分だった。

これからやらなければならない葬儀の手配にはじまる、山のような雑務。

考えれば考えるほどに面倒なそれらが、さっきまで浸っていた甘美な悲しみをかき消していく。

「そうだな……」

ここで取り乱すわけにはいかない。伯爵はのろのろと立ちあがった。

屋敷に戻り、ベルベラッサと話さなければならないだろう。口うるさい妻と話すのはひどく億劫だった。

「どうして死んでしまったんだ」

こんなことなら、王太子妃になってから死んでくれればよかったのに。

そうすればすべての手続きはすべて王家の仕事になっていただろうし、王太子妃になった娘を亡くしたと、もっとたくさんの人々から憐れんでもらえたはずだったのに。

甘美な妄想が現実にならない苛立ちに、伯爵は舌打ちをしながら歩き出そうとした。

「しかしロロナ様もおかわいそうに。王太子殿下から婚約破棄を告げられた直後に亡くなるなど」

「……なんだと？」

カイゼルが口にした言葉に、すべての思考が止まった。

「婚約破棄だと？　なんだそれは!!」

聞き捨てならない内容に、伯爵は眉を吊りあげ顔を怒りの形相に染める。

「ご存じなかったのですか？　昨日は王立学園の卒業記念式典だったではないですか。お嬢様は卒業生を見送る在校生代表だったのですよ」

「あ、ああ、そうだったな」

そういえばロロナから同行を求める手紙が届いていたことを思い出す。

ほかの貴族との付き合いが面倒だったし、ロロナにはベルビュートという婚約者がいるのだから自分のエスコートなど不要だろうと返事すらせず引き出しにしまいこんだままだ。

多少の気まずさに伯爵は顔をしかめ、カイゼルの言葉を待った。

「その式典で、ベルビュート殿下はロロナ様に婚約破棄を告げられたのです」

「なっ……そんな馬鹿な！　なぜだ!!」

「詳しくは知りませんが、ロロナ様が妹君であるルミナ様を虐めていたとか。会場でそのように糾弾されたそうですよ」

「ありえん……」

伯爵はその場でよろける。

それが本当なら、なんという伯爵家の面汚しだろうか。

家を空けている間に、ロロナがそんな悪女に育っていたなど知らなかった。

自分と顔を合わせる時は清純で従順な娘であったのが、すべて嘘だったのかと。欺かれていたという憤りで目の前が真っ赤に染まる。

何より、そんな悪女であれば死んだことを誰にも悲しんではもらえないではないか。

「屋敷に戻る!!」

声を荒らげ、伯爵は身をひるがえした。いますぐ屋敷に戻り事実を確かめなければならない。

だがまるでそのタイミングを待っていたかのように、一人の部下が慌てた様子で駆け寄ってきた。

「伯爵、お屋敷から使者が来ております」

「なんだと？」

ずいぶん早いなと伯爵は片眉を吊りあげた。

まさかベルベラッサだろうかと重い気持ちになりながら誰だと問えば、返ってきた名前は聞き覚えがないものだった。

「管財人だと……？」

伯爵は首をかしげ少し考えると、ああ、と小さく頷いた。

伯爵家の財産回りのことを一任してきた家の、何年か前に代替わりした若い使用人がいたことを思い出す。顔は覚えていないが、陰気そうなひょろひょろした男だったはずだと。

「一体なんの用だというのだ。俺はロロナのことで屋敷に戻らねばならんというのに」

「そのロロナ様の件だそうで、ずいぶんとお急ぎです」

「ぐぬう……」

面倒な話ではないだろうなと顔をしかめながら、伯爵は部下に促され歩き出した。

その背中を、その場に残ったカイゼルはただ静かに見つめていた。

管財人シェザム　三

「ご無沙汰しております、伯爵様」

シェザムは伯爵に向かって深く頭を下げた。

当主でありながらほとんどの生活を別邸で送っているリュース伯爵との対面は、数ヶ月ぶりである。

ようやく辿りついた別邸は屈強な男たちばかりで、シェザムは何をされるわけではないのに、威圧感に押しつぶされそうな気分だった。

案内された応接間には鎧や武器が所狭しと飾られており、自分が来たのは敵地ではないかと錯覚するほどの恐怖に襲われた。

そこに現れた伯爵の形相もまた、恐ろしいほどの迫力がある。

目元を赤く腫らし怒りを隠さぬ形相は、これから敵将を討ちに向かう軍人そのものだった。

　シェザムは全身が震えそうになるのをこらえながら、伯爵の向かいの席に腰を下ろす。

「管財人風情がなんの用事だ」

「……っ、あの、伯爵様は、ロロナお嬢様の訃報をお聞き及びでしょうか」

「当然だろう!!　我が娘だぞ!!」

「ひっ！　申し訳ありません」

　空気を震わすような伯爵の怒号にシェザムは身体をすくませる。

　同席していた伯爵の部下らしき兵士たちも、その大声に驚きの表情を浮かべた。

「ロロナが！　あのロロナが死んだのだ！　この先、俺は一体どうすればいい……!!」

　まるで癇癪を起こした子どものように足を踏み鳴らしながら喚く伯爵。

　部下たちも「おいたわしい」とその嘆きに同調しているようであった。

　だが、シェザムの心は冷え切っていた。

(本当にロロナお嬢様を大切に思っておいでなら、どうしてこれまで放置していたのだ)

　伯爵が身勝手な父親だと、シェザムは知っていた。

　社交界で貴族として正しく振る舞うことを放棄し、かつての栄光に縋るように別邸に引きこもって遊びに興じ、金を湯水のように使う。

金遣いの荒い夫人を窘めることもなく、領地運営も丸投げでどの書類もろくに目を通さずサインをするばかり。

ロロナのことだけは気にかけていたようだったが、それも上っ面だけだ。本当にロロナを愛しく思っていたなら、彼女がどんな窮地に陥っていたかくらい気がついたはずなのに。

人間としても父親としても、欠片も尊敬することができない存在。

だが、どんなに非道でもシェザムにとっては主だ。苦言など呈せるわけがない。

「伯爵様。お嬢様の死に嘆かれるお気持ちは当然です。私とて、お嬢様がいなくなり、途方に暮れております」

「……なんだと？　お前のほうが俺より悲しんでいるとでも言うのか」

伯爵の瞳に鋭く冷たい光が宿り、シェザムは慌てて首を振る。

「めっそうもない。私は一介の使用人です。実の父君である伯爵様のお嘆きにかなうわけがありません」

「ふん、当然だ」

「私がお伝えしたいのは、伯爵家の財政状況のことなのです」

「……何？　金のことだと？」

伯爵の表情が怒りから一転、戸惑いに変化する。

「はい……実はここ数年、伯爵家の資金繰りは芳しくありませんでした。ですが、ロロナお嬢様が手を尽くしてくださったおかげで、なんとかなっていたのです」

「……どういう、ことだ」

意味がわからない、とありありと顔に書いてある伯爵が身を乗り出す。

シェザムは鞄から書類の束を取り出し、机に広げて見せた。

伯爵はその一枚を手に取ると、矯めつ眇めつしてその内容を必死に理解しようとしているようだった。

「借用書だと？　なぜ我が家が借金をする必要があるのだ」

「何度もお手紙でお伝えしたはずです。我が伯爵家には、大きな領地収入がありません。王家から毎年いただくお手当でこれまでなんとか回していたのです」

「俺がもらった報奨金はどうした」

「……とっくに底をついております」

「まさか！」

伯爵が顔色を変える。

シェザムとて同じ気持ちだ。リュース伯爵の功績で得た報奨金は、正しく運用していけば数代後にまで残るはずの金額だ。

だが、その金はとうの昔に使い果たしてしまった。

「い、一体誰が」

「恐れながら……伯爵様、この別邸の維持管理費は莫大(ばくだい)です」

「なっ……」

今度こそ本当に伯爵は顔色を失った。

「ここにある武器や道具類だけではありません。この別邸や周囲の土地の購入費用と管理費、そして伯爵が招き入れている彼らにつぎこんだ金額は、とっくにあの報奨金を上回っております」

この別邸には、多い時には数十人もの兵士崩れたちが集まっていた。

リュース伯爵は、彼らは自分を慕い戦いを求めて集まったと信じているようだったが、実際は違う。

彼らは戦という仕事を失った、ただの失業者だ。

この屋敷に来れば、衣食住が保障される上に遊び放題。

伯爵の庇護(ひご)下でぬくぬくと過ごしていた彼らは伯爵の資産を食いつぶしていたのだ。

「馬鹿な」

「事実です。それに、奥様も……」

「ベルベラッサがなんだ」

「毎日のように装飾品やドレスを買い求められて、請求書が山のように積みあがっております。もう、どうにもならないのです」

言葉を失った伯爵はシェザムと、机に広がった借用書の山を交互に見つめる。

「これまではロロナお嬢様が金策をしてくださっていました。このように借金の手配まで……」

「ロロナが？」

信じられないといった表情で借用書を凝視する伯爵の姿を見て、シェザムは唾棄したい思いに駆られていた。

何度も手紙を出し、助けを求めたはずなのに。そんなことは初耳だとばかりの態度に怒りがこみあげる。

「お嬢様が亡くなったいま、これ以上の借金は不可能です。領地からの収入だけでは返済もできません」

「な、どういう……？」

告げられた言葉の意味をまったく理解できていないのだろう。

陸に打ちあげられた魚のように口をはくはくとさせ、伯爵は喘ぐ。

「ですが、ご安心ください。お嬢様はご自分が王家に嫁ぎ伯爵家を出る時に備え、この別邸をはじめとした家財の買い取り先を見つけておいてくださっていました。いますぐここを手放せば、少なくとも借金はすべて清算できるはずです」

シェザムはロロナが遺したものを誇るように背筋を伸ばした。

ロロナは父親に軍事遊びを諦めさせなければならないとずっと考えていた。

未来の王妃の父親が、いつまでも戦を忘れられないなどと知れれば諍いの種となるのは明白。

嫁入り前に父親に嘆願するつもりで、ロロナはしっかりと清算方法を準備していた。

交渉の窓口だったロロナがいなくなったことで多少買い叩かれるかもしれないが、それでも借金を相殺することは可能だろう。

借金さえなくなれば、この先にも希望が持てる。

ベルベラッサとて、いまのような散財三昧をやめてくれるはずだ。彼女が抱えている贅沢品を売れば、まとまったお金もできるだろう。

伯爵家の行く末を案じていたロロナの願いを、シェザムはどうしても叶えたかった。

「許さんぞ!!」

伯爵が発した言葉は、そんなシェザムの希望を叩き壊すものだった。

「ここを手放すなどありえん！　こんな書類は全部でたらめだ!!」

「な、何をするのですか!!」

伯爵は机の上に置かれた書類を投げ捨て床にばらまくと、乱暴に踏みつけはじめた。

シェザムは真っ青になって書類をかき集める。

契約書は絶対だ。それをないがしろにすることは、信用を捨てるも同然。

貴族としても商人としても、人間としても許されない行為だ。

「わけのわからんことを言って俺を騙す気だろう。俺の居場所を奪って何が楽しい！」

目を血走らせた伯爵がシェザムの胸ぐらを掴んだ。

つま先が浮くほどに引きあげられ、苦しさに涙を滲ませたシェザムに、伯爵は噛みつかんばかりの勢いで怒鳴り散らす。

「ロロナめ！　婚約破棄をされるのを見越して、俺をたばかっていたんだな！　お前もグルだろう！　金がなくなったなどと嘘を言って！」

「っ、嘘などではありません!!　伯爵様、どうか、話を聞いてください……」

「ええい、こざかしい!!　お前はクビだ!!」

「うわぁ！」

伯爵はシェザムを床に投げ落とすと、羽虫でも見るかのような冷酷な瞳で見おろした。

「いますぐ屋敷に戻り、最後の務めとして後始末をしておけ」

理不尽な言葉をぶつけ、荒々しい足音を立てて応接間を出ていく。

「おまちくださ……ぐっ」

その後を追おうとしたシェザムの前に、伯爵の後ろに控（ひか）えていた兵士たちが立ちはだかった。

その瞳は先ほど伯爵がシェザムに向けていたものと同様に、怒りと疑心で満ちている。

「ひっ……」

シェザムは、はたと気がついた。

いまシェザムの話を聞いていた彼らは、伯爵が先ほどの提案を受け入れれば、居場所を失う者たちばかりだ。

この場に自分の味方は誰もいない。

泣きたいほどの絶望に襲われながら、床に散らばった借用書をかき集め、シェザムはぼろぼろの姿で応接間を飛び出した。

「お嬢様……申し訳、申し訳ありません……」

もっと順を追って伯爵に話すべきだったのだろうか。

力不足な自分が情けなく、腹立たしかった。

あふれる涙や鼻水を拭うこともできず、シェザムはのろのろと別邸の外へ出た。

「……どうすればいい……」

伯爵が自分をクビにした。

あれが怒りや混乱から出た言葉だとしても、伯爵の性格を考えれば撤回などしないだろう。

「お嬢様……」

ロロナの願いを叶えたい一心だったのに、何もできなかった。

無力さに打ちのめされるようにシェザムはその場に膝をつき、そのまま座りこんでしまう。途方に暮れながら鞄を両手で抱きしめる。中に詰まった借用書の束がずっしりと重く感じた。

「大丈夫ですか？」

涼やかなその声が自分に向けられたものとは思えなかったが、なぜか応えなければいけない気がして、シェザムはゆっくりと顔を上げた。

「……どちらさまでしょうか」

いつの間にそこにいたのか、目の前に一人の青年が立っていた。

大きな体躯(たいく)に腰に剣を下げているということは、伯爵の信奉者だろうか。

まさか殺されるのかとシェザムが鞄(かばん)をきつく抱きしめる。

「そんなに警戒しないでください。私はカイゼル・バートと申します」

紳士的な態度に、シェザムは戸惑う。

「立てますか？」

差し出された大きな手とカイゼルの顔をシェザムは交互に見比べる。

彼は将軍の部下たちとはどこか違う雰囲気だったこともあり、素直にその手を取ることができた。

なんとか立ちあがり服の汚れを払うと、カイゼルがおもむろに口を開いた。

「伯爵家にお勤めの方でしょう」

「ええ……とはいえ、もうクビになりましたが」

シェザムがそう告げると、カイゼルは軽く目を見開く。

「なるほど。想像していた以上の状況のようだ」

何かに納得したかのように静かに頷(うなず)くと、彼は急に真顔になってシェザムをまっすぐ見つめた。

その射(い)るような視線に、シェザムはごくりと唾(つば)を呑みこむ。

「よろしければ私と少し話をしませんか。きっとあなたにとっても、悪い話ではないはずです」

商人ゼリオ　二

ゼリオは黙々とその日の仕事をこなしていた。

既に日は暮れ、店を閉める時刻が近づいている。

ロロナと面識のある従業員たちはどこか虚(うつ)ろな様子だが、彼女が商会に関わっていたことは極秘。表立って嘆(なげ)くわけにはいかないと皆必死だった。

ゼリオも表向きは彼らに同調し、打ちのめされたふりをしていた。

(この商会はすべて俺のもの……まずはこれまでの顧客に話をするべきだな)

ロロナを知る顧客には話しておくべきだろう。非情な人間と思われるのは得策ではない。

そんな考えを巡らせながらも、ゼリオは一つだけどうするべきか迷っていることがあった。

それは昨日までの商会の稼ぎから取り分けた、ロロナに渡すための金が入った麻袋だ。

ロロナへの支払いはいつも現金。商会に保管されている帳簿以外に証拠はない。

伯爵令嬢である彼女がどうしてそんなにも金を必要とするのか最初は疑問だったが、伝え聞いたリュース伯爵家の窮状（きゅうじょう）を知ったゼリオはすぐにその理由を理解した。

ロロナは無能な伯爵に代わり、伯爵家を支えていたのだ。ロロナが稼いだ金は伯爵家のために使われているに違いない。

「届けるべき、か」

伯爵家の人々は、ロロナがこんな大金を抱えていることなど知らないだろう。黙っていればこれはすべてゼリオのものだ。

会計上、既にロロナに支払ったことになっている金だから、消えても誰も不自然には思わない。

麻袋の中でジャラジャラと音を立てる金貨の感触を確かめながら、ゼリオは表情を険しくした。

数日前、ミイシ商会はある大口の契約を結び、莫大（ばくだい）な利益を得た。

相手は隣国、ステラ帝国の有名な商会からの使者だった。

ミイシ商会が現在この国で一番勢いのある商会だという噂を聞きつけて、ぜひにと話を持ってきてくれたのだ。

持ちこまれたのは特殊な植物から作られた「センズ布」という名の生地だった。

燃えにくく破れにくい丈夫な素材で、服だけではなく様々な用途に活用できそうな素晴らしい品。そのセンズ布をニルナ王国で売るにあたって、流通をミイシ商会に任せたいと言ってきたのだ。

ゼリオは諸手を上げて喜んだ。そんな大きな仕事の契約が結べれば、ミイシ商会の地位は揺るぎないものになるだろう。黙っていても莫大な利益が転がりこむようになる。

だが、ロロナは取引に反対した。あまりに条件がよすぎるし、センズ布についてもっと調べてから慎重に動くべきだと。

ゼリオは失笑した。才能があると言っても、やはり貴族のお嬢様。あまりに大口の取引に恐れをなしたと思ったのだ。

ゼリオは商品を見極める目に自信があった。センズ布は間違いなく素晴らしい商材。売り方さえ間違えなければ、この先のミイシ商会を支える財産になる。

「お嬢様、私の目利きを信じてください。これは間違いなくいい話です」

ゼリオの必死の説得にロロナはなんとか頷いてくれたが、最初の取引は持ちかけられた量の半分にするようにと条件を出されてしまった。契約は大成功。仕入れたセンズ布はすぐに買い手がつき、ミイシ商会はじまって以来の大成功を収めた。

「本当ならあの倍の利益があった……この金は俺がもらってもいいはずだ」

自らに言い聞かせるように呟いて麻袋を懐に入れようとした瞬間、ノックの音が室内に響いた。

ゼリオは慌てて袋を引き出しにしまい、咳払い(せきばら)をしてから「なんだ」と返事をする。

「商会長。面会をご希望のお客様がいらっしゃったのですが」

「この時間にか？　約束はしていないはずだが」

タイミングの悪さにゼリオは表情を険しくする。もう商談をするような時間ではないのに。

「一体どこのどいつだ？」

「アスラン・ライオル様です。火急の要件だとおっしゃって」

「なっ……！　それを早く言え!!　すぐこちらへご案内しろ！」

顔色を変えたゼリオは慌てて立ちあがると、室内に備えつけの姿見で髪型や服装が乱れていないかを確かめ、少しでも顔色がよく見えるように頬を叩いた。

準備ができるのを待っていたかのようなタイミングで、再びドアがノックされる。

ゼリオは背筋を伸ばし、自ら扉を開いた。

「やあゼリオ殿。久しぶりだね」

ためらう様子もなく入室してきたのは、眩しいほどの金色の髪をした男性だった。すらりとした長身の体躯は均整がとれていて、歩いているだけだというのに、なんの変哲もない部屋が特別な場所に感じられるほどの気品を放っていた。すれ違った誰もが振り返るであろう華やかな存在感。

何より目を引くのは、顔の上半分を覆う仮面だ。そのせいで年齢をうかがい知ることはできないが、若々しい身のこなしや、唯一露わになっている形のいい口元から、まだ壮年とは言えないことだけは感じ取れる。

「これはアスラン様。よくいらっしゃいました」

彼はアスラン・ライオル。ロロナとこのミイシ商会が立ちあげた頃からの上顧客だ。まだ取引先も少なかった頃、どこからか評判を聞いたと店を訪ねてきて以来、長年贔屓にしてくれている。また、ロロナとも顔を合わせたことがある数少ない相手であることから、ゼリオもこのタイミングで無視するわけにはいかなかった。

「約束もせずに押しかけてしまい申し訳ない」

詫びる言葉を口にしながらも、アスランのまとう空気はどこか剣呑としているのが伝わってくる。

仮面の下に隠された瞳が自分に向いていることに気がついたゼリオは、びくりと身をすくませた。

付き合いこそ長いが、アスランの正体は謎に包まれている。

金払いのよさや上品で堂々とした立ち居振る舞いから、貴族かそれと同等の地位を持つ人間であることは間違いないのだろう。

だが、ライオルという家名はニルナ王国内に存在しないし、そもそも仮面をつけた美青年など社交界に出ていれば噂にならないはずがない。

変装に偽名。怪しい人物だと警戒するのが普通だが、なぜかロロナがアスランとの取引を嫌がることはなかった。

「あの方はいつだってまっとうな対応をしてくださっている。きちんとしたお客様である以上、私たちから拒(こば)む必要はないと思うの」

最初はロロナの判断に首をひねっていたゼリオだが、長く付き合うようになってロロナの言葉の意味を理解できるようになった。たとえ身元が確かでなくても、アスランの態度はいつも丁寧で紳士的だ。権力を振りかざして無茶な要求をしたことなど一度もなく、むしろこちらに有利な情報を流してくれることもあった。

（お嬢様がいなくなっても、この方を逃がすわけにはいかない）

アスランは単なる顧客の枠を超える存在だとゼリオは感じていた。もっと太い付き合いをするためにその正体を調査しようとしたことがあったが、ロロナに禁じられたという過去がある。相手が正体を隠している以上、こちらが踏みこんではならない、と。

だが、もう口うるさいロロナはいない。この先のやり方を決めるのは自分だ。ゼリオは腹の中で舌なめずりをした。

来客用のカウチに腰を下ろしたアスランと向かい合うように椅子に座ったゼリオは、その仮面を盗み見る。

鼻から額までをすっぽりと覆う白い仮面。目にあたる部分には色硝子がはめこまれており、瞳の色すら確かめることができない。

(せめて素顔さえわかれば……)

下心を隠しきれぬ不躾な視線に気がついたのかアスランが小首をかしげたので、ゼリオは慌てて咳払いをして媚びへつらった笑みを浮かべる。

「一体どういうご用件で？」

「実は妙な話を聞いたのだ」

「妙な話、でございますか？」

「ああ……ロロナ殿が王太子に婚約を破棄された上に事故で亡くなった、という荒唐無稽な話だよ」

部屋の空気が冷たくなった気がした。

アスランの声に滲むのは、明らかな苛立ちと怒りだ。

ゼリオは自分が責められているわけではないのに、いますぐ地面に頭をこすりつけて謝罪しなければならないような気持ちになる。

それほど、アスランから発せられる怒りの威圧はすさまじかった。

まるで獅子の前に引きずり出された獲物のような気持ちになりながら、ゼリオは干からびた唇をなんとか動かそうとする。

「実は私も新聞で事故のことを知って、驚いていたのですよ」

ロロナの事故死を新聞で知ったのは嘘ではなかった。一面に書かれた文字に驚愕し、衝撃と混乱を乗り越えたのだから。

「では、あれ以上のことは知らないと？　あれほどロロナ殿と懇意にしていた君が？」

アスランの低い声に、ゼリオは思わず唾を呑みこむ。まるですべてを悟られているような気がして、背中に冷たいものが流れるのを感じた。

「どうもアスラン様に隠しごとはできないようですね」

ここで嘘をつくのは得策ではないと、ゼリオはなるべく悲しんでいるように見える顔を作る。

「ほかならぬお嬢様のことです。私も気になって色々と伝手を使って情報を集めました」

商会には様々な人間が出入りする。金のために嬉々として情報を売ってくれる貴族も珍しくはない。昨晩の出来事については既にゼリオの耳に入っていた。

「お嬢様が婚約者から一方的に婚約破棄を告げられたのは事実のようです。そして事故死も。郊外の街道で横転した馬車の中から、ご遺体が発見されました。いまは教会に安置されているということです」

口にしながら、ゼリオは自分の胸の内に苦いものが広がっていくのを感じる。

いつだって美しく気品あふれたロロナの最期が、いかに惨めなものであったのかを再認識させられた。

自分一人で抱えていた時はどこか現実感がなかった情報が、アスランというロロナを知る人物に共有されたことで、はっきりとした輪郭を得てしまったのだ。

(そうか……お嬢様は死んだのか)

先ほどまでの浮き立った気分が急にしぼんでいくのを感じ、ゼリオは唇を引き結んだ。

商会を手に入れたことがあんなに喜ばしく誇らしかったはずなのに、急に世界から取り残されたような気分になる。

「……嘘では、ないのだな」

「はい」

かすかに震えるアスランの声に答えたゼリオの声も、かすれていた。

二人の間にわずかな沈黙が流れる。凍りついた空気の中、ゼリオは取り繕った表情が崩れそうになるのを必死にこらえていた。

「それでは、この先この商会は君が？」

沈黙を破ったアスランの言葉に、ゼリオは慌てて口を開く。

「ええ！　お嬢様の遺志を継いでこの私がしっかりやっていきたいと思います。ですからアスラン様……っ」

どうぞ御贔屓に、と続けようとしたゼリオは口をつぐむ。

仮面に隠され表情はわからないはずなのに、まるでアスランに睨みつけられたように思えたからだ。

「なるほど。ロロナ殿がいなくても商会は揺るがないか。立派なことだ」

発する言葉には隠しきれない棘が感じられて、ゼリオは何も言えなくなってしまう。

「ロロナ殿は表に立つことこそなかったが、この商会を支えた重要な柱だったろう？　そのロロナを失った君がどうしているかと思って来てみたんだが……意外だったな。ずいぶんと冷静な様子で驚いたよ」

「そ、それは……」

「てっきりリュース家に駆けつけているかと思ったが……やはりこうなってもあちらにロロナ殿のことは告げないつもりかな」

「……！」

　ゼリオはアスランの指摘に息を呑む。

　先ほどまでの自分の企みをすべて見透かされたような恐怖に、内臓が冷えていくような錯覚に襲われる。

「いささか薄情すぎるのではないか？　ロロナ殿は自分がこの商会に関わっていることを隠しているようだったから、それも仕方がないのかもしれないがね」

「……お嬢様は何があっても伯爵家には関わらぬようにと私におっしゃいました。その約束を違えるわけにはいきません」

「なるほど、物は言いようだな。この商会がここまで発展したのはロロナ殿の尽力あってこそだというのに、身勝手なことだ」

　嘲笑めいた言葉遣いに、ゼリオは顔が熱を持つのを感じた。

（ただの客の分際で……！）

　なぜそこまで言われなければならない。お前には関係ないだろう。そう叫びたくなるのをゼリオは必死にこらえる。

本来ならばアスランが言う通り、伯爵家に駆けつけるべきなのかもしれない。ロロナへの恩義として、せめていくらかの見舞金を包むのが人の道なのだろう。

だが伯爵家がロロナのこれまでの貢献を知り、商会に関わろうとしてきたら大変なことになる。

ゼリオはリュース伯爵家が抱える秘密を知っていた。

軍事遊びに呆ける伯爵と、禁制品を買いあさる夫人がもたらしたリュース伯爵家の財政難。

それを知った当時、ロロナに自分の取り分を使ってもいいから早く借金だけでも清算すべきだと進言したことがある。

だがロロナは頷（うなず）かなかった。伯爵家の財政は自分がなんとか立て直すから、ゼリオが稼いだ分はゼリオのために使うべきだと言ってくれたのだ。

（ロロナお嬢様）

一瞬だが、ゼリオの心が波立つ。

ロロナが与えてくれた恩恵の大きさ。それを考えれば、せめてあの金だけでも伯爵家に渡すべきではないだろうか、と。

だがその感傷は、アスランには関係のない話だ。

「アスラン様は、我が商会を案じてわざわざ足を運んでくださったのでしょうか」

精一杯の皮肉を返すと、アスランは軽く肩をすくめる。

「それもあるが……本命はこちらだ」

アスランは懐から小さな布袋を取り出し、二人の間にある机の上に放り投げた。

重たい音を立てた袋の縛り口がほどけて中身が飛び出す。それは大粒の宝石たちだった。

ゼリオは息を止めて食い入るようにその輝きを見つめる。

「情報を買いたい。君がいま知っているロロナ殿に関わる話すべてをだ」

アステル　一

「クソッ……！」

薄暗い道。苛立（いらだ）たしさを隠しきれない足取りで歩いていた仮面の青年は、停めてあった馬車に乗りこんだ。

乱暴に扉を閉め、窓に厚いカーテンを引くと、車内は完全な密室となった。

「あまり感情を昂らせないほうがよろしいですよ。お身体に障ります」

「うるさい……これが落ち着いていられるか！」

先に馬車に乗りこんでいた騎士姿の青年が呆れたようなため息をつき、首を大きく横に振った。

仮面の青年はそちらを見ようともせず、手袋をはめたままの手で金の髪を乱暴にかきむしった。

すると金の髪はそのままずるりと頭から外れ、座席に落ちる。精巧に作られているが、それはカツラだ。

その下から現れたのは、夜の闇を溶かしたような艶やかな黒い髪。

「変装が台なしですよ」

「お前の前で変装をする必要などないだろう、カイゼル」

「誰かに見られたら困ります」

「構わん。どうせ、もうこんな変装に意味はない」

「まったく……」

呆れたようなカイゼルの視線を無視するように、仮面の青年は長い脚を組んだ。

「伯爵の動きはどうだった」

「どうもこうもありません。あれは本当にろくでもない男ですね。娘が死んだことを嘆いている風ではありましたが、その実は憐れな自分に酔っているだけです」

「想像以上ということか」

「ええ。伯爵家の使用人が窮状を訴えに来てきましたが、けんもほろろでした。ロロナ様の努力も、これでは無意味でしょう」

「クッ……」

握りしめた拳が座席を強く叩いた。

その衝撃で仮面が足元に落ちる。

そこに現れたのは、紅玉のような赤い瞳を湛えた涼やかな目元。仮面の上からでもわかる整った鼻梁。唇の形まで息を呑むほど美しい青年の姿が露わになっていた。

カイゼルは床に落ちた仮面をそっと拾いあげる。

「殿下。仮面が壊れます」

「殿下はやめろ。それに、そんな仮面壊れても問題ないだろう」

「安いものではないのですよ、アステル殿下。あなたの身分を隠すには必要なものです」

「煩わしいものだな」

うんざりとした様子でため息をこぼしながら、アステルはきつく目を閉じた。

「あなたがステラ帝国の皇子だと知られれば刺客が追ってきます。いまはまだその時ではないのですから」

「……まったく。こんな特異な外見に生まれなければよかった」

黒髪に赤い目という容姿は、この大陸において特別な意味を持つ。

その二つを同時に備えるのは、ステラ帝国の皇族だけ。

ステラ帝国は戦で領土を広げてきた国だ。長い歴史の中でいくつもの国を侵略しては取りこみ、強大な力を手に入れた。皇族には傘下（さんか）となった国々の高貴な血統が混ざっているが、どうしたことか皇帝の直系は必ず黒髪に赤い瞳を併（あわ）せ持つのだ。

「もし俺が母上に似ていれば、継承権争いとは無縁でいられたのだろうな」

自嘲（じちょう）めいたアステルの呟きに、カイゼルは手に持った仮面を見つめる。

アステルの記憶にある母親は、金色の髪に榛色（はしばみ）の瞳をした線の細い女性だった。母にまったく似なかった自分が、アステルは幼い頃から嫌でたまらなかった。

帝国に征服された国は、服従の証として王女を帝国に差し出すことが多い。アステルの母もその一人だ。儚（はかな）げな空気が目を引いたのか、当時まだ皇太子であったアステルの父は、アステルの母を寵愛（ちょうあい）したという。

終戦とともにアステルの父は皇帝となった。帝国内の有力貴族から皇妃を迎えることが即位の条件だったため、アステルの母は側室としての地位を与えられた。そして皇妃が二人の皇子を産んだ数年後、アステルを身ごもったのだ。

側室が産んだ第三皇子という肩書きのおかげで、アステルは後継者争いとは無縁の静かな生活を送ることを許された。カイゼルはアステル母子（おやこ）の護衛騎士の息子で、兄弟のように育った仲だ。

皇妃が産んだ二人の兄皇子は優秀で、母親が違うアステルにも優しかった。アステルは二人のどちらかが即位した後はその臣下として尽力していく未来を信じていた。

運命が大きく変わったのは八年前のことだ。

アステルが十二歳を迎えた年の冬、帝国で恐ろしい病が流行し、兄二人が立て続けに亡くなるという悲劇が起こった。

アステルのほかには皇妃が産んだ第四皇子と、アステルの母とは別の側室が産んだ第五皇子がいたが、二人ともまだ幼子。

年長者であり、皇帝の寵愛（ちょうあい）が最も深い側室の息子として、アステルは皇位継承の筆頭候補になってしまったのだ。

その結果、陰謀に巻きこまれたアステルの母は毒により命を落とし、彼もまた命を狙われた。このままではいつか命を落とすと、アステルは秘密裏に国外へ逃げ出すことになった。

表向きは重い病にかかったことになっている。ゆえに後継者争いから降りたと周囲には思われているのだろう。

だが、アステルが生きていることそのものをよく思わない者たちは、執拗にその命を狙っていた。アステルが国外に逃亡したことを悟り、ずっとその居場所を探っているのはわかっていた。

特徴的な素顔のままで出歩けばすぐに素性が判明し、アステルを狙う者たちに所在が知られてしまう。

だからアステルは金の髪と白い仮面で顔を隠し、アスランと名乗って生きていたのだった。

「どうして……」

絞り出すようなアステルの声にカイゼルが顔を上げる。

「どうして死んでしまったんだ、ロロナ」

アステルの声に滲むのは深い悲しみだ。赤い瞳がわずかに潤み、揺れていた。

カイゼルもまた主の嘆きを理解するように、眉間に深い皺を刻み、静かに目を伏せる。

「私の不手際です。あの時、すぐにロロナ様を追うべきでした」

「……お前のせいではない。すべては俺の傲りだ。こんな後悔を味わうことになるくらいだったら、さっさとロロナを連れて逃げればよかった」

「殿下……」

「自分が情けない。彼女が王太子妃になるのを望んでいないことにも気がつけなかった」

卒業記念式典で、凛とした姿のままに婚約破棄を受け入れたロロナ。その姿を思い出し、アステルは胸をかきむしりたくなった。

アステルはカイゼルとともに秘密裏にあの場に参加していた。

ベルビュートとルミナがロロナを陥れて婚約破棄を迫るという情報を事前に入手していたからだ。

ロロナが貶められ窮地に陥った時、手を差し伸べ、逆に彼らを追い詰めるつもりだった。

その上で、ロロナに求婚をするつもりだった。

だがアステルの考えとは裏腹に、ロロナは一切取り乱すことなく、まるで女神のような神々しさのままですべてを受け入れ、すぐにその場を去っていってしまった。

あまりにあっけない展開に、動くことすらできなかった。

大変な騒ぎになった会場から離れるために歩き出したアステルの胸を占めたのは、ロロナへの尊敬と、仄暗い喜びだった。

ロロナが素直に婚約破棄を受け入れたなら、なんの障害もない。

正式に婚約が破棄されてから、手順を踏んでロロナに求婚し、手に入れればいい。

そのための準備だって怠らなかった。

ずっと昔から、アステルはロロナのことだけを想ってきた。

悲しみの底からロロナを救いあげ、この先の人生を幸せなものにしてやればいい。

そんな甘い考えが、アステルから残酷な手段で初恋を奪った。

「これからどうするおつもりで？」

「ロロナができなかったことをする、というのはどうだ？」

「伯爵家を立て直すつもりですか？　無謀すぎますよ」

「まさか。その逆だよ。ロロナの優しさと純真を踏みにじった連中に、彼女が味わった苦しみを与えてやる」

ゆがんだ笑みを浮かべるアステルに、カイゼルが眉をひそめる。

「本気ですか」

「無論だ。手はじめに、やはりあの王太子だな。たかがこの国の王太子というだけでロナの婚約者になれたという幸運を自分の手で手放したあいつには、それなりの報いを受けてもらおう」

赤い瞳を細め、恐ろしいまでに美しい笑みを浮かべるアステルの顔を見つめるカイゼルもまた、静かに頷いたのだった。

第二章　破滅の足音

王太子ベルビュート　三

応接間のソファに腰かけたベルビュートは、机の上に置かれた書類を呆然と見つめていた。

「どういうことだ……ロロナは死んだのだろう？　なぜ……違約金の請求などが」

「殿下、よく書類をご覧ください。この請求は違約金ではありません。慰謝料と見舞金です」

「だから、それはなんだと聞いているのだ‼」

勢いよく机を叩くが、目の前に座った二人の男性はまったく表情を変えることはない。それどころか王太子に向けるとは思えないほどの冷めきった視線をベルビュートに向けていた。

「婚約というものについての知識がずいぶんと乏しくていらっしゃるのですね……まあ、

基本的にくつがえされるものではありませんし、このような状態での死別など前例がありませんからな」

小さな子どもを叱るような口調で語りながら、真っ青になっているベルビュートを見つめるのは、貴族院からの使者だ。

あの婚約破棄があった日から二日目の朝。

ベルビュートに面会を求めたのは、王国貴族を取りまとめる組織である貴族院からの使者と、この大陸で信仰されている神を祭る教会からの使者だ。

貴族院は王家が力を独占しないようにと有力な家門から代表者を選出し結成された組織だ。政治にも深く関わっており、国家予算などは貴族院の承認を得なければ国王といえど無暗（むやみ）に動かすことができない。

教会はこのニルナ王国だけではなく、隣国ステラ帝国をはじめとする大陸諸国に根を張る巨大な宗教組織である。昔から個人間での契約や大小の冠婚葬祭などを取り仕切り、様々な面で人々の暮らしに深く根づいているため、王家も無視できないほどの権力を持っている。

王家に次ぐ力を持つ二つの組織から同時に使者が来訪したことに動揺したベルビュートだったが、訪問の理由がロロナとの婚約についてだと聞いて喜んだ。

婚約が無効になったことの説明だと考えたのだ。

だがベルビュートに突きつけられたのは、二枚の高額な請求書。

「婚約破棄に伴う違約金については知っている。だが、その違約金とてこんな高額なものではなかったぞ！」

「そうですね。ただの婚約破棄ならば、こんな金額にはならなかったでしょう」

わなわなと震えるベルビュートは、使者の言葉を理解できないとでも言うように首を振る。

「婚約中に死亡した場合の見舞金だと⁉　ありえないだろう！　そんな話は初耳だ」

「ロロナ様の婚約は、王家からリュース家への褒賞です。もしロロナ様が王妃になる前に亡くなった場合は褒賞になりませんから、代わりに見舞金を支払う契約になっていたのですよ」

「りゅ、リュース家にはルミナがいるはずだ！　たとえロロナが死んだとしても、代わりの娘がいる以上、見舞金など……」

「お二人が婚約した当時、まだルミナ様は洗礼を終えておらず貴族院に籍が登録されておりませんでした。当時リュース家の娘はロロナ様一人でしたから、対象となるのはロロナ様のみです。ルミナ様が洗礼を終えられた時点で契約を修正していれば、こんな請求をせずに済んだのですが」

「ならばいまから修正すればよいではないか！」

「当人が死んだ以上、それは叶いません。貴族院と教会は契約書に記載されている通り、王家に見舞金を請求いたします」

「ぐっ……」

その言葉をくつがえす手段が思いつかず、ベルビュートは唇を噛んだ。

訴え(うった)は正当だし、契約書に記された文言に逆らうことは王家とて不可能。

しかも間が悪いことにベルビュートは、この婚約破棄に関わる費用のすべては自分で賄う(まかな)と国王に宣言してしまっている。

見舞金だけならば、ベルビュートが王室から与えられている予算でなんとかなる金額だった。婚約破棄の違約金よりは高いが、払えなくはない。元々身銭を切る心づもりだったことを考えれば受け入れられる。

何より、ルミナと結婚すれば手元に戻ってくる可能性もある。うまく話をつければ持参金と相殺(そうさい)という手も使えるだろう。

だが。

「慰謝料というのは納得できない！」

ベルビュートは貴族院の署名がされた請求書を机に叩きつけた。

その態度に貴族院の使者は眉をひそめ、深いため息をこぼす。

「殿下は式典の参加者の前で、ロロナ様に婚約破棄を告げられましたね？」

「それがなんだというのだ」

「ここ何十年もの間、そんな愚かなことをする人間がいなかったのでご存じないのは無理からぬことですが、婚約を解消する場合は双方同意の上で円満に解決をしなければならないという決まりがあるのです。片方が一方的に破棄を告げ、もう片方の名誉や未来をつぶすことは貴族院が定めた規則で禁じられています」

「そんな……」

「卒業記念式典に参加していた多数の生徒やその親族が、殿下がロロナ様に向けた言葉について証言すると名乗り出ております」

貴族院の使者は冷徹な目でベルビュートを見ていた。

弁明の余地がないことを悟ったベルビュートは、救いを求めるように教会の使者のほうへ視線を移す。

だが教会の使者もまた、ベルビュートに冷ややかな瞳を向けていた。

「教会側からもお伝えすることがございます。殿下はロロナ様という婚約者がありながら、別の女性と懇意にされていましたね？」

「なっ……！」

「信じがたいことでしたが、何件もの密告と証拠が届いております。殿下がさる女性と恋仲だったと」

ベルビュートの顔から色が消える。頭に浮かんだのはルミナの笑顔だった。

「王家の婚約は教会の管理下にあり、純潔性と透明性が求められるというのに、ありえないことです。教会としては殿下の行いに対し、正式に抗議させていただく考えです」

「そんな馬鹿な」

国民の心を掌握する教会から背信を疑われ、抗議を受ける。

それは王太子という立場の者にとってどれほどの汚点になるだろうか。

打ちのめされるベルビュートに、貴族院の使者がさらなる追い打ちをかける。

「見舞金と慰謝料を全額お支払いいただかなければ、貴族院は王位継承について審議会を開かねばなりません。王族たる者が決まりを曲げて許されるとは思われませぬように」

「……!!」

「ご自分の起こしたことの始末についてはよくお考えください」

言葉を失ったベルビュートは、部屋を出ていく使者を無言で見送ることしかできなかった。

この国では戦の動乱に紛れた相続権争いでたくさんの血が流れた。だから第一子相続が法律で定められたのだ。

しかし、たった一つだけ例外がある。それは王位の継承だ。

第一子だからといって無能なものが王位に就けば国が滅びる。だから王位継承には、貴族院の承認と教会からの信託が必要。

王位を継ぐために不可欠なはずの二つの柱から、ベルビュートはいま、まさに背中を向けられようとしている。

「なぜだ」

かすれた声で唸りながら、ベルビュートは頭を抱えた。

何もかもうまくいくはずだったのに。

異母妹ルミナ　三

「ベルビュートさまはいつお迎えに来てくださるのかしら」

自室で焦れたように爪を噛みながら、ルミナは苛立ちを隠しきれずにいた。

ロロナの死により使用人たちの気もそぞろだし、慌ただしくてどうにも落ち着かない。まだ伯爵が別邸から帰ってこないため、葬儀についての準備もできておらず、皆どうすればいいのかわからないという様子だ。

ルミナにしてみれば早くすべて片づけて、早くベルビュートと結婚したいばかりだというのに。

（これで名実ともに、ベルビュートさまは私のものになるのよね）

ロロナの陰に隠れ、こそこそと逢瀬を重ねるのは終わりだ。

太陽の下で堂々とベルビュートに愛され、誰もがうらやむ幸せな花嫁になり、いずれはこの国の王妃になる。

そうすれば、父であるリュース伯爵だってルミナを褒めてくれるだろうし、母であるベルベラッサが陰口をたたかれることもない。

「子どもは、三人は欲しいところよね。一人は伯爵家を継がせないといけないし。私とベルビュートさまの御子ならきっと可愛いわ……」

想像の中の二人は完璧だった。

家族の愛も、地位も、すべて手に入る。

そんなルミナの夢想は、無遠慮なノックによって現実に引き戻された。

「なによ！」

「奥様がお呼びです……」

怯えたメイドの声に、舌打ちしたいのを我慢してルミナは部屋を出る。

呼び出しの理由はおおかたロロナの葬儀に関わることだろう。

建前上、喜ぶわけにはいかないから人前では優秀な姉の死を嘆かなくてはならない。

たとえ家の中でも演技をはじめたほうがいいだろうと考えていると、メイドの向かう先が母の部屋ではなく、応接間であることにルミナは気がついた。

「どなたかいらっしゃっているの？」

「はい。貴族院と教会の方だそうです」

「ふうん？」

どうせロロナの死に関することだろう。

せいぜい、姉を慕っていた妹のふりをしようと考えながらルミナは応接間に向かったのだった。

「……見舞金と、慰謝料ですか」

初めて聞く単語に、ルミナは大きく瞬く。

隣に座るベルベラッサも同様だ。

使者たちの言葉を要約すると、ベルビュートとロロナの婚約は王家から伯爵家に対する褒賞なので、王家から見舞金が支払われるということだった。

ルミナにはよくわからないが、ベルビュートと結婚できる上にお金がもらえるのだからいい話ではないか、と笑い出したくなった。

ベルベラッサも同様に、瞳が喜びに輝いているのがわかる。

（お母さまったら現金よね）

だが喜色を表に出すわけにはいかないので、あくまでしおらしく「もったいないお話です」と頭を下げておく。

「その、ベルビュート殿下からの慰謝料、というのも我が家が受け取るのでしょうか」

「ロロナ様の名誉を傷つけた慰謝料ですから当然です」

「そうですか」

嬉しさを隠しきれないようにうわずった母の声とは逆に、ルミナは少しだけ嫌な気分になる。

（あの騒動のせいでベルビュートさまに迷惑をかけちゃったのね。我が家でいくらか肩代わりできないか、後でお母さまに相談しようっと）

きっとベルビュートも喜んでくれるはずだと考えていたルミナは、自分に刺さる冷たい視線に気がついた。

それは教会からの使者から向けられたものだ。

（何よこの人……失礼ね）

せっかくいい気分だったのに台なしだと唇を尖らせたくなる。

教会の使者はそんなルミナに気がついたのか、ゆるく首を振るとゆっくり口を開いた。

「ルミナ様。あなたはベルビュート殿下とずいぶん親しくしていたそうですが、それは事実ですか」

「えっ？」

思わぬ質問をされ、ルミナは間抜けな声を上げる。

部屋にいる人々の視線が自分に集まったことを感じ、慌てて表情を取り繕うと「ちがうんです」と小首をかしげてみた。

「ベルビュートさまは私の相談に乗ってくださっていただけで、特別親しいというわけではないんですよ」

それはこれまで何度も繰り返していた言葉だった。ベルビュートと親しくしている現場を誰かに追及されるたびに、涙ながらにロロナからの仕打ちを告白し、自分が至らぬせいだと訴える。そしてベルビュートはそんな自分を慰めてくれてるだけなのだ、と。

だが教会の使者は険しい表情のままだ。

「おや、おかしいですね。教会に届いているお話とは、ずいぶん様子が違っているようですが」

どこか含みのある使者の言葉に、ルミナはびくりと身をすくませた。

「教会には、どんなお話が届いているのですか？」

「殿下とあなたが先日、二人きりで郊外へ散策に出かけられた件などですかね」

どうしてそれを、と叫びそうになるのをルミナは我慢するので必死だった。

卒業記念式典でロロナに婚約破棄を告げる完璧な計画に祝杯を上げるため、ベルビュートと二人きりで人目を忍んで出かけた日。

解放感からつい、外だというのにうっかり盛りあがってしまったことを思い出す。

汗が背中を流れるのを感じながら、ルミナは生唾を呑みこむ。

（大丈夫。私はまだ乙女よ。調べられても問題ない）

貴族女性は結婚前まで清らかな身体でいなければならない。

挙式前には教会で乙女であるかの検査が行われる。

いまでは省略されることも多いしきたりだが、王妃になるのならば避けては通れないと知り、ルミナとベルビュートは口づけまでしか交わしていない。

だが、口づけだけでも見つかれば大問題だ。あの時点で、ベルビュートはまだロロナの婚約者だった。

ルミナは教会の使者から目を逸らすことができなくなる。

すべてを見透かしたような視線に、心臓が痛いほど脈打つのを感じた。

「お二人がもし不健全な関係であったとしたら、教会としても対処をせねばなりません」

「そんな大げさな！」

ベルベラッサが慌てた様子で声を上げる。

ルミナも慌てて大きく頷く。

「私はお姉さまのことを相談していただけです‼」

そう言い張るほかなかった。たとえ目撃者がいたとしても、金を握らせて黙らせるかベルビュートがどうにかしてくれるはずだと信じて。

だが、使者の表情は厳しいものだった。

「婚約者がいる男性と二人きりになった、というだけでも大問題です。貴族令嬢としてあるまじき行為だという自覚はないのですか」

「そ、それは……」

「殿下には背信行為……つまりは戒律違反の嫌疑もかけられております。それは、あなたとて同様です」

「なにもそこまで!!」

叫ぶルミナは、使者の鋭い視線に言葉を途切れさせる。

ベルベラッサも分の悪さを感じたのだろう、青ざめた顔でルミナを睨みつけていた。

さっきまでの幸せな気分が台なしで、ルミナは泣きたくなる。

「それと伝え忘れていましたが」

「……まだ、何か……?」

貴族院の使者が口を開き、ベルベラッサもルミナも顔をこわばらせる。

「ロロナ様の婚礼用にお渡ししていた支度金を返金してください」

「はぁ!?」

今度はベルベラッサがどこか抜けた声を上げた。

貴族院の使者は片眉を上げ、怪訝そうな顔をする。

「何をそんなに驚かれるのですか? 支度金はロロナ様が嫁入りされる時に身の回りの品々の準備をするためにお渡ししていたものです。結婚そのものが執り行えない以上、返金していただかなくては」

「確かにそうなのですが……でも……その」

歯切れの悪いベルベラッサの態度に、部屋の空気がさらに悪くなる。

「そ、そうですわ!!　いただく見舞金と相殺するというのはどうです？」

いいことを思いついたとばかりに明るい声を上げるベルベラッサだが、使者たちの表情は険しいままだ。

「なぜ相殺する必要が？　それぞれきちんと清算するのが道理というものしょう」

「貴族院の皆様にお手間をかけさせるのは申し訳ないですもの。それに、順当にいけばルミナが殿下の婚約者に選ばれるのでは？　そうなれば支度金はそのままルミナが使うでしょうし、わざわざ動かさなくても……」

「まだ殿下とロロナ様との婚約解消の正式な手続きは終わっていません。確かにベルビュート殿下の次の婚約者候補がルミナ様となる可能性はありますが、まだそんな話は出ておりません」

「でも……」

「それとも、殿下とルミナ様は婚姻を誓い合った仲だとでも？　ロロナ様がいらっしゃったのに？」

「…………」

ベルベラッサは力なくうなだれる。

ルミナもまたこれ以上余計なことを言えば墓穴を掘ることになるのを悟り、固く口を引き結ぶ。

「とにかく。今回の件をすべて片づけてからでなければ、何ごとも次に進むことはないでしょう」

冷徹な声で告げた使者たちが帰っていく中、ルミナとベルベラッサはその場から動けないままでいた。

（なんで……どうして）

座りこんだまま立ちあがる気力も持てないルミナは、使者たちから告げられた内容を何度も反芻する。

一体どこまで知られているのだろうか。

未婚の貴族女性でありながら、婚約者がいる男性と不純な関係になるなど、許されない行為。

教会から戒律違反だと訴えられてもおかしくない。

そんなことになればベルビュートとの婚約どころか、この先社交界で居場所が完全になくなってしまう。

「お母さま、私……」

「あああ、どうすればいいの!!」

ルミナの声はベルベラッサの甲高い声にかき消された。

両手で顔をかきむしるその姿は、明らかに尋常ではない。

「お母さま？　どうなさったの？」

「どうしましょうルミナ……ああ……どうすれば」

縋るように腕を握ってくるベルベラッサに、ルミナは恐怖と苛立ちを感じた。

叫びたいのは自分のほうだというのに。

「ロロナの支度金として預かったお金はもうないのよ」

「はあ？」

令嬢らしからぬ声を上げ、ルミナは母を凝視した。

ベルベラッサの顔色はまるで死人のようだ。

「嫁入りの準備はどうせ王家がすると思って……少し借りるだけのつもりだったの。でもつい……」

「ついって……一体何にお使いになったの？」

「……」

無言になったベルベラッサが、もじもじと指にはめられた指輪を弄(いじ)るのを見つけ、ルミナは眉を吊りあげた。

(宝石を買ったのね)

ベルベラッサは極度の宝石愛好者だ。

稀少な宝石や美しい貴金属を見ると、手に入れずにはいられない。

同じ女として、その衝動は理解できなくもない。

だが、いくらなんでも王家から託された支度金に手をつけるなどあってはならないことではないか。

叫びたいのをぐっとこらえ、ルミナはそっと母の手を取る。

「……使ってしまったものは仕方がないわ。とりあえず、我が家の財産から用立てて返却しましょう」

「そ、そうよね……」

「でもきちんとお父さまに報告しないと」

「……」

怯えたように身体を震わせるベルベラッサに、ルミナはきっとこれ以外にも多額の使いこみがあるのだと悟る。

宝石以外にも、ドレスの新調や美容に金を惜しまない母。

幼い頃はいつも美しく着飾っている母親が誇らしかった。

でも。

「……大丈夫です。きっとお父さまもお許しくださるわ。それに王家から見舞金だって入ってくるのでしょう？」

「ああ、そうよね。ええきっと」

見舞金という単語に、白かった頬をバラ色に染め、ベルベラッサが微笑む。

ルミナはほっとすると同時に、女盛りの年頃を終えたとは思えぬほどに美しいベルベラッサが、不気味な生き物に思えてきた。

不自然なほどてらてらとした化粧に、華美なドレスと豪華な宝石。

伯爵夫人という肩書きがなければ、まるで娼婦のようではないか、と。

（何を考えているの、お母さまに向かって）

ルミナは慌てて首を振る。

伯爵である父に見初められ、平民から伯爵夫人にまで登りつめた自慢の母だ。

こんな想像などしてはならない。

「ところでルミナ、あなた本当なの？　その、ベルビュート殿下と」

「お母さま！　あんな根も葉もない話を信じないでください！」

「でも、先ほど……」

「確かに二人で外出はしましたが、それだけです。たとえこの身体を調べられても、私はまったく構いませんわ」

そう。きっと大丈夫。たとえ見られていたとしてもなんとでも言い訳はできる。

ルミナは不安を押しこめ、ベルベラッサに笑顔を向けた。

ベルベラッサの視線にはどこか勘繰るような色が交ざっていたが、それ以上は追及してこなかった。

そのことにほっとしながら、ルミナは母の手を取る。

「とにかく、一度財産について整頓しておくべきよ。お姉さまの葬儀もしなければいけないし」

「そ、そうね」

二人は顔を合わせ、自分たちに都合の悪い話題から目を逸らそうとしていた。

混乱で落ち着かない二人はソワソワとした様子で立ちあがると、室内にいたメイドに管財人のところへ案内するように告げた。

本来なら呼び出して話を聞くべきなのだろうが、じっとしていられない気分だったので、無作法とは思いながらも自分たちから向かうことにしたのだ。

「お父さまはまだ戻られないの？」

「昨日使いは出したのだけれど……本当に困った人だわ」

そう呟くベルベラッサの顔には憎しみすら滲んでいるように見えて、ルミナは思わずたじろぐ。

夫に対する尊敬も愛情も、そこには感じられない気がした。

先ほど覚えた母への嫌悪感が再び頭をもたげ、ルミナは慌ててベルベラッサから顔を背ける。

「いい加減戻ってきていただかなくては困るわよね……もう一度、連絡を取ってみましょう」

「ええ。それがいいと思うわ」

とても嫌な気分だと思いながらルミナは母の手を強く握りしめ、部屋を出た。

「支度金の返金ですか」

使用人用の執務室。その中央の机に座る青年は、突然訪れたベルベラッサとルミナに驚きつつも、どこか冷えた視線を向けてきた。

(使用人の分際でずいぶんと偉そうな態度ね。確かシェザム……だったかしら)

おぼろげな記憶から青年の名前を引きあげながら、ルミナは彼を真正面から睨みつける。

顔立ちは悪くはないが、どこか陰湿な雰囲気の男だ。

(この男、お姉さまとよく話していたのよね。私が伯爵家を継いだら、クビにすべきかしら)

代々伯爵家の財産を管理している一族だと聞いているが、気にくわない人間に給金を払う必要はない。

何しろ自分はいずれ、この国の王妃になるのだ。伯爵家もさらに発展させる必要がある。もっと有能な人材を雇えばいい。

ルミナがそう考えながらシェザムを見つめていると、当のシェザムが呆れたようなため息をこぼした。

「奥様。あれほど、あのお金には手をつけてはいけないとお伝えしていたではないですか」

とても主人に向けたものとは思えない言葉遣いに、ルミナは眉を吊りあげた。

ベルベラッサも「なんですって！」と甲高く叫ぶ。

「お前、誰に向かって……！」

「よい機会ですからお伝えしておきます。奥様、ルミナ様。この伯爵家の金庫は既に空（から）でございます」

「は……？」

「別邸の維持費にあなた方の服飾費……月々の膨大な出費で財産はほぼございません。支度金の返還など、不可能ですよ」

ルミナとベルベラッサは目を丸くし、言葉を失ったままシェザムを見つめた。

「信じられないかもしれませんが事実です。私の後ろにある金庫に入っているのは、山のような借用書のみ。使用人の給与すら賄（まかな）えない状況です」

「うそよ!!」

シェザムの言葉を遮（さえぎ）り、ルミナが叫んだ。

そんな馬鹿な話があるわけがない。リュース伯爵家は名門だ。

「これまではロロナお嬢様がなんとか金策をしてくださっていました。しかしもう、お嬢様はいない。どうしようもありません」

「なっ……!!　お姉さまがなんですって!?」

「……本当に何もご存じなかったのですね。ロロナ様は伯爵家の窮状（きゅうじょう）を知り、以前からずいぶんと手を回してくださっていたのです。この屋敷がなんとか存続できたのは、ロロナお嬢様がいたからにほかなりません」

ルミナは怒りで目の前が真っ赤になるのを感じた。

死人に馬鹿にされているような気分だった。

「財産の管理はお前の役目でしょう」

「それは管理する財産があればのお話ですよ」

明らかな侮蔑(ぶべつ)のこもったシェザムの言葉に、ルミナは屈辱で呼吸の仕方を忘れかけた。

この男を叩きのめさなければ。

そんな思いで一歩前に踏み出すが、それよりも先にベルベラッサが動いていた。

「この無礼者!!」

バシン、と大きな音がして、ベルベラッサの手のひらがシェザムの頬を打つ。

叩かれたシェザムは、無感動な顔のまま二人をまっすぐに見返した。

「私を叩いて気が済むのなら、どうぞお好きに。しかしすべて事実です。伯爵にもお伝えしましたが、私を無能と罵(ののし)るばかりで話になりませんでしたよ」

「……お父さまが？」

静かに語るシェザムの虚(うつ)ろな顔に、ルミナは彼が語る言葉は事実なのかもしれないと悟る。

同時に、先ほどとは比べ物にならないほどの恐怖で足元がぐらつくのがわかる。

（お金が……ない？）

意味がわからなかった。

お金がない、という状況をうまく想像できない。

とてもよくないことなのはわかる。

呆然と隣にいるベルベラッサを見れば、蒼白な顔でカタカタと震えていた。

「嘘、嘘よ」

庶民の暮らしを知っているベルベラッサにはわかっているのだろう。

財産がないという事実がどんな事態を招くのか。

「ロロナお嬢様は、もしもの時のために伯爵様の別邸を買い取ってくれる御仁を見つけてくださっていました。いますぐ手放していただければ、少なくとも借金は返済できたでしょうが」

「では、そうすればいいじゃない！」

「伯爵様は提案を拒否されました」

「そんな!!」

叫ぶベルベラッサの姿にルミナも悲鳴を上げたくなった。

父は何を考えているのだ、と。

「ロロナお嬢様は、奥様の宝石に関しても売却をお考えでした」

「なんですって⁉」

「奥様が所有されている宝石も、売却すればかなりの価値がありますからね。それらを手放せば、支度金はすぐにでも……」

「嫌よ‼」

シェザムが言い終わる前にベルベラッサが叫んだ。

「私の宝石は誰にも渡さないわ‼　そうだ、屋敷にある美術品を売りなさい。馬もよ！　使用人もいくらか解雇するのよ」

「……本気ですか」

「ええ本気よ。お前もクビだわ。この無能‼」

唾を飛ばし激昂するベルベラッサは、振りあげた拳で再びシェザムの頭を殴りつけた。

女の拳などたいした威力はないだろうが、鈍い音にルミナは思わず目を閉じる。

ベルベラッサの指輪がシェザムの頬を切ったらしく、血がしたたり落ちた。

シェザムは怒ることも抵抗することもなく、最初と変わらぬ冷えた表情のままだ。

その虚ろな姿に、ルミナは全身の血が凍るような恐怖を感じた。すべてを諦めた様子のシェザムの態度が真実を物語っていたからだ。

だがベルベラッサはそれに気がついていないのか、興奮した様子で肩を上下させている。

「いいこと？　旦那様が帰ってきたらなんとしても別邸を処分するように話をまとめなさい。支度金もそこから出せばいいのよ！　わかったわね！」

どこまでも身勝手に叫びながら、ベルベラッサは逃げるように執務室を出ていってしまった。

ルミナはシェザムから話を聞くべきなのかもしれないと思いながらも、母から離れることのほうが怖くて、慌ててその後を追った。

「……もう遅いんだ、何もかも」

部屋を出る間際、シェザムの呟きが聞こえたが、振り返ることはできなかった。

管財人シェザム　四

執務室から出ていくベルベラッサとルミナを見送ったシェザムは、無気力なため息をこぼした。

傷ついた頬を指先で拭い、二人が出ていったばかりの扉を睨みつける。

「身勝手にもほどがあるだろう」

主人に対する口の利き方ではない自覚はあった。

だが、本当は怒鳴りつけたかったのを我慢しただけでも立派だと思う。

ベルベラッサに殴られた頬や頭は痛かったが、なんとも思わなかった。痛みの中で命を落としたロロナの苦しみに比べれば些細なもの。

それにもう彼らに媚びへつらう必要もなくなるのだ。

多少殴るくらいの暴挙は見逃してやるのが最後の奉公。

「クビだと言っておきながら仕事を押しつけてくるところまで一緒とは。最悪の夫婦だな」

歪に笑いながら、シェザムは仕事を再開した。

大量の書類を今日中に仕分けし、屋敷に残っている使用人たちのこの先についての手続きを終わらせなければいけない。

昨晩のうちに、可能な限り希望は聞き取ってある。

年若い者には紹介状を作り、引退を望む者にはいくらばかりかの退職金を包む。

財産はないとベルベラッサたちに伝えたが、あれは真実ではない。

ロロナはシェザムをはじめとした使用人たちのために、商売で得た金を積み立ててくれていた。それは伯爵家の名義ではなく、シェザムを筆頭とした使用人たちの共同財産として管理されている。

（お嬢様のご遺志は、必ず僕が守りますから）

ロロナはいつだって伯爵家の存続を案じていた。

シェザムにできることは、その気持ちを守ることだけだ。

（伯爵からの温情だと伝えてさっさと片づけなければ）

使用人の中には、無表情で何を考えているかわからないロロナよりも、人前で取り繕うのがうまいルミナを信奉する者が多かった。ロロナからの金だとルミナたちに漏れたら、面倒なことになりかねない。金があると知れば、たとえ使用人のものだとしてもあの強欲な主人たちは奪い取っていくだろう。

（早くこれを届けないとな）

ベルベラッサたちが来る直前に書類を隠した鞄に視線を向け、シェザムは手を動かす。

料理人や庭師などは、ずいぶんと前から必要な時に日払いで通ってもらっているだけだから特にすることはない。

執事も、長く勤めた高齢の者が数名いるだけ。彼らはもうこの先は引退するつもりだと笑っていた。

「後は……メイドたちの紹介状だな」

メイドの顔を一人ひとり思い浮かべながら書類に名前を記載する。

勤務年数や特技、人柄を事細かに書いていく。なるべく働きやすい場所がみつかるといいと考えながらペンを走らせていたシェザムだったが、ふとあることに気がつき手を止めた。

「そういえば姿を見ていないな」

昨日から姿の見えないそのメイドにも紹介状を書くべきかと考えるが、どうも筆が進まない。

あの娘が伯爵家の縁者と思われるのは、正直不愉快だった。

見かけないメイドの名はチルレ。

ベルベラッサの口利きで伯爵家に来た娘で、年はロロナと同じ十八歳だったはずだ。

外見は整っていたものの無作法で無神経な娘だったので、シェザムをはじめとした使用人仲間にはよく思われておらず、特に親しい人間もいないはずだ。

頻繁に仕事を抜け出しては街で遊び呆けているという話も聞くので、また勝手に出歩いているのだろう。

「あの娘に関しては奥様に任せておけばいいか。実家に帰ればいいだけの話だ」

そうして完成した書類をまとめると、シェザムは鞄を抱え執務室から出る。

再びあの二人に捕まって小言を言われないように、足音を殺しながら使用人用の出入口へ足を向けた。

アステル　二

「貴族院も教会も、こちらが渡した証拠を素直に受け取ったようですね」

「王家の弱みを握る絶好の機会だからな」

向かい合って座ったアステルとカイゼルが、これまで集めてきた王太子とルミナの逢瀬の証拠を貴族院と教会に送りつけたのは昨夜のことだ。

式典中の婚約破棄宣言などという前代未聞の騒ぎを起こした王太子への対処をどうするべきか悩んでいた彼らにとって、この証拠は渡りに船だったことだろう。

本来ならばごねて回避されかねない見舞金や慰謝料の請求も、王位継承問題をちらつかせれば支払うほかない。

もし支払いができないとなれば、国王が出てきて国庫を動かすか、もしくは……

どちらにしても、隙あらば王家の力をそぎたいと考えている連中には価値ある証拠。

「せいぜいうまく使ってくれればいい」

満足げに呟きながらも、アステルの表情には憂(うれ)いが滲(にじ)んでいた。

「それで、ロロナの事故については何かわかったのか?」

「郊外で馬車が横転した、ということしかわかっていません。御者はまだ目覚めていませんし、ご遺体は教会に安置されていますので……」

「あの商人が言うには、ロロナの遺体は顔が判断できない状態だったそうだ。教会で死に化粧を施されてから、伯爵家に引き渡す手はずになっているらしい」

「ずいぶんと手厚いですね」

「……ロロナは教会への参拝も欠かさず、寄付もしていたそうだ。ゆえに支持者が多い。彼女が王妃になれば、教会としても心強かったのだろう」

「なるほど……」

アステルがゼリオから買った情報によれば、ロロナは教会への寄付だけではなく、教会が管理しきれていない小さな礼拝堂やそこに住まう孤児たちにも、ずいぶんと気を回していたらしい。

だから教会側はロロナの死を余計に嘆(なげ)いているし、そのロロナを裏切ったベルビュートとルミナに対する印象は最悪だ。

渡した証拠だけでは背信行為として戒律違反を立証するには弱いかもしれないが、爪痕を残すために訴訟を起こす可能性は大いにあるだろう。

そうなれば、あの二人の評判は地に堕ちる。そして、それに比例してロロナへの同情が集まるに違いない。

妹を虐げ婚約者に捨てられた娘ではなく、婚約者と妹の策略で名誉を傷つけられた不遇の令嬢として人々の記憶に残るだろう。

「くっ……」

もうそんなことしかロロナにしてやれない事実が、アステルはただ悔しかった。

本当ならもっと幸せにしてやれたはずなのに。

アステルがロロナと初めて出会ったのは、彼がまだステラ帝国の第三皇子として静かな日々を過ごしていた頃のことだ。

ニルナ王国で開催された終戦記念日のパーティ。当時十歳のアステルは、父である皇帝に同行していた。

初めて訪れた王国のパーティに、アステルはどこか浮かれた気分だった。

「これ、おいしいのかな」

テーブルに並べられたお菓子はどれも初めて見るものばかりで、見た目は美しいが味の想像がつかず、手を伸ばすのがためらわれる。

どうしようと、じっと皿を見つめていると不意に横に誰かが立ったのがわかった。

「こっちは甘くて、こっちは少ししょっぱいです。ナッツはお好きですか？」

可愛らしい声に視線を向けると、自分より少し背の低い少女が立っていた。

つやつやした銀髪に菫（すみれ）色の瞳をした美しい少女に、アステルは人形が動いているのかと錯覚してしまう。

驚きのあまり言葉を失っていると、少女は不思議そうに首をかしげる。

そのしぐさの可憐さに、アステルは心臓が聞いたこともないような音を立てたのを感じた。

「ナッツ、お嫌いでしたか？」

「い、いいや！　好きだ!!」

思いのほか大きな声になってしまったせいで、周囲の視線がこちらに集まる。

少女も驚いたのか、菫（すみれ）色の瞳が少しだけ見開かれた。

「あの、すまない」

恥ずかしくなって小声で謝罪すると、少女は気にしないでとでも言うようにゆるく首を振る。

「急に話しかけて申し訳ありません……驚かせてしまいましたね」

「いや、こっちこそ急に大きな声を出して……」

しっかりとした少女の言葉遣いに、急に恥ずかしくなる。

消えてなくなりたいような気分でアステルが声を絞り出すと、少女が困ったように眉を下げる。

再びテーブルに視線を移した少女は、そばにいたメイドに声をかけて小さなクッキーを皿にのせさせ、その皿をアステルに差し出した。

「これ、私が好きなクッキーです。ぜひ召し上がってください」

「うん」

少女に手渡されたクッキーはほかのお菓子に比べれば平凡な見た目だったが、アステルにはとても特別なものに思えた。

二人で部屋の隅にある席について、少女に見守られながらアステルはクッキーを食べた。

味なんてほとんどわからなかったけれど、目の前にいる少女が期待するような視線で見てくるものだから、必死で咀嚼（そしゃく）したのをいまでも覚えている。

見れば見るほどに可愛くて綺麗な女の子だった。

最初は人形のようだと思った顔立ちも表情が乏しいだけで、その瞳はずいぶんと雄弁であることにアステルはすぐ気がついた。

アステルのことを気にかけてくれる優しさや、選んだクッキーを気に入ってもらえるかと不安そうに揺れる菫色の瞳は宝石みたいに綺麗だった。

それに、この少女はこれまでアステルが顔を合わせてきたどんな少女とも違った。

静かで柔らかく、まるで春の日差しのような存在感。

皇子として周りから特別扱いばかりされていたアステルに、こんなに自然に話しかけてくれた女の子は、彼女が初めてだった。

「ねぇ、君はだれ？」

気がつけば問いかけていた。

すると少女ははっとしたように目を丸くして慌てて椅子から下りると、完璧なカーテシーを見せてくれた。

「ご挨拶が遅れて、申し訳ありません。ロロナ・リュースと申します」

「ロロナ……」

「アステル殿下に、お会いできてこうえいです」

少女らしい可憐な挨拶に、アステルはもうすっかり心を奪われていた。

「僕を知っていたのか」

「はい。お話を伺っていましたので」

誰に、と質問するためにロロナに近づこうとした時だった。

「ロロナ、こんなところにいたのか」

「ベルビュート様」

まるでそれが当然、というような動きでロロナの真横に一人の少年が立った。

それが誰かを理解したアステルは、何度も瞬いて二人を見比べる。

「アステル皇子、僕の婚約者が何か粗相をしませんでした?」

「婚約者……」

がん、と頭を殴られたような気分だった。

数秒遅れて思い出す。

この場には両国の王室関係者しか招かれていない。てっきり王族の一員かと思っていた彼女の家名は、王家のものではなかった。

「ベルビュート王子の婚約者だったのですね」

「はい」

静かに頷(うなず)くその瞳から見てとれた感情は、穏やかな信頼。

ロロナはベルビュートと結婚することを当然と受け入れているのだと、アステルは理解してしまった。

「そうか」

それ以上、アステルは何も言えなかった。

ただ茫然と、揃いの人形のように並ぶ二人を見つめることしかできなかった。

その後のことはぼんやりとしか覚えていない。

残されたのは、初めて心惹かれた少女が既に誰かの妻になる未来が決まっていると知り、傷心のままに帰国したという事実だけ。

それからもクッキーを見るたびにロロナのことを思い出し、菫(すみれ)が咲く季節になれば彼女の透き通る瞳を思い浮かべたものだ。

「……くそっ！」

アステルは過去の記憶を振り払うように唸(うな)ると、机の上に並んだ別の書類を睨(にら)みつける。

「どうしてロロナは死んだんだ……どうして」

無責任な噂の中には、婚約破棄を告げられたショックで自暴自棄になって馬車を走らせて死んだのではないかというものがあった。

だがアステルは、あの凛（りん）とした去り際をこの目で見ている。

自暴自棄になるようなそぶりはまったくなかった。

では、なぜ。本当にただの事故なのだろうか。

「もう少し調べてみましょう。ロロナ様が乗っていた馬車を調べれば、何かわかるかもしれません」

「ああ、頼む」

アステルは拳を握りしめた。

もしロロナの死が何者かにより仕組まれたものなら、犯人には必ず報いを受けてもらわなければならない。

ロロナの無念を晴らすための種はもう撒きはじめている。後はそれが芽吹くのを待つだけだ。

「そうだ」

部屋を出ていこうとするカイゼルをアステルは呼びとめた。

「例の件はどうなっている」

「あちらも了承してくれました。じきに連絡があると思います」

「そうか」

「でも、本気ですか？　ロロナ様のご遺体をすり替えるなど」

「本気だ。あんな連中にロロナを任せるわけにはいかない」

どうせ葬儀(そうぎ)などおざなりに終わらせて伯爵家の墓丘に埋められてしまうに決まっている。

ならばせめて自分の手で葬ってやりたかった。

昔、彼女が好きだと言ったあの美しい場所に、静かに眠らせてあげたい。

身勝手な願いとわかっていたが、アステルはそうすることでしかこの恋心を鎮(しず)められる気がしなかった。

「わかりました。代わりの遺体は用意しておきます」

カイゼルは何か言いたげではあったが、アステルに深く頭を下げ部屋を出ていく。

扉の閉まる音を聞きながら、アステルは疲れたように目を閉じた。

第三章　崩壊のきざし

異母妹ルミナ　四

荒々しい物音にルミナは目を覚ました。外はまだ暗く、日は昇り切っていない時間だ。手探りで寝衣に上掛けを羽織っただけの姿で部屋を飛び出したルミナは、ある予感にかられ玄関ホールに駆けつけた

早朝の冷たい空気が、開け放たれた玄関扉から屋敷の中に流れこんでくる。

「お父さま……！」

ホールの中央に立つのはリュース伯爵だった。

ようやく帰宅してくれた父の姿にルミナはほっと息を吐き、急いで駆け寄る。

これでこの騒動が解決する。

昨日、使者たちが帰りシェザムから伯爵家の財産回りについて知らされた後、ルミナは何度もベルベラッサに懇願した。

一部でもいいから宝石を手放して支度金を返金してほしいと。

だがベルベラッサは了承するどころか激昂してルミナの頬を打ったのだ。

自分から宝石を取りあげるのかと喚きたて、自室に鍵をかけて閉じこもってしまった。

（お母さまはどうかしてしまったんだわ）

さっさと支度金を返還し、ロロナとベルビュートの婚約を白紙にしてしまわなければならないというのに。

（いっそ、お母さまにベルビュートさまとのことを打ち明けるべきかしら）

きっとベルベラッサは喜んでくれるだろうし、宝石を手放すことを了承してくれるだろう。何せ王妃の母になれるのだ。その地位は、宝石よりずっと価値があるとベルベラッサとて理解できるはず。

（でももしお母さまが口を滑らせれば終わりだわ）

ベルビュートには二人の関係はほかの誰にも明かしてはならないと言いつけられていた。

側近や一部の使用人は察知しているだろうが、ベルビュートとルミナが認めなければ「事実」にはならない。

二人の関係はあくまで「ロロナ」という存在を間に置いたものだと弁明しておかなけ

れば、お互いの立場が危うくなってしまう。

(ベルビュートさまには申し訳ないけど、見舞金と慰謝料で我が家を立て直すこともできるし。お父さまは、きっと協力してくださるわ)

ベルベラッサの説得が無理なら、父に別邸を手放させなければならない。

伯爵としてリュース家を守る責任があるのだから、きっと窮状を知れば別邸なんて簡単に手放してくれるだろう。

「お父さま！　お帰りをお待ちしておりましたわ」

「ん、ああ……お前か」

「……お父さま？」

駆け寄ったルミナに伯爵は虚ろな視線を向けるばかりで、表情を変えることはない。

よたよたと屋敷の奥へ歩いていこうとする身体からは、隠しきれない酒の臭いがすることに気がつき、ルミナは眉をひそめた。

「お酒を召しているのですか？」

思わず問いかけると、伯爵は足を止めてルミナに振り返った。

「酒を呑んでは悪いか？　父親に意見する気か」

「その、ような……」

「それになんだ、その態度は。ロロナが死んだというのに、まるで悲しくもないようだな」

「あの、お父さま……？」

伯爵は目を細め、ルミナに身体を向けた。

大柄な伯爵が近寄ってくる気迫に怯えてルミナはひっ、と小さな悲鳴を上げながら後ずさる。

「なぜ、相談しなかった」

「あの」

「ロロナに虐げられていたのだろう」

「！」

ルミナは驚きで目を見開く。伯爵は生活の基盤を別邸に置いており、ルミナには無関心だったはずだ。なぜ、知っているのかと。

もしかしたら、自分を憐れんでくれるのかもしれないと期待をこめて伯爵を見あげる。

だが、伯爵がルミナを見おろす視線はどこまでも冷たかった。

「そのような醜聞、どうして表沙汰にした!!　そのせいで、ロロナは完璧な令嬢ではなくなってしまった！」

「え、あの、おとうさま……」

突如として声を荒らげた父親にルミナはうろたえる。

玄関ホールに響き渡る声に、使用人たちも不安そうに顔を覗かせている。

「最後まで隠しておけばよいものを、無駄な騒ぎを起こしよって」

「きゃあ！」

伯爵が大きく手を振りあげたので、ルミナはとっさに自分の頭を庇う。

「ルミナに何をしているの！」

甲高い声が玄関ホールに響いた。

ルミナはその声にほっとしながら顔を上げる。

ルミナとは違い、すっかり身支度を整えたベルベラッサが両眉を吊りあげて駆け寄るのが見えた。

伯爵はその姿を認めると苦虫を噛みつぶしたような顔になり、振りあげた腕をゆっくり下ろす。

「ようやく帰ってきたと思ったら、娘に手を上げるなど！　何を考えていらっしゃるの⁉」

「……」

久しぶりに顔を合わせた夫婦であるはずなのに、二人の間に流れる空気は刺々しい。

伯爵は煩わしそうに視線を逸らし、ベルベラッサはいまにも殴りかからんばかりの勢いで詰め寄っている。

ルミナは慌ててそんな二人の間に入り、ベルベラッサに縋りついた。

「お母さま。お父さまはお酒を呑んでいらっしゃるようなの。落ち着いて」

「酒ですって……？」

片眉を跳ねあげたまま、ベルベラッサは伯爵に鋭い視線を向ける。

そのうちに伯爵の身体から漂う酒の臭いに気がついたのだろう。はぁ、と大げさなため息をついた。

「その状態ではろくなお話はできないわね。旦那様、大事なお話があります。早く酔いを醒まして応接間にいらしてください」

「いま帰ったばかりの夫に向かってなんだその口の利き方は」

「私にこんなことを言わせているのは誰ですの!?」

「ふん。相変わらずよく回る口だ」

「とにかく!!　顔を洗って着替えていらして!!」

再び口論になりかける二人の姿に、ルミナは呆然と立ち尽くす。

どうしてこんなことになっているのか、と。

仲が良い夫婦だと思ったことは確かにない。ルミナが物心ついた時には、伯爵はほとんど別邸で暮らしており、ここに戻ってくることは少なかった。

そしてベルベラッサもまた自分から別邸に足を運ぶことなどなかった。

でもどこの家もそんなものだと聞かされていたし、たいして困ることもなかったのだ。

ただ、父親がロロナとだけは時折こっそり会っていると知り、腹が立った。同じ娘なのになぜ、と。

伯爵がルミナに興味がないのは、ロロナがいるからだとばかり思っていたのに。

もしかしたら、自分は母のせいで父に疎（うと）まれているのかもしれない。

ルミナは、怒りを隠さず床を踏み鳴らしながら歩いていく母と、そんな母に悪態をつきながら部屋に戻っていく父の背中を見つめることしかできないでいた。


ようやく日が昇り切って明るくなった応接間。ルミナはベルベラッサと並んでソファに腰かけながらも、その身体を小さく丸めていた。

一応はベルベラッサの指摘を呑んだらしく、応接間に現れた伯爵は幾分かすっきりとした様子だった。

服も軽装に着替えており、先ほどより威圧感が薄れていたので、ルミナは少しだけホッとする。

しかしむっすりと黙りこんで腕を組んだ伯爵の表情は険しく、恐ろしいことには変わりなかった。

（お父さまってこんなに怖いお人だったかしら）

ルミナの記憶にある父親像とあまりにかけ離れた伯爵の姿に、嫌な汗が滲んでくる。

別邸を手放すようになど、とても言い出せる雰囲気ではなかった。

「ロロナの葬儀はどうなっている。準備は済んだのか」

真っ先に伯爵が口にしたのは、やはりロロナに関わることだった。

ベルベラッサの表情がわかりやすくゆがむ。

「いいえ。ロロナの遺体はまだ教会に安置されております。ひどい有様だったので、ある程度見られるようにしてから連絡をくださるそうですわ。葬儀の準備はそれからでも十分かと」

「ふん」

「それよりも旦那様。大切なお話がありますの」

「……なんだ、また金の話か」

「……」

「図星か。ドレスだの宝石だの、身体は一つしかないくせによくもまぁ飽きぬものだ」

「それはっ……！　旦那様とて、別邸に何人もの兵士を集めて……！　彼らの食事を賄っているのは伯爵家なのですよ」

「うるさい!!　この俺を慕って集まってくれた者たちの世話をして何が悪い。兵士は最も大切な財産だぞ」

「それこそこの平和な時代には無駄なものではありませんか！」

ガタン、と大きな音を立てて伯爵が立ちあがる。

ベルベラッサもさすがにその迫力には怯えたのか、ひぃ、と息を呑んで叫ぶのをやめた。

「貴様……この俺を侮辱する気か……!!」

「お父さま、おやめください！」

我慢できず、ルミナが叫んだ。

いまはそんな時ではないのだ。

「お父さま、お母さまの散財については私からお詫びいたします。ですからどうか話を聞いてください」

「ルミナッ!!」

「お母さま、お願いですから落ち着いてくださいませ!!」

必死だった。ここでまた二人が喧嘩になって、問題が解決しないままになったら。支度金のことだけではない。このまま財産が底をつき伯爵家が破綻してしまったら。

（いやよ。そんなのいや）

ルミナは全身を震わせながら、両親に涙で潤んだ視線を向ける。

その表情に伯爵もベルベラッサも自分たちが興奮しすぎていることに気がついたのか、わずかな咳払いをして気まずそうに視線を逸らした。

静まり返った応接間。ルミナはため息を噛み殺して、壁際に控えていたメイドに呼びかける。

「シェザムは？　お金回りの説明をお父さまに頼みたいのだけれど」

「それが……朝早く屋敷を出たきり、まだ戻っておらず」

「なんですって⁉」

あのいけ好かない顔を思い出し、ルミナは顔を険しくする。

罵倒してやりたい気分だった。もしかしたら逃げたのかもと想像して、胃のあたりが冷たくなった。

（役立たず……‼）

恐る恐る両親の顔を見れば、二人ともお互いを見ないように顔を背けたまま黙りこんでいる。

もう自分が話すしかないのか、とルミナは絶望した気持ちになりながら、ゆっくりと口を開いた。

「お父さま。貴族院から使者が来て、お姉さまの支度金を返還するようにと言ってきました」

「……なんだと？」

「その代わり、王家から見舞金として我が家にいくらかお金をいただけるそうです」

伯爵の表情は複雑そうだ。金を返さなければならないが、入ってくる金もある。冷静に考えれば損をするわけでも、困るわけでもない話だ。

「わざわざ支度金を返さずとも、その見舞金と相殺させればよいのではないか」

「それはそうなのですが……貴族院は、一度必ず返金するようにと言ってきていて」

「ふむ、上がそのように判断したのなら、大人しく従うべきだろう」

「……」

軍人らしい伯爵の言葉に、ルミナはそれができるならやっている！　と叫ぶのを必死にこらえる。

「支度金はもう使ってしまったそうで、残っていないのです」

「どういうことだ！」

「………お母さまが……」

「またお前かベルベラッサ!!」

リュース伯爵は再び勢いよく立ちあがり叫んだ。

ベルベラッサもさすがに自分の非を理解しているのか「お許しください！」と叫び返している。

「くだらんものばかり買い集めよって！」

「し、仕方ないではありませんか。いま買っておかなければなくなると言われて」

「馬鹿者がっ！」

「お父さま、お願いだから落ち着いてください」

「これが怒らずにいられるか。お前が使ったのならば、お前の宝石を手放して支度金を用意せよ。俺は知らぬ」

「そんな！　一度手放せば二度と買い戻せないかもしれないのに！　あなたこそ、あの別邸を処分してください!!　いい加減、お屋敷に戻って領地の管理をするなり事業をして、他家のように金策に取り組んでくださいまし」

「俺に商売人の真似事をしろというのか！　誇り高き軍人に向かってなんと無礼な……

金の管理は、妻たるお前の役目だろう。それなのに無駄使いばかりしよって!!」

「おやめください!」

ルミナがどれほど叫んでも、興奮した二人の耳には入らない。

いまにも掴みかかって暴力沙汰になりそうなのを、控えていた使用人たちが必死に宥めている。

口汚く罵り合う両親の姿を、ルミナは絶望した顔で見つめていた。

(どうして)

何もかもうまくいくと思っていたのに。すべてがうまくまとまるはずだったのに。

ロロナという要を失い、いまにも崩壊しそうな伯爵家の中心で、ルミナは呆然と立ち尽くしていた。

商人ゼリオ　三

商談室でソファに深く腰を下ろすゼリオは、額に滲む汗を必死に拭っていた。

先ほど渡された見積書に書かれた金額と数字が、あまりに荒唐無稽すぎたからだ。

「ハングリック殿……さすがにこの数は、我がミイシ商会でもさばききれるかどうか」

「ご謙遜を。前回の取引分はすぐに完売したのでしょう？　きっとすぐに評判が広がり、買い手が殺到しますよ」

「しかし……」

　不安げに眉を寄せるゼリオとは裏腹に、真正面のソファに浅く腰かけたハングリックはにこやかな表情だ。

　ステラ帝国では名の知れた商会からやってきた彼こそが、ミイシ商会にセンズ布の取引を持ちかけた張本人だった。

「前回は運がよかったのです。さる運送業を営む会社から、長旅に備えて丈夫な布が欲しいと要望があったので一度にさばけました。確かにとてもいい商売にはなりましたが」

「では、今回こそはたくさん仕入れてください。私どもはあなたのミイシ商会なればこそと思い、お話を持ちかけているのですから」

「はあ……」

　曖昧な笑みを返しながら、ゼリオはハングリックが提示してきた見積書に再び目を落とす。

　そこに書かれているのは、前回の数十倍の仕入れ数を希望するということだった。

（数は多いが、その分、仕入れ値は破格。すぐにも納品してくれるというし、前回の取

引でセンズ布の評判を聞いた顧客から問い合わせがきていることを考えれば、さばけぬことはない。だが)

ちらりと盗み見たハングリックは、なんの裏も感じさせない満面の笑みを浮かべている。

自信に満ちたその姿には、一切の不安も抱かせない迫力すらあった。

だからこそ、余計にゼリオは「何かがおかしい」と感じてしまった。

(……お嬢様がいてくだされば)

ロロナの死を喜んでおきながら身勝手だと思いながらも、ゼリオはそう考えずにいられなかった。

この条件で契約してもいいのかと相談したくてたまらなかった。

センズ布は確かに良質で、この先も取引を続ければ商会を支える主力商品になるだろう。

しかし、あまりにも展開が急だった。

前回の取引からまだ二週間も経っていない。

国境を越えてこれだけの商品を持ちこむなら、数ヶ月はかかるはず。同盟関係にある二国間とはいえ、調査や関税などの手続きを考えれば、元々用意していたとしか思えない。

湧きあがる不信感でゼリオは胃の腑が締めつけられるような気がした。

「どうしてためらうのです？　前回は数を減らすのをあんなに嫌がっていたのに」

「それはそうなのですが……やはり、この数を抱えるとなるとこちらも準備が必要なので」

「ははあ。それはそうですな。ではいっそ、倉庫ごとお貸ししましょうか」

「それは」

どうしてそこまでこちらに有利に話を進めようとするのか。

かつてのゼリオであれば、とっくに飛びついていただろう。

だが、ロロナとともに商売をした日々で培った経験が、ようやくこの取引の「おかしさ」に気づかせてくれた。

ロロナが最初の契約をあんなに渋っていた理由が、おぼろげだがわかる。

（……お嬢様……）

ロロナはいつだって冷静だった。

目の前の情報や商品だけでは判断せず、じっと状況を見極め正しい判断をしてくれた。

そのおかげで商会はここまで成りあがったというのに、ゼリオは目の前の金に目がくらみ、ロロナへの恩義を忘れていた。

『この商会がここまで発展したのはロロナ殿の尽力あってこそだというのに、身勝手なことだ』

あの日、アスランに向けられた言葉がずっと頭を離れなかった。

ロロナとの日々を振り返り、いかに自分の考えが浅はかで醜（みにく）いものだったかを思い知らされた気分だった。

ならば、どうすればいいのか。

いまの伯爵家に下手に関われば、商会に悪影響を及ぼしかねないだろう。だがこのまま放置していれば伯爵家は没落してしまうかもしれない。ロロナの家族を見捨てることは恩を仇（あだ）で返すにも等しいが、ただの商人でしかないゼリオにできることは限られている。私財を投げ打つ覚悟まではまだ持てない。

ハングリックがやってきたのは、そんな矢先のことだった。

彼が商談を持ちかけてきたのがロロナの死の直後であれば、ゼリオはこの魅力的な契約にためらいなく頷（うなず）いていただろう。

（アスラン殿に感謝しなければならないな）

自らの目を覚まさせ、助言をくれた彼はやはり商会にとって貴重な顧客であった。

（私は本当に肝心なところでだめな商人だ）

アスランが情報を買うために置いていった宝石は、ロロナの金とともに引き出しにしまったままだ。去り際、アスランは「もう二度と会うことはないだろう」とゼリオに告げた。最後の会談が苦いもので終わったことを、ゼリオは永遠に悔やみ続けるのかもしれない。

「ゼリオ殿？」

ハングリックが不思議そうに首をかしげている。

その表情やしぐさは人好きのするものだが、こちらを見るその瞳の奥には隙あらば付け入ろうというあざとさが滲んでいるのがいまのゼリオにはわかった。

ここでうまく立ち回らなければ、ロロナに報いることはできないとゼリオは気持ちを引き締める。

「大変ありがたいお話です。できればすぐにでも進めたいところですな」

「では」

「しかし実は少々込み入った事情があり、本日すぐにというわけにはいかないのですよ」

ぴたり、とハングリックが動きを止めた。笑顔は変わらないのに、その周りの空気が冷えたのがわかる。

じりじりと迫るような威圧感にゼリオは喉の渇きを感じながらも、あくまでも穏やかな商人の表情を貫く。

「せめて明日の午後まで待っていただけないでしょうか」

「明日の午後ですか」

「ええ。そうすればこちらの事情も解決するでしょうし、商品をお預かりする倉庫も確保できます」

「なるほど……」

ハングリックは何かを考えるように手を顎に当て、じっとゼリオを見つめてくる。何かを探るようなその視線を受けとめ、ゼリオもまたハングリックを見返した。

「事情があるならば仕方ないですね」

「ご理解いただけましたか？　こちらも無理を承知でお願いしています。もし、やはり難しいということであれば、別の商会に話を持ちこんでいただいても、文句は言えません」

「いえいえ。こちらはこの商会の力を見こんで話を持ってきたのです。いいでしょう、お待ちしますよ」

うんうんと一人で何かを納得したように頷くハングリックに、ゼリオは内心困惑していた。

てっきりすぐに契約しないとよそに話を持っていくぞ、などと脅されるかと思ったのに、あまりにあっけなく承諾されてしまったことに肩透かしを食らったのだ。

「快諾していただきありがとうございます」

「これから長い付き合いになるのですから、当然ですよ」

「ハングリック殿は心が広い」

「いやいや。しかしゼリオ殿も大変でしょう、相談する相手がいないというのは心もとないものですからね」

「……は」

その言葉にゼリオは一瞬だが商売人の仮面を被り損ねる。

目の前で微笑むハングリックの顔からは何も読み取れない。

底知れぬ恐ろしさがそこにあることだけがわかった。

「ではまた」

固まってしまったゼリオを残し、ハングリックは現れた時と同じような軽い足取りで部屋を出ていく。

その背中を見送りながら、ゼリオは脂汗を額に滲ませた。

(彼はいま、なんと言った……？)

この商会は表向き、ゼリオが商会長として取り仕切っている。

ロロナの存在を知るのは、商会立ちあげの頃から関わっているほんの一部だけだ。ハングリックはロロナに会ったことすらないのに。

（お嬢様が死んだことで、俺が困っていると見透かしていた……？）

あまりにあっけなく引いたのも、こちらの混乱を見越していたからだとしたら。

体中の血が凍るような恐怖を感じながら、ゼリオは呆然と見積書を握りしめていた。

異母妹ルミナ　五

「早く馬車を出しなさい。いますぐよ！」

「しかしルミナ様。もう夕暮れです」

「うるさい！　早く王城に、ベルビュートさまのところに行くのよ」

甲高く叫びながら、ルミナは必死に自分を止めるメイドを突き飛ばし、馬車に乗りこんだ。

「はやく！」

ルミナのただならぬ様子に戸惑いながらも、主（あるじ）に逆らえない御者は鞭（むち）を鳴らして馬車を走らせた。

夕暮れ時の街道は人通りもまばらで、すれ違う馬車はほとんどない。

窓から見える茜色の空を見つめながら、ルミナは両手をきつく握りしめる。

明け方からはじまった両親との話し合いとも呼べぬ罵り合いは昼過ぎまで続いたが、結局どちらも自分の大切なものを手放すという決断をしなかった。

伯爵はベルベラッサの宝石をすべて売り払えと叫び、ベルベラッサは伯爵のこれまでの行いを責めたてる。

ルミナはそのあさましく醜い姿をただ眺め続け、疲れ果てた二人が自室に戻るまで動くこともできなかった。

メイドに連れられ自室に戻ったルミナは泣き崩れるようにしてベッドに倒れこみ、そのまま気を失うように眠っていた。

気がついた時には日が傾いており、室内は茜色に染まっている。

「あたまがいたい……」

重い身体を引きずりながら部屋を出ると、まるで待ち構えていたかのようにベルベラッサが廊下に立っていた。

「お母さまっ……!?」

いつからそこにいたのかと、ルミナは思わず悲鳴を上げてしまう。

こちらを見つめる瞳はらんらんと輝いており、華美なドレスと重たそうな装飾品の数々を身につけた細い身体の肌つやは妙になまめかしい。大切な母親のはずなのに、その姿にどうしてか生理的な嫌悪感がこみあげてくる。

「ルミナ……もうあなたに頼るしかないの」

のろのろと近寄ってきたベルベラッサが、おもむろに両腕を掴んできた。

細く痩せた指が恐ろしく強い力でルミナの腕を掴み、爪が食いこむ痛みに身をよじるも振りほどけない。

「お友達にね、ジル男爵という方がいらっしゃるの。少し高齢だけれど身分もあるし、財産だって持っているわ」

「ジル男爵……?」

聞き覚えのない名前にルミナは顔をしかめる。母の交友関係は広くてルミナも把握しきれていない。どうして突然見知らぬ人の話をするのか理解できなかった。

「彼は最近奥様を亡くされて……寂しいとおっしゃっているのよ。いい相手はいないかと相談されていてね……ねえ、ルミナ?」

どこか甘えたような母の声にルミナは息を呑んだ。

「……まさか!」

「あなたを見ればきっと気に入るはずよ。支援だってしてくださるわ。ねえルミナ。お母様を助けてくれるわよね」

「ヒッ……!!」

ルミナは縋りつくベルベラッサの身体を思い切り突き飛ばした。

枯れ葉が踏みつぶされるような音を立てて廊下に倒れこむその身体を助け起こす気にはなれない。

（いま、この人はなんと言った？）

「ルミナ……ねえお願いよ。そうすればお母様は何も失わないわ」

突き飛ばされたというのに怒る様子もなく話しかけてくるベルベラッサの目は、ルミナを見ているようで何も見ていない。

虚ろな瞳に映る自分の姿にルミナは引き攣れた悲鳴を上げた。

「お母さまは、私よりも宝石が大事なの……？」

ベルベラッサの表情が一瞬だけゆがむが、答えようとはしない。

幼子をあやすような笑みを浮かべ「ルミナ」と甘い声で呼びかけ近寄ってくる。

「来ないで!!」

我慢できず、ルミナは走り出した。振り返る勇気もなかった。

そのまま乗りこんだ馬車の中、祈るように両手を組みながら、ルミナは自分に残された唯一の希望であるベルビュートに思いを馳(は)せる。

一刻も早く、あのたくましい腕に縋(すが)りつき助けてと泣きじゃくりたかった。

(きっと助けてくださるわ。だってベルビュートさまは、私を愛しているとおっしゃったもの)

ロロナに婚約破棄を告げると決まった日、ベルビュートはルミナに愛を告白してくれた。

すべてが無事に片づいたら、絶対に結婚しようと言ってくれた。ルミナを王妃にしてくれると誓ってくれた。

(もうお母さまもお父さまもどうでもいい。伯爵家が没落したって構わないわ。だって私は王家に嫁(とつ)ぐんだもの)

自分を一番にしてくれない両親など捨ててしまえばいい。

元々、一番欲しかったのはベルビュートだ。

ロロナから奪い取れた、最愛の人。

「待っていてベルビュートさま、いま……きゃっ⁉」

突然、視界がぐらりと揺れた。

一瞬の浮遊感の後、何かに叩きつけられるような衝撃が馬車全体を襲った。

「なに、なにっ……!!　いやあああああ!!」

勢いに抗えず座席から落ちた身体が、床なのか壁なのかもわからない場所に激しくぶつかる。

激しい馬の嘶きと御者の叫び声を遠くに聞きながら、ルミナは全身を貫く痛みに意識を失った。

管財人シェザム　五

早朝のうちに伯爵家を出ていたシェザムは、夕暮れの街道を一人歩いていた。

この時間までかかって、ようやくこれまで取引のあった店に挨拶を済ませ、溜めていた支払いを清算することができた。

既に空は茜色から墨色へ落ちかけていて、人気もまばら。急がなければと早足で整備された道をひた歩く。

「運がよかったと言うべきか……」

シェザムが屋敷の裏門から外に出た時、伯爵の乗った馬車が正門をくぐるのが見えた。

あと少し屋敷を出るのが遅ければ、伯爵のもとに引きずり出されていただろう。

クビを宣告した使用人がまだ残っていると伯爵が知れば、切り殺されていたかもしれないと考えながら、シェザムは汗ばんだ己の首を乱暴に拭った。

夜のうちに信用をおける使用人だけを集め、紹介状と支払いが滞っていた賃金を手渡した。

ベルベラッサとルミナに近い使用人たちの分は執事長に預けたので、どうにかしてくれるだろう。

主人に渡すもよし、自分で使うもよし。

なんにせよ、自分の役目はもう終わったとシェザムは晴れ晴れとした気持ちだった。

ロロナが遺してくれた金銭は完全に使い切り、シェザムに遺されたのは目的地に向かうわずかな路銀だけ。

生家であるベルマン家には、もう二度と帰らないと離縁状を送った。

仕える主を裏切り勝手をした息子とは縁を切らせておいたほうがいい。

リュース伯爵家の金庫番を生業としてきたベルマン家であったが、高齢の母は既に王都を離れ静かな余生を送っている。妹夫婦が近くに住んでいるので、老後の心配はないだろう。親不孝な息子のことは早く忘れてくれればいいとシェザムは願っていた。

「どのみち、伯爵家に残っていても死ぬしかなかっただろうな」

あれだけの負債を抱えた伯爵家が生き残れるとは思えない。

没落ともなれば、金を預かっていたシェザムは罪に問われる可能性がある。

貴族を処刑できないからと、使用人を身代わりにするなんてことはよくある話だ。

「ロロナお嬢様、もうすぐお迎えにあがります」

シェザムは懐から一通の手紙を取り出す。

それは昨夜遅く教会から届いた『ロロナの遺体処理が終わったので、引き取りに来てほしい』という内容のものだ。

シェザムはそれを伯爵家の誰にも伝えなかった。

彼らにあるのはいつだって目先の欲望だけ。

ロロナが死んで三日も経つというのに、葬儀の準備をする気配すら見せない。

そんな場所にロロナを連れて帰ることなどできるものか。

通常ならば、不慮の事故で命を落とした信徒の亡骸は、教会で死亡が確認され次第、家族のもとに戻される。

だが、ロロナは教会への参拝と寄付、慈善活動を熱心に行っていたこともあり、厚く信奉されていた。だから遺体の処理にも最上級の手間をかけてもらったのだろう。

ロロナが大切にされていたという事実に胸が熱くなると同時に、切なさがこみあげてくる。

「早く約束の場所に急がなければ」

悔いなくロロナを迎えに行くためにも、まだやらなければならないことがある。

腕の中の鞄(かばん)を抱えこみ、前だけを向いて歩く。

「おや、シェザム様じゃないですか」

「‼」

突然かけられた声に、シェザムは叫びそうになりながら足を止め振り返る。

伯爵家からの追手かと身構えたが、その声の主(ぬし)はよく見知った郵便配達人だった。

「ちょうどよかった。速達で手紙を届けに行くところだったんです」

鞄(かばん)をあさる配達人に、シェザムはまずいなと顔をしかめる。

伯爵家宛ての手紙など受け取れば、ややこしいことになりかねない。

だが予想に反し、配達人が差し出した手紙の宛先はシェザム個人だった。

「おかげで手間が省けましたよ。じゃあ」

配達人は急ぎ足でその場を去っていく。

残されたシェザムは、受け取った封筒を見つめながら一体誰だろうと差出人を確認する。

「……？」

まったく見知らぬ名前だった。

だがそこに書かれた住所に何か引っかかりを感じる。

「……とにかく、先を急ぐか」

いまここで開けて読む時間はない。シェザムは鞄に手紙を突っこむと、再び目的地に向かって歩き出したのだった。

アステル　三

大きな窓にもたれかかり、夜空を見あげていたアステルは、控えめなノックの音にわずかに眉を動かす。

「なんだ」

「失礼します」

扉を開けたのは、黒いローブをまとったカイゼルだった。

闇夜に紛れるような静かな足取りのまま室内へ入る彼に、アステルはけだるげな視線を向ける。

「どうだった」

「救護院にいる御者ですが、まだ意識は戻っていません。医者曰く、このまま目覚めない可能性が高いとのことでした」

「なるほど……やはり話を聞くのは無理か」

「事故にあった馬車はロロナ様が乗っていたもので間違いありませんでした。調べましたが車軸や車輪に不自然な壊れ方はなく、事故そのものは偶発的なものかと」

「……例の件はどうだ」

「そちらはアステル様の予想通りです」

カイゼルは懐から紙束を取り出す。

それを受け取ったアステルは、何枚かに目を通したところで口端を吊りあげた。

「ふん……やはりな。ずいぶんと手のこんだことをする。悪趣味なことだ」

「姑息としか言いようがありません。例の取引に気がつけたことは大きいです」

「ああ。思いがけない収穫だった……ロロナの思し召しかな」

乾いた笑いをこぼしながら、アステルは再び窓の外に目を向けた。

明るい月と星のきらめきの美しさはロロナの凛とした姿を彷彿とさせ、まだ弔えそうにない恋心が悲鳴を上げる。

それは最初に帝国を出た時に抱えた悔しさや悲しさ以上の苦しみだった。

命を守るために逃げるしかなかったアステルは、ニルナ王国にある小さな街のとある屋敷に身を潜めていた。

黒い髪と赤い瞳という知る者が見ればすぐに素性がわかる外見を隠すために、髪を茶色く染めて分厚い眼鏡をかけるしかなかった。

名前も『アル』と名乗るように言われて過ごす日々の中で、自分が何者なのかさえわからなくなっていった。

外出することはほとんどなく、ただ死んでいないというだけの日々。

気がつけば帝国を出て二年の歳月が流れアステルは十四歳になったが、まるで疲れた心に引きずられるように、その外見は十二歳のまま時を止めていた。

それは、穏やかな春の日のことだった。

引きこもってばかりの状態を案じたカイゼルによって、アステルはなかば無理やり外に連れ出されていた。

屋敷から少し離れた場所にある丘には美しい花々が咲き乱れて、とても華やかだった。

ぼんやりとそれを見つめていたアステルは少し一人にしてほしいとカイゼルに頼み、腰を下ろした。カイゼルは何か言いたげな様子だったが、アステルの気持ちを察したのか「少し馬を走らせてきます」と言ってその場を離れた。

美しい花の中で特にアステルの目を引いたのは、可憐な菫の花。たった一度だけ会話を交わした美しい少女の瞳と同じ色のその花に、アステルの心がわずかに動く。いずれニルナ王国の王妃になるであろう彼女の姿を思い出してしまい、どうしてか泣きそうになった。

「ごきげんよう」

だから突然聞こえたその声は、都合のいい幻聴だとしか思えなかった。

「綺麗な花ですね」

再び声をかけられ、それが自分の空耳でないことを理解したアステルは、警戒しながらゆっくりと顔を上げた。

そこにいたのは瞳と同じ優しい菫色のワンピースを身にまとった少女。長い髪を結いあげることもせず、風に揺らされるままになびかせる姿はまるで花の妖精に見えた。

「あ……」

間違えるわけがない。それはロロナだった。

記憶が正しければ、いまのロロナは十二歳。

最後の記憶よりもずいぶんと背が伸びて女性らしい柔らかさを帯びはじめたロロナは、

想像していた何百倍も美しくなっていた。

「君、は……」

ロロナ、と呼びかけそうになった口をアステルは慌ててつぐむ。

名前を呼んでしまえば、こちらも名乗らなくてはならなくなる。偽りの身分を告げたとしても、何かの弾みで正体がばれたらどうなってしまうかわからない。何よりいまの惨めな自分の身の上をロロナに知られることだけは嫌だった。

黙りこんでしまったアステルを、ロロナはじっと見ていた。

相変わらず表情から感情を読み取ることはできないが、その瞳にわずかな驚きときらめきが交ざっているようにアステルには思えた。

ロロナのそばには壮齢のメイドが二人控えているだけで、ほかに大人の姿は見えない。

メイドたちは質素な服装のアステルを近隣に住む子どもとでも思っているのか、特に警戒する様子もなく「お嬢様、あまり遠くに行ってはいけませんよ」と優しく声をかけるだけだ。

（都合のいい夢だろうか）

何度瞬いても、目の前のロロナは消えずにそこにいる。

ロロナは返事をしないアステルにわずかに頭を下げると、少し離れた場所にしゃがみこんで花を摘みはじめた。

　彼女の手の中で小さな花束ができあがっていく。

「えっと……」

　ある程度花を摘み終わったらしいロロナが、少しだけ困ったように周りを見回した。

　ぼおっとロロナを見つめていたアステルは、引き寄せられるようにそのそばへ近寄る。

「なにしてるの？」

「……！」

　声をかけられたことに驚いたらしいロロナが、目を丸くして顔を上げた。

「えっと……花を留めておく紐を落としてしまったみたいで」

「ああ」

　ロロナが何に困っていたのかを理解したアステルは、自分の靴紐をほどいて、ためらいなく差し出した。

「あげるよ」

「でも、そうしたら靴が」

「走らなければいいだけだから気にしないで。せっかくのお花、持って帰りたいんだろう？」

迷っていたようなロロナだったが、おずおずという様子でアステルが差し出した靴紐を受け取り花の茎を縛って小さな花束を仕上げる。

鮮やかな春の彩の花束は、ロロナの美しさを際立たせた。

「ありがとう」

嬉しそうな声を上げるロロナの口元は、わずかにほころんでいた。

アステルにはそれが微笑だとすぐにわかった。

胸の奥がくすぐったくて、どうしてだか走り出したくなる。

「僕はアル。この近くに住んでいるんだ。お嬢さんは？」

「ええと……ロ……ローナと言います。この近くの別荘に遊びに来ているの。窓から見た花畑が綺麗だったから、つい」

偽名を名乗りながら視線をさまよわせるロロナの態度に、何か事情があるのだとアステルは悟る。

それはアステルも同じことだった。

何も話せないし、久しぶりだと挨拶することもできない。

それがもどかしくもあり、いまは心地よくも感じられた。

それから二人は「アル」と「ローナ」という偽りの名前のまま、他愛のない話をして時間を過ごした。

好きな花、食べ物、本の名前。

身分や立場に囚われない、優しく静かな交流に、アステルは泣きたいほど癒されていくのを感じた。

気がつけばあっという間に日が傾きはじめ、ロロナはメイドたちに促されて帰っていく。

何度も自分を振り返るロロナの姿に、アステルの胸は苦しくなった。

それからアステルとロロナは、幾度となく花畑で同じ時間を過ごした。

ロロナは花畑をずいぶんと気に入っているようで、何度もここが好きだと口にしていた。

アステルもいつの間にか、この場所が大好きになっていた。

毎日のように花畑に出かけるようになっていた。

最初は同行していたカイゼルも、事情を知ってからは一人で出かけることを許してくれるようになった。

ロロナが来ない日であっても、次に会ったら何を話そうかと考えるだけで時間はあっという間に過ぎていく。

「アルは優しいのね。きっといいご家族に恵まれたのだわ」

会話の中で不意にロロナがそう呟いた。

菫（すみれ）色の瞳が眩しいものを見るようにアステルに向いている。

「……そうだね。僕にはすぎた家族だったよ」

「だった？」

「いまの僕に、家族と呼べる人はいない」

継承権争いの中で、アステルはほとんどの家族を失った。

元々アステルの母は帝国に身内がなく、後ろ盾はないに等しい。母を失ったアステルに唯一寄り添ってくれたのは、第五皇子を産んだ側室の一人イーダ。彼女もまた別の国から帝国に差し出された姫で、同じ境遇のアステル母子（おやこ）にずっと親身になってくれた。アステルもまた、もう一人の母としてイーダを慕っていた。

だが、その信頼は手ひどい裏切りにより壊される。

イーダに招かれた園遊会で、アステルは母と同じように毒を盛られたのだ。もがき苦しむアステルをイーダは虚（うつ）ろな瞳で見おろしていた。カイゼルが連れて逃げなければ、アステルはあのまま絶命していただろう。

尊敬していた兄と大切な母は死に、家族と信じていた者に裏切られた。祖国ステラ帝国に、アステルの居場所はもうない。

「そう……私と一緒ね」

「ローナも？」

アステルは驚きに目を丸くする。

知る限り、ロロナの父親は生きているし、継母や異母妹だっていたはずだ。

「アルと違って生きてはいるわ。でも、父も義母も私に興味がないの。一緒に食事をすることもない」

「……それは、寂しいね」

「そうでもないわ。もう慣れちゃった」

「…………」

「私、生まれた時からたくさんのことを決められていて、自分では何も選べなかった」

「何も？」

「うん。でも仕方がないの。そういうものだからって……でも、少し疲れたみたい」

何かを諦めたように口にする姿が、アステルにはいまにも消えそうに見えて、気がついた時にはその背中にそっと触れていた。

細く薄い背中をいたわるように撫でると、ロロナの白い頬がわずかに赤く染まった。

「人に撫でてもらうなんて、初めて」

くすぐったいのね、と笑うロロナに、アステルは自分の心臓が破裂しそうなくらいに大きく脈打つのを感じた。

もう誤魔化せないほどにロロナに惹かれていることをアステルは思い知らされる。

こみあげる愛しさと同時に、ロロナが自分ではない誰かの婚約者であることが腹立たしく悔しくてたまらない。

「ありがとうアル。あなたと話せて本当に楽しかった」

「僕もだよ、ローナ」

このまま彼女をさらって逃げたいと思いながら、そんな勇気も力もない自分が歯がゆくてアステルは叫び出したかった。

「……君は僕を優しいと言うけれど、僕は弱いだけだ。本当に優しいのは君だよ、ローナ」

「私が？」

「ああ、君は本当に優しくて綺麗な人だ。僕は……僕は君を尊敬してる」

驚いたようにこちらを見つめるロロナに、アステルは微笑みを向けた。

「私を、尊敬してくれるの？」

「ああ！　僕は君をずっと尊敬し続けると思う。ねえローナ、また明日も会える？」

ロロナがいまにも泣きそうなほどに瞳を潤ませ、唇を噛み締めていたからだ。

いつも瞳と口元でしか感情を見せることがなかったロロナがはっきりと心を表したその表情に、アステルはうろたえる。

「アル……私もう帰らなくちゃ」

「ローナ！」

逃げるように立ちあがったロロナは、アステルに背を向けたままメイドたちのほうに走り出してしまう。

追いかけようとしたアステルの前に、一人のメイドが立ちふさがる。彼女もまた、どこか悲しげな顔をしていた。

「お嬢様のお話し相手になってくださり、ありがとうございます」

メイドはアステルの手に一枚の金貨を握らせた。

庶民にとって大金であるそれは、ずっしりと重く冷たい感触だった。

なぜと聞けぬまま立ち尽くすアステルを残し花畑から去っていくロロナは、一度も振り返らなかった。

「……っ」

アステルは息を呑んだ。

翌日、ロロナは花畑には来なかった。その翌日も、翌々日も。

待つことをやめたアステルはカイゼルに、ロロナについて調べてほしいと頼んだ。

カイゼルはようやく心を取り戻したアステルの願いをすぐに聞き入れ、ロロナについての情報を集めてくれた。

そうして、ようやくアステルはロロナが置かれている様々な状況を知ることができた。

ロロナがこの街に来たのは、亡くなったロロナの母親が小さな別荘を持っていたから。

幼い頃に死に別れた母が唯一遺した財産をロロナは秘密裏に売り払いに来ていたのだ。

軍事遊びにのめりこんだ父親と、散財ばかりの義母の尻拭いのため。

美しく大人びてはいても、ロロナはまだ少女だ。にもかかわらず、大切なものを自らの意思で手放した。

「……ロロナ」

金貨を握りしめ、アステルは歯を食いしばる。

家族を失い裏切られた悲しみにただ酔っていた自分の小ささに比べて、ロロナはなんと強く気高いのだと心打たれた。

強い彼女に恥じない人間になりたいと、アステルはようやく目を覚ますことができた。

それから、アステルの身体は止まっていた時間が嘘のように急成長していった。

身体だけではなく、あらゆることを貪欲に学び、失った日々を取り戻すためにアステルは必死だった。

必ず帝国に戻り、自らの立場と命を守るだけの力を手に入れ、王妃となったロロナに会いに来ようと。

たとえ叶わぬ恋だとしても、彼女と対等の立場で会話ができる人間になりたいと、アステルはずっと努力してきた。

だがロロナは死んだ。

想いを伝えることも、救われたと感謝することもできないままに。

「ロロナ」

身勝手な恋だとわかっている。

想いを告げたところで、気味が悪いと恐がられることだって理解していた。

それでも、どうしても恋焦がれずにいられなかった。

ニルナ王国で過ごしたこの数年、ロロナについて知ることがアステルにとって生きがいだった。

元気にしているだろうか。幸せだろうか。

金策のために商売をはじめたと聞きつけた時は、我慢できずに顧客として商会に近づいた。

正体を明かすわけにはいかず、カツラを被り仮面をつけてアスランという偽名を名乗り、ただの客としての立場を貫いた。

ロロナに会うためにはじめたことだったが、それは思いがけずアステルの利益にもつながった。

ロロナの役に立つ話はないかと自らも王国で商売をするうちに、国内だけではなく帝国の動きを掴むことができるようになり、財産もずいぶん増えた。

本当にロロナは自分にとっての女神だと、アステルは想いを強くするばかりだった。

表向きには商会に関わっていないことになっているロロナとはめったに会話もできなかったが、それでも彼女を間近に感じられたことで、アステルはますます努力することができた。

「あと少しだったんだ、あと少し……」

帝国に戻るための下地は整いつつあった。

その矢先、ロロナとベルビュートの関係が破綻しつつあるという情報も仕入れた。

それが事実だとわかった時の喜びをアステルはいまも覚えている。

（だったら俺がロロナをもらう）

そう心に誓ったはずなのに、失敗した。

あの時ロロナを追いかけてその場で想いを伝えていれば、こんなことにはならなかっただろう。

自分の無力さを呪うように噛み締めた唇に血が滲む。

「ロロナ、せめて君が静かに眠れるようにできることは全部するから。だから……」

どうか安らかに。

祈りのこもったアステルの呟きに答えるように、夜空の星が静かに瞬いていた。

第四章　壊れた未来

王太子ベルビュート　四

いまにも死んでしまいそうな顔色のベルビュートがリュース伯爵家を訪れたのは、日が高くなってからだった。

のろのろと馬車から降りたベルビュートを出迎えた伯爵家の執事も、同じく顔色が悪い。

屋敷全体が、まるで何かに呪われたような重苦しさに包まれている気がして、ベルビュートはかすれた声で呻いた。

「ベルビュート殿下……！　わざわざ来てくださったのですね」

真っ先に駆け寄ってきたのは、ルミナの母であるベルベラッサだ。

こんな状況だというのに、髪を結いあげ、しっかりと化粧を施した顔は不気味なほどに整って見える。

たくさんの宝石に飾られた手を差し出されても、ベルビュートはそれを取る気になれずに、曖昧な顔で頷くしかできなかった。

「ルミナの容態は？」

「……それが」

言葉を濁しながら顔を伏せるベルベラッサに、ベルビュートは口の中が苦くなっていくのを感じる。

その知らせが届いたのは、早朝。

昨晩、ベルビュートに会うために王城へ向かっていたルミナの馬車が、転倒事故を起こしたという。

既視感にまみれたその知らせにベルビュートは血の気が引いたが、幸いなことにルミナの命は助かったと知らされその場に座りこむことは免れた。だからといって無傷では済まず、彼女はいまひどい怪我で寝こんでいるという。

答えの見つからぬまま漫然と朝を過ごし、婚約者の妹を見舞うという名目でリュース伯爵家を訪れるという選択肢を選んだ。

(伯爵たちに恩を売っておけば、金の相談もしやすいかもしれない)

請求された見舞金と慰謝料は、ベルビュートの財産をすべて処分しても支払いきれない金額だった。

国王や王妃は「自分で招いた種なのだからなんとかしなさい」と協力するつもりはないらしい。

たとえ無一文になったところで、王太子の地位は残るのだからまた財産を築けばいいという考えなのかもしれない。

だが、金のない王太子などという惨めな立場になることだけは避けたい。

伯爵家が減額を申し出てくれれば、少しは融通が利くだろう。ルミナが口を利いてくれるかもしれないし、運がよければいくらか貸してくれるかもしれない。

これまで秘密の関係であったが、ベルビュートがいずれルミナを婚約者として迎えたいという意思を告げれば伯爵たちだって悪いようにはしないはずだ。

そう考えていた矢先の事故なので、金の話はしづらい。

だが、これで印象をよくしておけばきっと話がうまく進むだろう。

（……卑怯だな、俺は）

あまりにもあさましい自分の考えに、何もかも投げ出したくなる。

だがもうここまできた以上、止まるわけにはいかないとベルビュートは一歩前へ足を踏み出した。

「とにかく、一度見舞ってやってください。ずっと殿下を呼んでおりました。本当に殿下を信頼しているのですね……」

その言葉にベルビュートはびくりと身をすくめる。

二人の関係を知らないはずだが、その言葉には皮肉が塗りこめられているように感じてしまった。

ベルベラッサの顔を見られぬまま、ベルビュートはルミナの部屋に案内される。

「う……」

カーテンの閉め切られた部屋には、薬品と血が混ざりあったような独特な匂いが充満していた。

薄暗い室内をゆっくりと進んでいくと、部屋の中央にある大きなベッドの中心がわずかに膨(ふく)らんでいるのがわかる。

「……さま……ベル、さま?」

か細く自分を呼ぶ声に胸が苦しいほど締めつけられる。いますぐルミナに縋(すが)りつき、名前を呼びかけたい衝動に駆られるが、ベルベラッサや伯爵家の使用人たちの前でそんなことはできない。

「話を聞いてやってくださいね」

ベルベラッサは同席するつもりはないようで、ベルビュートが少し先に進んだところで部屋を出て扉を閉めてしまった。

「ルミナ！」

扉の閉まる音と同時に、ベッドに駆け寄る。

ルミナの柔らかな髪が、無造作にシーツに広がっているのがわかった。

「ルミ……ヒッ！」

ベルビュートは息を呑んだ。

悲鳴を上げなかったのは、男としての矜持がわずかに残っていたからかもしれない。

ルミナの可愛らしかった顔は右目を中心に半分以上が包帯で覆われていた。

白い包帯には赤い血が滲んでおり、ルミナの怪我がどれほどひどいものなのかを伝えてくる。

露出している左目だけが、これまでと同じようにベルビュートをまっすぐに見つめていた。

「ベルビュートさま、来てくださった、のですね」

「あ、ああ……」

逃げ出したいほど恐ろしかったが、ベルビュートはその場になんとか留まりルミナに微笑みかける。

「事故にあったと聞いたが……とにかく、君の命が無事でよかった」

自分でも驚くほどに自然と声が出ていた。

ルミナはその声に、瞳を潤ませ「うう」と切なげに声を上げる。

「ベルビュートさま……痛いの……痛いの……」

「一体何があったんだ」

「馬車の前に、犬が飛び出して……それで馬が……」

ルミナは途切れ途切れにその時のことを語った。

突然道を横切った犬の姿に動揺した馬のせいで揺れた馬車はそのままバランスを崩し、街道の真ん中で横倒しになってしまったのだ。

ルミナはその衝撃で右半身を強く打った。

命に別状はないが、顔と腕、それと足にひどい怪我を負ったという。

「そうか。なら、とにかくゆっくり休んで、身体を治すことに専念するのだ」

「はい……ありがとうございます、ベルビュートさま……」

嬉しそうに片目で微笑むルミナによかったと思う反面、どこか落胆している自分に気がついたベルビュートは、表情を取り繕うので必死だった。

とにかく早く話をしてこの場を去らなければ、よからぬ思いを抱いてしまいそうだった。

「ところで、ルミナ……実は」

「ベルビュートさま……ごめんなさい……実は支度金をすぐ返金できそうにないんです」

「は……？　支度金？」

金の話をするつもりだったのは自分のほうなのに、どうしてルミナから切り出されているのか。

支度金とはなんのことだとベルビュートが瞬いていると、ルミナは再び語り出す。

ロロナの輿入れ用に王家から渡されていた支度金を使いこんでしまったこと。

リュース伯爵家にはもう財産がないこと。

伯爵と伯爵夫人の散財がそのすべての原因であるのに、二人ともそれらを手放す気がないこと。

金のため、ある貴族の後妻になるように勧められたこと。

すべてを語り終えたルミナははらはらと涙を流し、たすけてください、とか細い声で訴えた。

包帯に覆われた目からも涙がこぼれているのだろう。包帯がじわじわと濡れていく。

ベルビュートは何も言えなかった。

なぜなら彼もまた、金のあてを求めてここに来たからだ。

傷だらけのルミナからゆっくりと後ずさる。

「ベルビュートさ、ま?」

どうして逃げるの、とでも言うようにルミナの片方だけの目が輝く。

その顔を見ていられなくなって、ベルビュートは踵を返すと大股で部屋を飛び出した。

「ベルビュートさま!!」

背中にぶつけられる悲鳴のような呼びかけから逃げるようにルミナの部屋から出ると、
ベルベラッサがまだそこに立っていた。

青白い顔のまま、媚びたような笑みを張りつけている。

「殿下……ルミナをご覧になりました? かわいそうでしょう……」

「……ああ。だが、命には別状がないと」

「しかし傷は残ります。貴族令嬢としてはもう……」

「それは、そうだな……」

「聞けば殿下にご相談をしに行こうとしていたようで……ねえ、殿下。あの子の治療費を用立ててはくれませんか? お恥ずかしいお話ですが、ロロナの葬儀などありまして多少苦しい状況ですの。あれほどルミナを可愛がってくれた殿下なら……ねぇ？」

「……」

ベルビュートは呼吸をするのさえ忘れかけた。

ごてごてとした装飾品に身を包みながら金をねだる姿は、恐ろしい怪物にさえ思えた。

「すまないが、帰らせてもらう」

「殿下⁉」

追いすがってくるベルベラッサから、文字通り逃げるようにしてベルビュートは走り出す。

振り返ることも足を止めることもせず、一刻も早く伯爵家から離れたくてたまらない。

すべてが真っ黒に塗りつぶされていくような息苦しさに、ベルビュートは低く喘ぐことしかできなかった。

リュース伯爵　三

「何？　殿下はもう帰ったのか！」

身支度を整えていたリュース伯爵は、ベルビュートが自分に挨拶もせずに屋敷を出たことを知り、額に青筋を浮かべた。

いくら王族とはいえ無礼がすぎると声を荒らげ、それを伝えに来た執事にどうして引きとめなかったのかと怒鳴りつける。

あまりの剣幕に、同席していたメイドは失神寸前だった。

「話にならん!!」

おおかた、ルミナの怪我に恐れをなしたのだろうと判断し伯爵は歯ぎしりする。

これだから戦を知らぬ腰抜けはと怒鳴り散らしたい気分だったが、さすがに王太子を捕まえて性根を叩き直すわけにはいかない。

思い通りにならぬ腹立たしさに、身体が内側から燃えてしまいそうな衝動に駆られた。

(だが……もうこうなっては、ルミナに利用価値はないではないか)

荒い呼吸に肩を上下させながら、これからどうしたものかと思考を巡らす。

せっかくいい解決手段が見つかったというのにこれでは水の泡だ、と。

昨日、ベルベラッサと散々罵り合って腹のうちをさらけ出しても怒りは収まらなかった。

だが、怒りで金が湧いてくるわけでもない。こうなれば、無理やりにでも宝石を売り払ってしまうかとベルベラッサの寝室に押し入ると、泣きじゃくりながらそれだけは許してほしいと必死に訴えられた。

「だって、あなたは私を愛してくださらなかったわ。放置して！　宝石だけが私の心の支えだったのよ!!　あなただって許してくださったじゃないですか！」

　悲痛な叫びに、伯爵はとっさに反論することができなかった。

　結婚してすぐに急変したベルベラッサの態度に嫌気がさして、ルミナを身ごもった後はほとんど構うことがなかった。

　買い物のたびに伺いを立てられるのが面倒で、好きにすればいいと許可を出したのはそもそも伯爵自身。

　しゃくりあげるベルベラッサを疎ましいと思うと同時に、憐れに思う気持ちがこみあげてくる。

　身勝手な事情で距離を取っていたとはいえ、一度は妻にと思った女だ。情がないわけではない。

「……わかったから泣くな。すべて取りあげようというわけではない。気に入らなかったものの一つや二つはあるだろう」

「それは」

「お前が言うように、俺も別邸で世話をしている者たちにかける金は少し減らす努力をする」

「本当ですか？」

「ああ」

疑わしげなベルベラッサの問いかけに伯爵は頷く。

伯爵とてここまで金回りが窮していると は知らなかったのだ。さすがに伯爵家をつぶすわけにはいかないことくらいはわかっている。

自分ばかりが折れるのが癪で抗っていたが、ベルベラッサも宝石を手放すのならば、痛み分けにするのが男の務めだろう。

それでこそ軍人だ、と伯爵は己の考えに酔おうとしていた。

「あなた。実はいい考えがあるのです」

「……なんだ？」

涙を拭きながらベルベラッサが伯爵を見あげてきた。

その瞳に宿る妖しげな光と、年月を重ねても衰えない彼女の妙な美しさに、伯爵は身体が熱を持つのを感じる。

「私の知人に、後添えを探されている方がいるのです。領地に金脈があることもあって、ずいぶん羽振りがいいのですよ」

「金脈……ジル男爵家か？」

「あら。ご存じでしたか」

「無論。彼は戦時下でもずいぶん出資をしてくれた気前のいい男だ」

懐かしい思い出に伯爵は目を細める。

金だけではなく、いくつかの鉱脈を領地に抱える男爵家の富豪ぶりは貴族社会に疎い伯爵も耳にしたことがある。

だがそれ以上に有名なのは、その悪癖。金を持て余した貴族には珍しい話ではないが、ジル男爵は女を痛めつけ泣かせるのを何より好む。そのせいで愛人が長持ちしないのだ。借金のカタに己の妻や娘を差し出した知人を伯爵は何人も知っている。

「男爵は数年前に妻を迎えたと聞いているが」

「それがお亡くなりになってしまったそうで……誰かいい人はいないかと聞かれていたんですよ、私」

「……まさか」

「ルミナに、嫁いでもらいましょう。男爵なら持参金も要求しないでしょうし、我が家の実情を知ればきっと私たちを助けてくださるわ」

まさかの提案に伯爵は目を見開き、妻を見つめた。

それはつまり、ルミナを生贄に差し出すも同然の提案。男爵のこれまでを考えれば、ルミナは無事では済まないだろう。

「ベルベラッサ……お前……なんと素晴らしい考えだ」

伯爵は興奮した様子でベルベラッサの腰を掴むと、まるで若い娘にするかのように抱えあげた。

ベルベラッサもきゃあと甲高い声で叫び、頬をバラ色に染める。

「ロロナのせいであれの嫁入り先を見つけるのは難しいと思っていたんだ。だが、ジル男爵ならばそんなことを気にはしないだろう」

「ふふ。それに男爵様だって鬼ではないはずよ。あなたの娘だとわかっているなら、少しは手加減してくださるはずだわ」

にっこりと微笑むベルベラッサはまるで聖母のように輝いて見えた。

「なるほど……しかし、そうなると我が家はどうする？　ルミナが継がなければ我が家は」

「ふふ……子どもなんて、また作ればよいではないですか」

うっとりと目を細め、ベルベラッサが伯爵の腕にしなだれかかる。

その柔らかい身体に、伯爵はベルベラッサがまだ十分に女であることをようやく思い出した。

「ルミナの説得は私に任せてください。あの子は私の言うことならなんでも聞くのですよ」

歌うような声で残酷な言葉を紡ぐ愛しい妻に応えるように、伯爵は腕の力を強める。

ベルベラッサは素晴らしい女だった。

最初の妻などよりもずっと伯爵にふさわしい女だったのだ。

それに、もしルミナが嫁いだ後に亡くなれば、自分は娘を二人も失った憐れな男になれる。

嘆きの時間が過ぎれば、子どもはまた作ればいい。

運がよければ、優秀な息子が生まれるかもしれない。

そんな未来を想像し、伯爵はうっとりと笑みを浮かべたのだった。

だが、その目論見もルミナの事故のせいで台なしだ。

（さすがに傷モノでは男爵に打診するとしても都合が悪い）

傷の程度がどこまでかわからないが、後添えの話をしてもそれを理由に断られる可能性もあるし、金を出し惜しみされるかもしれない。

ようやく見いだした活路が塞がってしまった腹立たしさと、ベルビュートに会えなかった苛立ちに、伯爵はギリリと奥歯を鳴らす。

（まったくもってルミナも間が悪い女だ。いっそ、ロロナのように死んでくれていたほうがよかったものを）

男爵から金を引き出すことはできなくなるが、少なくとも自分は子どもを失った憐れな男になることができたのに。

とにかくベルベラッサと話をしようと、伯爵は怒りに任せた足取りで部屋を出る。

「旦那様っ!!　大変です……!!」

血相を変えた執事が、息を切らせ駆け寄ってきた。

「何ごとだ、騒々しい」

「大変です。いましがた貴族院の兵士たちが……」

「貴族院の兵士だと？　まさか支度金の返還要求に、わざわざ兵士を連れ立ってきたのか」

「違います……あの……」

執事はもごもごと口ごもるばかりで、はっきりとした言葉を発しない。

苛立った伯爵が「さっさと言え！」と怒鳴れば、執事はひぃ！　と悲鳴を上げて飛びあがる。

「伯爵と奥様を、逮捕しに来たと申しております!!」

商人ゼリオ　四

予定していた時刻よりも早くやってきたハングリックを、ゼリオは満面の笑みで出迎えた。

「すまないね。どうにも気が急いて。さて、契約の意志は固まりましたかな」

「まあまあ。とりあえず、ご案内させてください」

まさに平身低頭と言うべき腰の低さに、ハングリックは一瞬だけ眉を吊りあげたが悪い気はしなかったのだろう。にこやかな笑みを浮かべながら、ゼリオに案内されるがままに商会の建物に足を踏み入れた。

「今日はせっかくですから、広間を使ってお話をしようかと」

「ずいぶんと気前がいいですね」

会合やパーティなどを開くための広間に案内され、ハングリックは歓迎されていると思ったのか機嫌がいい。大きなテーブルを挟んで向かいに座ったゼリオに微笑みかける。

「では、決心がつきましたかな」

「ずいぶんと迷いました。とても大きな決断だ」

「そうでしょう。ですが、得るものも大きい」

「確かに。無事に売ることができさえすれば」

「……？」

やけに回りくどい返答をするゼリオに、ハングリックは眉を寄せた。

先ほどまでは媚(こ)びへつらうような笑みを浮かべていたくせに、いまのゼリオにはまるで歴戦の勇者のような圧がある。

「調べて驚きましたよ、ハングリック殿。このセンズ布が一体どういうものなのか」

「……!!」

ゼリオの言葉にハングリックが立ちあがる。

真っ青になった顔には先ほどまでの余裕はなく、焦りと怒りが滲(にじ)んでいるように見えた。

「まさか、貴様」

「これはセンズ布などではない。この布はステラ帝国でのみ作られる特別な品、ラリス生地。生地のまま国外に持ち出したり販売したりすることは厳しく規制されている禁制品だ」

「調べたのか……!!」

ハングリックの言葉にゼリオは険しい表情を浮かべる

「偶然ですよ。この布を見た方が忠告してくださったんだ。これは、一介の商人が手を出していい品ではないとね」

そう。すべては偶然だった。

ロロナについての情報をアスランに話している最中、見本として置いてあったセンズ布にアスランが目を留めた。

興味を持ったらしいアスランにいずれ大々的に売り出す予定の商品だと伝えたところ、「自分ならば絶対に手を出さない品だ」と忠告されたのだ。

その時は嫉妬からくる発言かと思い聞き流したが、ハングリックがあまりに早く次の取引を持ちかけてきたことからゼリオも何かがおかしいと気がついた。

「白いラリス生地を茶色く染めて持ちこむなど……私もラリス生地は噂に聞いていただけで実物を見たことがありませんでしたからね。ラリス生地を扱ったことがある鑑定人に調べてもらうまで気がつきませんでしたよ。金にも見える美しい光沢を持つ布をこんな色に染めるなど、あなたは絶対に商人ではない」

品物の価値を貶（おとし）める加工など、商人のすることではない。

ハングリックの目的は別だと、ゼリオはようやく理解した。この契約は、この商会とこの国に災いを呼びこむものだと。

「……だが、ゼリオ殿。あなたは既にこの布で取引を済ませている。いまさら知らなかったと訴えても、処罰は免れないでしょう」

「覚悟の上です。それに、前回売ったセンズ布はもうすべて買い戻してあります」

「なっ！」

ハングリックは大きく目を見開き、唇をわななかせる。

動揺を隠しきれぬその態度に、ゼリオはゆがんだ笑みを返した。

前回、センズ布をまとめて購入したのが運送業を営む会社だったことが不幸中の幸いだった。

彼らもまた、ラリス生地を知らぬ商人だった。その真価を知らず、次の長旅に備えて倉庫にしまいこんでいたのだ。

ゼリオは彼らのもとに駆けつけ、この布の出自を説明し、購入金額に上乗せするかたちですべてを買い戻していた。

「多少、情報は広まってしまいましたが市場に出回らずに済みました。問い合わせをくださったお客様には事情があって取り扱えなくなったと正直にお伝えしております」

大損害もいいところだ。知らなかったとはいえ、帝国の禁制品を一度は売った以上、よくて罰金、最悪商会の事業停止処分が下される可能性だってある。

だが、ゼリオはそれでもいいと思っていた。これは、ロロナを信じず裏切った自分への罰だと。

「一体何が目的なのですかな、ハングリック殿。禁制品を持ち出した上、このような劣悪な加工まで行った。あなたとて無事では済まないはずだ!!」

「うるさい！　くそっ」

己の劣勢を悟ったのだろう。ハングリックは身をひるがえし、広間から逃げ出そうとした。

だがそれよりもわずかに早く、外側から扉が勢いよく開く。

なだれこんできたのは武装した兵士たちだ。

「な!!」

動揺するハングリックはあっという間に兵士たちに捕まり、拘束される。

「貴様！　俺を売ったな！」

「売ったとは人聞きが悪い。私は違法な取引を持ちかけられたと貴族院に通報したまでです」

「クソッ……あの小娘がいなくなったお前ならば簡単に操れると思ったものを……!!」

悪態をつくハングリックにゼリオは表情を変える。

兵士たちに制止されるのも構わず、ハングリックに駆け寄りその胸ぐらを掴んだ。

「まさか、お前がお嬢様を……!!」

「はっ、残念だが違う。あの小娘にはまだ利用価値があったからな。まさか、あんな事故で死ぬとはこちらも思わなかったよ」

捨て台詞のようにそれだけ言うとハングリックは何かを諦めたような笑みを浮かべ、兵士たちに連行されていった。

呆然とそれを見送るゼリオに、兵士たちの上役らしい役人が近づいてきてその肩を叩いた。

「通報に感謝します。あの男は、ずいぶんと怪しげな商品をこの国で売りさばいていたようです。現在、これまでの取引相手についても調査しているところです」

「……そうだったんですね。一体、何が目的で……」

「詳しくは言えませんが、危ない連中だということは間違いないでしょう。貴殿は運がいい。通報してくださったことを鑑みて、禁制品を扱ったことは罰金刑で済むように処理しておきますからご安心ください」

ゼリオは役人の言葉に頷くしかできなかった。

これまで蓄えた金のほとんどは罰金の支払いで失うことになるだろう。

危ない取引に関わった話が広まっている以上、信用も失ったかもしれない。

だが、ゼリオは最後の最後で商人としての矜持を守れたような気がしていた。

「これでよかったんですよね、ロロナお嬢様」

ゼリオの目から涙がこぼれ落ちる。

情けなさと感謝と悲しみ。すべてが入り混じった嗚咽を漏らしながら、ゼリオはようやくロロナの死に向きあえたのだった。

管財人シェザム　六

車輪が地面を削る音だけが響く馬車の中で、シェザムは目の前に座る青年に気づかれないように、詰めていた息を吐き出す。

（まさか、ステラ帝国の皇族の方だったとは……）

昨晩ようやくすべての用事を済ませたシェザムは、カイゼルに指定された場所を訪れた。

伯爵の別邸を追い出された時に声をかけてきたカイゼルは、シェザムに伯爵家の内情を教えてほしいと依頼してきたのだ。

最初は警戒していたシェザムだが、気がついた時には頷いていた。

カイゼルの主という人物がミイシ商会の顧客であり、今回のロロナの事故死を悲しんでいると知らされたからだ。

ほかに悲しみを共有できる相手がいなかったシェザムにとって、それ以上信頼に足る理由はない。

それにいましがた、ろくに話も聞いてもらえずに解雇を宣告されたのだ。

もはや伯爵家に義理立てすることもない。

打ち明けたのは、リュース家のひっ迫した家計。

伯爵の軍事ごっこに、ベルベラッサの散財。購入した品目の中には禁制品も含まれていることなどを、つまびらかに告白した。

それを黙って聞いていたカイゼルは、シェザムにある提案をした。

「彼らの行いを証明できるものを渡してくれませんか？　私の主ならば、うまく使えるはずだ」

「な……」

「代わりに、その鞄に入ってる借用書に書かれた額を用意しましょう」

「……！」

突然持ちかけられたあまりに法外な取引に、シェザムはどうすべきか迷った。

金銭と引き換えに、伯爵家の内情を暴露する書類を渡したことが知れれば罪に問われるだろう。

いくら伯爵夫妻の行いが法に触れる買い物だったとしても、使用人が主を売るなど許されるはずがない。

だが、シェザムはカイゼルの提案を受け入れた。

「わかりました。売買の書類はすべて伯爵家にあります。一度戻って、すべて集めてきましょう」

「……こちらが持ちかけた話とはいえ、いいんですか？」

カイゼルはあまりに早く快諾したシェザムに驚いている様子であった。

目を丸くしているカイゼルに、シェザムは力なく笑いかけながらゆるく首を振る。

「構いません。どうせ解雇された身の上ですし……あなたなら、ロロナお嬢様の願いを叶えてくださるような気がします」

それはほとんど直感だった。

カイゼルはほとんど表情を変えなかったが、彼がロロナの名前を口にした時に見せた瞳の色はシェザム同様にその死を悼み、怒っていると感じられたからだ。

そして彼が仕える主もまた同じだろうと、なぜかするりと信じることができた。

それからすぐにシェザムは伯爵家に戻り、使用人たちの身の振り方などを整理しながら、これまで伯爵とベルベラッサが武器や禁制品を購入してきた証拠をかき集めた。

その膨大さに途中で笑いたくなるほど呆れがこみあげる。

こんなにも使いこんでいたのか、と。

伯爵家を維持しようと必死に金策していたシェザムとロロナの努力が無駄に思えるほどの金額に、何もかもが馬鹿らしくなった。

裏切ることへのためらいは消え、むしろもっと早くに行動を起こさなかった自分に苛立ちすら覚えた。

すべての証拠を抱えカイゼルのもとに駆けつけたシェザムは、彼の主だという青年に紹介された。

最初は金の髪に仮面をつけた奇怪な人物に戸惑っていたシェザムだったが、彼が素顔を晒した時は、驚きで腰を抜かしそうになった。

（黒髪に赤い瞳……！　ステラ帝国の皇族ではないか……！）

実際に目にしたことはなかったが、その二つを併せ持つのが皇族の証であることはシェザムとて知っていた。

整った顔立ちと堂々としたたたずまいも、それを証明していた。

「よく来たね、俺はアステル・ステラ」

差し出された手をおずおずと取れば、力強く握り返される。

すべてを任せても大丈夫だと思えるその頼もしさに、シェザムは安心で身体の力が抜けそうになるのを感じた。

「これまで君がロロナを助けてくれていたと聞いたよ。俺が言うことではないだろうが、感謝している」

「そんな……あの、あなた様はロロナお嬢様とは……」

「……そうだね。かつて彼女に救われた男だとだけ」

悲しげに微笑むアステルもまた、ロロナの死を悲しんでいることが伝わってくる。

聞きたいことはたくさんあったが、シェザムにはやはりそれだけで十分だった。

王太子の婚約者であったロロナならば、帝国の皇族と交流があってもおかしくはない。

むしろ、そんな相手にすら信頼されていたロロナがただひたすら誇らしく思えた。

「お嬢様は、使用人たちや領民たちの暮らしを守ることだけが、自分の願いだといつもおっしゃっていました」

一度だけ、どうしてそんなに努力できるのかと聞いたことがある。

その時ロロナはなんでもないことのように、そう口にして微笑んだのだ。

凛とした覚悟を秘めたその美しさと気高さに、シェザムは一生彼女についていこうと心に決めた。

だが、ロロナはもういない。

「ですが、伯爵一家はそんなお嬢様の真心を踏みにじるばかり。伯爵も夫人も、自分の欲望に溺れていた。ロロナお嬢様の努力に気づきもせず……」

言葉を詰まらせたシェザムは、瞳に涙を浮かべ唇を噛み締める。

どれほど悔しかっただろう。

厳しい王太子妃教育を受けながら、平民に交じって商売をしてまで伯爵家を支えてきた。

あれほどの努力を重ねてきた彼女に、家族は何をしただろうか。

「君は、本当にロロナに忠義を尽くしてくれていたんだね」

「お嬢様が手を差し伸べてくださらなければ、とっくに僕は壊れていました」

金策に喘いでいたあの日、ロロナが謝ってくれたことに、どれほど救われただろうか。

一緒になって伯爵家の少ない財産をやりくりしてくれたことに、どれほど助けられただろうか。

「お願いします。どうか、お嬢様の無念を晴らしてください」

シェザムは鞄から書類を取り出し、アステルに差し出す。

アステルは大きく頷き、その書類を受け取った。

「使用人たちに関しては、可能な限り手を尽くしました。ですが、領民たちのことまでは」

「大丈夫だ。そこについては手は打ってある。伯爵家が没落しても、ほかの貴族が受け継いでくれるようにとね。ロロナが守りたかったものは必ず守るよ」

頼もしい言葉に、シェザムは安堵からその場に座りこむ。

ロロナの死を知らされてから初めて、ようやく肩の力を抜くことができたような気分だった。

一夜明け、三人はある目的地に向かうため同じ馬車に乗りこんでいた。

「ロロナの遺体は、中央教会に安置されているんだね」

「はい。手紙にはそう書いてありました」

「引受人に伯爵が指定されているようだが……問題ないだろうか」

「そこは問題ありません」

仮面をつけたアステルにシェザムは教会から届いた手紙を差し出す。

「名目上、伯爵宛てではありますが、受け取りは使用人でも問題ないでしょう。僕はお嬢様と一緒に何度か礼拝に行っていますから疑われることはないはずです」

シェザムはロロナに連れられ教会に行ったことを思い出す。

教会に仕える人々は、ロロナの訪れをいつも歓迎してくれていた。そして同伴者であるシェザムにも親切だった。

「むしろ、伯爵本人のほうが警戒されたかもしれませんね。何しろ、伯爵は中央教会に行ったことすらないでしょうから」

生活のほとんどを別邸で過ごしていた伯爵は、最低限の義務として別邸近くの教会に行っていたようではあるが、到底信心深いという態度ではなかったと聞く。教会の心象はよくないはずだ。

「なるほど。君のほうがロロナの関係者としては信頼されている、ということか」

「はい。それに受け取りにはこの召喚状さえ持っていれば問題ありませんから」

「そうか」

仮面の下でアステルがどんな表情をしているのかはわからない。

だが、自分と同じ気持ちでいてくれているような気がした。

「早く、お嬢様をお迎えに行きましょう」

そして静かに弔(とむら)ってあげたい。

いまのシェザムの願いは、ただそれだけだ。

リュース伯爵　四

「逮捕だと……？　この俺を……？」

伯爵は執事の告げた言葉を一切理解できないという顔で首を振る。

執事はぶるぶると全身を震わすと、そのまま床に這(は)いつくばるようにしてうずくまってしまった。

「馬鹿な……なんの権利があって」

よたよたと部屋を出て玄関ホールへ向かうと、そこには執事が言ったように武装した兵士たちが整然と並んでいた。

それはかつて戦場で、伯爵が率いる兵たちが敵陣に見せたのと同じ威圧感を発している。

本能で、自分が敵として認定されていることを伯爵は悟った。

「何ごとだ！　騒々しい」

だが戦を乗り越えた軍人である伯爵が怯えることはなかった。

なぜなら自分には何一つ非などない。何かの誤解だと確信していたからだ。

「リュース伯爵ですね」

ホールに下り立った伯爵の前に立ったのは、軍服を身にまとった凛々(りり)しい青年だった。

胸の階級章を見る限り、将校のようだ。伯爵よりも頭一つ分背が高く、身体も鍛えあげているのがわかる。

凛(りん)としたたたずまいは自分の部下に迎えたいと感じるほどに堂々としたもので、伯爵は「そうだ」と静かに返事をしながら、将校と相対した。

「この騒動はなんだ。私はかつて軍人としてこの国に尽くした身。このような扱いをされるべき人間ではないぞ」

だからさっさと帰れ、と視線に含ませて将校をはじめとした兵士たちを睨(にら)みつけた。

だが彼らは一切怯まない。それどころか、将校は侮蔑(ぶべつ)を滲(にじ)ませた表情で静かに見おろしてくる。

「かつての栄光があれば何をしても許されるとお考えか」

「何？」

「残念ですよ伯爵。貴殿は確かに英雄でした。私もかつては貴殿の伝説に憧れたものです。だが、少々やりすぎましたね」

将校の言葉の意味が理解できず、伯爵はただ眉間（みけん）の皺（しわ）を深くする。

「行き場のない兵士たちを集めて鬱憤晴（うっぷんば）らしをしてくれていたところまではよかった。だが、あなたは少々……いや、だいぶ度を越してしまったようだ」

言葉を発しない伯爵を一瞥（いちべつ）した将校は、後ろに控（ひか）えていた部下から一枚の紙を受け取った。

伯爵が片眉を跳ねあげたことに気がついた彼は、不意に柔らかく微笑む。

「これは貴殿が今年に入って購入した武器のリストです。剣に銃、爆薬……お遊びの私兵が持つにしてはあまりに量が多い」

「そ、れは……」

「そしてこれが一番いけない。移動式の大砲なんて巨大な武器をどうするおつもりでしたか？　戦が終わり、所持を禁じられた品ですよ。平和を維持するために定められた法律にこうもたやすく違反するとは。……恥を知れ」

「……!!」

なぜそれを、と伯爵は顔色を変える。

以前から武器の調達を頼んでいた商人が、偶然手に入った品だと見せてきたのは、いまでは入手することが難しい移動式の大砲だった。

かつてはそれを使い、数々の敵陣を粉砕してきた。かつての武勲と興奮を思い出した伯爵は、思わずそれをくれと商人に伝えてしまったのだ。

無論、所持が禁止されていることは知っている。だから弾をこめたこともなければ、外に持ち出したこともない。それなのになぜ、こいつらは知っているのか。

「私兵を集め大量の武器を集めていたことから、貴族院はリュース伯爵に反逆の疑いありと判断しました。よって、あなたを拘束させていただく」

「なっ!?　馬鹿なっ!!」

「捕えろ！」

向かってくる兵士たちに取り押さえられれば、屈強な伯爵がどれだけ暴れても数には勝てず、地面に押さえつけられる。

立ったままの将校をなんとか見あげるが、彼は冷たい視線で伯爵を見おろしていた。

「貴様！　このような蛮行が許されると思うな！　断固抗議する！　俺のかつての同志たちが黙っていると思うな！」

「お好きなように。これだけの証拠がある以上、あなたに味方する者がいるとは思えませんがね」

表情を一切変えず将校が告げた言葉に、伯爵は喘ぐようにか細い息を吐き出した。まるで地面に叩きつけられた虫のように、哀れに蠢くことしかできない。

「なんなの!! 一体どうしたことなの！」

騒然とした空気を切り裂くように甲高い声が響く。

伯爵が眼球だけを動かして声のしたほうを探ると、ベルベラッサが真っ青な顔で震えている。

妻に無様な姿を見られた怒りと羞恥に、伯爵は渾身の力で拘束を撥ね除けようと暴れるが、兵士たちの押さえこみがゆるむことはない。

「ごきげんよう伯爵夫人。実はあなたにも禁制品の売買に関わった嫌疑がありまして。ご同行願えますかな」

「えっ、きゃ、嫌よ！ 離しなさい！ いやぁ!!」

「やめろ!! 妻に触れるな！」

「あなた、助けて！ なんとかしてちょうだい！」

「……うるさいな。黙らせておけ」

将校は煩わしそうに顔をしかめると部下にそれだけ告げて、踵を返し歩き出す。

兵士たちは指示通り伯爵とベルベラッサの口に布を噛ませ、言葉を封じた。

「んん――!!」

くぐもった叫び声を上げる伯爵を兵士たちは縄で縛りあげ、引きずるように屋敷の外へ運び出す。

その後ろを、伯爵同様に拘束されたベルベラッサが運ばれていく。

彼女もまた抵抗を諦めず何やら喚き散らしていたが、口を覆われているため叫びは言葉になっていない。

身動き一つ取れないまま、伯爵は窓のない貨物車両に投げるように押しこまれる。

(馬鹿な。こんな馬鹿な話があるか。俺は英雄だ。英雄のはずだ)

外側から施錠する冷たい音を最後に、伯爵の世界は暗闇に染まった。

異母妹ルミナ　六

痛い、苦しい、寒い、寂しい。

真っ暗な部屋の中、一人ベッドに横たわるルミナの心を占めるのは昏い感情ばかり。

あの日、転倒した馬車からなんとか這い出したルミナは全身を強く打っていたせいでまともに立ちあがることもできなかった。

通行人が手を貸してくれなければ、その場で気を失っていただろう。

馬は綱が外れて走り去ってしまったようで、誰かが追いかけろと叫ぶのが聞こえた。

御者は道に寝かされたままで動く様子はない。

すべてが現実に思えず、ルミナは呆然とその場に倒れこんでいた。

「……最近は馬車の事故が多いねぇ」

「ああ。今月に入ってもう何度目になるか。最近、やけに野良犬やら野良猫が増えて馬が嫌がるんだよ。俺たちも気をつけないと巻きこまれちまう」

「やだやだ」

無責任な通行人たちの会話が聞こえ、ルミナは視線だけを動かし倒れた馬車を見る。かろうじて形を残した馬車はあちこちが壊れており、窓ガラスも粉々に砕け散っていた。

「お嬢ちゃんよかったなぁ」

ルミナにそう声をかけたのは、老人だ。よかったよかったと繰り返す老人は皺だらけの手でルミナの肩をさすってくる。

何がよかったものか、触れるんじゃないと怒鳴りたかったが、全身が痛くて声すら出せない。

「下手したら死んでいたよ。ほら、この前も馬車の事故でどっかのお嬢様が亡くなっただろう。若いのにかわいそうなもんだ」

それがロロナの事故だと理解したルミナは、自分の中に渦巻いていた怒りがしぼんでいくのを感じた。

（お姉さまも、こんな痛い思いをして死んだの？）

聞かされていたロロナの死に様を思い出し、ルミナは慌てて自分の顔を撫でる。ぬるぬるとした生温かい血の感触にルミナは「いやぁ！」と叫んだ。

死にたくない、怪我なんていやだ、と。

取り乱して泣き叫びはじめたルミナに周囲は慌て安静にしていろと諭すが、結局ルミナは気を失うまで騒ぎ続けた。

次に目を覚ました時は自室に寝かされており、自分がひどい怪我を負ったことを知らされた。

死ぬことはないから安心していいと医師に告げられても、ルミナの気持ちは一切晴れなかった。

（死にたくない。醜くなりたくない）

自分の顔がロロナと同じようにつぶれている姿を想像してしまい、どうにかなってしまいそうだった。

ようやく来てくれたと思ったベルビュートはすぐに帰ってしまったし、なぜか両親も来てはくれない。

時折やってくる使用人たちが腫物を扱うかのように水を飲ませ、薬を塗ってくれるが、何を聞いても答えてはくれない。

片目だけで起きているのが辛く、気を失うように眠っては目を覚ますのを繰り返しているせいで、いまが昼なのか夜なのかもわからない。

「痛い……痛いよぉ……」

小さな子どものように叫んでも、誰も駆け寄ってこない。

『大丈夫よ。お姉さまがそばにいるからね』

「おね、ぇ……さま？」

幼い頃、高熱を出したルミナの手をロロナが握ってくれた記憶が鮮明に蘇る。

父も母も病のルミナに近寄りもしなかったのに、ロロナだけは小さな手で汗ばんだ額を撫で、寂しくないようにと一晩中そばにいてくれた。

あの頃、ルミナはロロナが大好きだった。

頼もしくて美しくて優しい、自慢のおねえちゃんだった。
でもいつの間にか、そのすべてが妬ましくなっていた。
「なさい……ごめん、なさい……!!」
あふれ出す涙で顔に巻かれた包帯が濡れていくのがわかる。
ロロナは決してひどい姉などではなかった。
厳しかったが、それ以上に優しい人だった。
こんな痛い思いをして、あの美しい顔と命を失っていい人なんかじゃなかった。
身勝手な感情で婚約者であったベルビュートを奪っていいはずがなかった。
「お姉さま……ごめんなさい……」
誰も答えてくれない部屋の中で、ルミナはか細い声で呟く。
いまさら遅すぎる。死人は戻ってこない。
自分の怪我も、失ったすべても取り返せない。
わかっていてもルミナは謝ることしかできなかった。

王太子ベルビュート　五

ガシャン、と酒瓶が割れる音が室内に響き渡った。

上質な絨毯に広がっていく琥珀色の液体から漂うアルコール臭が部屋中に充満する。

「なぜだ……なぜなのだ……!!」

ベルビュートは頭を乱暴にかきむしりながら叫ぶ。

充血した眼と土気色になった肌のせいで、整った顔立ちは見る影もない。

床に座りこむ彼の周りには空のグラスや酒瓶が無数に転がっており、彼が正気ではないのは誰の目にも明らかだろう。

「くそう!!」

子どもの癇癪のように長い脚をばたつかせながら、ベルビュートは悪態をつく。

昼間、逃げるようにリュース伯爵家から戻ってきたベルビュートに告げられたのは、リュース伯爵夫妻が拘束されたという知らせだった。

私兵を抱え武器を買い集めた伯爵には反逆の疑いがあり、伯爵夫人は禁制品を購入した証拠が見つかったのだとか。

これから二人は貴族院の監獄で厳しい取り調べを受けるだろう。

それは実質、伯爵家の終わりを意味する。

「なのになんで金を払わなくちゃいけないんだ……!!」

だったら慰謝料はともかく見舞金は必要ないではないかとベルビュートは貴族院に問い合わせたが、それとこれとは話は別だと相手にされなかった。

ルミナとの婚約も不可能に等しい。

何より、彼女の怪我に恐れをなして逃げ出した自分に愛想を尽かしているに決まっている。

傷だらけでベッドに横たわるルミナから自分は逃げてしまった。

その罪悪感で心がつぶれそうで、頭がおかしくなりそうで。

「クソッ……クソォ!!」

拳で床を叩いても、手が痛いだけだ。

それでもベルビュートは腕を叩きつけるしか自分を保つ方法がわからない。

どれだけ酒を呑んでも頭の片隅は冷静なままで、愚かな自分を蔑み罵る声が耳の奥でこだまする。

（馬鹿な男。最悪な人間。最低の王太子）

世の中のすべてが自分を嘲笑っているかのような幻聴に、頭が割れそうに痛む。

財産をつぎこんで支払いを済ませたとして、無一文の王太子になったベルビュートにどれだけの貴族が腰を折ってくれるだろうか。

教会から背信行為を疑う訴えを起こされれば、婚約者がいるにもかかわらずその妹と懇意にしていたと噂され、立場だってなくなる。

もう目の前が真っ暗だった。

「ろろなぁ……」

呂律の回らぬ声で、ロロナの名前を呼ぶ。

失ってしまった美しく気高く完璧な婚約者。

どうしてもう少し自分に寄り添ってくれなかったのか。もっと優しくしてくれていれば、甘えてくれていれば、ルミナに目を向けることなんてなかったのに。

ロロナとの過去が真っ黒な感情の中で、唯一の光のように思い出される。

初めて引き合わされたロロナの美しさに胸をときめかせた日。

表情が乏しい彼女だったが、その頬がうっすら桜色に染まっているのに気がついて、つられて顔を赤くしたこと。

成長したロロナと初めてダンスを踊った日。

デビュタントを迎えた彼女が、自分の瞳の色のドレスを身にまとっているのに気がついて、心が躍ったこと。

戻れたらいいのに。

そうしたら、絶対に間違えたりしないのに。

婚約破棄なんてしないし、ほかの女に目を移したりなんてしない。

今度こそ本当に、幼い頃の約束を果たすと神に誓えるのに。

「大丈夫ですか、ベルビュート殿下」

「あ……？」

ひどく優しい声音に呼ばれ顔を上げると、銀髪の女性がすぐそばに立っているのが見えた。

どこか不安そうに眉根を寄せるその顔にベルビュートは目を見開く。

「ロロナ!!」

ベルビュートはその女性にしがみつく。

腕の中に収まる温かく細い身体の柔らかさに、これは幻ではなく本物であることがわかり、ベルビュートは歓喜の声を上げた。

「ロロナ、ああロロナ！　生きていたんだな！　すまなかった！　俺が全部悪かった！

婚約破棄は撤回する！　いますぐ俺とやりなおそう!!」

手を離したら、ロロナが消えてしまう。

その前に何がなんでも、ロロナと結ばれなければ。

その一心でベルビュートはその細い身体を組み敷こうとした。

「いやあ!!　誰か、誰か来て!!　殿下がっ、殿下が!!」

「ロロナ……？」

腕の中で引き攣れた悲鳴を上げられ、ベルビュートは眉を寄せる。

どうして嫌がるんだ。自分たちは婚約者同士なのに。

その悲鳴に反応したのか、荒々しく扉が開く音が響いた。

「殿下！　何をしているのです!!」

「早く人を呼べ！　殿下がご乱心だ!!」

近衛兵や執事たちがなだれこんできてベルビュートを押さえつけると、その腕の下で泣きじゃくっていた女性を引きずり出す。

「お前ら、何を……ロロナを返せ!!」

「殿下！　何をおっしゃっているのですか、彼女はロロナ様ではありません！」

「何……？」

執事に叫ばれ、ベルビュートはさっきまでロロナだと思いこんでいた女性を見つめる。

銀色の髪や背格好はロロナによく似ているが、その女性が身につけているのはお仕着せ。

顔立ちも、ロロナとは似ても似つかぬほどに地味なものだ。

恐怖に顔をゆがませ、ベルビュートを睨みつけるその瞳には、明らかな侮蔑が宿っている。

見覚えのあるその少女は、つい最近配属されたばかりの新人メイドだ。

「う、ぐ……!!」

自分が犯した過ちに気がついたベルビュートは、吐き気をこらえきれず胃の中にあったものをぶちまける。

床を汚した吐しゃ物の悪臭に顔をゆがめ、逆流した酒と胃液が喉と舌を焼く痛みに呻いても、悪夢が覚める気配はなかった。

アステル　四

荘厳な空気の漂う教会の長い廊下を、アステルはシェザムたちとともに静かに歩いていた。

召喚状を提示したシェザムに教会の職員たちは「あなたが来てくれてよかった」と切なさの交じった笑みを浮かべ、手厚く招き入れてくれた。

「ロロナ様のお身体はこちらです。既に祈祷は済ませてあります」

「感謝します」

「いいえ。ロロナ様にはずいぶんとお世話になりましたから」

職員は悲しげな顔のまま首を振ると、遺体を安置している部屋に案内してくれた。

地下に用意されたその場所は、夏場であっても真冬のように冷え切った場所のため、遺体が傷まずに済むのだという。

吐く息が白く濁るほどの寒さだったが、彼らは表情を変えることなくその部屋に足を踏み入れた。

「しばらく席を外しますので、どうかゆっくりお別れをしてください」

職員は心得た様子でアステルたちを部屋に残すと、静かに扉を閉めた。

広い部屋だった。たった一人の女性を弔うにしてはあまりある広さと美しい装飾が施された室内に、ロロナがどれほど教会で特別扱いされていたのかをうかがい知ることができる。

部屋の中央に置かれた石の台に、静かに横たわる人影が見えた。

「ロロナ」

か細い声で名前を呼んだアステルの声は震えていた。シェザムもまた、こらえきれずに顔を手で覆って小さく呻く。

ゆっくりと近寄ると、小柄な女性がシンプルな白いワンピースを着せられて横たわっている。

眠っているだけなのではと錯覚するほど穏やかなその姿に三人は息を呑んだ。

だが、胸元はピクリとも動いていないし肌は不自然なほどに白い。何より、その顔を覆う石膏のマスクが、彼女が既にこと切れていることを如実に表していた。

ただ銀の髪だけが、まるで生きているかのように鈍く光を反射している。

「お嬢様……」

シェザムは床に両膝をついて泣き崩れた。

「ロロナ……くそ……すまない……俺が、俺がもっと早く動いていれば」

後悔を口にしながら、アステルはよろよろと遺体に近寄り、胸の上で組まれた手にそっと己の手を重ねる。

冷え切った感触に、生きている彼女の手には触れたことすらなかったことに気がつき、アステルは涙をあふれさせた。

「ロロナ……」

小さな手を包むように力をこめる。

真っ白な手首には傷一つなく、顔さえ見なければ死んでいるなど信じられなかった。

石膏で作られた仮面は特別製なのだろう。動かすことができないようにしっかりと固定されている。その表面を優しく撫で、アステルは遺体の髪に指を滑らせた。

「……?」

不意に、アステルは違和感を覚える。

記憶しているロロナの銀髪は、風になびきさらさらと光を反射していた。

触れたことはなかったが、きっとなめらかで柔らかい感触だろうと思っていたのに。

だが、いま触れている銀髪はごわごわと指触りが悪い。加えて、やけに不自然なべったりとした銀色をしていた。

もしかしたら教会の職員がロロナの髪を模してカツラを被せたのかと思ったが、間違いなく地肌から生えているものだ。

「シェザム、すまないがこちらに来てくれないか」

「……なんでしょうか」

泣きじゃくっていたシェザムはアステルの呼びかけに応え、おぼつかない足取りで近寄ってくる。

間近で遺体を目にしたシェザムは「うう」と再び呻いた。

「君はロロナのそばに長くいたんだよな。この髪を見てくれ……これは本当にロロナか？」

「は……？」

アステルの問いかけにシェザムは涙を止める。

泣き顔から困惑へと表情を変えたシェザムは、アステルの手がどこに置かれているのかに気がつき、大きく瞬く。

そして、その意図を察し銀色の髪に触れた。

「……これ、は？」

涙で濡れていた瞳が大きく見開かれる。彼もまた、違和感に気がついたのだろう。

「お嬢様の髪は、もっと柔らかく透き通るような色でした。こんな不自然な色味ではない……!!」

血相を変えたシェザムの叫びにカイゼルも駆け寄ってきて、その髪に触れた。

横たわる遺体の真上に立ち、指先で地肌をかきわける。

「アステル様、これを」

「これは……!!」

後頭部に近い位置の髪の根元は、銀色ではなかった。くすんだ灰色の髪が地肌から生えている。

「この銀色は……染められたものだ……!!」

「そんな!! では、この少女は……」

「ロロナ、ではない」

男たちは愕然とした表情で石膏の仮面を被った少女の遺体を凝視する。

ロロナだと信じて疑わなかったはずのその人物が、まったくの別人であるとわかった衝撃に誰も何も言葉を紡げないでいた。

「そんな馬鹿な……教会が身元を検めたのだろう……? 髪色の不自然さに気がつかなかったなどありえるのか?」

「お嬢様は礼拝時には帽子で髪を隠しておいででした……ほかの参拝者に気をつかわせぬように、と」

ロロナは教会を訪れる際、いつも髪を結いあげた上、すっぽりと頭を覆う帽子を被っていた。

伯爵令嬢としてではなく、一人の敬虔な信徒として教会で祈りをささげる姿は、神々しいほどだったことをシェザムは覚えている。

「では教会はこれを本当にロロナだと……」

ありえないとアステルは叫びかけたが、この遺体はロロナが乗っていた馬車の中で見つかった、顔のつぶれた女性。

背格好はロロナを知る自分たちが間違えるほどに彼女に似ている。

その上、ロロナが最後に目撃された時と同じドレスを着ていたとなれば、本当の髪色を知らぬ者たちが、間違えたとしてもおかしくはない。

「では、ロロナはどこに……？」

広い部屋の中にアステルの震える声が響いた。

「カイゼル。ロロナの遺体が見つかったのはどこだ」

「郊外の街道です。近くに小さな農村があるだけで、周辺には何も」

「農村……？　なんという村ですか？」

カイゼルの言葉にシェザムが弾かれたように顔を上げる。

突然話しかけられ、カイゼルは怪訝な顔になりながらも、その村の名前を口にした。

それを聞いたシェザムの顔色が変わる。

「僕っ、手紙をもらったんです。その村の、養護院から……！」

「何？」

アステルたちに会いに行く直前に郵便配達人から受け取った手紙。

シェザムはそれを鞄から取り出し、差出人を確認する。

「ここはロロナお嬢様が世話をしていた養護院なんです。てっきり弔いの手紙か何かだと思っていたんですが……」

「ああ……」

「とにかく中身を」

もつれる指先を震わせながら、シェザムは封を開ける。

中に入っているのは質素な便箋が一枚だけ。

アステルとカイゼルに左右から覗きこまれるかたちで、シェザムはそこに書かれた文面を目で追う。

「……!!」

呼吸すら忘れ、三人はその手紙を見つめていた。

第五章　ロロナ

身支度を整えながら、ロロナは心に溜まった憂鬱を吐き出すような深いため息をこぼした。

最近、いつも身体が重い。いまからミイシ商会でゼリオと新しい契約について話をしなければならないのに、気持ちと身体がついていかない。

「だめね……しっかりしないと」

自分が頑張らなければリュース伯爵家はすぐ傾いてしまう。ここで踏ん張らなければこれまでの努力が水の泡だ。

そう自分に言い聞かせながらも、ロロナの心は晴れない。

理由はわかっていた。

数日後に控えた王立学園の卒業記念式典のことだ。在校生代表として送辞を述べるために参加しなければならないその式典のことを考えるたびに、ロロナの心はずんと重くなる。

「私が行って誰が喜ぶというのかしら」

自分を冷たく見つめる婚約者の顔を思い出し、ロロナはもう一度ため息をこぼした。

卒業生であり、おそらくはその代表者として答辞を述べる彼と一体どんな顔をして向きあえばいいのだろうか。

三歳から婚約者だった王太子ベルビュートとの間には、いつの頃からか深い溝ができていた。

幼い頃はそれなりに仲良くしていた記憶もあるが、いまではすっかり他人行儀を通りすぎて憎まれている気さえする。

別にベルビュートに愛情を求めてはいない。元々勝手に決められた婚約だ。

それに、未来の王太子妃や王妃という肩書きはロロナにとっては重荷でしかない。

リュース伯爵家の令嬢として逃れられない運命なのだから、とずっと諦めて受け入れてきた。選ばれた以上は誰にも迷惑をかけないように、必死で努力した。

ベルビュートと愛し愛される理想の夫婦のようになれないとしても、家族として付き合っていければと思っていたのに。

ルミナがベルビュートに特別な視線を向けていることはわかっていた。

そしてベルビュートもまたルミナに対して、ほかの誰にも見せないような笑みを向けていることだってわかっていた。

でも信じていた。信じていたかった。二人が自分を裏切るわけがないと。

「……お父様に相談しても……無駄ね、きっと」

父親であるリュース伯爵は自分に優しいが、味方ではないことをロロナは理解していた。

父は自分の楽しみを邪魔されるのを何より嫌がる。父はただロロナが王太子の婚約者であることが自慢なのだ。下手に話をすれば、いらぬ騒ぎを起こすに決まっているだろう。

ルミナにははっきりと注意したこともある。

ベルビュートの婚約者は自分なのだから不要に仲良くして周囲に誤解を与えてはいけない。ルミナもいずれはほかの誰かと結婚するのだから、淑女としての慎みを身につけなければならないとはっきり告げた。

だがルミナはまったく受け入れず、それどころかロロナに攻撃的な態度を取るばかりだ。

ベルビュートを直接諫めようとしたこともあった。

王太子としての立場を乱すようなことはしないでほしいと、ルミナの未来をつぶさないでほしいと。

だがベルビュートはロロナをひと睨みしただけで、何も言ってはくれなかった。

結局、ロロナの味方はどこにもいない。

どうしようもない孤独に震える身体をロロナはそっと抱きしめる。

ロロナは幼い頃から感情の起伏を表情にするのが苦手だった。笑おうとしても頬が引き攣れるだけだし、怒ろうにもどうやって声を荒らげればいいのかわからない。

人はロロナのことをいつも冷静で品行方正だと褒めるが、それはただ感情の出し方がわからないだけなのだ。

いつしか瞳の色から『紫水晶姫』などと呼ばれるようになったが、ロロナはまったく嬉しくなかった。その呼び名に含まれるのは美しさを称えるものではなく、まるで水晶のように冷たい女だという揶揄であることに気がついていたから。

できることなら普通の女の子のように笑ったり怒ったり走り回ったりしてみたかった。でもロロナにはできない。否、どうすればそれができるのかわからないのだ。

物心ついた時、ロロナのそばには誰もいなかった。父は自分の楽しみに忙しく、そもそも屋敷に居つかない。自分を生んだ母は既に亡くなっており、父の後妻であるベルベラッサはロロナのことを見ようともしない。異母妹のルミナだけはロロナに懐いてくれた時期もあったが、ベルベラッサがそれを嫌がって、気がついた時には普通の姉妹らしい交流すらなくなっていた。

誰かに優しく頭を撫でてもらったことも、寝る前に絵本を読んでもらったこともない。泣いても笑ってもそれに応える人がいない暮らしの中で、ロロナは自分の感情の扱い方がわからないままに成長していった。

それが異常なことだと気がついたのは、ロロナが王太子妃教育で王城にあがるようになった頃だ。

国王陛下や王妃殿下がベルビュートを愛し大切にする態度は、ロロナが知る親のそれとは全然違っていた。

ベルビュートと結婚すれば、優しい陛下たちが親代わりになってくれるかもしれない。そんな淡い期待を胸に努力を続けてきたが、もう無理かもしれないと、聡いロロナは理解していた。

「………本当に、うまくいかない」

鼻がつんとして瞼（まぶた）が熱くなったが、やっぱり涙は出なかった。

どうすれば素直に泣けるのだろうか。どうすれば皆は自分の話を聞いてくれるのだろうか。

そんな答えのない迷宮の中で、ロロナはもうどこにも行けずにさまよい続けていた。

なんとか用意を済ませ、だるい身体を引きずって商会に辿りついたロロナを待っていたのは、興奮した様子のゼリオだった。

「契約書の草案が届きました。確認をお願いします！」

ろくな挨拶もしないまま差し出された書類の束を、ロロナは静かに受け取ってそこに書かれた文字に視線を走らす。

なんの問題もないどころか、こちらに有利な条件ばかりが書かれた内容に、ロロナは形のいい眉をかすかに寄せる。

「……ねえゼリオ。やはりこの契約はあまりに都合がよすぎるわ」

ゼリオの表情があからさまに曇るのがわかったが、ロロナはどうしてもこの契約を素直に進める気にはなれないでいた。

先日、商会にやってきたハングリックと名乗る男性はステラ帝国でも有名な商会に所属する商人だった。彼は「センズ布」という商品をこの商会で取り扱ってほしいと持ちかけた。

ゼリオとともに確認したその「センズ布」という商品は確かにいいもので、取り扱うことができれば莫大な利益を生むだろう。だが、どうにもおかしいとロロナの勘が告げている。契約の内容があまりにもこちらに都合がよすぎるのだ。

ミイシ商会は国内のあちこちに取引先があるが、生地の販売に関しては特に大きな実績もないから販路は限られる。なのになぜ、ここに話を持ちこんだのだろうか。

「もう少し布について調べてみるべきではないかしら？　こんなに有用な品なのに、私たちが知らないなんて……」

「開発されたばかりで隣国でもこれから大々的に売り出す品だと聞いています。話題性を高めるために王国でも同時に売り出したいからと、話を持ってきてくれたのですよ」

「でも……あまりに急すぎるわ」

ハングリックが持ちかけてきた契約締結の予定日は明後日だ。あまりに考える期間が短すぎる。

「もう少し考えてみない？　失敗した時のリスクが大きすぎるわ」

「リスクを恐れていては商売などできませんよ。お嬢様、必ずこの商売は成功します。どうか、このゼリオの顔を立てると思って！」

必死に食い下がってくるゼリオの熱意に、ロロナは仕方がないと頷（うなず）いた。

「…………わかったわ」

「お嬢様！」

「でも、最初からこの量の契約はやめましょう。確かにいい品だけれど、知名度は低い。

ひとまず今回はこの半分。それが成功したら、次はこの数量を発注すればいい」

提示した条件にゼリオは不満そうな顔をしたが、渋々頷(うなず)いてくれた。

本当なら契約自体を回避したいのがロロナの本音だ。だが、ゼリオの意見も尊重しなければこの先の関係が悪くなるのは明白だった。ただでさえ、最近は衝突が多いのだから。

その後も契約のこまごました条件をまとめ、屋敷に戻ることにする。

「ではまた」

「お気をつけて」

見送るゼリオの顔は笑顔ではあるが、出会った頃のようなまっすぐさは失われてしまったとロロナは感じていた。

彼もまたベルビュート同様に変わってしまったのだと、ロロナは心の中で深く息を吐き出した。

ゼリオの存在を知ったのは偶然だった。

社交シーズンがはじまるからと、ベルベラッサにルミナとともに大きな洋装店に連れ出された日のことだ。

派手な流行品ばかり買い求める二人から離れ、ロロナは無駄な時間が早く終わらないかと思いながら展示されている様々な品を眺めていた。

その時、店の片隅にほかの品とは明らかに質が異なる帽子や靴がひっそりと陳列されているのに気づいた。それも信じられないほど安い金額が書かれたプレートが添えられており、ロロナは驚きで目を丸くした。

「あの、この商品は？」

店員に声をかけて品のことを聞くと、この一角にある商品はこの商店の品ではなく、ある商人に場所を貸すかたちで品物を並べさせているのだという。

「どうしてご自分の店で売らないのかしら」

「場所が悪いんですよ。若いお嬢様じゃ立ち寄れないような場所にしか店を構えられなくて……これを仕入れているやつは、目は利くんですが、どうも運が悪くて……いや、余計な話でしたね」

「いいえ、ぜひ聞かせてください」

ゼリオというその商人は、品物を見る目はあるものの人が好すぎるがゆえにすぐ失敗してしまう。ここに並べている品だってもっと強気で売ればいいのに、この店の商品より目立っては悪いからとこうやって片隅に並べるから、客が気づきもしないのだと。

ロロナはその話を聞いてすぐに閃（ひらめ）いた。この人と一緒に商売をすれば、お金を稼げるのではないかと。

お金を使ってばかりの両親の散財を止める力はロロナにはなかった。お金を稼ごうにも、ロロナには知識しかない。経済学などしょせんは机上の理論だ。社交界で有力な情報を知っても、それを活かす場所がなかった。何よりまだ幼いロロナが大人たちと商売をするなど、土台無理な話だ。

だが、実際に商品を買い集めることができる人物がそばにいれば話は別だ。それもこれだけの目利きができる人物。ロロナが助言すれば、きっといい商人になれるのではないか、と。

思い切ってロロナはゼリオを訪ね、一緒に商売をはじめないかと声をかけたのだ。

最初はよかった。ゼリオが見つけてきた商品をロロナが売るために知恵を絞る。二人ではじめた小さな商会はすぐに軌道に乗り、ほんの数ヶ月で伯爵家の家計を助けることができるほどの収益を上げられるようになった。

だが、店が大きくなればなるほどゼリオは変わってしまった。ロロナに許可を得ず色々な品を仕入れては売りはじめ、最初に約束していた取り分を渡すのを渋ることすらある。

(潮時なのかもしれないわね)

もう十分にお金は稼いだ。借金は減ってはいないが、ロロナが学園を卒業するタイミングで両親の危険な遊びを清算することができれば問題ないだろう。

「……」

　父であるリュース伯爵が別邸に男たちを集め軍事遊びに興じているという事実を思い出し、ロロナは一気に気持ちを沈ませる。既に戦は終わり、この国は新しい時代へ歩みを進めているのに、過去に囚われ続ける父親のせいで伯爵家はどんどんと傾いていく。当の本人はそのことに気がついてもいない。

　義母であるベルベラッサもまた、宝石などの装飾品を集めることに固執するあまり国内で売買が禁止されている宝石にすら手を出してしまった。どうにかしてやめさせようと、ロロナが商会のツテを使ってベルベラッサへに宝石を売らないようにと手配したにもかかわらず、ベルベラッサはそれでもどこからか宝石を買い続けている。

　早くやめさせなければロロナが王家に嫁ぐ前に伯爵家の財産は底をついてしまうだろう。

（あの二人が、私の話を聞いてくれればいいのだけれど）

　幾度となく散財をやめるようにと遠まわしに伝えたが、二人に理解してもらえた試しはない。むしろ金の話をすれば、煩わしそうな表情をロロナに向けるばかりだ。どうしてお前にそんなことを言われなければならないと言わんばかりの視線は、いつもロロナの心を深く傷つける。

最終的には王家から圧力をかけてもらわなければならないかもしれないと考えると、気が重かった。

ベルビュートは果たして協力してくれるだろうか。ルミナの将来のためだと言えば、動いてくれるだろうか。

（馬鹿ね……何を期待しているのかしら）

昏い気持ちを抱えたまま、ロロナは商会の裏手に待たせてあった馬車に乗りこんだ。

「もう。遅いですよ、お嬢様！」

甲高い声に出迎えられ、ロロナはうんざりした気持ちで声の主に視線を向ける。

馬車の座席に座ったまま頬を膨らませているのは、メイドのチルレだ。数ヶ月前からロロナ専属として働いている。

新しい人間を雇う余裕などないと彼女の採用に反対していたロロナだったが、ベルベラッサが勝手に招き入れてしまったのだ。

「お嬢様、いい加減こんなところに来るのやめましょうよ。私も馬車で待ってるなんて暇ですし」

「……屋敷で待っていなさい、と言ったではないですか」

「それはできません。私、お嬢様のメイドなんですから。奥様にもずっとおそばにいるように仰せつかってますし。早く帰りましょうよ」

噛みあわない会話にため息をこぼしたくなるが、ロロナはぐっとこらえる。

メイドだと豪語するわりにチルレの行儀作法は粗が多い。裕福な家の娘だそうだが、貴族育ちではないためか、身についていないことが多すぎるのだ。にもかかわらず、登城する際や社交の場にも必ず同伴してくる彼女の存在は、家族と同じほどにロロナの頭を悩ませている。

もっと厳しく接するべきなのだろうが、何を言ってもどこ吹く風のチルレの態度に、ロロナは諦めを感じるようになっていた。

動き出した馬車の中でチルレは無作法にも足をブラブラと揺らしている。

「ずっと座ってたら足が痛くなっちゃいました」

「……」

苦い憧れがロロナの胸を占める。どうしてそんなに自由に振る舞えるのか。どうしてそんなに素直に感情を表に出せるのか。

チルレを見ていられなくなったロロナは視線を逸らす。

窓の外を見れば、薄い雲が空を覆っていた。

＊＊＊

「ロロナ・リュースとの婚約を破棄する」

その言葉を聞いた時のロロナの感情は、納得にも近いものだった。

驚くほどに怒りはなく、ようやく解放されるという安堵のほうが強かったかもしれない。

壇上から見おろしてくるベルビュートの表情は満足げだ。その横で瞳を潤ませるルミナの表情もまた、よく見れば頬を紅潮させ喜んでいるのがわかる。

（うらやましい）

どうしてあんなに素直に感情を表に出せるのだろうと、ロロナは二人をじっと見つめる。

並ぶ二人はとてもお似合いで、生き生きしているように思えた。

壇上ではベルビュートが激しくロロナを糾弾している。その表情には隠しきれない喜色が滲んでいた。

（こんな大勢が見ている場所で婚約破棄だなんて。考えなしにもほどがあるわ）

ベルビュートは知らないのだろうか。

貴族同士の婚約には様々な規則がある。契約書を交わし貴族院と教会の承認を経てようやく結ばれる婚約を、そんな言葉一つでなかったことにできるはずがない。

お互いの理解と敬意をもって円満に解消されるべき話を、公衆の面前で、さもロロナにのみ非があるかのごとく語る姿は、滑稽を通り越して憐れに思えた。

（反論しても無駄ね、きっと）

これまで伯爵令嬢として恥ずかしくないように、未来の王太子妃として失敗しないように、必死に歯を食いしばって生きてきた。それしか自分にできることがないから。人々に愛される存在にはついぞなれなかったから。せめて貴族らしく胸を張って生きたいという矜持だけでここまできたのに。

結局、その矜持すら踏みにじられてしまった。怒るべきなのだと思う。理不尽だと訴え、身の潔白を証明するために立ち向かうのが、きっと正しい。

でもそんな気には到底なれなかった。お前はいらないと全身で訴えてくるベルビュートとルミナの前からすぐに消えてなくなりたかった。

「お話は以上ですか？　では、婚約破棄の手続きはベルビュート様にお任せいたします」

もう自分がここにいる必要はないだろうと、ロロナは自分を見おろす二人の視線から

かった。

逃げるように踵を返す。名前を呼ばれている気がしたが、振り返る力すら残っていな

もう関わりたくない。もう疲れた。それが偽りないロロナの本心だった。

「……馬車を出してちょうだい」

「どうしたんです、お嬢様？　まだ式典の最中なんじゃ……」

突然戻ってきたロロナに、馬車の中で暇を持て余していたらしいチルレが驚いた顔で尋ねてくる。

何があったのかと興味津々な態度に、ロロナはわずかに眉をひそめる。

「もう私の役目は終わったの。だからもう、ここにいる必要はないのよ」

「ええぇ。でも王太子殿下がご卒業されるんですよね？　お嬢様は殿下の婚約者なんですから、最後までおそばにいないと」

「いいから！」

「!!」

チルレの驚いた顔に、ロロナもつられて驚く。

先ほどの荒々しい声が自分の口から出たものとは信じられない気分だった。

「疲れているのよ……お願いだから静かにして」

「…………はぁい」

チルレはロロナに怒られたのを根に持つように視線を逸らしたまま、不満そうに返事をする。

使用人にあるまじきその態度に苦言を呈したくなるが、それすらも億劫だ。

(頭が痛い)

日々の疲れとベルビュートから告げられた婚約破棄。

これまで人に声を荒らげたことなどなかったのに、我慢ができなかった。

何もかもが一気に押し寄せ、気持ちと身体を重くさせる。

「お屋敷に戻られるんですよね？」

「……いいえ、シュテイン村に向かって」

「ええ!?」

「今日行くと、あの子たちと約束をしているのよ」

「またあの養護院ですか……」

うんざりした顔のチルレにロロナは鋭い目線を向ける。

さすがにまずいと思ったのか、チルレは「ひっ」と息を呑んだ。

「嫌なら、勝手に屋敷に戻りなさい」

普段ならば絶対口にしない冷たい言葉が、するするとあふれてしまう。こらえようと思っても、止まらなかった。

チルレは小さな唇を噛み締め、肩を震わせている。

これまでどんな態度を取っても何も言わなかったロロナに叱られたことがショックなのか、その顔色はひどく青い。

「とにかく。御者にシュテイン村の養護院に向かうように伝えてちょうだい。私は馬車で休んでいるから、ついたら声をかけるようにとも頼んでおいて……あなたは好きにしていいわ」

「……」

チルレは無言で頭を下げると御者のほうへ歩いていく。

それを見送ったロロナは自力で馬車に乗りこみ、重たい身体を座席に預けるようにして横たわった。

はしたないとは思ったが、少しだけでも休みたい気分だった。

(チルレに悪いことをしたわね……これじゃあただの八つ当たりだわ)

彼女の態度は問題だが、だからと言って自分が横柄にしていいわけではないのに。誰からも必要とされていないとしても、横暴な人間にだけはなりたくなかった。

努力していれば必ずいつか報われる。そう信じていた。なのに、結局全部無駄だった。彼らにとっていまのロロナは邪魔な存在にほかならないのだろう。

『君は本当に優しくて綺麗な人だ』

自己嫌悪の闇に沈みかけたロロナの心を引き戻したのは、過去の記憶。ロロナにとって唯一ともいえる幸福な思い出。

ゆっくりと目を閉じれば、たくさんの花々と優しい笑顔が瞼に映る気がした。

まだ少女だった頃。死んだ母の別荘を手放すために訪れた小さな村の花畑で出会った少年は、ロロナが誰かも知らないままにとても優しくしてくれた。

ロロナを無表情だと蔑むことも、貴族令嬢だと大げさな態度を取ることもなく、ただの一人の人間として扱ってくれた。

思い出すだけで心が洗われるような記憶に、こわばっていた心がほどけていくような思いがした。

叶うならばもう一度会いたいと思ったこともあるが、王太子の婚約者という立場の自分がそれを願えるわけがないとはわかっていた。

（元気でいるといいな）

顔立ちは覚えていないが、眼鏡の奥に隠された瞳が綺麗だと思ったことだけは覚えている。

　きっと気持ちのいい青年に育っているだろうと考えながら、ロロナはつかの間の夢に浸（ひた）った。

「……さま、お嬢様、もうすぐつきますよ」

　無遠慮な呼びかけにロロナはゆっくりと目を開けた。

　目の前の座席にチルレが座っているのが見え、大きく瞬く。

「帰らなかったの」

「お嬢様をお一人にするわけにはいきませんから。お身体は大丈夫ですか、お嬢様」

　馬車に乗る前に叱られたことなど覚えていないような妙に明るい声が、耳の奥でキンと響く。

　神経を逆撫でするようなニコニコとした笑顔から目を逸らしながら、ロロナはゆっくりと身体を起こした。

　窓の外はすっかり田舎の風景だ。眠っている間に、目的地近くまで来ていたらしい。

　少し休んだおかげで多少身体が楽になったような気がするが、頭の芯はまだじんじんと熱を持って痛みを訴（うった）えていた。

（皆、いい子で待ってくれているかしら）

シュテイン村にある養護院は、ロロナが寄付している施設の一つだった。

立場の弱い一般市民へ手を差し伸べるのは貴族の役目であったが、父であるリュース伯爵はその義務を放棄し続けていた。

シェザムにその事実を知らされたロロナは、商会で得た利益の一部で教会の支援が届かぬ郊外の小さな養護院に寄付したり、慈善活動を行ったりしていた。

王都の教会や有名な養護院への善行は目立つこともあり、ほかの貴族も積極的だが、郊外の小さな施設となれば扱いはおざなりになりがちだ。

シュテイン村の養護院に関わるようになったのはここ最近ではあったが、そこに暮らしている子どもたちはロロナによく懐いてくれた。

今日は三ヶ月に一度開かれる誕生会があるからと、子どもたちに参加をねだられたのだ。

子どもを多く抱える養護院では、それぞれの子どもの誕生日のたびにお祝いする余裕はない。そのため、季節ごとにまとめているのだという。

ロロナに一番懐いている女の子に、誕生日に何が欲しいかと尋ねたら、一緒に祝ってほしいと顔を真っ赤にしながらねだってきた。

そんな可愛いお願いをロロナは断ることができず、卒業記念式典が終わり次第、村をだが。

可愛らしく純粋な子どもたちと触れ合う時間を噛み締めるようにロロナは過ごした。

降り立ったロロナを子どもたちは大歓声で出迎え、お祝いの席に同席させてくれた。

あたりが薄暗くなった頃、ようやく馬車が停まる。

訪れると約束していた。


「お姉ちゃん、顔が真っ赤」

「え……」

近くにいた子どもの言葉に、ロロナは自分の頬に両手を添えた。

乾いて熱を持った頬は確かに熱く、やけどをしたようにヒリヒリと痛みを訴える。

「あらあら！　お嬢様、大丈夫ですか？」

養護院のシスターが血相を変えてロロナに駆け寄り、その額に手を当てた。

「ひどい熱！　いますぐ休まないと」

「大丈夫、馬車で眠るから……」

「いけません。こんな高熱で馬車に乗ったら、それこそ死んでしまいます。一晩ここで休んでください」

「でも、そんなご迷惑をかけるわけには……」

「おねえちゃん、死んじゃうの？」

「あ……」

いまにも泣きそうな顔でロロナの手を握ってきたのは、ロロナに一緒に祝ってほしいと懇願してきた女の子だ。

この子の母親は流行病に倒れ、そのまま命を落としてしまったのだと聞かされたことを思い出す。

小さな手が、ロロナの指をぎゅっと握りしめている。

「大丈夫、私は死なないわ……シスター、申し訳ありませんが一晩休ませていただけますか？」

「もちろんですとも。部屋を用意しますね、あと着替えも！」

「俺たちも手伝う」

「私たちも！」

はりきった様子のシスターに続いて子どもたちが慌ただしく動きはじめる姿に申し訳なさを感じ、ロロナは眉を下げた。

だが、形式だけのものではない血の通った心配や優しさに、胸がいっぱいになる。

彼らの優しさが、疲れ切って弱り果てた身体に沁みこんでいくようだった。

「なにかいるものはない？　なんでもいって？」

問いかけてくる子どもたちに、ロロナはぎこちなくも笑みを返す。

小さな頭を撫で、ありがとう、とお礼を言うだけで全身が軋むように痛かった。

「……そうだ。外にある馬車に乗っているメイド……お姉さんを呼んできてくれない？　伝えたいことがあるの」

「わかった！」

そう答え、子どもたちが一斉に駆け出していく。

チルレがあの子たちに悪態をつかないかと心配だったが、自力で呼びに行けそうにないロロナは、子どもたちを無言で見送った。

そのうちに部屋の準備ができたのかシスターたちが戻ってきて、着替えを手伝ってくれる。

コルセットまで脱いでしまうと、ずいぶんと身体が楽になった気がする。

「すみません。簡単な服しかなくて」

「十分よ」

シンプルな服に着替えて用意されたベッドに横になると、目を開けているのがやっとなくらいの眠気が襲ってきた。

（本当に、疲れていたのね）

ロロナが睡魔に身を任せようとしていると、乱暴な足取りで誰かが部屋に入ってくる。

「もうっ！　なんで私がこんなところに……！」

「チルレ……」

「どうしたんですお嬢様！　こんなところで寝るなんて……お屋敷に戻りましょうよ」

「無理よ……もう起きているのがやっとなの」

「ええぇ」

気遣いの欠片もないチルレの態度に、そばにいたシスターの顔が曇る。

ロロナはため息をこらえきれず、はあ、と熱を帯びた長い息を吐き出した。

「あなたは馬車に乗って戻りなさい。明日また迎えに来てくれればいいから……」

「私だけで帰ったら怒られます！」

「それなら泊まっていけばいいわ」

「……」

それは嫌なのだろう。チルレは下唇を前歯で噛み、うつむいてしまった。

「大丈夫。あなたが叱られることはないはずよ。今日は色々あったから、私が一人になりたいと言ったと伝えてちょうだい」

「……でも」

「ドレスやコルセットは持ち帰ってくれるかしら。迎えに来る時は、もう少し楽な服をお願いね」

もうそこまで言うのがやっとだった。あまりに色々なことが重なりすぎて身体も心も限界だったのだろう。

目を閉じると同時にロロナの意識は闇に落ちていった。

＊＊＊

「まったく。ロロナお嬢様って本当に損よね。貧乏くじ体質って言うのかしら」

馬車の中で手鏡を覗きこみながら、チルレは化粧の仕上がりを確かめていた。

流行のおしろいと口紅はよく映えて、気分がいい。首筋のほくろだけはロロナにはないので隠しておかなければと、入念におしろいを塗りこむ。

ロロナの銀髪によく似た色に染めた髪も悪くない。

最近見つけた店で取り扱っていた特別な染粉は、専用の洗剤を使わなければ落ちない優れものだ。

「お嬢様の髪はもっと明るいんだけど……まあそこまで目立たないでしょう」

肩を揺らして笑ったチルレは、ロロナのドレスを身につけていた。

「婚約者に捨てられた貴族の令嬢が夜の街に繰り出す……ふふっ……とっても自然だわ」

ドレスの裾をひらつかせながら、チルレは歌を口ずさむ。

それは貧しい灰被りの娘が、王子様と恋に落ちて幸せになる物語を歌ったものだ。

チルレは地方の小さな街で両替商を営む家の娘として生まれた。

少しくすんだ灰色の髪に小さな顔立ちのチルレは幼い頃から評判の可愛さで、いずれは王子様に見初められるかもしれないという褒め言葉を添えられて、周囲から愛されて育った。

「いつかきっと王子様が私を迎えに来るんだわ」

だが、年頃になったチルレはこの国の王子様には既に婚約者がいることを知り、ショックで三日三晩泣き通した。

納得しないチルレに困り果てた両親は彼女を王都に連れ出し、王太子とともに歩く婚約者の姿を見せたのだった。

「ほらごらん。あれが王太子殿下とその婚約者様だ。お前も確かに愛らしいが、あの方々は本当の貴族。夢を見る相手じゃない」

両親の残酷な言葉に、チルレは一歩も動くことができなかった。

物語の挿絵から出てきたかのような格好いい王子様の横には、既にお姫様がいた。

艶(あで)やかな銀色の髪と菫(すみれ)色の瞳をした女神様のように美しい少女。

大好きだったはずの自分の髪が、急に嫌になった。なぜこんな灰被りのような色なのかとチルレは泣いて暴れた。

「どうして私は貴族じゃないのよ!!」

困り果てた両親は、身内を頼ってチルレを貴族の屋敷へ行儀見習いに出すと約束してくれた。

それは本物の貴族を知れば、身のほどを知って大人しくなるだろうという苦肉の策。

だが、奇(く)しくもチルレの両親が探し当てた貴族への縁は、ロロナの継母であったベルベラッサに辿りつく。

ベルベラッサは『娘に貴族の暮らしを見せたい』という彼らの願いを受け入れた。手紙とともに贈られた大粒の真珠が決め手だった。

「まさかお嬢様のメイドになれるなんて……私って運がいいわ」

メイド扱いは気にくわなかったが、ロロナについていけばお城にだって行けたし、王子様の顔を近くで見ることもできた。

ベルベラッサのようにうまく立ち回れば、たとえ平民でも貴族と縁づく可能性だってあることも学ぶことができた。

「顔や身体は悪くないと思うのよね……まだ若いし……お嬢様みたいな銀色の髪ならもっとよかったんだけど」

王太子の婚約者という立場のロロナに仕えられたのは幸運に思えた。

「なんでお嬢様はあんな地味な活動ばかり……パーティや買い物をしないなんて信じられない！」

ロロナは貴族がよく行くお茶会やパーティのたぐいにはほとんど参加しない。ベルビュートの相手役として呼ばれる時以外は、ほとんど断ってしまうのだ。

その代わり、教会の参拝や小汚い養護院への慈善活動に熱心で、平民に交じって商売の真似事までしている。

(信じられない！　どこがお姫様よ!!)

王子様と結婚できるのに、あまりに地味なロロナにチルレは腹を立てた。

美しい見た目を生かすこともせず、身勝手な両親の後始末をしてばかり。

声を上げて笑うことも怒ることもしないロロナが不気味で、チルレは腹が立ってしょうがなかった。

（お姫様ってもっとキラキラしているべきなのに。そんなの王子様の相手にふさわしくない！）

だからチルレはベルビュートに密告文を書いた。

――伯爵令嬢ロロナ・リュースは、貧民街に出入りし怪しげな商売をしている。

嘘は何一つ書いていない。

ロロナは貧民街に近い商会を頻繁に訪れ、平民の男と一緒になって商売をしているのだ。

だがそんな密告文では婚約を解消させることはできなかったらしい。

密告文を届けた後も、ロロナは変わらず婚約者のままだった。

（ふふ……まさかルミナ様があんな悪女とは思わなかったけど）

ベルビュートが密告文をどう扱ったかを確認するため、ロロナのそばでメイドとして働く傍ら（かたわ）でチルレはベルビュートの動向を観察していた。

そのうちに気がついたのだ。ベルビュートとルミナがお互いを熱っぽい瞳で見つめていることを。

王子様が浮気をするなんてという憤り（いきどお）はあったが、相手がルミナならばまあいいかと不思議と腹は立たなかった。

（ルミナ様のほうがよっぽどお姫様らしいものね）

チルレは、嬉しくてたまらなかった。

王子様の隣が手に入らないならば、せめて理想のかたちであってほしい。ベルビュートの相手がお姫様らしくないロロナなんてつまらない。

そして今日、ようやくその願いが叶った。

式典が終わってもいないのに真っ青な顔をして帰ってきたロロナ。

馬車で眠ってしまった彼女から離れ、会場にこっそり戻って給仕をしていたメイドに話を聞けば、ロロナは婚約破棄を告げられたというではないか。

しかもその理由の一つに、チルレが送った密告文の内容も含まれていた。

引きずりおろせた。

生まれ持った素質だけでチルレが欲しかったすべてを手にしていたロロナが、舞台から下りていく。

身もだえしそうなほどの喜びにチルレは身を焦がした。

「ふふ……お嬢様、安心してくださいね。ちゃぁんとうまくやりますから」

この婚約破棄だけではロロナの価値はそこまで下がらないだろう。

むしろベルビュートの横暴さに気がついてロロナに同情が集まってしまう可能性も

ある。

だったら、とどめを刺すのはチルレの役目だ。

ロロナが倒れたのは、なんらかの天啓としか思えなかった。

「王太子に婚約破棄を告げられた伯爵令嬢、朝帰りか！　ふふ……最高の筋書きだわ……」

ロロナが脱ぎ捨てたドレスを身にまとい、髪を銀色に染め、元の顔立ちがわからぬほどの化粧を施し、チルレは馬車に乗りこんだ。

御者には金貨を握らせたので、黙って歓楽街の入り口まで運んでくれる算段だ。

何も本当に夜遊びをする必要などない。

明け方の歓楽街をこの姿でふらつくだけで、ロロナの評判を十分すぎるほどに傷つけることができるだろう。

「あの澄ました顔がゆがむところが見てみたいのよね。泣いてくれるのが一番いいんだけど」

何があっても変わらないあの顔が、この絶望でどうゆがむのか楽しみでしょうがない。

「ああ、でも本当に何もないとこ！　早く王都に……きゃっ!!」

ぐらりと嫌な揺れがした後、身体が一瞬だけ浮きあがり、時間が止まったような錯覚に襲われる。

次いで、恐ろしいほどの衝撃が世界を揺らした。身体が馬車の床に叩きつけられる。

「カハッ……!!」

痛いと感じる前に、今度は背中に座席がぶつかり背骨から嫌な音が聞こえた。

呼吸がままならなくなり、視界が何重にもぶれる。

(何……なんなの……)

ガシャン、と何かが割れる音が聞こえた。風が頬を撫でる。

数秒遅れて、白と赤で染まっていた視界が黒で覆われる。

「うそ」

間の抜けた声を最後に、チルレの世界は完全に失われた。

第六章　それぞれの結末

管財人シェザム　七

三人の男たちが乗り合わせた馬車がその養護院についたのは、明け方だった。

夜道を休まず走らされた御者は疲労と緊張でよろめきながら無事に到着したことをアステルたちに告げると、その場に座りこむようにして気を失ってしまった。

同じく極度の緊張から解放され興奮した馬をカイゼルが宥めている間に、シェザムとアステルは養護院の入り口を控(ひか)えめに叩く。

「……どなたでしょう」

扉の奥から静かな声が聞こえ、二人は息を呑む。

馬車で打ち合わせをした通り、シェザムが一歩前に出ると、深呼吸をしてから言葉を発した。

「……リュース伯爵家の使用人、シェザムと申します。お手紙をいただいて馳(は)せ参じた次第です」

「まあ！　伯爵家の！」

シェザムの言葉に安心したのか、扉が勢いよく開かれる。

出迎えてくれたのは老齢のシスターだった。

目尻に刻まれた深い笑い皺からはその人柄が伝わってくるようだ。ほがらかな笑顔に、疲れ切っていた心が少しだけ楽になるような気がした。

「よく来てくださいました。さぁさぁ、こちらですよ」

シスターはにこやかに二人を招き入れる。

その歓迎に、シェザムとアステルは顔を見合わせ困惑の表情を浮かべた。

王都の教会で読んだ手紙は、養護院のシスターからのものだった。

その内容は『ロロナの熱は下がったがまだ意識は戻らない。迎えが一向に来ないが問題はないのか』という簡潔なものだった。

「どういうことだ……？」

アステルたちは首をひねるばかり。

教会に安置された遺体は、ロロナではなかった。

しかもこの手紙を読む限り、養護院には生きたロロナがいる。

「別の令嬢がロロナに間違われたということか？」

「しかし、亡くなった娘が身につけていたドレスは間違いなくロロナお嬢様のものだったはずです。卒業記念式典のためにあつらえた一点ものですよ」

「……なら、一体どういうことなんだ」

三人は再び安置されている遺体に視線を向けた。

石膏の仮面を被り、まるで聖遺物のように横たわる少女。

ロロナのドレスを着て髪を銀色に染め、公爵家の馬車に乗って事故死した彼女について彼らがわかるのは、ロロナと同じ年頃の女性であるということだけ。

「…………ル……」

「どうした、シェザム殿？」

か細い声で何かを呟いたシェザムに、アステルとカイゼルの視線が集まる。

二人から同時に顔を向けられたというのに、シェザムは気がついていないのか、ただ一心に遺体を凝視していた。

「チルレだ」

「誰だって？」

「チルレです。お嬢様付のメイドの。あの日から、一度も姿を見なかった」

いまになってようやくつながった事実にシェザムは、愕然とした表情のままゆっくりと遺体に近寄る。

遺体の首筋には小さなほくろがあった。

「これは、チルレだ……」

ロロナにはこんなほくろはなかった。ほくろがあるのはチルレだ。

色っぽいでしょうと婀娜っぽく声をかけられた時の気味の悪さが記憶に焼きついていた。

「なんで思い至らなかったんだ……」

「ではこれはロロナのメイド、ということか？　なぜ、ロロナのドレスを？　髪まで染めて……」

「わかりません……」

シェザムはアステルたちにチルレという少女について語った。

遠縁から頼まれたベルベラッサが、なかば強引に雇い入れたメイドであること。

貴族の使用人としての立ち居振る舞いが不完全すぎて周囲から煙たがられていたこと。

そのせいで、彼女が不在であることに誰も気がつかなかったのだ。

「てっきり勝手にお嬢様のそばを離れて遊び回っているものかと」

まさか死んだのがチルレだなんて、誰も想像していなかっただろう。

静まり返った安置所の中で、三人はそれぞれに複雑な表情を浮かべていた。

「とにかく、この養護院に向かおう」

「……そうですね」

しばらく遺体を預かってくれるように教会に依頼をすると、そのまま馬車を飛ばしてシュテイン村へ向かったのだった。

あの手紙に書かれている内容だけでは、ロロナがなぜこの村にいるのか、そもそもなぜいままで居場所を知らせなかったのかわからなかった。

何より、落ち着いたシスターの態度にアステルたちは混乱していた。

「あの、お嬢様はいつからここに……」

「いつからとは……？」

「ええと……その……実は伯爵家にはなんの知らせも来ていませんで」

「まあ！」

シスターは心底驚いた様子で口をあんぐり開けたまま固まってしまった。

本当に何も知らないのだということが伝わってくる。

「それは心配なさったでしょう？　伯爵家のお嬢様が五日も連絡せずにご自宅に戻られ

ないなんて……王都は大変な騒ぎではありませんでしたか？」

大変どころか、ロロナが死んだことになっているとはさすがに口にできなかった。

顔を見合わせたシェザムとアステルに、シスターはゆっくりと今日までのことを語ってくれた。

養護院の子どもたちにせがまれて誕生祝いに参加しに来てくれたこと。

その祝いの最中、高熱を出したためここに泊めたこと。

伯爵家にはロロナが連れていたメイドが連絡に戻ったこと。

「でも、あのお嬢さんは戻ってこないし、ほかの方がお迎えに来る様子もなくて……それで心配になってお手紙を書いたのです」

「どうして、僕に？」

「お嬢様が一番信頼されている方だと以前伺ったので。それに伯爵様に直接お伝えしたら騒ぎになるかと思いまして」

「この村には新聞などは届かないのですか？」

「そういったものは月に一度まとめて届くのですよ。何せさびれた村ですから。郵便だって配達人が運よく来たから渡せたようなもので。明日になっても誰も来なければ、私が王都に出向こうと思っていたくらいです」

「……」

あらゆる偶然が重なったのだと知り、シェザムは呆然とする。

この養護院の人々は本当に何も知らずに、熱を出したロロナを世話してくれていた。

シスターの言葉がすべて本当なら、チルレは本来ならばただロロナの状況を伝えるためだけに王都に戻ったはずだった

それなのにどうしてロロナのドレスを着て、髪を銀色に染めたのか。

(……魔が差したのだろうか)

チルレの言動には隠しきれない傲慢(ごうまん)さがあった。

ロロナと同じになりたいという欲求に負けて、一時だけだと真似してしまった可能性は否めない。

髪を染めるという徹底ぶりには疑問が残るが、あの娘ならばやりかねないと納得できた。

(考えても仕方がない。いまは、お嬢様だ)

「それで、お嬢様は……？」

「昨夜ようやく熱が下がったのですよ。本当にひどい熱で」

「ご無事なんですか！」

「運がよかったのです。普段、この村に医者はいないのですが、ちょうど旅のお医者様がお嬢様を診てくださって」

その医者が言うには、極度の疲労と緊張のせいで弱っていたところに風邪を引いたのだろうという診断だった。

熱さましといくつかの薬を処方してくれた医者の適切な治療のおかげで、ロロナの体調は回復しつつあるのだという。

「まだ眠ってらっしゃいますが、お会いになられますか？」

「頼む」

力強く返事をしたのはアステルだ。その横顔は、一刻も早くロロナの無事を確認したいという意思にあふれている。つられて、シェザムも頷(うなず)いた。

案内されたのは、養護院の奥にある小部屋だった。

簡素な木製扉を開けて中に入れば、花の香りが鼻腔をくすぐった。

小さな部屋だというのに、たくさんの花が棚という棚に飾られている。

壁際の質素なベッドに、横たわる膨(ふく)らみと銀の髪が見えた。

「あぁ……」

アステルが震える声で呻く。

シェザムもまた、目頭が痛いほどに熱くなっていくのを感じていた。

先に入室したシスターが部屋のカーテンを開けると柔らかな朝日が差しこみ、その姿がはっきりと視界に収まる。

冷え切った安置所で石膏の仮面を被った遺体と対面した時の絶望感とは真逆の感情が、一気に心に押し寄せる。

ほんのりと暖かく花の香りが充満した室内には、彼女の規則正しい寝息が響いていた。

身体を横にして、顔のそばに揃えた両手を置く寝姿はどこかあどけない。

バラ色の頬と木苺色の唇。

影が落ちるほどに長い銀色の睫毛が朝日に照らされて輝いている。

「ロロナお嬢様」

そこに眠っている少女は間違いなく、ロロナ・リュースだった。

リュース伯爵　五

窓さえない石造りの牢獄。粗末な服に身を包んだ伯爵は、冷たい床に両足を投げ出すように座りこんだまま、虚(うつ)ろな瞳で鉄格子を見つめていた。

連行された後、武器を仕込んでいる可能性があるからと衣服を着替えさせられ、捕虜同然に牢獄に囚われた。

伯爵は、これは不当逮捕だと何度も叫んだ。

だが看守たちは慣れたもので、伯爵の言葉に一切耳を貸さない。

それどころか、うるさいと怒鳴りつけ、騒いだ罰だと夕食を奪われた。

空腹を抱えたまま、凍えるような夜を過ごし、ようやくありついた朝食は硬くなった古いパン一つ。

（ありえん……俺は英雄だぞ……この国の平和は俺があってこそだ……）

悔し涙を滲ませながらそのパンにかじりつく伯爵を、看守たちは冷たい瞳で見おろしていた。

軽蔑を含んだその視線に、伯爵はこらえきれない怒りを感じながらも必死にパンを咀嚼するしかない。

水の一杯も与えられない地獄のような朝食の後、伯爵を待っていたのは監察官からの執拗な取り調べだった。

いつから私兵を集めていたのか。目的は。武器の購入経路は。どれだけの資金をつぎこんだのか。何がしたかったのか。

矢継ぎ早に浴びせられる質問に、伯爵はまともに答えることができなかった。

どうしてそんな質問をされるのかがそもそも理解できない。

すべて必要だったからだ。

戦が終わり、貴族社会に居場所がない自分を守るためには、そのすべてが必要だった。

戦うことが正義だと言ったのはかつてのお前たちではないか。

自分はそれに従ったまでだ。

終戦の日から一歩も動けなかった自分を保つために必要なものだった。

伯爵はそう訴(うった)え続けたが、監察官は話にならないとそれをすぐに一蹴(いっしゅう)した。

「伯爵。確かにあなたは英雄だった。だが戦はもう終わったのです。あなたはまともになるべきだった」

まともとはなんだと伯爵は叫びたかったが、声が喉に張りついたように出てこない。

どうしてこんな扱いを受けなければならないのか。

「あなたの身柄はしばらく拘束させていただきます」

「……しばらくとはどれくらいだ」

「さぁ？」

「伯爵家はどうなる!!」

「……財産もなく当主が拘束された家がどうなるかなど、言うまでもないでしょう？」

唇の端だけを吊りあげて笑う監察官の胸ぐらを掴もうとするが、すぐに左右にいた兵士に取り押さえられてしまう。

「くそっ……！　離せ……！　そうだ、娘がいるんだ！　死んだ娘と怪我をした娘が！　俺が戻らなければ……!!」

伯爵は活路を見つけたかのごとく瞳を輝かせて顔を上げた。

かわいそうな自分にきっと同情してもらえる。そんな期待に満ちた瞳を監察官に向けて。

だが、返ってきたのは蔑みに満ちた表情だ。

「存じております。亡くなったお嬢様の葬儀どころか、怪我をされたお嬢様の治療費すら残っていないとは。あなたは父親失格だ」

「な……」

「特に亡くなったロロナ様は大変優秀な方だったと聞いております。残念な方を亡くされました。しかしある意味ではロロナ様は幸運だったかもしれませんね」

「俺の娘の死を幸運だと!?　貴様っ！」

「事実でしょう。父親のこんな哀れな姿を見ずに済んだのだから。私があなたの息子なら、耐えられない羞恥だ」

「……！」

怒りのあまり言葉を失い、顔を真っ赤に染めた伯爵は魚のようにみっともなく口を開閉させることしかできない。

暴れれば暴れるほど兵士の腕の力が強まり、とうとう身体を床に押しつけるように倒されてしまった。

「そうそう。奥様に関してですが、禁制品を購入した罪が確定しましたよ。お屋敷を調べたところ、ごまかしがきかないほど大量の禁じられた宝石が出てきました。中には盗難品もありましてね。ずいぶんとたちの悪い商人に捕まったようだ」

「……妻は、妻はどうなる！」

「通常ならば罰金を支払っていただくのですが、伯爵家には支払い能力がありませんからね。禁制品や盗品以外の装飾品をすべて売り払っても足りるかどうか」

「なっ」

「しかし大変ありがたいことに奥様を支援したいという貴族の方が名乗り出てくださいました。罰金を肩代わりするだけでなく、奥様を預かってくださるそうですよ」

「そうか！」

伯爵の顔に喜色が交じる。やはり自分にはまだ味方がいた。かつての同胞が助けてくれたのだと。

だが、続けざまに監察官が口にした言葉によって、再び伯爵は絶望に叩き落とされる。

「ジル男爵殿は本当に気前がいい方だ」

「なっ……！」

伯爵は顔色を変え監察官の顔を見つめた。

ジル男爵がなんの下心もなくベルベラッサを助けるわけがない。

女を玩具としか思っていない男爵のもとで、ベルベラッサがどんな扱いを受けるか。

監察官の表情はとても穏やかだが、その瞳に交ざる色はどこまでも冷徹な感情なのがわかる。

「なっ……貴様っ、わかって……!!」

「さぁ？　さて、あなたにはまだたくさん聞きたいことがあります。特に武器の購入ルートに関してはね」

「俺は何も知らない！　すべて商人が勝手に売りに来ただけだっ！」

「伯爵、知らないからといって許されることなど何もないのですよ」

親が子どもに言い聞かせるような口調で語りながらも、監察官の表情は氷のように冷たいままだ。

そのまま半日以上拘束され尋問を受け続けた伯爵は、兵士たちに引きずられ、再び牢獄に戻った。

前日と違って叫ぶことも暴れることもない。そんな伯爵の変化にも、看守たちは無関心だった。

まるでそれが日常のように淡々と流れていく時間。

「俺は……俺は……」

壊れた人形のように、伯爵はただ虚ろに呟き続けるだけだった。

王太子ベルビュート　六

ひどい揺れに身を任せながら、ベルビュートは目を閉じていた。

質の悪い車輪が舗装されていない地面を削る不規則な音が、自分の行く末を暗示しているようで泣きたいほどに情けなかった。

「ベルビュート。お前は王太子としての位を剥奪されることに決まった」

父である国王が沈痛な面持ちで告げたその言葉に、ベルビュートは青い顔のまま頷くほかなかった。

婚約者への裏切り、多額の負債、そしてメイドへの暴力行為。ここまでのカードが揃ってしまえば、たとえ国王でも彼を庇いきれないことは明白だった。

貴族院と教会から追及され王家の威信が汚される前にできる最善の手段は、国王自らがベルビュートを王太子の座から退けること。

「幸運なことにお前の弟はまだ幼い。これから教育すればお前のような過ちは犯すまい」

十歳を迎えたばかりの弟が新たな王太子となることが告げられ、ベルビュートはほっと息を吐いた。

自分の失態により、王位が直系以外の王族に渡る事態だけは避けられたようで安心する。

「お前の処遇だが……お前には王籍を捨て、我が臣下となる道を進んでもらう」

「は……？」

「ちょうど一つ伯爵家の位が空く予定だ。お前はその穴埋めとして、ヒュート伯爵を名乗るがいい」

あまりに唐突な宣告に、ベルビュートは目を白黒させてうろたえる。

王太子ではなくなっても自分は王族だ。なぜそれを捨てなければならないのか。

「なぜ……」

「なぜだと？　お前が王族として城に残ることを許さない者が多いからだ。それにお前が抱えた負債を清算するには、お前が臣籍に降下する時に支払われる一時金をあてるしかあるまい」

疲れ切った顔で語る国王にベルビュートは呆然と目を見開くばかりだ。

「伯爵になった後は、辺境に勤めることを命じる。王命がない限り、王都に戻ることは許さん」

「父上!!」

「もう父ではない。お前は王族ではなく、臣下だ。無礼な口は許さん、下がれ」

取りつく島などありはしない。

険しい表情のまま睨みつけられ、ベルビュートはすごすごと退室するしかなかった。

いつもならば甲斐甲斐しく世話をしてくれる使用人たちの態度も冷え切っている。

特にメイドたちはピリピリとした空気をまとい、近寄ってくることもない。

これまで機嫌を取ってきた貴族たちも誰一人寄りつこうとしない。

それはすべてベルビュートの行いが招いた結果だ。

嘆くことも怒ることもできない。

ロロナの墓に謝罪に行くことも、ルミナに詫びることすら許されなかった。

泣いても喚(わめ)いても、失ったものは二度と取り戻せない。

地位も名誉も、恋や、愛に育つはずだったものさえ。

すべてから逃げるように、辺境へ向かうこの馬車に乗りこむしかなかった。

もう二度と戻れないという確信めいた気持ちを抱え、ベルビュートは馬車の窓から遠ざかる王都を眺めていた。

アステル　五

銀色に縁どられた瞼(まぶた)がゆっくりと押しあげられた。

二度三度と眩しそうに瞬いてから、ぱちりと大きく見開かれる。

「きゃあ」

目の前に自分を覗きこむ男性が二人もいたからだろう。ロロナはひどくうろたえた様子で、少しうわずった声で叫ぶと、上にかかっていた毛布で顔を隠してしまった。

間違いなく生きているとわかるその動きの愛らしさに、アステルは胸をかきむしりたくなるような衝動に駆られた。

「ロロナ」

名前を呼びかければ、ロロナは毛布の中からおずおずと顔を覗かせてくれる。

小動物のような愛らしいしぐさにゆるみそうになる頬を必死で引き締め、アステルは怖がらせないようにゆっくりとした動きでベッドに近寄った。

「久しぶりだね。俺が誰だかわかるかな」

「……アスラン、さま？　ですよね？」

表情こそ変わらないが、震える声には戸惑いと混乱が入り混じっているのがわかる。

毛布の隙間からこちらを見ている菫色の瞳も、声同様にロロナの心を映しているのがわかる。

その変わらぬ態度に、アステルは胸がいっぱいになっていくのを感じた。

「どうしてここに……？」

「そうだな。どこから話すべきか……でも、とりあえずは君を安心させるのが先かな。彼が俺をここまで案内してくれたんだ」

「……シェザム！」

「お嬢様!!」

アステルとロロナの再会を邪魔しないように背後で待っていたシェザムは、犬のような速さでロロナのそばに駆け寄る。床に膝をつき、ロロナと視線を合わせたシェザムの瞳からは大粒の涙がとめどなくあふれ出していた。

「ごぶじで、よかったっ……！」

「どうしたのシェザム？　どうして泣くの？」

「お嬢様……」

幼子のようにしゃくりあげはじめたシェザムに、ロロナは眉を下げて首をかしげ続けていた。

「私、五日も寝ていたのですか……!?」

シスターから自分が置かれていた状況を知らされたロロナは、菫（すみれ）色の目を限界まで見開き全身で驚いていた。

「そうですよ。お嬢様が連れてらしていたメイドさんはずっと帰ってきませんし、本当に気が気じゃなかったのですから」

「チルレが？」

「ですから、シェザム様にお手紙を書いたのです。以前、お嬢様からお名前をお聞きしたのを思い出しまして」

「そう……それで来てくれたのね」

ロロナがどこか安心したように口元をゆるませ、シェザムに微笑みを向けた。

「ありがとう、シェザム」

「いえ……僕はそんな……お嬢様が無事で本当によかった」

「そんなに泣かないで。まるで私が死にかけたみたいじゃない」

ロロナが場を和まそうとして発したであろうその言葉に、アステルとシェザムは思い切り顔を見合わせる。

笑うに笑えない空気になった二人に、ロロナはほんの少し目を細めた。

「シェザムがここにいる理由はわかりましたが、どうしてアスラン様が？」

警戒の色に染まった視線を向けられ、アステルは肩をすくめる。

いまのロロナにとって、アステルは「アスラン」という名の顧客でしかない。面識はあるが親しい間柄でもないのに、ここにいることが理解できないのは当然だ。

「そうだね……まずはどこから説明しようか」

仮面に隠された目元をゆるませながら、アステルは静かに微笑んだ。

慌てる必要は何もない。なぜならロロナは生きているのだから。

失った後悔で苦しんだ日々の痛みに比べれば、これから信頼してもらうための努力なんて苦労のうちに入らない。

「君に話したいことがいっぱいあるんだ」

今度こそ幸せにしてみせるという決意を胸に秘めながら、アステルは己の顔を覆う仮面に手をかけた。

第七章　未来への選択

「これは……ひどい有様ですな」

ゼリオは唖然とした表情で、伯爵家の玄関ホールを見回す。

主であるリュース伯爵とその夫人が貴族院に拘束されてたった二日しか経っていないのに、室内はまるでもう何ヶ月も無人であったかのように荒れ果てている。

「伯爵たちが捕縛されたのを知って、使用人たちが土産として持って出ていったようです」

苦笑いを浮かべてゼリオに答えるのはシェザムだ。

彼は小さな旅行鞄を抱え、ゼリオと一緒になって屋敷の中を見つめている。

調度品など金銭的に高い価値のものは残されておらず、がらんどうになった屋敷の中に人気はない。

「私もタイミングが悪ければ金を奪われていたんでしょうか」

懐からロロナに渡すつもりで持ってきた金を取り出し、ゼリオは呟く。

あの騒動の後、ミイシ商会はいくつかの仕事を失った。

不安に思う顧客や取引先が去ることは想定済みだったので、そこまで大きな衝撃はなかった。

予想外だったのは、ゼリオと商会に対して好意的な態度で接してくれる人が少なからずいたことだった。

助けられることがあれば遠慮なく言ってくれと手を差し伸べてくれる取引先だけでなく、これまで贔屓にしてくれた顧客たちも優しい声をかけてくれた。

商会の蓄えは罰金の支払いで使い果たしてしまったが、アスランから渡された宝石を元手にすればまた立て直せるだろう。

ミイシ商会はこれまで通り商売を続けることができる。

何もかもロロナが築きあげてくれた信頼あってこそだということに気がついたゼリオは、いまさら遅いと思いながらも伯爵家にロロナの金を届けようとやってきたのだ。

だが既に伯爵家の屋敷は無人となり果てており、偶然にも荷物をまとめるために戻っていたシェザムと顔を合わせたのだった。

「このお金はロロナお嬢様のものです。どうか伯爵家再建のために役立ててください」

「……ありがたい、と言いたいところですがこの有様です。伯爵家がこの先再建することはないでしょう」

差し出された金貨の袋をそっと押し返しながら、シェザムは首を振る。

「ルミナお嬢様もお世話をする人間がいなくなったため、教会預かりになっています。伯爵と奥様に課せられた罰金を考えれば、この屋敷もすぐに手放すことになるでしょうし……名門リュース伯爵家もおしまいというわけです」

ルミナの怪我の状態はずいぶん落ち着いたそうだが、傷が残ることや伯爵家の惨状もあり、貴族令嬢として社交界に残るのは難しいだろう。

本人も心境の変化があったらしく、もう表舞台に立つ気はないと周囲に語っていたらしい。

おそらくこのまま修道女になるのではないだろうか。

件の別邸も既に貴族院の調査が入り、集まっていた私兵からも逮捕者が出たと伝え聞いている。

伯爵の権威を笠に着て、ずいぶんと勝手をしていた者が多かったそうだ。

保管されていた武器のたぐいはすべて貴族院が回収し、残ったものはすべて売り払う算段になっている。

「それは……残念なことです」

「なるべくしてそうなったというだけですよ。実を言うと、僕はずいぶんといい気分なんです。ようやく終わった気がします」

シェザムの笑顔は晴れ晴れとしたものだった。

様々な重荷から解放され、新しい人生を歩もうとしている男の顔だ。

「終わった……とは」

「お嬢様はずっと苦しんでいました。伯爵家のためにと必死で。ですが、伯爵家の人々はお嬢様を顧みなかった。ベルビュート殿下の話を聞きましたか？　王太子の地位を剥奪され、辺境に送られたそうです。彼もまた、報いを受けたんですよ」

「報い、ですか」

金貨の入った袋を見つめ、ゼリオは自分の身に起きた出来事を振り返る。

成功に傲りロロナの忠告を無視し、あまつさえその死を喜んでしまった。

その報いは大きかったが、やはり最後にはロロナに救われなんとか生き残ることができた。

アスランが訪ねてくれていなかったら、ゼリオはあのまま破滅への道を歩んでいたことだろう。

「そのお金はぜひ商会のために役立ててください。ロロナお嬢様もきっとそれを望んでいます」

「許されるのでしょうか」

「ええ。その金を元手に成功を収めたら、かつてお嬢様が行っていたように慈善活動に取り組まれてください。それが一番だ」

「……そうですね。私にできることはそれくらいのようだ。ですが、この金には手をつけないでおきます。自分への戒めとして、手元に置いておきますよ」

またいつか商売人としての道を踏み外しそうになった時はこの袋を見ようと、ゼリオはずっしりと重いそれを懐に戻した。

「シェザム殿はこれからどうされるのですか」

「まだいくつか後始末が残っているので、それを片づける予定です。すべて終わったら、旅に出ようかと」

「旅ですか？」

「ええ。ステラ帝国に行ってみようと思うのです。ちょっとしたツテがありまして」

どこか含みのある笑みを浮かべるシェザムに、ゼリオは少し意外そうな顔をしてから「そうですか」と穏やかな笑みを返した。

「シェザム殿はまだお若いですから、色々な可能性があるでしょう。しかし、かの国は一枚岩ではないと聞きます。私も騒動に巻きこまれた身の上です。どうぞお気をつけて」

「ご心配、感謝します」

二人は同時に腰を折ると、それぞれの向かうべき方向へ歩き出す。

だが不意にゼリオが足を止め、シェザムのほうへ向き直った。

「ところでシェザム殿。一つ聞きたいのですが」

「なんでしょう?」

「……ロロナお嬢様の葬儀はどうなったのですか? 教会に安置された遺体はあなたが引き取ったと聞きましたが」

ゼリオは伯爵家に起こった騒動を知り、ならばせめてロロナの葬儀だけは自分がと思い教会に問い合わせた。

だがほぼ入れ違いで、伯爵家のシェザムが遺体を引き取っていったと聞かされ、ひどく驚いたのだ。

「あのご遺体は伯爵家の墓丘に埋葬しました。ささやかでしたが、葬儀も済ませております」

「そうですか……」

「ええ。きっと静かに眠ってくださるはずです」

ロロナを想うように空を見あげるシェザムの顔は、どこまでも穏やかだった。

ゼリオもシェザムにつられるように、よく晴れた空を見あげる。

「……お嬢様はなぜお亡くなりになったのでしょうか」

その死を悼むゼリオの声に、シェザムは曖昧に微笑んだが、何も答えなかった。

＊＊＊

ベッドで上半身を起こして読書をしていたロロナは、耳に届いた笑い声に気がついて顔を上げた。

開けっ放しになっている窓の外に視線を向けると、アステルとカイゼルが養護院の子どもたちに囲まれ、何やら楽しそうに過ごしているのが見えた。

子どもたちは大人の男性が珍しいのか二人に夢中のようで、しきりに遊んでほしいとせがんでいるようだ。アステルもカイゼルも、嫌がるそぶりを見せず子どもたちの願いを聞き入れて相手をしてやっているようだった。

その微笑ましい光景にしばし見惚れていたロロナだったが、アステルがその視線に気がついたようにこちらを見たものだから、慌てて本へ目を落とす。

（まさか、アスラン様がアステル殿下だったなんて）

高熱で長い間寝こんでいたロロナが目を覚ました時、なぜかそばにいたのは商会の顧客だったアスランだ。

金の髪に仮面という不思議ないでたちのアスランは、顧客の中でも印象深い存在だった。ただ、目を惹くほどに上品な立ち居振る舞いの顧客というだけで、深い付き合いがあったわけではない。

商売のほとんどはゼリオが行っていたし、ロロナが顔を合わせたのはほんの数回。時折自分に見せる物言いたげな様子から、社交界で関わったことがある貴族なのだろうとは思っていた。

だとしても自分を案じてわざわざこんなところまで来るなんて不自然だという問いかけに、アスランは小さく笑うとカツラと仮面を外して見せたのだ。

「俺はアステル・ステラだ。久しぶりだね、ロロナ・リュース伯爵令嬢」

幼い頃、たった一度だけ顔を合わせたアステル皇子。

黒い髪に赤い瞳という疑いようのない証拠を見せられても、ロロナはしばし呆然としていた。

確かに面影はあったが、すっかりたくましい青年に成長したアステルの姿を前にして、ロロナは急に恥ずかしさがこみあげる。

寝起きで髪を下ろしたままの無防備な自分を見られているという事実にいたたまれなくなり、せめてもと毛布で身体を隠すしかできなかった。

その時のことを思い出し、ロロナははぁ、と熱っぽいため息をこぼした。

視線を本に落とすふりをしながら、再びこっそりと横目でアステルの姿を探す。

彼は小さな子どもを肩に担ぎ、太陽の下で楽しそうに笑っている。眩しい姿に、心臓がやけに大きく脈打った気がして、ロロナはまた視線を逸らしてしまった。

（あの『アル』でもあるなんて……）

あの花畑でアルと名乗った少年は、確かに村の子どもにしてはしぐさも上品で、教養を感じる言葉遣いだった。

自分と同様に何かわけありであの辺境の地に身を隠している貴族令息ではないかと予想はしていた。

だがまさかアステル皇子だったなんて。

最初は混乱したロロナだが、アステルが語ってくれた彼の過去を知り、納得していた。

ステラ帝国では数年前に皇子が立て続けに亡くなり、継承権争いが起きていたこと。

アステル皇子の療養も、それに絡んだものではないかというまことしやかな噂は確かにあったのだ。身を守るために王国に身を隠していたとしても不自然ではない。

何より、真摯な瞳で自分にすべてを打ち明けるアステルは、あの日会話を交わしたアルそのものだった。

アステルは幼いあの頃、ローナの正体がロロナであることに気がついた上で、ずっとアルとして接してくれたのだという。

そして最後に会った日から今日までずっと、ロロナのことを気にかけてくれていたと。

だからここにいる、と口にしたまっすぐな言葉と視線に、胸の奥がじんわりと熱を持っていくのを感じながら、ロロナは信じてほしいというアステルの言葉に頷いていた。

さすがに寝起き姿のまま話を聞き続けるわけにはいかず、一度彼らには退室してもらい、ロロナはシスターの手を借りて身支度を整えた。

寝間着から借り物の礼拝服に着替えるだけでも気分が少し落ち着く。

長い髪も簡単だが一つにまとめ、ロロナは食堂でアステルたちと再び対面する。

「まずは君から、何があったのか話してくれないか」

アステルに問われ、ロロナは自分の身に起きたことを素直に説明した。

婚約破棄を告げられた後、まっすぐ養護院に来たこと。祝いの席で熱を出し、そのまま寝こんでしまったこと。気を失う間際、メイドであったチルレに伯爵家への言付けを頼んだこと。

目が覚めたら五日という時間が過ぎていたという事実を、いまだに受けとめられないことも正直に打ち明けた。

「そうだったのか」

「アスラン……いえ、アステル様はどうしてここに？　シェザムは私を迎えに来てくれたのですよね？」

アスランの横に並ぶシェザムに、ロロナは視線を向けた。

伯爵家の財産管理を一手に引き受けてくれている彼は、ある意味ではロロナに最も近い使用人だ。病気になったロロナを迎えに来ても不自然ではない。

シェザムはロロナの顔を見つめたまま、なぜかくしゃりと顔をゆがめた唇を噛み締めた。

「お嬢様がご無事でよかった」

震える声でそう答えるのがやっとなシェザムの態度にロロナは戸惑う。

先ほど目を覚ました時の態度もそうだが、何かがおかしい。

「一体私が眠っている間に何があったのです？　教えてください」

その問いかけに、アステルがゆっくりと口を開いた。

ロロナが寝こんでいると伯爵家に伝えに戻ったチルレが事故に巻きこまれ命を落としたこと。

その遺体がひどい有様（ありさま）だったことから、周囲はロロナが死んだのだと勘違いしたこと。

両親やルミナ、ベルビュートたちはそれを受け入れたこと。

想像を超える事態になっていることに驚いたロロナは、いますぐ王都に戻って誤解を解くべきだと立ちあがりかける。

だがそれを止めたのは、ほかでもないシェザムだった。

「お嬢様、もういいんです。お嬢様は十分頑張られました。いまから戻ってどうするというのですか」

「でも！」

「彼らはお嬢様の死を受け入れました。いまお嬢様が戻って、彼らがどんな顔をすると思いますか？」

「……」

とっさに答えられず、ロロナはうつむく。

自分を顧（かえり）みない父親、溝があるままの継母、自分を裏切った妹と婚約者。

きっと自分が死んでせいせいしていることだろうということはわかっていた。だが。

「私はともかくチルレのご家族には申し訳が立たないわ。子どもの死を知らぬままなんて……」

「それについては僕がなんとかします。とにかく、いまの王都は色々と騒がしい状況です。病みあがりのお嬢様が向かわれるべきところじゃない」

シェザムの硬い口調に反論が思い浮かばず、ロロナは助けを求めるようにその隣に座るアステルに視線を向けた。

目が合うと、アステルは少し困ったような笑みを浮かべる。

「俺からも言わせてくれ、ロロナ。君はもう十分に耐えた。君をないがしろにし続けた彼らのもとに戻る必要はない」

「ですが……私には伯爵家以外に行くあてもありません。このままここでお世話になるわけにもいきませんし、いずれ私が生きていることは皆が知ることになるでしょう」

この村は田舎なことが幸いし、王都で起きた出来事がまだ伝わってきてはいないのだという。

だがそれも時間の問題だ。ロロナが事故死したことになっているとシスターたちが知れば大騒ぎになるだろうし、周囲だって気がつくだろう。養護院の子どもたちに迷惑はかけたくない。

「このままここに留まっていれば、そうなるだろうね」

どこか含みを持たせた言い回しをするアステルに、ロロナは戸惑いの視線を向ける。

「ロロナ。俺と一緒にステラ帝国に来ないか。もうすぐ国に戻る予定なんだ」

「え……」

「決して苦労はさせない。安全だって保障する」

「そんな……ご迷惑をおかけするわけには」

「迷惑だなんて思っていない。俺は……かつてローナだった君に救われたんだ。君の気高さに触れて、立ち直ることができた。だから、今度は俺に君を助けさせてくれ」

「助けるって……私は」

「君を自由にしたい」

ロロナは言葉を失ったままアステルを見つめた。

赤い瞳が、何かを求めるようにまっすぐな視線を注いでいる。

かつてほんのわずかな時間を一緒に過ごした少年と目の前の青年が、一瞬だけ重なった。

「君の好きなように生きていい。伯爵令嬢ロロナ・リュースではなく、一人の女の子として」

シェザムも大きく頷いてロロナを見つめていた。

心臓が痛いほどに高鳴るのがわかったが、それがなぜなのかはわからない。

「……すぐに答えなくてもいい。君がどうしても王都に戻りたいというなら俺が連れていく。だが、よく考えてくれ」

あくまでもロロナの意思を尊重するというアステルの言葉に、ロロナは小さく頷くのが精一杯だった。

久しぶりに動いて人と話したことで疲れが出たのか、ロロナはその後またすぐにベッドの住人に逆戻りしてしまう。

考えることがたくさんありすぎて、身体と思考が一致しないようなふわふわとした気持ちのまま眠りについた。

目を覚ましたのは翌日の朝。

シェザムは後始末があるからと王都に戻った後で、アステルとその従者と名乗るカイゼルという青年は、養護院の手伝いをしながら留まってくれていると聞かされ、ロロナは本気でどうすればいいのかわからず戸惑い続けていた。

「自由……」

伯爵令嬢でなくなった自分に価値などあるのだろうか。

好きなように生きるとはどうすればいいのだろうか。

婚約破棄を告げられた時にさえ感じなかった、足元が崩れていくような感覚に、ロロナは大きなため息をこぼしたのだった。

＊＊＊

開け放たれた窓越しにこちらを何度も覗きこむロロナに気がついていたアステルは、こっそりと口元をゆるめる。

子どもたちと遊びながらも、アステルの意識はいつだってロロナのほうに向けられていた。

突拍子もないアステルの話を、ロロナは驚くほど素直に受け入れ信じると言ってくれた。

その瞬間の喜びを何にたとえたらいいだろうか。

ロロナが生きてそこにいるだけでも幸運なのに、自分をアステルだと認識して信じてくれたのだ。

もう絶対に手放すものかとアステルは己に誓う。

子どもたちが食事の時間だと呼ばれて去っていくと、さっきまでは騒がしい限りだった庭先が急に静かになる。

開いていたロロナの部屋の窓も閉まっているので、きっと食事に向かったのだろう。

「ロロナ様のところへ行かなくていいのですか？」

「いまは一人で考える時間かな。自分が死んだことになっていると知らされて、すぐに落ち着くのは無理だろう」

「……それはそうですね」

「それに、ロロナは優しいから。俺が話したことをしっかり理解してくれるはずだ」

不敵に笑うアステルに、カイゼルは困った人だとでも言いたげに肩をすくめる。

アステルはロロナに嘘は言わなかった。

周囲はロロナの事故死を受け入れ、日々を過ごしているとだけ伝えたのだ。

いまロロナが戻れば彼らの新しい日常は壊れてしまうかもしれないとだけ話した。

優しく賢いロロナは彼らが新たに歩みはじめたという言葉を信じ、自ら身を引くに決まっている。

いつだって自分のことは後回しだった彼女ならばその選択をすると、アステルは確信していた。

伯爵夫妻が貴族院に捕まったこと、ベルビュートが騒動を起こし辺境に送られたこと、異母妹のルミナが馬車の事故で重傷を負ったこと。

メイドの小娘が何を思ってロロナのドレスを身にまとっていたのかはわからないが、いまでは感謝すらしている。入れ替えるための遺体を用意する必要もなかったし、何よりロロナを自由にしてくれたのだ。

せめてもの慰めにメイドの生家には『運命の恋人と出会ったので駆け落ちする』という娘を装った手紙を偽造して届けさせた。死んだと知るよりは救われるだろう。

何もかもロロナが知る必要はないと判断し、伝えなかった。

「ですが、いずれ耳に届くはずです」

カイゼルの指摘はもっともだろう。王太子が地位を剥奪され、一つの貴族が没落するのだ。いずれは大ニュースになり、帝国にも話が届くだろう。

ロロナにだってずっと隠し通せるわけがない。

だが。

「その時がくるまでに、俺がしっかりロロナを捕まえておけばいい。戻りたいだなんて考える暇がないくらい、ロロナを幸せにしてみせるさ」

二度とあの頃に戻りたいなんて考えられないほどに、愛情を注いで自分から離れられなくしてしまえばいい。

そのための準備はもう調えてある。

「例の商人はやはり、あちら側の一派か」

「ええ。アステル様の指示通り、貴族院に情報を流しておきました。その結果、連中は一網打尽にされたようです」

「姑息なことをするからだ。俺を捜して刺客を送るだけならまだしも、ついでにこの国の内政まで引っかき回そうとするから尻尾を掴まれることになる」

ハングリックと名乗りミイシ商会に近づいた男の正体は、ステラ帝国を掌握しようとする皇妃一派が作った組織の者だ。

暗殺や密偵を生業とする集団で、違法な品を帝国からこの王国に持ちこみ混乱や内乱を誘発させようとしていた。

「いずれはこの国に攻め入る気だったんだろう。相変わらず悪趣味なやり方だ」

高名な貴族に禁制品を売りつけ、貴族院と対立させる。商人を装って市井に高品質で特別な品を流すふりをしながら、それが本当ならば取引できない品であることを明かし商人の弱みを握り、裏側からこの国を弱体化させていく。

それだけではなく、病気の動物を大量に持ちこみ悪質な疫病を流行させることすらも狙っていたのだ。多発していた馬車の事故も、彼らが持ちこんだ野犬が原因だった。

「既に貴族院と教会は彼らの行いを知ったようです。違法な品の回収もはじめていますし、野犬の捕獲にも大々的に乗り出すかと。また、貴族院が王家に報告を上げたようですから、帝国になんらかの使者を差し向けるでしょう」

「そこにやつらが動いていたという証拠を持って戻れば、さすがの皇帝陛下でも決断するしかないだろう」

皇帝である父はよく言えば情が深く、悪く言えば甘い。それにつけこまれ皇妃をはじめとした野心を抱く家臣たちを簡単に切り捨てられないでいることをアステルは知っていた。だが、これだけの証拠が揃えば話は別だ。

皇帝は優しいがゆえに戦乱を望んではいない。二度と戦が起きぬように王国と同盟を結んだほどだ。

「壊れた皇妃はもうあの国に必要ない」

皇妃は二人の皇子が死んだことで心を病み、戦を望む一派と手を組んでしまったのだ。すべてはただ一人残った自分の子である第四皇子を必ず次の皇帝にするため。

かつてアステルの命を狙った側室イーダは、皇妃に幼い第五皇子を人質に取られていた。彼女は自分の子どものためにアステルを捨てたのだ。

その決断をアステルは恨んでいない。もし同じ立場だったらためらいなく同じことをしただろう。

イーダも数年前に不慮の事故に巻きこまれ、この世にはもういない。皇妃の残酷さはもはや害悪の域まで達していた。

「父上もそれを望んでいるのだろう」

最初は見捨てられたとばかり思っていたアステルだったが、国内外の情勢を学ぶうちに自分がいかに庇護（ひご）されていたかを知ることになる。

皇帝はアステルが帝国の外で不自由なく暮らせるように、ずっと手を尽くしてくれていたのだ。

皇妃を止められなかった贖罪（しょくざい）としてなのか、はたまたアステルへの、あるいはその母への情がそうさせたのかまではわからない。だが、間違いなく皇帝はアステルを守ってくれていた。

それに気がつけたのも、ロロナと出会い成長することができたからにほかならない。

「陛下は、殿下を跡継ぎとして迎えるつもりでしょう」

「勝手な人だ。だが、ロロナを守るためには多少は折れてやらねばなるまい」

「では、ロロナ様を妃に迎えるおつもりですか？」

「ロロナに何かを無理強いしたりはしない。手放す気もないがな」

一度は失ったと思った初恋が、手の届くところにある。

どんなに血反吐を吐くことになったとしても、ロロナのことだけは譲るつもりはなかった。

「殿下なら、やりとげるんでしょうね」

「反対しないのか？」

「めっそうもない。ロロナ様がどれほど素晴らしい女性かはこれまで調べてきてよく知っていますから」

「……お前、まさか」

「そんな眼で睨まないでください。客観的な意見を述べたままです。馬に蹴られる趣味はありません」

わざとらしく両肩をすくめるカイゼルとしばし睨み合っていたアステルだったが、「まあいい」と呟いて踵を返す。

「ロロナの心が決まったらすぐに出立だ。準備を怠るな」

「御意」

＊＊＊

これから一体どうすればいいのか。

何度目かになる自問自答を繰り返しながら、ロロナはぼんやりと養護院の裏にある丘を歩いていた。

寝たきりだったせいで足腰がずいぶん弱っているから、すぐに息が上がってしまう。

でも、外を歩いていると少しだけ気分が楽になるような気がする。

頬を撫でる風に髪がたなびくのが不思議な感じだった。

髪を結いあげることもコルセットで身体を締めつける必要もない静かな時間などいつ以来だろうと、夕焼けに染まった空を見あげる。

（自由に生きる……）

考えたことがないわけではない。

王太子の婚約者という重責はなく、支え守るべき家族や使用人、領民もいない日々とはどんなものだろうと。

けれど、貴族に生まれた以上はすべての責任を果たさなければならないと必死だった。

「私は、やっぱりいらなかったのね」

アステルやシェザムは口を揃えて皆がロロナの死を認めたと言っていた。

居場所がなくなってしまった虚無感と、もう何もしなくていいという解放感。

そのどちらにも酔えず、ロロナはぼんやりと夕日を見つめていた。

「もうすぐ日が暮れる。そろそろ戻ったほうがいい」

「アステル様……！」

優しい声に振り返ると、上着を手に持ったアステルが立っていた。

風邪を引いてはいけないと、ロロナの肩にそれをかけてくれる。

「ありがとう……ございます」

こんな風に人から優しくされた経験が乏しすぎて、どうすればいいのかわからない。

せめて普通の令嬢のように明るく笑うことができればいいのに、とロロナは悲しい気持ちになってしまう。

微笑みかけてくれるアステルの赤い瞳を見ていると、貴族である以外になんのとりえもない自分が小さな存在に思えてしまって、逃げ出したい。

だが、それ以上にそばにいたいと思ってしまっていることにロロナは戸惑い続けていた。

（どうして優しくしてくださるの？）

幼い頃、短い時間を過ごしただけの自分にどうしてと、ロロナは問いかけたくてたまらなかった。

アスランと名前を偽ってまで自分を見守ってくれていた上に、ここまで捜しに来てくれた。

しかも、新しい居場所まで用意してくれるだなんて。

そんな価値が自分にあるとは思えなくて、なぜ優しくしてくれるのか問い詰めたくなる。

「あの……もう少しだけここにいてもいいですか」

「いいよ。隣にいても？」

だめと答えたかったが、当然言えるはずもなく、ロロナは小さく頷く。

アステルが本当に嬉しそうに笑うものだから、頬が熱くなって心臓が妙に速く脈打っていた。

婚約者であったベルビュートと一緒にいた時にだって感じたことのない感情が湧きあがってくるのがわかる。

「どうしたの？　顔が赤いけど……まさかまた熱が？」

「いえ、違うんです……その」

ロロナは急いで顔を伏せる。

表情を作るのは苦手なはずなのに、いまの自分はきっとみっともない顔をしている。

そんな顔をアステルに見られたくなかった。

「やっぱり迷惑だったかな」

「っ！」

どこか悲しそうな声音に、ロロナは弾かれたように顔を上げる。

アステルの表情は声と同じでどこか切なげだ。赤い瞳が何かを訴える（うった）ようにロロナに向いている。

「アステル様が迷惑だなんて思いません」

「じゃあ、ずっとそばにいてもいいってこと？」

「え……」

まさかの返事にロロナは固まる。ずっと、とはいつまでだろう。

ぽかんと口を開けたロロナに、アステルは困ったように首をかしげた。

「ごめん。急ぎすぎたかな」

「あの……」

「遠まわしに言っても伝わらないかもしれないから、ちゃんと言葉にしておくね」

アステルの手が、ロロナの手をゆるく掴んだ。

力をこめれば簡単に振りほどけそうな力加減に、逆に抵抗らしい抵抗もできずロロナはされるがままになる。

持ちあげられた指先に、アステルの唇が押し当てられた。

「ロロナ。俺は幼い君に一目で恋に落ちて、ローナとして出会った君に二度目の恋をした。そしていまの君にも、俺は恋焦がれている」

「なっ……」

「君の優しくて素直で気高い心が恋しくてたまらない。ずっとそばで見ていたいんだ」

とうとうロロナは呻くことすらできなくなった。

世界が止まってしまったような衝撃に打たれ、アステルを見つめ返すことしかできない。

「一緒に帝国に行こう。新しい人生を君に用意するよ。俺が君を想うように俺を想ってほしいとは願わない。ただ、君のそばにいさせてくれ」

心臓を鷲掴みにされたような苦しさで、ロロナは唇を噛む。

「どうしてですか」

「うん？」

「どうして、そこまでおっしゃってくださるの」

焼けるように瞼(まぶた)が熱くなって、目を開けていられなくなる。視界が潤(うる)んで、何かが目元からこぼれるのがわかった。

「泣かないで、ロロナ」

「……泣く……？」

アステルに言われて初めて、ロロナは自分が泣いていることに気がついた。

これまでにどんなに辛くて悲しくても泣くことができなかったのに。

「ごめん！　泣かせるつもりじゃなかったんだ」

「ちが……あれ、止まらない……」

気にしないでと伝えたいのに、ロロナは初めて流した涙の止め方がわからない。

アステルが胸元からハンカチを取り出して、濡れたロロナの目元を拭う。

温かく優しい感触に、止まりかけていた涙がまたあふれ出てしまい、ますますアステルを慌てさせる。

「離れたほうがいいか？　いま、カイゼルを呼んで……」

「待って」

離れていこうとするアステルの服の裾を、ロロナはとっさに掴んでいた。

「行かないで」

「ロロナ……？」

「ごめんなさい。違うの、自分でもどうして泣いているのかわからないの」

顔を振れば涙が飛び散るのがわかる。

胸の奥がくすぐったくて、熱くて、苦しくて。

「私には……いまの私には何もありません。爵位も地位も、財産も。なんのお役にも立てないかもしれない。本当にアステル様はそれでもいいのですか」

「馬鹿だな。そんなことを心配していたのか」

「だって私自身に、そこまでしてもらう価値なんて」

「あるよ。ロロナ、君には価値がある。俺は君のすべてが愛しい。君がそばにいてくれるだけで、俺の人生は輝かしいものになる」

服の裾を掴んでいたロロナの手を、アステルの手が包んだ。

さっきのようなゆるい力ではない。力強く両手でしっかりと捕まえられて、きっとロロナの力では振りほどくことなんてできない。

「ロロナ。君が幸せでいてくれるなら、俺はもっと幸せを感じられるだろう。どうか俺のために、幸せになってほしい。できれば、俺のそばで」

「アステル様」

胸の奥が締めつけられるみたいに痛んで、息がうまくできなくなる。

でも決して苦しいわけではなかった。体中が熱くて、また涙があふれて。

この人のために生きたい、とロロナは感じていた。この人のそばにいたいと。

（ああ、そうか）

ロロナは心に咲いた感情に気がつく。

アルとして出会った少年に抱いていた、優しい気持ちは種だったのだろう。

その種がアステルの眼差しや言葉によって芽吹き、花を咲かせた。

（私、この方に惹かれている）

まだ恋や愛と呼べるほど明確なものではないのかもしれない。ロロナにはそれが何かがわからないから確かめようがない。

初めて感じる想いは、あまりに淡く曖昧だ。

だが、一つだけ確かなことがある。

「そばにおいてください」

「え……」

「アステル様のそばにいたいです」

本当はもうわかっていた。誰からも必要とされていないことを。むしろ邪魔だと疎（うと）まれていたことも。

信じたくなくてずっと目を逸らしていた。いつか気がついてくれるはず、目を覚ましてくれるはずだと、期待していた。

こんなに努力して正しくあろうとしている自分を裏切るはずがないと。そう考えなければ、立っていることもできなかった。

でももうそんな期待に縋（すが）る必要はない。

彼らは疎（うと）ましい「ロロナ」という枷（かせ）から解放され、自由に過ごしているのだろう。それが彼らの望みだったのだろうから。

だったら。

「アステル様は私に自由になっていいと言ってくださいました。正直、自由がどんなものか私にはわかりません。でも、アステル様と一緒にいられるなら、きっと幸せになれる気がするんです」

「ロロナ……!!」

ロロナの言葉にアステルが感極まった声を上げ、その手を強く握る。

赤い瞳が潤んで、彼もまた涙を流しているのがわかった。嘘のない真摯なその姿に、ロロナの心臓も大きく脈打つ。

「幸せにする。必ず君を、幸せにしてみせるよ」

真剣な表情で頷くアステルに、ロロナは笑いかける。

涙で濡れた目元と頬がぎこちなく軋むだけの不器用な笑みではあったが、ロロナは生まれて初めて感情を表情として表すことができたような気がした。

ようやく二人が泣きやんで養護院に戻ろうとする頃には、空には星が輝きはじめていた。

主の戻りが遅いことを案じたカイゼルが灯りを片手に迎えに来るのに気がついて、アステルが大きく手を振る。

ロロナはアステルに手を引かれて歩きながら、夜空を見あげた。

空に浮かぶのは見事な満月。

もう二度とこの国で満月を見ることはないだろうと予感しながら、家族の顔を思い浮かべる。

驚くほどに未練も郷愁も感じず、胸を満たすのは未来への希望だけ。

重責から解放された心は、清々しいほどに晴れやかで満たされている。

きっとロロナが消えた世界に残された人々も、同じ気持ちでいることだろう。

「ねぇみなさん、私が死んで満足ですか？」

終章

養護院の前に停まった大きな馬車を、子どもたちは興味津々といった顔で覗きこんでいる。

荷物を積むカイゼルとシェザムにしきりに質問しては作業の手を止めさせ、シスターたちに窘められていた。

そんな騒がしくも微笑ましい光景を見つめるロロナの表情はとても穏やかだ。

「本当にもういいのか？　確かに早く出立しようとは言ったが、まだ君は病みあがりなのに」

「大丈夫ですよ。それに、あまり長居しては迷惑がかかってしまうかもしれませんし」

「そうか。なるべく休みながら向かうつもりだが、辛い時は遠慮なく声をかけてくれ」

「はい」

しっかりと頷くロロナに、アステルは微笑み返す。

柔らかな菫色のドレスに身を包み銀色の髪を風にたなびかせる姿は、婚約破棄を告げられたあの日とは別人のような可憐な美しさだった。

「私の服までいつの間に準備したんです？」

「君に着せたいと思っていた服をいつも持ち歩いていた、なんて言ったら驚くかな」

「まあ」

アステルの言葉にロロナが目を丸くする。

「冗談だよ。急いで取り寄せたんだ。さすがにシスターを連れ歩いたら目立つからね」

「あの服、気楽でしたのに」

「よく似合ってたし素敵だったよ」

「お上手ですね」

「本気だよ？　ロロナは何を着ても素敵だ」

「もう！」

甘い声で囁く(ささや)アステルにロロナは唇を尖(とが)らせながらも、頬を赤く染めている。

その表情に、アステルは嬉しくてたまらないといった様子で目尻を下げた。

「君が俺のそばで笑っているなんて……夢でも見てるみたいだ」

「え……？」

アステルの指摘にロロナは自分の顔に触れて何度も瞬く。

「私、笑って……？」

唇を笑みの形にしてみようとするロロナだったが、どうにもうまくいかないようで、さっきまでの自然なものとは違うぎこちない笑みになってしまう。

まだ己の意思ではうまく感情を表情にすることはできないのかもしれない。

だが、間違いなくロロナの心と身体は以前のように乖離したものではなくなっているのだろう。

笑えないことに眉を下げるロロナは、誰が見ても困り果てているとわかる表情になっていた。

アステルはそんなロロナに近寄ると、優しくその頭を撫でる。

「ゆっくりでいいよ、ロロナ」

「アステル様」

「俺はどんな君でもいい。だから、ゆっくり変わっていこう」

「……はい」

静かに頷（うなず）くロロナに、アステルは笑みを深くした。

「お嬢様、準備ができましたよ」

額に滲（にじ）んだ汗を拭いながら、シェザムがこちらに駆け寄ってくる。

シェザムもまたこの国を捨て、ロロナたちとともに帝国へ行くことを選んだのだ。

「じゃあそろそろ出立しようか」

「はい」

差し出されたアステルの手に、ロロナはためらいなく自分の手を重ねる。

明るい日差しの中、しっかりと握りあった手は、きっと二度と離れない。

転章　もう一つの死

夏の訪れを感じさせる強い日差しにロロナは目を細める。

自室の窓から見える庭園の木々は、瑞々しくも深い色味の葉を茂らせていた。

窓際のテーブルで手紙を書いているだけだというのに額に汗が滲(にじ)んできて、ロロナは短く息を吐く。ステラ帝国はニルナ王国とは違い夏が厳しいとは聞いていたが、これほどとは思わなかった。

「お嬢様、どうぞ」

すぐ後ろに控(ひか)えていたメイドからハンカチを差し出され、ロロナは優しい笑みを浮かべてそれを受け取る。

「ありがとう」

オレンジの香りがつけられたハンカチは、ひんやりとして心地いい。

帝国にやってきたロロナに仕えるメイドはアステルが厳選していることもあり、細かいところにまで気が回る優秀な人材ばかりだ。伯爵家や王室のメイドたちとは比べることすらおこがましく感じてしまう。

これが国力の差なのかとロロナは感心しつつも、いまだにその違いに慣れないままでいる。

アステルとともにステラ帝国にやってきて、早いもので数ヶ月が過ぎた。ロロナはいま皇太子の賓客として、アステルが個人的に所有する郊外の屋敷で暮らしている。

表向きはアステルが療養中に知り合った友人という扱いだが、周囲の認知はどうも違うことをロロナは肌で感じていた。どこへ行くにも護衛がつくし、衣食住の待遇は友人に対するものの域を超えている。加えて、毎日のように様々な方面の有識者が話し相手としてやってきてはロロナに知識を授けていくのだ。

それは、いずれロロナに友人以上の役割を望むというアステルの意思表示なのだろう。

だが、ロロナはそれに対する答えをまだ伝えてはいない。

「アステル様は、次はいつお戻りになるのかしら」

「議会が長引いていると聞いています。詳しいことは……」

「そうね……先のことはわからないわね」

言葉を濁すメイドにロロナも苦笑いしながら、再び窓の外に目を向ける。

アステルと最後に会ってからもうすぐ一ヶ月が過ぎようとしていた。

療養という名目で姿を消していた皇子アステルは、皇妃一派がこれまで行ってきた悪事の証拠とともに再び表舞台へ舞い戻った。

皇帝は、国の安寧を脅かしたとして皇妃一派を排除することを宣言し行動に移した。その指揮を執ったのが、ほかでもないアステルだ。アステルは母の仇である皇妃とともにこの国の腐った部分を残らずそぎ落としたのだ。

アステルはこの国を立て直した英雄皇子として祭りあげられている。誰もがいずれはアステルが皇位を継いで、新たな皇帝になると信じていた。

いまは帝都で皇子としての執務にいそしんでいる頃だろう。

(私はアステル様のために何ができるのかしら)

叶うならばアステルのために働きたいと願うロロナだったが、それが難しいことはよくわかっている。書類上では死んだ身だ。表舞台に立てば、騒ぎが起きるだろう。

ロロナにできることは、ここでアステルの無事を祈りながら帰りを待つことだけだった。

アステルはそれでいいと言ってくれている。でもロロナはそんなことしかできないことが歯がゆくてたまらなかった。

「……」

ロロナはペンを置くと、机の引き出しに収まっていた一通の封筒を手に取った。

それは帝都で学んでいるシェザムからの手紙だった。今朝届いたそれをロロナはもう数十回と読み返していた。

内容のほとんどはロロナを案じる言葉とシェザムの近況だ。だが、最後の一枚に書かれた短い文字を目にするたび、ロロナの心はひどく乱れる。

『ルミナお嬢様は修道女となり、いまは帝都の教会で修行しているそうです。もし礼拝に行かれる際はお気をつけください』

ひどい別れ方をしたままの異母妹を思い出し、ロロナは唇を引き結ぶ。

帝国に来て半年ほど過ぎた頃、ロロナはかつての自分の周りにいた人々がどんな結末を迎えたかをようやく知ることができた。ベルビュートは王太子ではなくなり、伯爵家は当主とその夫人が犯した罪のため取りつぶされていた。

あまりのことにロロナはショックを受け、どうして話してくれなかったのかとアステルやシェザムに詰め寄ったが、これは当然の報いなのだからロロナが気にする必要はないと諭（さと）されてしまった。

正直なことを言えば、彼らが迎えた悲惨な末路に対して憐（あわ）れみを感じつつも同情はしていない。自分の中にこんなに冷酷な部分あったのかと驚いたくらいだ。

だが、ルミナに対してだけは違った。馬車の事故で怪我をした上に、伯爵家は取りつぶし。事実上追放の身であるベルビュートとは二度と会うことは叶わない。そんなルミナが俗世を捨て、修道女になったと知った時は驚きで言葉を失ったくらいだ。

わだかまりがないと言えば嘘になるが、ルミナは血を分けたたった一人の妹。不遇な境遇にいるとしたら手を差し伸べてあげたかった。同じ帝国の地にいるのならば、一目だけでもその姿を見たいと思うが、それができないこともよくわかっている。

「……私はやっぱり無力だわ」

アステルの役にも立てず、たった一人の妹すら救えない。

与えられたものを甘受するだけの自分に打ちひしがれながら、ロロナはシェザムから届いた手紙を抱きしめたのだった。

＊＊＊

「ロロナに会いたい」

宮殿の執務室。書類が積みあがった机にかじりつくようにして一心にペンを走らせるアステルが唸(うな)るように呟いた言葉に、そばに控(ひか)えていたカイゼルが苦笑いを浮かべる。

「殿下……お気持ちはわかりますが、帰らないとおっしゃったのはご自身でしょう」

呆れたような声にアステルは眉間の皺を深くするが、手の動きを止めることはない。

帝国に戻り、皇妃一派の粛清に手を染めたアステルは、いまや皇帝に次ぐ実力者として君臨していた。

新しい風が吹きはじめた帝国の上層部からは、アステルを新たな皇帝にするべきだという声が上がっている。

父である皇帝がこの騒動に疲れ、ほとんどの執務をアステルに任せきりなのだ。周囲が勘違いするのは当然の流れだった。

だが、本心では凄惨な粛清を執り行ったアステルを恐れているのだろう。様々な局面で伺いを立ててくる連中の表情にはいつも怯えが滲んでいる。いつ何時、その凶刃が自分たちの首を狙うのではないかと慄いているのだ。

「まさかあなたに皇位を継ぐ気がないなどと知れたら、また一波乱起きますよ」

「勝手に期待している連中のことなど知らん。いまの俺の存在意義はただの抑止力だ。血染めの皇帝などこの先の時代には不要。それに、ロロナは皇妃という立場を望まないさ」

王国では、いずれ王妃になるという責任を背負わされたがためロロナは苦しんだ。幸せにすると誓って連れ出した自分が同じ道を歩ませることはできない。

なかば勢いに任せ帝国に連れてきた当時のロロナは、右も左もわからぬ赤子のようで大変可愛らしかった。アステルがそばにいないと不安そうな顔になり、野に咲く花を摘んで帰るだけで頬をほころばせて笑ってくれた。

彼女がかつて王国では『心を持たぬ紫水晶姫』などと呼ばれていたとは、いまのロロナしか知らないものは誰も信じないだろう。

帝国の暮らしに慣れたのを見計らい、ロロナには色々な人間と話をする機会を与えた。見識を広め、未来は無限だと知ってほしかったからだ。

(その上で、俺を選んでくれれば嬉しいんだが)

嫌われてはいないと思う。一緒にいたいと言ってくれた気持ちはいまも変わっていないはずだ。

忙しい合間を縫って屋敷に戻れば、ロロナは嬉しそうに出迎えてくれる。アステルを案じ、いたわってくれるその姿にどれほど癒(いや)され救われていることか。

ロロナはアステルが凄惨な粛清に心を痛めていると思っているようだが、実際は逆だ。これからロロナが暮らすこの国が変わるために尽力できることは、むしろ誇らしいばかりだった。この手を汚すことなど何も怖くない。アステルが恐れているのはただ一つだけだ。

「あちらから手紙や電報は届いていないのか」

「残念ながら」

「……チッ」

「舌打ちとははしたないですよ」

カイゼルに煩わしそうな視線を向け、アステルはとうとう握っていたペンを手放す。

議会が長引いているのは事実だが、何もずっと帝都にいる必要はない。少し調整すればロロナに会いに行くのは可能だ。

アステルは今回少しだけ賭けをしていた。負けて当然。勝って偶然。そんな気持ちで仕掛けた、なかば意地のようなものだ。

「こんなまどろっこしいことをする必要があるのですか？　ロロナ様は殿下のお気持ちを知った上でこちらに来てくれたのですよ」

「彼女は俺のそばにいられればそれでいいとしか言わない」

「ロロナ様のお立場を考えれば仕方がないでしょう。おそらく、あの方は日陰の身に甘んじることを覚悟されておいでかと」

「俺はロロナ以外と結婚するつもりはない！」

握った拳で机を叩けば、カイゼルは軽く肩をすくめる。

「だったら早くアステル様からお気持ちをお伝えすればいいではないですか」

「……わかっている。だがロロナが何を本当に望んでいるか、俺にはわからない」

アステルはロロナに、必ず幸せにするからそばにいてほしいと懇願したが、自分を愛してほしいとは願わなかった。心まで縛る権利はアステルにはない。いまさら心まで欲しいなどと口にする勇気はアステルにはなかった。せめて、ロロナが少しでも自分を特別に想ってくれているという確信があれば。

「あなたはロロナ様のことになると、ずいぶんと視野が狭くなるので心配です」

「うるさい。ところで、例の件は調べがついたのか」

アステルの問いかけにカイゼルが表情を引き締める。周囲を見回すと、軽く身をかがめアステルにだけ聞こえるように声を潜めて何ごとかを囁いた。告げられた内容にアステルはわずかに瞠目し、それから何かを迷うような長い息を吐き出したのだった。

＊＊＊

時刻はもう宵の口だというのにまだ空は明るい。

時計を見なければまだ昼だと勘違いしてしまいそうだと思いながら、ロロナは寝間着のままベッドにぼんやりと腰かけていた。

カーテンを引いて部屋を暗くすれば眠れる気もするが、ベッドに入る気になれなかった。

ロロナの胸を占めるのは、いまだ帰らないアステルのことだ。

帝国に来てこんなに長い間、彼と会わなかったのは初めてで、どうも落ち着かない。

昼間にルミナのことを考えたせいもあって、心がとても波立っているのがわかる。

頭に浮かんで離れないのは婚約者だったベルビュートの心変わり。それ自体をロロナは恨んではいない。むしろ自分がもっとルミナのように愛らしい娘であれば、あんなことにはならなかったのではないかという思いすらいまはある。

だからどうしても考えてしまう。アステルもロロナに愛想を尽かしてしまうのではないか、と。

（アステル様は過去の私を好ましいと思ってくれているだけで、いまの私には幻滅しているのかも）

そんなことはないと信じたかったが、一度不安に陥（おちい）った心は簡単には浮上してくれない。

アステルが誠実な人だと知っているからこそ、ロロナは苦しかった。

もし愛想を尽かしたとしても、きっとアステルはロロナを見捨てたりしないだろう。

責任と義務から、ロロナをそばに置き続けてしまう。

アステルの未来が自分のせいで閉ざされるのは嫌なのに。

それほどまでにアステルを愛してしまっていることを、ロロナはようやく理解した。

「悩んでばかりで、私ったらちっとも成長してないのね」

アステルとともに帝国へ行くと決めた時、ロロナは過去の自分と決別する覚悟を決めた。

文字通り一度死んで、別人として生まれ変わって新しく生きていくつもりだったのに。

骨の髄まで染みついた考え方はそう簡単に捨てきれないのだろう。

「もういい加減にしなきゃ」

何かを振り切るように立ちあがったロロナは、部屋に備えつけられている鏡台に向かった。

鏡に映る姿は、見慣れた自分と何一つ変わらない。

長く艶やかな銀髪と菫色の瞳をした伯爵令嬢ロロナ・リュース。

「待っていてください。アステル様」

ロロナが微笑めば、鏡の中のロロナ・リュースも微笑んだ。

それはかつて笑うことなどなかった紫水晶姫などではない、ただのロロナの笑みだった。

＊＊＊

「ようやく帰れる」

宮殿の長い廊下を歩きながらアステルは晴れ晴れとした笑みを浮かべ背伸びをした。後ろを歩いていたカイゼルが、咎めるような咳払いをする。

「殿下。誰が聞いているかわからないのに、そのようなことをおっしゃらないでください」

「構うものか。俺が何をしようが、誰も咎められやしない」

どこかおどけたように肩をすくめるアステルに、カイゼルはまだ言い足りない様子だったが、それ以上何も言わなかった。

「ようやく長ったらしい会議が終わったんだ。これで大手を振ってロロナに会える」

「そうですね。一ヶ月とはいえよく我慢なさいました」

「嫌味か？」

「まさか。素直に感想を述べただけです」

「はっ……賭けに負けた俺を笑ってるんだろう」

自嘲気味に笑いながら、アステルは少しだけ残念そうに首を振った。そんなアステルにカイゼルはわざとらしいほどの長いため息をこぼした。

「負けといっても、何も賭けてはいなかったじゃないですか。だいたいロロナ様から手紙がきたら勝ちだなんて、そんな……」

「幼稚だと言いたいんだろう。うるさい。たまにはロロナにも俺を恋しがってほしかっただけだ。彼女からの手紙が賭けの報酬だったんだよ。まったく、お前は本当に口うるさいな。……って、聞いているのかカイゼル！」

返事をしなくなったカイゼルに焦れたアステルは足を止め、振り返る。

カイゼルは何かに驚いたように口を開いたまま立ち尽くしていた。

その視線は、アステルを通り越して廊下の先に注がれている。

「なんだ、幽霊でも見たような顔をして……」

面倒くさそうにアステルはカイゼルの視線を追う。

そしてアステルもまた、カイゼル以上の驚いた顔で固まることになった。

「アステル様」

「ロ、ロロナ？」

「はい」

菫色の瞳を輝かせて笑うロロナがそこにいた。

最初は幻かと思ったが、何度瞬きをしてもその姿は消えない。自分を呼ぶ声も笑顔も間違いなくロロナだ。だが。

「ロロナ！　その、姿、は」

「ふふ。私が誰かを知る人に会ったら騒ぎになるかと思って、変装してきました」

「変装……変装なのかそれは！　君、髪はどうした！」

長く美しかった銀色の髪が、耳の下あたりですっぱりと短く切り揃えられていた。服装もドレスではなく、従者が身につけるような品のいいスーツ。

いまのロロナは、一見すれば少年のような姿となっていた。

「切りました。さすがに伯爵令嬢がこんなに髪を短くしているなんて思わないでしょうし」

「当然だ！　あんなに綺麗な髪だったのに……!!」

綺麗というアステルの言葉に反応したのか、ロロナは頬を染めて恥ずかしそうに目線を落とす。

そのしぐさの愛らしさにアステルは短く唸って、一瞬ほだされそうになる。

「と、とにかくこっちに」

アステルはロロナの腕を取ると、早足で自分の執務室へ向かったのだった。

「一体、どういうことか説明してもらおうか」

「アステル様に会いに来ました」

どこかすっきりした様子で口にするロロナに、アステルは頭を抱えたくなった。

そばについているメイドや護衛の顔色は悪く、いまにも倒れそうだ。きっとアステルに叱責されるとでも思っているのだろう。確かにロロナがこの場にいなければ、どういうことだと彼らを追及していたかもしれない。

冷静になろうと深呼吸をしながらじっくりとロロナの姿を眺めてみる。

髪が短くなったことでロロナの愛らしい顔立ちが際立ち、あどけない印象が強くなった気がする。スーツ姿のせいで身体のラインがよくわかり、ドレス姿とは違った趣が（おもむき）あって大変よろしい。

「違うっ！」

「!?」

浮かんだ考えにアステルは思わず声を上げてしまう。

ロロナをはじめとした執務室にいる面々は目を丸くしてアステルを見ている。

「違うんだ……いや、違わないが……なんで、髪を……」

「ですから変装です。元の姿のままでは、私は出歩くことができませんから。ずっとあの屋敷でアステル様を待っているだけなんてもう耐えられないと思って」

「……俺に会うために、髪を切ったのか？」

「はい」

なんでもないことにように頷（うなず）くロロナ。その凛（りん）とした姿に、アステルは胸をかきむしりたいほどの愛しさを感じた。同時に、髪を切らせてしまったことを悔いる気持ちで泣きたくなる。

「ロロナ、俺は……！」

「この姿なら、外へ出ても大丈夫だと思うのです。これからは私もアステル様のそばで仕事をさせてください」

「は……？」

予想もしていなかったロロナの言葉に、アステルは目を丸くする。

「アステル様はこの先、皇位を継（つ）ぐためにお忙しくなるでしょう？　私、色々と勉強してきましたので、きっとお役に立てると思うんです。これからは部下としてそばにおいてください。私はずっとあなたの隣にいたいんです」

「な……」

今度こそ本当にアステルは呼吸も忘れて固まった。その後ろに控えていたカイゼルは、こらえきれないといった様子で肩を震わせている。

「殿下。賭けの結果は予想以上でしたね」

「賭け？　アステル様、何か賭け事をされていたのですか？」

「そうじゃない……そうじゃなくて……ああもう、ロロナ。君は本当に……！」

アステルはとうとう本当に頭を抱えた。ロロナはアステルの様子に首をひねるばかりだ。

「私たちは席を外していますから、どうかしっかりと話し合われてください」

面白くてたまらないといった顔のカイゼルが、執務室にいた人々を伴って出ていく。

広い室内にはロロナとアステルだけが残された。

「アステル様？　私、もしかして何か悪いことを……」

「……いや、悪いのは俺だ。君を試すようなことをした罰が当たったのかも」

「試す……？」

乱暴に髪をかきむしりながら、アステルはロロナに向きあう。赤い瞳が気まずそうに揺れていた。

「俺はこのひと月、君との連絡をわざと断っていた」

「わざと、だったんですか」

「もし君から連絡がくれば俺の勝ち。連絡がこなかったら俺の負けだった」

「はあ……?」

首をひねるロロナにアステルは叱られる前の子どものように唇を尖らせる。

「それが、まさか君が直接来るなんて。しかも髪を切ってまで……そんなに俺のそばにいたかったのか?」

ロロナの頬が再びバラ色に染まる。恥ずかしそうにうつむいたロロナは、少しだけ迷うようなしぐさをした後、小さく頷いた。

「どうせ一度は死んだ身です。髪くらい切ってもいいかなって。それにもう、待っているだけはやめたんです」

「……まったく、本当に君という人は……」

かなわない、とアステルは眩しそうに目を細めた。

「ロロナ。俺は君に何かの役割を求めているわけじゃないんだ。君が働きたいなら、喜んで居場所を用意する。でもその姿はだめだ。こんなに美しい君の姿を俺以外が見るのは我慢ならない」

「……！」

アステルはおもむろに床に片膝をつくと、ロロナの片手をそっとすくいあげるように柔らかく握った。

「愛してる、ロロナ。前はそばにいてくれるだけでいいと言ったが、やっぱり俺は君の心も欲しい。どうか、生涯を俺とともに生きてくれ。結婚してほしい」

「……アステル様……!?　でも、あなたはいずれ皇位を継ぐ身で、私となんて」

「そのことなら心配しないでいい。俺は皇帝にはならないから」

「!!」

今度はロロナが驚きで表情を変える番だった。

「ずっと前から考えていたんだ。俺が皇帝になれば、皇妃一派の残党が復讐に何か仕掛けてくるかもしれない。せっかく平和な時代になったんだ。争いの種はないほうがいい」

「でも、それじゃあ誰が……」

「第五皇子がいる。あいつは俺よりも優しいから、きっといい皇帝になるよ」

なんでもないことのように笑うアステルを、ロロナはじっと見つめていた。

アステル同様に皇妃から逃れ、異国で過ごしている第五皇子がいるとは知っていたが、まさか交流があるとは知らなかった。

「とはいえ、ずいぶん先の話だ。それまでは俺がこの国をよりよくしていく」

「アステル様……」

「全部終わったら、俺は姿を消すつもりだ。それまで、待っていてくれるか？」

「……もしかして、私のために？」

「違う。俺のためだよロロナ。俺は君と生きたい。全部そのために、俺が決めたことだ」

ロロナの瞳から大粒の涙がこぼれた。はらはらとこぼれ落ちる涙は、水晶のように美しい。

「ロロナ、愛してる。いまも昔もこれからも、俺が生きる意味は君だけだ」

「……私もアステル様が好きです。あなたと一緒に生きていきたい」

「ロロナ」

勢いよく立ちあがったアステルは、ロロナを抱きしめた。腕の中のロロナが、おずおずとアステルの背中に手を伸ばし、抱き返してくる。

アステルは瞼が焼けそうに熱くなるのを感じながら、もう二度と離さないと伝えるように腕の力を強めたのだった。

「本当に見るだけでいいのか？」

「ええ。これ以上、あの子を混乱させたくないですから」

屋敷に戻る前に行きたいところがあるとロロナは口にした。アステルはすべてを理解した様子で頷き、何も聞かぬままに帝都のはずれにある教会へロロナを案内してくれた。

「俺も話を聞いて居場所を調べさせていたんだ。彼女は自分からここを選んだそうだよ」

この教会は、様々な理由で俗世を捨てた者たちが集う場所として有名だという。

厳格な空気の漂うたたずまいに、ここが本当に修行の場であることが伝わってきた。

裏手にある広場には近くの養護院から遊びに来ているらしい子どもたちが集まっており、思い思いに遊んでいる。

大きな樹の下で、年若いシスターが子どもたちに絵本を読み聞かせてやっていた。

柔らかそうな飴色の髪に蜂蜜色の瞳をしたシスターは愛らしい顔立ちではあったが、顔の片側に引き攣れたような傷跡がある。だが、シスターはその傷跡を微塵も気にしていないようだった。

穏やかな笑みを浮かべ、愛しげに子どもたちを見つめていた。子どもたちもまた、シスターの声にうっとりと耳を傾けている。

一枚の絵画のような光景を見つめ、ロロナは涙を滲ませる。

アステルはその目元をそっと拭いながら、震える細い肩を抱き寄せた。

「もう大丈夫。大丈夫だよ、ロロナ」

「……ええ」

数年後。ステラ帝国に新たな皇帝が誕生した。

いまは亡き小国の血を引く若き皇帝は聡明で心優しく、帝国を長い平和の時代に導いた。

皇帝には兄皇子がいたが、彼は皇位を継げなかったのが悔しかったのか、皇帝の即位と同時に毒をあおって自死していた。

先代皇帝の名のもと、国を乱した皇妃とそれに連なる者たちをためらいなく粛清した血なまぐさい皇子が皇帝とならなかったことに胸を撫でおろした者は多かったという。

新たな時代の中で、帝国には新しい家門がいくつも生まれた。

血統ではなく才能ある者に、皇帝は進んで爵位を与えたのだ。

その中に、風変わりな伯爵がいた。

白い仮面で顔を隠した彼はライオル伯を名乗り、皇帝の相談役として長く宮殿に仕えた。

ライオル伯はたいそうな愛妻家として有名で、稀にしか社交界に姿を現さぬ彼の妻は、この世のものとは思えぬほどに美しい男装の麗人。

風変わりな伯爵夫妻に好奇の目を向ける者もいたが、二人はいつも幸せそうに寄り添っていたという。

書き下ろし番外編

ある聖女の選択

ステラ帝国・帝都のはずれにある小さな教会。

厳しい戒律で有名なここで過ごす人々は、俗世での地位や名前すら捨て、己に向きあい修行を行っていた。

「シスター・ロロナ。あなたにお客様ですよ」

教会の責任者である高齢の司祭の声に振り返ったのは、まだ年若いシスターだった。

ふんわりとした飴色の髪に蜂蜜色の瞳。あどけなくも愛らしい顔立ちをしているが、その顔の片側には、大きく引き攣れた傷跡があった。

初めてその傷を見る者は、顔をしかめたり目を逸らしたり、大げさに悲しんでみせたりするが、彼女はどんな言葉を向けられても、ただ静かに微笑むばかりで何かを語ることはなかった。

「お客様、ですか」

「ええ……」

司祭の表情がわずかに曇る。

その態度から彼女は何かを感じたらしく、愛らしい顔を少し陰らせ、苦笑いを浮かべた。

「どちらに向かえばよろしいですか？」

「食堂でお待ちだ」

「わかりました」

静かに頷いた彼女に、司祭は申し訳なさそうに眉を下げながらその背中を見送ったのだった。

「待っていたよ、シスター・ロロナ」

そう言いながら両手を広げたのは、上品な青年だった。

さびれた教会の食堂にはあまりにも不釣り合いな数多の装飾が施された高級な服を着た青年は、艶やかな金色の髪をかきあげながら微笑みを浮かべている。

「今日こそ、いい返事を聞かせてくれ」

「……申し訳ございません。私はここを離れる気はありません」

この返事をするのは何度目だろうか。

彼はこの近くに領地を構える子爵だか男爵家だかの嫡男で、彼の家はいつも教会に手厚い支援をしてくれている。

そのため、彼がルミナを気に入り過剰なまでの訪問をしてきても、教会は突っぱねることができないのだ。

「そんなことを言わないでくれ。僕は君をこんなところで潰えさせたくないんだ」

悲しげに瞳を揺らす青年からは、悪意のようなものは感じない。ルミナへの純粋な恋情だけが滲んでいる。

だからこそ、厄介だった。

何かを求めるような視線に、かつての自分が重なり、胸が痛くなる。

「お気持ちは嬉しいです。でも、私はこの一生を神にささげると決めた身。外に出るつもりはないのです」

それは嘘偽りない、心からの願いだった。

かつてルミナは身勝手な願いから大切な人を傷つけ、その人生を奪ってしまった。

あれは不幸な事故だったと言ってくれた人もいたが、ルミナにはわかっている。自分が欲を出さなければ、あんなことは起きなかったと。

「シスター・ロロナ……いや、ミス・ロロナ。君はまだ若い。人生をやりなおしたっていいじゃないか」

（お姉さまはやりなおせないのに？）

そんな言葉が口から出そうになった。

ルミナには姉がいた。父親は同じだが、母親は違った。幼い頃は自慢の姉だった彼女は、いつの間にか嫉妬の対象になっていた。

そしてあろうことか、ルミナは姉の婚約者であるベルビュートを欲してしまった。

そんな欲が崩壊を呼んだのだろう。

馬車の事故で瀕死の重傷を負ったルミナが眠っている間に、生家であるリュース家は没落。

ベルビュートは王太子の位を剥奪され、辺境に送られた。もう二度と会うことも叶わない。

ようやく動けるようになったルミナは、残りの人生を神とともに生きると決めた。それが一番ふさわしいと思ったからだ。

王国に残ることはどうしても気が咎めたので、帝国で最も厳しいとされる教会に籍を置くことに決めた。

ここでは、シスターになる前の人生はすべて捨てなければならない。これまでの名前すら名乗ることは許されない。

新しい名前をどうするか、ルミナは迷いなく「ロロナ」と名乗ることを決めた。

周りから名前を呼ばれるたびに、自分の罪を思い出せるから。

この教会に来てからルミナは必死に努力した。

神に祈りをささげ、同じように世を捨てた女性たちに交じり朝から晩まで働き、子どもたちの世話を、困っている人たちのためになんでもやった。

そのおかげでいつの間にか『聖女』などと呼ばれるようになったが、ルミナは自分がそんなたいそうなものでないことをよくわきまえていた。

この青年のように、ルミナを連れ出したいと言ってくる人は男女問わず何人もいたが、全部断っていた。

「私は、二度と俗世には戻りません」

「そんなことを言わないでくれ……僕は本気で君のことを幸せにしたいんだ」

「……」

とっさに返事ができなかった。

これまでルミナを連れ出そうとした人はたくさんいたが、この青年はいつだって真剣だった。

ルミナの見た目や、聖女という名声だけではなく、ルミナを一人の人間として見てくれているのがわかった。

青年は貴族という立場にありながら、誰に対しても優しく誠実な人柄で、皆に慕われていた。彼の両親も人格者として有名で、素晴らしい人たちだ。

だからこそ、ルミナは彼の手を取れない。

取ってはいけないのだ。

「その傷が気になるなら、僕の友人に優秀な医師がいるんだ、彼に頼めば……」

「やめて」

思わず鋭い声が出た。青年がたじろいだのがわかった。傷ついたその表情に心臓が締めつけられる。

「ごめんなさい。私は、この傷とともに生きていくと決めたんです。だから、もう……」

来ないでください。

かすれた声でそう告げて、ルミナは青年に背を向けた。

逃げるように廊下を走っていると、司祭が先ほどの場所でルミナを待っていた。

思わずぎくりと立ちすくめば、司祭は優しげな笑みを浮かべる。

「シスター・ロロナ。あなたのこれからについて、少し話をしませんか」

「え……」

まさか青年が不当に圧力をかけたのではないかと血の気が引く。

司祭がそんなルミナの気持ちを読んだように、ゆるく首を振る。

「実は、あなたに手紙を預かっていたんです」

「手紙ですか……?」

一体誰からだろうと首をかしげれば、司祭がルミナに手招きをしてから歩き出した。

大人しくついていくと、そこは聖堂だった。

「これです」

差し出されたのは菫(すみれ)色の封筒。

その色に、ルミナは息を呑む。

「もしあなたを外に連れ出してくれる人が来たら、これをあなたに渡してほしいと」

「なに、を……」

渡された手紙からは、どこか懐かしい香りがした。

震える手で封筒から便箋を取り出す。

そこには、泣きたいほどに恋しい文字で綴られたたくさんの言葉があった。

目の奥が焼けるような熱を持って、透明な雫が勝手にこぼれる。

「お姉さま……お姉さま、お姉さまぁ……」

手紙を抱きしめ、ルミナは床にうずくまった。

後から後からこぼれる涙が、頬を濡らす。

「シスター・ロロナ……いや、ルミナさん。彼はとてもいい人だ。君を必ず幸せにすると、私にまで頭を下げた。彼のご両親も、あなたを歓迎したいと言っています」

「っ……う～～」

返事をしたいのに喉がつかえて返事ができない。

「幸せになりましょう」

優しい声にとうとう嗚咽が漏れる。

『どうか、幸せに』

手紙の文末に書かれた文字が涙で滲んだ。


数ヶ月後。

ルミナは礼拝服を脱ぎ、若草色のワンピースに身を包んでいた。

教会の前には司祭をはじめシスター仲間や、教会で一緒に過ごした子どもたちが見送りに来てくれていた。

「お世話になりました」

深く頭を下げ、これまでの日々に感謝を告げる。

皆が嬉しそうに笑い、手を振ってくれた。

「行こう、ルミナさん」

「……はい」

差し出された手に、ルミナはためらいがちに手を重ねた。

この先、この選択を悔(く)やむ日がくるかもしれないという恐怖もある。

（お姉さま。私、がんばるわ）

今度こそは間違えないように生きたい。

そう願いながら、ルミナは優しく微笑みを浮かべたのだった。

寡黙な騎士団長は花嫁を溺愛する

水無瀬雨音

Amane Minase

レジーナ文庫

登場人物紹介
アーノルド
騎士団長を務めるフィリップ公爵家当主。常に無表情であるため人々から怖がられているが優しく穏やかな性分で、ヴィオレットに一途な美青年。
ヴィオレット
エルフの血を引く伯爵令嬢。普通の人と違う容姿にコンプレックスを抱いている。男性が苦手だが、アーノルドからの縁談を断れず、公爵家に嫁入りすることに。

ドミニク
ヴィオレットの幼馴染。
昔は彼女に意地悪
ばかりしていた。
エミリエンヌ
ヴィオレットの親友。
見た目は可愛らしい
が、男前な性格。
ルーカス
魔法騎士団第二分隊長
でアーノルドの同期。
王宮随一のプレイボーイ。
コンラッド
公爵家の有能な執事。
アーノルドとは幼い頃か
らの付き合いで、主従
関係を超える仲。
テオドール
アーノルドの兄。
公爵家を出て、学者として
世界を飛び回っている。
ノア
ヴィオレット付のメイドで
姉的な存在。嫁入り先
にもついてきてくれた。

目　次

寡黙な騎士団長は花嫁を溺愛する

プロローグ

いつか、白馬の王子様が迎えに来てくれる。

ヴィオレット・フォン・マッキンリーはそう夢見ていた。

幼い頃から十八歳になった今まで、ずっと。

理想の王子様の身長は、あまり高くないほうがいい。小柄なヴィオレットと差がありすぎてしまうから。

細身だけれどほどよく筋肉があって、顔は優しげだと素敵だ。

金髪碧眼(へきがん)で、声は優しいテノール。さりげなく「愛してるよ」などと甘い言葉をささやいてくれるような、いかにも王子様という人がいい。

もちろん本物の王子様でなくていい。

ヴィオレットだけを大事にしてくれる人であれば、それだけで。

けれど、彼女はその夢が恐らくかなわないであろうことを分かっていた。

ヴィオレットは普通の人間ではないからだ。

母方の祖母がエルフだったらしく、ヴィオレットはその特性を受け継いでいる。

髪は水色で、瞳はアメジストのように輝く紫色。耳は長くて、先がとがっているのだ。

エルフは存在こそ知られているが、人里に姿を見せることは稀で、詳しいことは分かっていない。

いくつかの書物によると、彼らは華奢で肌が白く、長くとがった耳を持つとある。

髪は水色や薄緑など華やかな色が多く、瞳の色素は薄いという。

そして、皆この世のものとは思えないほど美しいらしい。

さらには強い魔力も持ち、とても長寿なのだそうだ。

そんなエルフから受け継いだ容姿により、ヴィオレットは悩みを抱えることとなる。

華やかな水色の髪と紫の目は、彼女の意思とは関係なく、どこにいても注目された。

ヴィオレットの住むオルレーヌ国では、黒や茶色など落ち着いた色合いの髪や瞳を持つ人が多い。そのため、彼女の容姿は目立つのだ。

それだけでなく、ヴィオレットの華奢な体と色白の肌はエルフを連想させ、特にとがった長い耳は、あまりにも普通の人間と異なっていた。

その耳を一目見れば、誰もが彼女はエルフだと言うだろう。

人々はヴィオレットを避け、彼女を遠巻きに見てはひそひそ話をするばかり。ごく稀に話しかけられたと思うと、大抵は髪と瞳の色、耳の形を揶揄された。幼い頃、男の子たちに「気持ち悪い」「化け物」と言われたこともある。

その記憶は、今でも彼女の中にトラウマとして残っていた。

そんなヴィオレットと違い、彼女の母は普通の容姿で、祖母から受け継いだのは紫の目だけだった。

つまり、ヴィオレットに現れたエルフの特性は、先祖返りというものだ。

エルフだと聞く祖母はヴィオレットが生まれる前に亡くなっているため、会ったことがない。髪は黒く、とがった耳を持たない母が、エルフの血を引いているとは到底思えなかった。そのため、幼い頃のヴィオレットは、本当は自分は両親の子供ではないのかも、と心を痛めたこともあった。けれど両親が愛情を込めてヴィオレットを育ててくれたのは事実だし、母と同じ紫色の瞳には血のつながりを感じている。

とはいえ今でも、「なぜ私はエルフの先祖返りとして生まれてしまったのだろう」と悩み続けていた。

こんな自分が、誰かと恋愛をして結婚できるとは思えない。

だからせめて、白馬の王子様のお迎えを夢想してみる。夢を見ることだけなら、ヴィ

オレットにも許されるのだから。

1　エルフの先祖返りだとご存知なのですか？

「ヴィオレット」

朝食のあと、父のマッキンリー伯爵に呼ばれ、ヴィオレットは緊張で身を硬くした。

「はい」

愛称の「ヴィー」ではなく本名を呼ぶのは、当主として真面目な話をする、ということだ。

「実はお前に縁談が来ていてね」

こほんと咳払いをして、伯爵が言いにくそうに告げる。

伯爵の隣に座る夫人も、複雑な顔をしていた。

ヴィオレットは、突然の話に戸惑いを隠せない。彼女は、男性が苦手だからだ。

幼い頃、人間離れした容姿を男の子たちにからかわれたトラウマから、特に同年代の男性が苦手になってしまった。

伯爵家に男性の使用人はいるが、祖父の代から仕えてくれている者ばかり。皆高齢な

ので、身近な男性で一番年が近いのは父の伯爵である。

そんな状況が、ヴィオレットに若い男性への免疫をますますなくさせていた。

しかし、不安な気持ちがある一方で、浮き足立っている部分もあった。

ヴィオレットは現実の男性が苦手な分、本を読んで理想の男性像を膨らませてしまっていたのだ。

普通の人間ではない自分を、いつか王子様が迎えに来てくれるかもしれない。

ずっとそう夢見てきたヴィオレットは、ドキドキしながら伯爵に尋ねた。

「お相手は、どのような方でしょう」

「その……公爵家の方だ」

「どちらの公爵様ですか」

「アブルーン大陸のマルス王国の方なのだが……」

マルス王国というと、ヴィオレットの暮らすオルレーヌ国から海を挟んだ向こうにある国だ。温暖な気候によるものか陽気な国民性で、近隣には並ぶ国がないほどの大国である。

そんな国の公爵との縁談となれば、条件は申し分ないのに、なぜか伯爵は情報を小出しにしてくる。よほど言いづらい相手なのだろうか。

ヴィオレットはじりじりしながら相手の名前が出てくるのを待った。

伯爵は一つ息を吐いてから、ようやく相手の素性が分かる情報を発する。

「『疾風の黒豹』という二つ名の……」

伯爵の言葉を聞いて、ヴィオレットは目をみはった。

世間の噂話に疎いヴィオレットの耳にすら、その名前は届いている。

アーノルド・フォン・フィリップ公爵。

この春、王宮騎士団の小隊長から昇格し、若くして騎士団長に任命された人物だ。

彼の剣は風のように速く、捉えた敵は絶対に逃さない。

獲物を見据える目は肉食獣のようで、彼の動きのしなやかさと褐色の肌から『疾風の黒豹』と二つ名がつけられたらしい。

剣に滴る獲物の血を見るのが何より好きだとか、物騒な噂も流れている。

ヴィオレットは彼に会ったことがないので、知っていることは噂の域を出ない。

しかし、少なくとも彼女の「理想の王子様」と、彼がかけ離れているだろうことは想像にかたくなかった。

相手が誰か分かった途端、ヴィオレットは地獄の業火に焼かれるような、悲痛という言葉では到底言い表せない気持ちになってしまった。

「ヴィ、ヴィー。大丈夫か」

みるみるうちに表情が硬く、顔色も悪くなっていくヴィオレット。

そんな彼女に、伯爵が思わずといったように声をかける。

「嫌なら、この縁談はお断りを……」

「いいえ……。お受けします」

フィリップ公爵家に比べて、家柄的に格下であるマッキンリー伯爵家から縁談を断ることはできない。そのことを、ヴィオレットはよく分かっていた。

「私はフィリップ公爵との縁談をお受けします。お父様……」

悲痛な声ではあったが、ヴィオレットははっきりと承諾した。

とはいえヴィオレットには、他の人と決定的に異なる点がある。

そこに一縷の望みをかけて、ヴィオレットは伯爵に尋ねた。

「公爵様は、私がエルフの先祖返りだとご存知なのですか?」

結婚相手に、得体の知れない先祖返りの娘をわざわざ選ぶはずがない。知らなかったのであれば……

(フィリップ公爵のほうから、この縁談を白紙に戻してもらえるかもしれない)

そう思ったのだが、ヴィオレットの希望はあっさりと打ち砕かれた。

「もちろん。そのことも含めて、ヴィーが公爵様のお好みにあてはまったそうだ」

「お好み？　……私が？」

ヴィオレットは大きなアメジスト色の目を瞬かせた。男性から好意を向けられたことなどないので、好みだと言ってくれる人がいるとは思わなかったのだ。

「詳しい話はお父様もお聞きになっていないそうだけど、気になるならお会いになってから尋ねてみなさいな」

軽い口調で夫人が補足する。

「エルフの先祖返りを花嫁に望む方が、本当にいらっしゃるのですか？」

目を丸くするヴィオレットを見て、夫人がクスクス笑う。

「少なくとも公爵様はそうみたいね。それにヴィーはとても可愛いわ。私が今まで会った女性の中で一番」

「ご自分の娘だからそう思うだけです。……現に、私はよく男の子にいじめられていましたし」

両親をはじめとする屋敷の人間だけは、昔からヴィオレットを手放しで褒めてくれた。だが、完全に身内の欲目だと思う。

「え？　……ああ、そう。あなた、まだ気づいていないのね。まあいいわ。知らなくて

も問題ないでしょうし」

夫人はうんうんと何度も頷き、一人で納得していた。

気づいていないとはなんのことだろう。聞いてみたものの、のらりくらりとかわされ、結局教えてもらえなかった。

「ヴィーがお嫁に行ったら、離れて暮らさなければならないのは寂しいわ……。でもマルス王国なら数時間で行き来できるから大丈夫よね。映話機もあるし」

映話機は離れた相手と話せる、魔力の込められた道具だ。相手の映像が映し出され、会話をすることができる。平民にはおよそ手の出ない代物だが、貴族の間ではごく普通に使われていた。きっと公爵家にもあることだろう。

大陸間には橋が架けられており、魔法で走る汽車を使えば短時間で往復できる。そのため、離れたところにある他国とはいえ、それほど距離を感じることはないだろう。

夫人が席を立ち、優しくヴィオレットの手をとった。

「色々噂はあるけれど、騎士団長を任されるなんて、実力も人格も優れている何よりの証よ。あなたは噂に惑わされず、公爵様だけを信じなさい」

「はい……。お母様」

ヴィオレットは素直に頷いたものの、夫人の言葉は心に響かなかった。悲愴感は消え

ず、重い鉛玉を呑み込んだような気分だ。

一方で、こんな自分を選んでくれるなんて、とてもありがたいことだと思う。しかも相手は公爵かつ騎士団長ととても地位が高く、もったいないくらいだ。

多少の難があるのだとしても、ヴィオレット以上に条件のよい令嬢との縁談がいくらでもあっただろう。

（私の何を気に入ってくれたのかは分からないけれど、この縁談から逃れられないのであれば、精いっぱい妻として努めよう。私を選んでくれたことをできるだけ後悔させないように）

ヴィオレットはそう心に決めたのだった。

✽　✽　✽

ヴィオレットに縁談が来る数か月前のこと。

フィリップ公爵家の当主アーノルドは、久しぶりの休日を自分の屋敷で過ごしていた。

二十八歳にして、王宮騎士団の団長に任命された彼には、なかなか休む暇がない。

アーノルドは、褐色の肌と金髪碧眼を持った美丈夫である。

マルス王国において、褐色の肌は一般的だ。しかし、この国では濃い色の髪と目を持つ人が多く、金髪碧眼は珍しい。

彼の髪と目は、外国から嫁いできた前公爵夫人から受け継いだものだ。

長身で、きりっと整った顔立ちをしており、常に無表情なせいか子供には怖がられてしまうことが多い。

そんな彼は、目立つ見た目に反して無口かつ内向的である。

一年を通して暖かいマルス王国の国民は陽気で明るく、特に若者は暇さえあれば街に出て異性と遊んでいる。

しかしアーノルドは、この休日に屋敷から出ようとはせず、庭で剣の素振りをしていた。

そんな彼を見て、執事長のコンラッドが「若いのに他にすることはないんですか」と嫌味を言ってきたため、今は自室に引っ込んでいる。

コンラッドの両親はフィリップ公爵家に仕えており、アーノルドと彼は兄弟のように育った。コンラッドが執事としてアーノルドに仕えるようになってからも、その関係は変わっていない。

「アーノルド様、いらっしゃるんでしょう?　入りますよ」

形だけのノックをしたコンラッドが、ドアを開けて入ってきた。

いつも通りきっちりと銀髪を撫でつけた彼は、銀縁のメガネを押しあげながら、その奥の青い目を鋭く光らせる。

コンラッドも肌は褐色だが、髪と目の色は外国から嫁いできた母親に由来する。

彼は呆れ顔で、窓際のソファーに腰かけたアーノルドに近づいた。

けれどアーノルドはコンラッドを完全に無視して、熱心に剣を布で磨いている。

アーノルドはいつも、休日に素振りや道具の手入れをしたり、戦術の本を読んだりするのだ。

はーっと剣に息を吹きかけ、布で磨き上げると、アーノルドはぴかぴかになったそれに自分の顔が映り込むのを見て頷いた。

一方コンラッドは、苦々しい顔で主人を見つめる。

「私は先ほど『街にお出かけになってはいかがですか』というつもりで、声をかけたんですがね」

「……街に出てもすることがないから、家にいるほうがいい。街に出たら女性にも絡まれるし、面倒くさい」

アーノルドは磨き終わった剣をサイドテーブルに置く。

すらりとした長身に、きりっと整った顔立ちのアーノルドは、女性から誘いを受ける

ことが多い。この国の人間にしては珍しく口下手なところも、「可愛い」らしい。

アーノルドが女性から言い寄られるのにうんざりしていることを、コンラッドは当然知っている。けれどこのおせっかいな執事はそんなことにおかまいなく小言を言ってくるのだ。

アーノルドは、何かコンラッドの気をそらせるものはないかと視線を走らせ、彼の手に擦り傷があるのを見つけた。

「手……怪我してる」

アーノルドの言葉に、コンラッドは自分の手に視線を落とす。

「ああ、本当ですね。でも、擦り傷なので大丈夫ですよ」

その言葉を無視して、アーノルドはコンラッドの傷に手をかざし、呪文を唱えた。

「……アウローラクラルスクーラト」

しばらくしてアーノルドが手をのけると、傷はすっかり治っていた。回復魔法を使ったのだ。

アーノルドをはじめとして、ほとんどの貴族は魔力を持っている。魔力の量は爵位の高さに比例するとされており、魔力を持っている平民はかなり稀だ。

アーノルドは公爵にしては魔力が少ないほうだが、簡単な魔法を使うのに問題はない。

魔法は地、水、風、火、光、闇の六つの属性に分類され、その中で自分に合った属性の魔法しか使えない。

『疾風の黒豹』として人々から恐れられているアーノルドは、攻撃力の高い火属性だと思われがちだが、回復魔法を主とする光属性の魔法を得意としていた。

「……気をつけろよ。じゃあな」

「はい。ありがとうございます、アーノルド様」

頭を下げて部屋を出ようとしたコンラッドは、すぐに踵を返した。

「って、そうじゃない。私はまだ本題を話していません」

コンラッドは幼い頃からアーノルドとともに過ごしてきたため、物言いに容赦がない。

「……ちっ」

戻ってきたコンラッドに、アーノルドは舌打ちする。

「私はずっと、早く結婚しなさいと言っているじゃないですか。騎士団長ともなれば妻がいたほうが好ましいですし、妻帯者は女性にしつこく絡まれませんよ」

騎士団長に就任してからというもの、コンラッドは「早く結婚しろ」とうるさい。

アーノルドは顔をしかめた。

「あんたもう二十八ですよ？」

「……さっきは『若い』って言った」

のらりくらりとこの話題から逃げようとするものの、コンラッドのギラギラした双眸からは、今日こそは逃すものかという強い意思を感じる。

確かに二十八歳という年齢は若いが、この国の貴族の結婚適齢期は成人である十八歳から二十代前半だ。公爵家の人間ともなれば、成人してすぐに結婚していても珍しくはない。

「あんた、未婚のままですむと思ってませんよね？　ご希望がないなら私の好みで相手を選び、縁談をとりつけますが」

しつこいコンラッドに辟易して、アーノルドはようやく重い口を開いた。

「……理知的で思慮深く、控えめ」

「はい。あとは？」

これはコンラッドも想定していたようで、先を促してくる。

「……小柄で小動物っぽい人」

「小動物……。庇護欲をそそられるとかですか？　あんたそんななりして、可愛いもの好きですもんね。で、あとは？」

「エルフ」

「はぁ？」

最後に出した条件に、コンラッドが声をあげ、アーノルドを睨(にら)みつけた。主人を見ているようには到底思えない鋭い眼光だ。まさか主人が人外の相手を望むとは、さすがの彼も思わなかったのだろう。

「その条件に完璧にあてはまる女性がいるなら、結婚でもなんでもしてやる」

アーノルドはぶっきらぼうに言った。

ともあれ、これだけの条件に合致する、適齢期の令嬢などいるはずがない。

（これでしばらくは平穏に暮らせる）

拳(こぶし)を握り締めてわなわなと震えるコンラッドを無視して、アーノルドは戦術の本を開いたのだった。

だがアーノルドの予想を大きく裏切って、平穏は三か月と続かなかった。

その日、帰宅したアーノルドが自室に入ると、コンラッドはこほん、とわざとらしく咳払(せきばら)いをして口を開いた。

「ご結婚のことですが」

（まだ言っているのか。しつこいやつめ）

アーノルドは眉をひそめながらソファーに腰かけた。

家督をアーノルドに譲り、ほとんど家を空けている両親は「仕事が忙しい間は無理に結婚しなくてよい」と寛容だ。しかし、コンラッドはアーノルドが成人してからというもの、「結婚して跡継ぎを作るのは貴族の義務だ」と口うるさかった。

騎士団長に就任してからはさらにひどくなり、「結婚しろ」「跡継ぎを作れ」とオウムのように繰り返していた。結婚相手に求める条件を伝えてからはしばらく何も言われなかったので、もう諦めたものだと安堵していたのだが……。

もちろん、跡継ぎを作るのが貴族の義務であることは十分理解している。だが、ゆくゆくは養子をとるか、兄の子供に家を継がせればよいと考えていた。

そもそも、アーノルドが出した条件にあてはまり、かつ悪名高い『疾風の黒豹』に嫁いでもいいという奇特な女性がいるとは思えない。

ささやかれている噂は根も葉もないものだが、街で声をかけてくる女性たちだって、アーノルドが『疾風の黒豹』だと分かれば、ほとんどが逃げていくに違いない。

「そんなに公爵家の跡継ぎがほしければ、兄上に公爵位を継いでいただけばいい。……兄上のほうが当主にふさわしいのだから」

兄に家を継ぐ意思がなく、父も次男であるアーノルドが継いでもかまわないというか

ら、現在当主をしているだけだ。アーノルドは兄が爵位を受け継ぐ気になるまで、家を預かっているという意識が強い。

「あんた、まだそんなことを言ってるんですか。あのバカは年単位で帰ってこないんだから、いい加減諦めてください」

アーノルドは爵位を継いでから、たびたび「自分より兄がふさわしい」と言っていた。

さすがに聞き飽きたらしいコンラッドは、アーノルドの言葉を一蹴し、淡々とある知らせを告げた。

「結婚式が一月後に決まりました。聖堂も押さえて、招待状もお出ししております。王宮への休暇申請も終えました」

「……冗談がすぎる」

信じがたくて悪態をつく。

「冗談だと思われるなら、ご友人や相手の女性に確認してください」

普段通り飄々としているコンラッドに、無性に腹が立つ。

話がここまで進んでしまっていたら、今から白紙に戻すのはさすがに無理だろう。

「条件がかんっぺきにあてはまる女性となら、結婚するんですよね？　ご自分のおっしゃられたことはたがえませんよね、騎士団長？」

コンラッドはわざと煽るような言い方をしてきた。

「……するよ。すればいいんだろ」

渋々ではあるが了承したアーノルドに、コンラッドは満足そうに頷いた。

「私があらゆる伝手を使って、相手を探したんですからね！　そう言ってもらわないと困ります。いつもそうやって素直だったら助かるんですが。アーノルド様も昔は『コンラッド、コンラッド』ってあとをついてきて可愛らしかったのに、最近は反抗するようになって……あ、覚えてます？　私の仕事を手伝うって言ってくれたのはいいんですけど、干そうとした洗濯物を全部庭にぶちまけて、メイドのマリーに二人で怒られて夕食抜きに――」

コンラッドが懐かしそうに話しはじめたのを聞き、アーノルドはため息をついた。

（……思い出話なんて、コンラッドも年をとったな）

コンラッドはまだ三十歳になったばかりだが、最近妙に年寄りくさくなった気がする。

ここまで来てはもう逃げられないので、結婚はする。

だが、いくらもしないうちに花嫁は逃げ出すだろう。自分は女性を楽しませることができない面白みのない人間である上、悪名高い『疾風の黒豹』なのだから。

＊　＊　＊

結婚まで一月弱。

縁談を受けてからのヴィオレットは多忙だった。

マルス王国のマナーを学ぶため、家庭教師がついたからだ。オルレーヌ国とマルス王国は言語も違うが、ヴィオレットはすでにマルス王国の公用語を修得していたため、新たに覚える必要はなかった。

公爵家からは多額の支度金やドレスや靴が贈られた。ただ贅を尽くしているだけではなく、どれも趣向が凝らしてある。

すぐさまヴィオレットがお礼の手紙を送ると、執事長が代理で返事をくれた。公爵は手紙をしたためるのが苦手なのだそうだ。

その手紙には、次のようなことが書かれていた。

贈り物が気に入ってもらえたことを、公爵も喜んでいる。色々な噂を聞いているだろうし他国に嫁ぐ不安もあると思う。けれど、ヴィオレットに苦労をかけることは絶対にないので、心配しないでほしい。

特に、『主人は見た目は怖いかもしれないし誤解されやすいですが、決してヴィオレット様に害をなすことはありません』と強調してあったのには、思わず笑ってしまったのだった。

そうしているうちに結婚の準備は着々と進み、厳しかった冬ももうすぐ終わろうとしていた。春が来れば、オルレーヌ国では色々な花が咲き誇る。ヴィオレットは、その様子を楽しむ前にマルス王国へ行くことになる。

「ヴィオレットお嬢様、よろしいでしょうか」

自室で荷物の整理をしていると、短くドアがノックされた。

ヴィオレットの側仕えである、メイドのノアだ。彼女は、ヴィオレットが幼い頃から面倒を見ており、嫁ぎ先にも一緒に来てくれることになっている。

そのためにノアはマルス王国の言葉を勉強し、今では日常会話程度は話せるようになった。

「どうぞ、入って」

ヴィオレットが声をかけると、ノアが一礼して部屋に入ってきた。

「エミリエンヌ様がお見えなのですが、お通ししてもよろしいですか？　それとも、応

接室でお話しになりますか？」

ノアは言いながら、ヴィオレットが広げていたものを見回す。

「すぐ片づけるから、こっちに通してもらってかまわないけど」

エミリエンヌとは気心が知れた仲なので、散らかっている部屋を見られたところで問題はないし、彼女もそれをうるさく言う性格ではない。

「かしこまりました。……あー、それからお連れの方がいらっしゃるのですが、その方もお通ししてよろしいでしょうか？」

普段、はっきりした物言いをするノアにしては歯切れが悪い。

「誰か分からないけど、もういらっしゃっているなら、お帰りいただくわけにはいかないでしょう。お通しして」

エミリエンヌがヴィオレットの会いたくない相手を伴ってくるとは思えないから、問題ないだろう。

ヴィオレットが了承すると、間もなくしてノアがエミリエンヌを連れてきた。

「ヴィー、久しぶりー」

笑顔のエミリエンヌのうしろに、「お連れの方」が立っている。

「よ、よう。久しぶり、だな」

エミリエンヌと一緒に現れたのは……幼馴染のドミニクだった。

「なんでドミニク？」

突然現れたドミニクに、ヴィオレットは困惑の色を隠せない。

正直、ヴィオレットは彼に二度と会いたくなかった。本人を前にして口には出さないが。

「ヴィーに話があるみたいでね。いきなり連れてきてごめん。先に言うと、ヴィーが嫌がると思って。なんか粗相したら、即首根っこひっつかんで屋敷から追い出すから！」

エミリエンヌにそこまで言われて、もう来てしまっている相手を追い返すことはできない。

「う、うん。とりあえず、二人とも座って」

ヴィオレットは二人に座るよう促した。

ドミニクの隣にエミリエンヌ、テーブルを挟んで向かい側のソファーにヴィオレットが座る。ノアは、お茶とお茶菓子のクッキーをテーブルに置いて一礼すると退室した。

男性が苦手なヴィオレットは、よく知った幼馴染であっても顔を直視することができない。

一方のドミニクも緊張しているのか、やたら唇を舐めている。きょろきょろと部屋を見回したり何度もお茶を飲んだりと、なぜか落ち着かない様子だった。

久しぶりにドミニクに会い、ヴィオレットは知らず知らずのうちに昔のことを思い出してしまった。

彼女は幼い頃、ドミニクをはじめとした貴族子息たちに、髪と目の色が皆と違うのはおかしいとからかわれていた。

会うたびに髪の毛を引っ張られるので、睨みつけて、「嫌い！　やめて！」とはっきり拒絶したこともある。ところが、余計にひどくからかわれるようになったので、そのうち外出を控えるようになったのだ。

成長すると、昔ヴィオレットをいじめていた子息たちは、なぜか彼女を歌劇や食事に誘いはじめた。これも新たなからかいの手口なのだろう、と警戒したヴィオレットは、決して誘いには乗らなかったけれど。

「ちょっと、あんたお茶飲みに来たわけ？　早くしゃべりなさいよ」

エミリエンヌは長い栗色の髪を結いあげ、流行の髪形にしている。ピンク色のドレスを身に着けていて見た目こそ可愛らしいが、性格は結構男っぽいところがある。

今もドミニクの腰のあたりに、がんがん肘鉄を入れていた。

乱暴に促され、ドミニクはようやく重い口を開く。

「ヴィオレット、結婚するんだってな。『疾風の黒豹』と」

「……そうだけど」

それがどうしたのか。ドミニクには関係ないはずだ。ヴィオレットは思わず眉をひそめた。

「なんでわざわざ『疾風の黒豹』なんかと結婚するんだよ。……オ、オレと結婚すれば実家も近くだったのに」

「縁談を申し込まれたから。っていうか、なんでドミニクと私が結婚するの？」

心底不思議に思って、ヴィオレットは大きな目をパチパチさせる。

「なんで……って」

拳をぎゅうっと握り締めて、ドミニクはしばらく逡巡する。そして、意を決したように顔をあげた。

「昔っからお前のことが好きだからだよ！　ずっと気を引こうとしてただろうが。鈍いんだよ、お前！」

ヴィオレットは怒鳴られて、一瞬びくっと肩を震わせる。そして、怪訝な顔をした。

「……気を、引く？　私、髪を引っ張られたりからかわれたりした覚えしかないんだけど。あんなことされたら、嫌いにはなっても、絶対に好きにはならないよ」

ヴィオレットの言葉を聞いて、エミリエンヌはクッキーを頬張りながら言う。

「『好きなら意地悪するのやめな』って言ったのに、やめないからよ。あんたらのせいで、この子は男嫌いになったんだからね。とりあえず謝れ」

「うっ……そこまで嫌がってると思ってなくて……。ただ、お前の髪と目の色がすごく綺麗で、近くで見たかったんだ。からかったら、お前が涙目になって反応してくれるのが可愛かったし……。でも、外に出なくなったのはそのせい、なんだよな。謝ってすむと思ってねーけど、ごめん」

しどろもどろに言葉を紡ぎ、ドミニクが深々と頭を下げる。

幼いヴィオレットはドミニクたちに大変傷つけられた。その記憶は今も心に深い傷跡を残している。これからも多分癒えることはないだろう。だが、ヴィオレットは優しく言った。

「いいよ、もう。頭をあげて。正直、今すぐ許すのは無理だけど、わけを話してくれたからいい。それに、私が外に出なくなったのは、ドミニクたちだけのせいじゃないもの」

「ありがとう、ヴィオレット……。あの、これ、結婚祝いっつーか、お詫びっつーか。半年前、うちの店に入荷したのを買ったんだ。お前に似合いそうだったから、ずっと渡したかった。もらってくれたら嬉しい」

顔をあげたドミニクは、綺麗に包装されたプレゼントをテーブルにのせた。

彼は両親である、ノアイユ伯爵夫妻が営む宝石店で働いている。プレゼントの包装紙は、その店のものだった。

「開けてもいい？」

「もちろん」

ヴィオレットの細い指がするっとリボンをほどき、包みを開いていく。現れたのは、アメジストと金で作られた、小さな蝶のネックレスだった。

「これを初めて見たとき、ヴィオレットの瞳の色にそっくりだと思った。ヴィオレットにすっげー似合うだろうなって。ヴィオレットはシンプルで可愛いものが似合うよな！」

エミリエンヌはごてごてしたものしか似合わねえけど！」

「……は？　あんた私に喧嘩売ってる？」

いきなり貶められたエミリエンヌは、じろりとドミニクに睨みを利かせた。

ヴィオレットはケースに収められたネックレスに視線を落とす。

「……可愛い」

思わず頬を緩ませると、なぜかドミニクは握り締めた拳を、ガンガン膝に打ちつけはじめた。

エミリエンヌがその様子を「うわー……引くわー……」と生暖かい目で見ている。

「だ、大丈夫？　お医者さん呼ぶ？」

状況が分からず狼狽するヴィオレットに、エミリエンヌがぱたぱたと片手を顔の前で振った。

「病気じゃないから。……あー、頭はおかしいけど、大丈夫」

ドミニクは無言でエミリエンヌを睨みつけていたが、とりあえず具合は悪くなさそうだ。

「でも、こんなのもらえない。これ、アメジストでしょう？」

高価なものなのが容易に想像できたので、ヴィオレットは小さく首を横に振って断る。

「お前に買ったんだから、もらってくれ。頼む、ヴィオレット」

ドミニクは食い下がったが、そんなわけにはいかない。

「もらってあげてよ、ヴィー。こいつ荒稼ぎしてるんだから、値段なんて気にしなくていいよ。いらなければ売り払って、ヴィーのおこづかいにすればいいわ」

「……分かった」

荒っぽい言い方ではあったが、これがエミリエンヌの優しさだ。そんな彼女の後押しもあって、ヴィオレットは受けとることにした。

「ありがとう、ドミニク。大事にする」

ネックレスを胸元に当て、ヴィオレットは微笑んだ。

するとドミニクは、ぼーっとした顔で見つめてきて、しばらくしてはっと我に返った。

「あの、さ。今さらなんだけど、もしオレが、縁談を申し込んだら……受けてくれたか？」

「うーん」

ヴィオレットは形のいい唇に人差し指をそっと当てて、考え込んだ。

「ちゃんとした手順で申し込んでくれれば、からかってるわけじゃないって分かるし、受けたと思う。……私は、私に好意を持ってくれているなら誰でも嬉しかった。ドミニクでも、フィリップ公爵でも」

「……そうか。ありがとう。絶対、絶対幸せになれよ！　っていうか、幸せになれなかったら帰ってこい。オレが嫁にもらってやる」

「あ、ありがとう」

「もらってやる、じゃなくて嫁に来ていただきたい、でしょうが。それに嫁ぐ前からそんなこと言うって、どうなの」

クッキーをほぼ一人で平らげたエミリエンヌは、頬を緩ませたドミニクに呆れ顔で突っ込んだ。

閑話　有能執事の独り言

（とうとうアーノルド様を結婚させることに成功した）

結婚式の準備をして、自分の部屋に戻ったコンラッドは、これまでのことを思い返してニヤニヤしてしまった。

アーノルドが嫌そうな顔で結婚を了承したときには、思わず心の中で大きくガッツポーズをしたものだ。

彼が結婚相手に求める条件として「控えめ」や「小柄」をあげてくるのは予想の範囲内。積極的な女性に辟易していたようだし、背の低い女性が可愛らしく思えるのは理解できる。

マルス王国の女性は皆積極的だから、外国から花嫁を探してくることになりそうだ、と思っていた。

ところが、「エルフ」と言い出したときには『寝ぼけてるんですか？』と嫌味の一つでも言いたくなった。

アーノルドは、そんな女性はどこにもいないと高を括っていたのだろう。

しかし、コンラッドはアーノルドを何がなんでも結婚させなくては、という思いを抱いていた。

すると、思いのほか早く、隣の大陸にある国の令嬢で条件にあてはまる女性が見つかったのだ。

かくしてコンラッドは、アーノルドが簡単に縁談を白紙に戻せないよう、本人の知らないうちに結婚の準備を進めることに。

まずは前公爵夫妻に結婚が決まったことと、式の日取りを映話で知らせた。

大旦那たちは二十代のうちの結婚というものをあまり重要視していないようで、「ふーん」となんとも軽い返事だった。

だが、息子の結婚は嬉しいようで、式に合わせて屋敷に戻るという。

コンラッドが相談せずに結婚相手を決めたことを謝罪すると、『コンラッドが選んだ女性なのだから問題ないだろう』と言ってもらった。一介の使用人を信用しすぎなのではないかと心配な反面、嬉しいのも確かだ。

次は、アーノルドの兄であるテオドールに連絡をとった。

テオドールは学者をしていて、世界中を飛び回っている。今もマルス王国から遠い国

にいるようだ。

そんな彼にアーノルドの結婚相手が決まった旨を伝えると、コンラッドは質問攻めにあった。

『結婚相手は美人？　えっ、エルフぅー？　おいおい、アルはそんな趣味なの？　っていうか、コンラッド、そんな女性よく見つけたな。エルフは長寿って聞くけど、年は二百歳とかじゃないよね？　って、ちょ、十八歳？　アルは二十八だろ？　十歳も違うじゃん！　……へー先祖返りのエルフなんだぁー。会うの楽しみだわ。で、式はいつなの？　……ええー？　一か月後？　ダメだよ、オレ、今アトランビスワニの出産観察してっから。オレがアトランビスワニを手なずけるのにどんだけ苦労したと思ってんのー。もし出産するところを見られたら、世界初なんだよ！　アトランビスワニはさー――』

……延々とワニの話が続きそうなので、強引に映話を終了した。テオドールから幾度か映話の接続を求める通信が入るが、ひたすら拒否する。

コンラッドとテオドールの仲は決して悪いわけではないが、彼はアーノルドと正反対で多弁なので、話していて疲れる。

(というか、どんなワニだか知らないが、仲のいい弟とワニ、どちらが大事なんだ)

そんなこともあったけれど、アーノルドの結婚準備は順調だ。

コンラッドはこの結婚を祝うため、手に入れたばかりのワインを開けることにした。チーズとオリーブをつまみに、祝杯をあげる。

今日は特に美味く感じられ、いつのまにか瓶の中身は半分になってしまった。

アーノルドの結婚が決まり、のどに刺さっていた魚の骨がとれたようにすがすがしい。

同じ貴族とはいえ、縁談を申し込んだヴィオレットは小国の伯爵令嬢。権力の差や国同士の関係を考えると、断ることはできないだろうと踏んでいた。

予想通りマッキンリー伯爵は結婚を快諾したが、一つだけ条件をつけてきた。

『エルフの先祖返りである娘を求めてくれるのは大変ありがたいが、彼女をエルフではなく人間として扱ってほしい』というものだ。

人間の両親から生まれたのだから、彼らが娘を人間として育てることは、ごく当たり前のことだろう。彼らの手を離れたあとも、そのように過ごしてほしいと願うことも。

これについては、アーノルドも快く了承した。

オルレーヌ国は小国であるがゆえ、非常に閉鎖的かつ排他的だ。エルフの外見を持つヴィオレットには、大変住みにくかっただろうと想像できる。

その点、マルス王国は大国であるため人が集まりやすく、外国人も多い。ヴィオレットもさほど浮かないだろうから、過ごしやすいに違いない。

心配なのは、彼女とアーノルドとの相性だ。コンラッドも、ヴィオレット本人と会ったことはないので、実際にアーノルドが彼女を気に入るかどうかは分からないのだ。

また、アーノルドが女性と親しげにしているのを見たことがほとんどないため、彼が花嫁に対してどのように接するのかも、あまり想像できなかった。

堅物のアーノルドは、ヴィオレットの好み(この)ではないかもしれない。

――いや、まあ、アーノルドも見た目は高レベルだし、なるようになるだろう。

(場は整えたから、あとはなんとかしてください。アーノルド様)

コンラッドは、心の中でそう呟(つぶや)いた。

2

……可愛い。

いよいよ結婚式が翌日に迫り、ヴィオレットがフィリップ公爵家にやってくることになった。マッキンリー伯爵夫妻は、仕事の都合でヴィオレットより遅れてくるという。

アーノルドは、今日から一週間休暇をとっているにもかかわらず、なぜか騎士団の詰め所にいた。

王宮騎士団は、騎士団と魔法騎士団の二つに分けられる。

騎士団は剣などの武器を使って戦い、魔法騎士団は魔法を使って戦う。そのため、魔法騎士団は貴族で構成されており、逆に騎士団には平民が多く所属していた。

どちらの騎士団も第一分隊と第二分隊から編成されており、それぞれに分隊長がいる。騎士団の第一分隊と第二分隊を統括するのが、騎士団長であるアーノルドの役目だ。

近年は近隣諸国との関係が落ち着いており大規模な戦争がないので、城や街を警備し、国の治安を守るのが主な仕事になっている。

また、人に悪さをする魔物を討伐しに行くこともあった。

アーノルドは、普段通り部下に訓練をつけてから軽く遠乗りに行ったあと、馬房に戻した馬に水を与えているところだ。

その馬は、騎士団長になったときに国王陛下から与えられた、毛並みの美しい黒馬だ。

「……撫でてやろうか？」

同意するように馬が首を縦に振ったので、アーノルドはブラシを手にとる。そのとき、アーノルドの背後から風が吹き抜け、ブラシを彼の手から払い落とした。

風魔法だ。

小さなブラシだけを狙うには、かなりの技術がいる。犯人が分かったアーノルドは、

うしろを振り返った。

「今日、お前の嫁が来るんじゃなかった？　休暇とってたよな」

悪友のルーカスがへらへらとしまりのない笑みを浮かべ、片手をあげて近寄ってきた。ルーカスはアーノルドの同期で、魔法騎士団第二分隊長を務めている。外見はチャラチャラしているが、次期魔法騎士団長と目される実力者だ。

アーノルドは地面に落ちたブラシを拾いあげながらルーカスの問いに答える。

「……来るのは昼前だ。コンラッドには急用があると言って出てきた」

諦（あきら）めの悪いアーノルドに、ルーカスは呆（あき）れた顔をした。

「そろそろ昼前だぞ。もう結婚からは逃げらんねえんだから、いい加減覚悟を決めろ。まー、オレはまだまだ遊ぶけどー」

ルーカスは騎士団きってのプレイボーイだ。彼は、王宮の年若いメイドの多くと一夜をともにしたことがあるらしい。

しかし、手をつけた女性の誰ともいざこざを起こしたことはない。むしろ彼女たちはルーカスと関係を持ったことを自慢するほどだ。

なんでも、ルーカスと一夜をともにした女性は、より魅力的になるらしい。その後結婚が決まった、彼氏ができた、というメイドが多く現れ、王宮内では一種の伝説のよう

になっている。

そんな彼は、ひとたび街へ出れば、アーノルドと一緒であろうが、美人に声をかけないと気がすまないらしい。

上手く話がつくと、アーノルドと別れて、そのまま女性の肩を抱いて行ってしまう。

そのようなことがたびたびあるにもかかわらず、ルーカスと一緒に出かけてやるアーノルドは、自分でも寛容だと思っている。

そのときルーカスがふと、馬房の入口の人影に気づいて声をあげた。

「あ、コンラッド」

アーノルドもつられてそちらを見ると、険しい顔をしたコンラッドが、副団長のフリッツとともにこちらに向かってくるところだった。フリッツがコンラッドを案内してきたらしい。

無言で逃げようとしたアーノルドの腕を、察したルーカスが掴む。

「……離せっ！」

「コンラッドを困らせちゃダメだろ」

もみ合っているうちに、コンラッドが目の前にやってきた。

「アーノルド様、すぐ屋敷に戻りますよ。忙しいんですから、駄々をこねないでください」

コンラッドには、力ずくでアーノルドを引っ張っていくことはできない。そう思っていたら、ルーカスが余計な提案をする。

「オレがこのまま馬車まで連れてってやろーか？　コンラッドじゃ力負けするだろ」

「それは助かります、ルーカス様」

「ルーカス！　お前、裏切ったな……！」

「この件に関しては、もともとお前の味方じゃねーし」

アーノルドはぎりぎりと歯ぎしりをしたが、ルーカスはまったく意に介していない。

彼はアーノルドの腕を掴んだまま、黙って様子を見ていたフリッツに声をかける。

「あとは自分に任せてください。というか、副団長自ら案内しなくても、下級騎士に任せればよかったんじゃないですか？」

「お急ぎのご様子だったからな。それに私が行くのが一番早かった。……まさか団長ともあろう方が、結婚から逃げ回っていたとは存じませんでしたが。では、失礼します」

慇懃無礼に言って、フリッツはその場を立ち去った。

ルーカスはしばらく彼のうしろ姿を見つめる。

「アーノルド。お前、優しいのはいいけどさー、副団長の態度はあれでいいのかよ。上司に対してどうかと思うぞ」

「……仕事ぶりは問題ないから、別にいい」

「まぁお前が納得してるならいいけど。さっ、きりきり歩け！」

「……ルーカス、恨むぞ」

「本当に時間がないんですから！　アーノルド様！」

コンラッドとルーカスに引きずられるようにして、アーノルドは馬車に押し込まれた。へらへらしたルーカスの笑顔に見送られながら座席に腰を下ろした途端、馬車が出発する。

御者は、普段よりスピードを出したらしく、あっという間に屋敷に到着したのだった。

✽ ✽ ✽

「アーノルド様！」

到着したあと、コンラッドは「着替えてください」と言って部屋に押し込めたのだが、彼はその後一向に出てくる気配がない。しびれをきらしたコンラッドは、ノックもせずにドアを勢いよく開いた。だがそこに、アーノルドの姿はない。

部屋の中を見回すと、ベッドの上掛けが膨らんでおり、そこから金色の髪がのぞいて

いる。上掛けをめくろうとするが、アーノルドは腐っても騎士団長だ。力では一介の執事長ごときに勝ち目はない。

「……お腹痛い」

布団の中から弱々しい声が聞こえてくる。そんな主人に呆（あき）れ返り、コンラッドは声を荒らげた。

「子供みたいな嘘をつくんじゃありません！　マクドール先生をお呼びして、腹痛に効く苦い薬湯を作っていただきましょうか」

マクドールは、長年フィリップ公爵家が抱えている医師だ。幼い頃に飲んだ薬湯の味を思い出したのか、アーノルドは慌てて前言を撤回する。

「お腹は治ったけど、急に眠たくなった」

「やっぱりマクドール先生をお呼びして、薬湯をいただきましょう。ぱっちり目が覚めます」

「……嫌だ」

「もう、アーノルドったら」

いつのまにかやってきた前公爵夫人が『可愛いわね』とでも言いたげに、息子の髪の毛を眺める。

前公爵夫妻は、昨日旅行先から帰宅していた。

夫人は外国から嫁いできたため、金髪碧眼に白い肌を持っている。

「お嫁さんをお待たせしたら悪いわね。私は彼女が到着したらすぐ行けるよう、一階で待っているわ」

息子の相手は任せたとばかりに、夫人はさっさと部屋を出ていった。

コンラッドはため息をついて、声を張りあげる。

「この期に及んで、往生際が悪いですよ！　騎士団長ともあろう人が、男らしくないですねぇ。部下たちが知ったらどう思うでしょうか」

「……」

騎士団長としてのプライドを刺激され、アーノルドはのろのろとベッドから這い出た。

だが、そのあとの動きもひどく緩慢だったので、着替えは一向に進まない。

「私が着せて差しあげましょうか？　あーもう、ほら。馬車が着きました。もうすぐヴィオレット様が降りてこられますよ」

一応花嫁のことは気になるのか、アーノルドはコンラッドの隣に立ち、窓から馬車を見守る。

先にメイドが馬車を降り、続いて御者の手をとって小柄な女性がゆっくりと降りて

きた。

あれがヴィオレットだろう。幅広の帽子を目深にかぶっていて、彼女の少しうしろを歩くメイドより頭一つ分ほど小さい。ドレスからすんなりと伸びた腕は華奢だ。

ヴィオレットは待っていた夫妻の前に進み出て、優雅に淑女の礼をとる。

それは完成されたダンスのように美しかった。

アーノルドがいつのまにか、窓に張りつくようにして見ている。そのことに、本人は気づいていない。

顔はまだほとんど見えないが、その優雅な仕草や可愛らしく小柄な体形に、アーノルドは強く惹きつけられたらしい。

「……可愛い。コンラッド、ここは天国だったか？　あそこにいるのは天使？　妖精？すごく小柄だけど、本当に成人しているのか？　……あんなに可愛らしいのに、オレなんかとの結婚を承諾するはずがない。もっといい条件の嫁ぎ先がいくらでもあったはずだ。オレから国の機密を聞き出そうとする密偵なのでは？」

珍しく口数が多いアーノルドに、コンラッドは驚きながらも主人の問いに答える。

「まず落ち着いてください。あんた、自分がかなりスペック高いの、まだ分かってないんですか。それに、普通に考えて、伯爵家は公爵家から縁談を持ち込まれたら断れませ

んよ。成人しているのかとか、絶対ヴィオレット様に聞かないでくださいよ。気にされてるかもしれないんですから。大変お可愛らしい方でよかったですね！　エルフだから、お顔もきっとお綺麗です。さ、早く着替えてご挨拶を……って、なぜまたベッドに潜っているんですか⁉」

コンラッドはアーノルドから上掛けをはごうとするが、先ほどと同様にどうにもできない。

「……あんなに可愛い人の隣に、オレなんかが並べない。彼女もオレの噂を知っているはずだ。怖がっているに決まっている」

「だから、あんたスペックはかなり高いですから。いい加減嫌味かな？　って思えてきますよ」

こほん、と咳払いして、コンラッドはまた口を開いた。

「いいですよ。婚約解消しても」

ぴくりと上掛けが動く。

「あんなにお美しいのですから、すぐに他の方との縁談があるでしょうね？　いいんですかね。ヴィオレット様が他の人のものになっても。あるいは、今までは深窓の令嬢ということで、あまり知られていなかったようですが、エルフの先祖返りだということが

分かれば、研究機関に拉致されるかもしれません」

コンラッドが言うと、ばっと上掛けが宙を舞う。

先ほどまでの緩慢な動きは何だったのか、というほど素早く着替えると、アーノルドは勢いよくドアを開け放ち、部屋を出た。

シャツもジャケットも羽織っただけ。ボタンは留めきっていないので、細身ながら鍛えられた上半身があらわになっている。

とても花嫁に見せる姿ではないが、必死なアーノルドは気づいていなかった。

「あ、ちょっと。ボタン留めてないし、そんなぼさぼさの頭で行くんですか!?　待ちなさい、アル！」

つい、子供の頃のように叱責するコンラッド。けれどその声も届かず、アーノルドは走り去っていった。

✽　❀　✽

ヴィオレットがアーノルドの屋敷に到着する一時間ほど前のこと。

マルス王国に向かう汽車に乗っていたヴィオレットは、沈んだ気持ちで深くため息を

ついた。

「ヴィオレットお嬢様、もうすぐ海ですよ。ご覧になったことはないでしょう？」

「……うん」

明るく励まそうとしてくれるノアの言葉にも、ヴィオレットは生返事で顔もあげなかった。本を開いてはいるが、目が文字をなぞっているだけで、まったく頭に入らない。

汽車に乗ってから一ページも進んでいなかった。

自分に縁談を申し込んでくれたアーノルドを後悔させないよう、妻として精いっぱい努めよう。

そう決めたヴィオレットだったが、いざ結婚の日が近づいてくると、徐々に不安が募っていった。

「もう。いい加減暗い顔をするのはやめたらどうですか？　案外いい方かもしれませんよ？」

ヴィオレットが一向に顔をあげないので、ノアは呆れているようだ。

「そうかもしれないけど……」

ヴィオレットの頭を、『疾風の黒豹』にまつわる数々の噂がよぎる。

結婚に対する不安から、ヴィオレットはアーノルドについて色々と情報を集めていた

のだ。

――大した罪はない人なのに、気に入らなければ理由をつけて投獄する。

――負けを認めて懇願しても、自分の気がすむまで相手を打ち負かす。

それらの噂は、ヴィオレットを震え上がらせるには十分だった。

「噂は噂ですよ？　執事長からのお手紙を読まれて、『お優しい方なのかな』っておっしゃっていたじゃないですか」

「それはそうなんだけど……。こんなにたくさんあると、どれかは本当のことなんじゃないかって思わない？」

実際に本人とやりとりをしたわけではないし、絵姿すら見ていない。そのためか、悪い想像ばかりが膨らむ。

「噂がどうであれ、明日には夫婦になるんです。そろそろ覚悟を決めてください」

「うん……もう決まったことだものね……」

「お会いして本当に耐えきれないようでしたら、すぐおっしゃってください。帰りましょう」

「そうは言っても、結局は連れ戻されるんじゃ……」

相手は、一度狙った獲物は絶対に逃さないという『疾風の黒豹』だ。花嫁に逃げら

れたとなれば、どんな手を使ってでも連れ戻しにかかるに決まっている。

「修道院に行けばいいんです。『疾風(しっぷう)の黒豹(くろひょう)』と言えど、男子禁制の場所には入れませんから」

胸を張るノアに、ヴィオレットは首を横に振る。

「私は逃げられるけど、お父様やお母様のことを考えたら絶対にできない」

ヴィオレットは暗い面持(おもも)ちではあったが、改めて覚悟を決めた。

そのとき、汽車が大陸と大陸をつなぐ橋にさしかかった。

それと同時に、人々の歓声があがる。

「何？」

ヴィオレットが首をかしげると、ノアが口を開いた。

「イルカじゃないですか？」

「イルカ!?」

生き物が大好きなヴィオレットは、ノアの言葉にようやく窓の外へ目を向けた。

コバルトブルーの海が、太陽の光を浴びてキラキラと光っている。

そんな海面から、イルカが時折ジャンプして姿を現す。本の挿絵などで見て姿は知っているが、本物のイルカは初めて見た。

「可愛い……」

「船に乗って近寄れば、触ることもできますよ。もともとイルカは人懐っこいですし、この海域では漁が禁止されているので、警戒心も薄いと思います」

「そうなの!?」

勢いよく食いついてきたヴィオレットに、ノアは笑いをこらえる。

「場合によってはクジラも見られるそうですよ。公爵様に船に乗せてもらえるよう、頼んでみてはどうですか?」

「え、ええ」

途端にヴィオレットはこわばった顔になった。

もう数時間もすれば、フィリップ公爵と対面することになるのだ。

ヴィオレットの不安な心中をよそに、汽車はしばらくしてマルス王国の首都の駅に停まる。駅にはフィリップ公爵家から、壮年の紳士が迎えに来てくれていた。

公爵家の馬車は、王宮のものと比べても遜色ないほど、立派なものだった。盾の上に剣が二本交差した紋章が側面についている。

マルス王国の貴族は、それぞれの紋章を持っており、それらは身分証のようなものなのだと聞く。馬車に刻まれているのは、アーノルドのものだ。

馬車に乗り城下街を抜けると、貴族たちの住宅街の区域に入った。その中でもひときわ大きく、真っ白な邸宅に馬車は向かっていく。門には魔法がかけられているらしく、公爵家の住人が近づけば勝手に開くようだ。

広い庭はいたるところに様々な花が咲き誇っている。動物や天使の置物があったり、噴水があったりと、意外にも可愛いらしい雰囲気だ。

庭を抜け、玄関の前に馬車が停車する。先にノアが降り、続いてヴィオレットが御者の手を借りて降りると、そこには前公爵夫妻が待っていてくれた。

「初めまして。ヴィオレット・フォン・マッキンリーです」

緊張しながら挨拶をすると、夫婦はにこりと優しい笑みを浮かべてくれる。

夫人は外国から嫁いできたそうで、白い肌に金髪碧眼だった。

「せっかく親子になったのだし、あなたのこと、愛称で呼びたいわ。『ヴィー』と呼んでかまわないかしら？」

ヴィオレットは笑顔で頷いた。

「かまいません」

ヴィオレットは、自らの婚約者の姿が見えないことに気づき、あたりを見回した。そんな彼女に、夫人は言う。

「アルはちょっと支度に時間がかかっているみたい。ヴィーも疲れたでしょうから、先に中に入っていましょう」

「お気遣いありがとうございます、お義母様」

「まあっ！　お義母様、ですって！　息子も可愛いのだけれど、娘は華やかでいいわね。しかもこんなに可愛らしいし」

「ヴィオレット、私のこともお義父様と呼んでみてくれないか」

「あ、はい。お義父様」

乞われるままに呼ぶと、前公爵は満足げに破顔し、夫人と顔を合わせて頷き合う。

「うん！　いいな」

夫婦は気さくな性格で、ヴィオレットはほっと息をつく。

するとそのとき、玄関から男性が二人出てきた。一人は準礼服、もう一人は執事服を身に着けている。体つきも違うので、どちらがアーノルドなのかはすぐ分かった。

「大きいですね」

ヴィオレットにだけ聞こえるくらいの小声で、ボソッとノアがささやく。ヴィオレットも小さく頷いた。

（……大きい）

ヴィオレットが今まで会ったことがある人の中で、比べるまでもなく一番背が高い。

マルス王国の国民は総じて身長が高いし、前公爵夫妻も背が高い。だが、アーノルドは中でも飛びぬけて大きかった。多分二メートル近くあるのではないか。

目の前に立ったアーノルドを見上げて、ようやく目にすることができたその顔は、一言で表すと、怖い。

褐色（かっしょく）の肌にきりりと凛々（りり）しい眉、鋭いつり目。

精悍（せいかん）ではあるのだが、ヴィオレットの理想とするような、優しい顔には程遠い。まさに『疾風（しっぷう）の黒豹（くろひょう）』の噂通りの外見だった。

無表情でまったく感情が読めないため、すごみが増している。

加えて、礼服の上からでも分かる、細身ながらしっかりとした筋肉。その圧迫感に、ヴィオレットは思わず後ずさりした。涙目になってしまった気もする。

しいて言えば夫人譲りの金髪碧眼（へきがん）だけが、ヴィオレットの理想と同じだった。

じっと無表情で見つめられ、ヴィオレットの姿を見てがっかりしているのではないかと心配になってくる。

けれど令嬢としてマナーを叩き込まれた彼女は、その不安を表に出すことはなかった。完璧な笑みを浮かべ、淑女（しゅくじょ）の礼をとる。

「お初にお目にかかります。ヴィオレット・フォン・マッキンリーです。よろしくお願いいたします、アルバート様」

そう述べた途端、ぴしり、と空気が凍ったような気がした。

先ほどまで無表情だったアーノルドが、なぜかこの世の終わりを見たように肩を落としている。その目には涙すら浮かんでいた。

（……何か重大なマナー違反を犯してしまったのだろうか）

ヴィオレットは動揺しつつ、助けを求めてノアのほうを振り返った。するとノアは、小声でわけを教えてくれる。

「アーノルド様です。先ほど『アルバート様』とお呼びになっていました……」

「あ……」

アーノルドの名前は何度も繰り返し覚えた。頭では分かっていたのに。なぜ名前を間違えてしまったのだろう。

マナー違反の中でも、名前を呼び間違えるなど最悪だ。婚約破棄されても文句は言えない。

いや、その程度ですめばまだいい。

（私だけでなく、両親たちまで牢に入れられるかもしれない。それどころか殺されるか

も……！　ただ殺されるだけならまだしも、逃げまどっているところを追い回されて、いたぶりながら殺されたら……）

「た、大変失礼なことをいたしました。お名前はもちろん存じあげておりましたが、緊張のあまりお呼び間違いをしてしまいました。申し訳ありませんっ、アーノルド様」

ヴィオレットは頭を深々と下げ、恐怖に震える声で謝罪した。

「ま、まぁヴィオレットも長旅で疲れていたんだろう。気にしなくていい。頭をあげなさい」

「そうよ。ヴィー。愛称はどちらでも『アル』だから、ほとんど同じようなものだし」

いっそ罵倒してくれたらよかったのに、夫妻は口々に優しい言葉をかけてくれる。

ヴィオレットは余計に申し訳なく思ってしまった。

「本当に申し訳ございません。アーノルド様、アーノルド様、アーノルド様……。もう大丈夫です。二度と間違えません。ですが、私のことはいかようにでも罰してください」

再度アーノルドに謝罪する。

そのとき、アーノルドの隣に立っていた執事から「痛っ」と声が発せられたので、目線をそっとあげて様子をうかがうと、彼は腰をさすりながら主人を睨みつけている。どうしたのだろうか。

直後、ヴィオレットは声をあげそうになった。執事は主人であるアーノルドの足を蹴りはじめたのだ。

（ええ⁉）

普通の主従関係では絶対にありえない。即解雇されても文句は言えないくらいの行為だ。

だがアーノルドは、執事をちらっと見ただけだった。

「……気にしなくていい。頭をあげて。改名するから」

「え？　か、改名？」

アーノルドの言葉に耳を疑いながら、ヴィオレットは内心がっかりした。

（……声もものすごく怖い）

アーノルドの声は、ヴィオレットの好みと真逆のバリトンだ。

「またバカなこと言い出して」

執事は呆れ顔で額に手を当てている。そんな彼を無視して、アーノルドはぶっきらぼうに名乗った。

「……オレがアーノルド・フォン・フィリップだ」

その口調もまたすごみがあって、ヴィオレットは思わずびくっと肩を震わせる。

「立ち話もなんだし、早いけれど昼食をいただきましょうか。うちの料理人は腕がいいの。楽しみにしていて、ヴィー」

場をとりなすように、夫人がぽんと体の前で両手を合わせる。

「それは楽しみです、お義母様」

ヴィオレットがそう言うと、夫妻は先だって屋敷の中へ歩き出す。

室内では帽子をとるのがマナーとされているため、屋敷に入ったヴィオレットは帽子をとろうとした。

けれどこれをとれば、とがった耳や水色の髪があらわになってしまう。そう思うと、躊躇(ちゅうちょ)してしまった。

「とりたくないなら、とらなくてもかまわないわよ。客人もいないし」

ヴィオレットの様子に気づいた夫人がそう言ってくれて、ほっとした。

「……ありがとうございます」

ヴィオレットは食堂に通され、隣にアーノルド、その向かいに夫妻が座った。

執事やメイドがてきぱきと給仕をする。先ほどアーノルドの足を蹴り飛ばした執事は、コンラッドという名前らしい。

「マルス王国に来るのは初めてか？　料理は口に合うかね」

前公爵が心配そうに尋ねてくる。

「来るのは初めてですが、向こうでマルス料理を出す店があって、食べたことはあります。どれも美味しかったです、お義父様」

アーノルドはもともと寡黙なのか、口を開くことはなかったが、夫妻とヴィオレットは会話を楽しみ、昼食の時間は和やかに進んだ。

……ある料理が出てくるまでは。

「ニシンのパイでございます」

コンラッドがテーブルに置いた料理を見て、ヴィオレットは『ひっ』と声をあげそうになる。

「……っ」

ほどよく焼き色のついたパイ生地が具材を覆っていて、香ばしい香りが食欲をそそる。ただ、普通のパイと違うのは、中身の具材が隠れきっておらず、むしろかなり主張が激しいところだ。

ニシンの頭がパイ生地を突き抜け、一斉に上を向いている。

目が合いそうになり、ヴィオレットはそろーっと顔を背けた。

「私の国の郷土料理なのよ。私が一番大好きなメニューなの」

夫人がニコニコとした様子で、パイにナイフを入れてとり分けてくれる。

「そ、そうなのですか」

味は美味しいのだとしても、見た目のインパクトが強すぎて食べたくない。

だが、夫人はヴィオレットをニコニコと見ているし、出されたもの……ましてや人の好んでいる料理に、まったく口をつけないのは失礼だ。

ヴィオレットは涙目で、ナイフとフォークを手にとった。そのとき――

「……それ、オレがもらってもいい？」

今まで口を閉ざしていたアーノルドが、ヴィオレットのパイを指さしている。

「……代わりに、あとでオレのデザートをあげる」

「あ、はい。かまいません。アーノルド様」

ヴィオレットは内心ほっとしながら、皿をアーノルドの目の前に置いた。

「まぁ。お行儀が悪いわよ、アル」

夫人は顔をしかめた。

「ごめんなさいね、ヴィー。ぜひ食べてもらいたかったのに。パイはまた作ってもらってちょうだい」

「いいえ。アーノルド様が召し上がりたいのなら、まったくかまいません。また今度、料

理人さんにお願いしてみます」

正直に言えば、頼むことはないだろうと思うが。

(もしかして、助けてくれたのかな?)

横目でアーノルドの様子をうかがってみるが、相変わらず無表情で感情はまったく分からない。洗練された動きでパイを切り分け、口に運んでいる。

(……あれ?)

ヴィオレットはアーノルドの口元に、先ほど出されたビーフシチューのソースがついているのに気づいた。

「アーノルド様、ちょっと失礼します」

そう声をかけると、ヴィオレットはアーノルドの口元をナプキンでぬぐう。

「ふふ。とれました」

(子供みたいでなんだか可愛い)

思わずくすっと笑ってしまい、慌てて謝る。

「あ、申し訳ございません」

「……別にかまわない。……ありがとう」

相変わらずぶっきらぼうな口調だったが、そらされた顔は照れたように少し色づいて

いる。

そのとき、ヴィオレットがアーノルドに抱いていた恐怖心は、確実に薄らいでいた。

3　……気持ち悪いですよね。こんな髪の色。

食事のあと、アーノルドはヴィオレットと式の打ち合わせをすることになった。

食堂を出たアーノルドは、知人に会いに行くという前公爵夫婦を見送り、ヴィオレットとともに応接室へ向かう。

うしろを歩くヴィオレットを気にしながら、アーノルドはコンラッドに小声で耳打ちした。

「……彼女、怖がってたけど、本当にオレなんかと結婚していいの？」

「彼女が結婚を承諾したからここにいるんでしょう」

面倒くさそうにコンラッドが返事をした。

自分との結婚を承諾した女性がいるなんて、ずっと何かの間違いだと思っていた。

実際ヴィオレットと対面してからは、こんなに美しい女性が自分との結婚を承諾す

るなど、なおさらありえないと思った。

もしかしたら白昼夢を見ているのかもしれない。もしくは……

「……全員でグルになって、オレを騙してないよな？」

「ネガティブ思考すぎでしょう」

「……夢じゃないか確かめたいから、オレの頬をつねってくれ」

「はい。かしこまりました」

コンラッドが主人の命に従って、アーノルドの頬をつねった。

「痛い」

「これでもう現実だと理解できました？　ほら、時間は限られているんですから、早く。あんた右手と右足が同時に出てますよ！　緊張しすぎです」

コンラッドがうるさく言ってくるが、アーノルドの耳には入ってこない。すっかりヴィオレットに心を奪われたアーノルドは、うしろをちらりと盗み見る。

ヴィオレットの瞳は紫色だ。紫の目の人は稀にいるが、ヴィオレットほど綺麗な瞳を見たことはない。

帽子に覆われてよく見えないが、髪の色もきっと同じように美しいのだろう。

透明感のある肌はくすみ一つなく、いっそ白すぎて不健康に見えるほどだが、ヴィオ

レットの神秘的な美しさに合っていた。

細い手足は華奢で、触ったら折れてしまいそうだ。それでいて、決して骨ばっているわけではない。

特筆すべきは、その完璧なまでに整った顔立ちだ。大きく魅力的な目を、カールした長いまつげが縁取っている。小さな唇は桃色で、頬は紅を落としたようにほんのりと赤い。

エルフとは皆こうも美しいのだろうか。

動いたり話したりしていなければ、腕のいい職人が作った人形だと思われることだろう。

声を出せばカナリアが歌っているようだし、何気ない所作も舞いのようだ。

洗練された所作とは、こんなにも美しいのだと、彼女に出会って初めて知った。

そして、アーノルドはこれほど小さい成人女性を見たことがなかった。周囲の女性は皆背が高く、ヒールの高い靴を履けば男性と目線が同じという女性も珍しくない。

しかし、ヴィオレットの身長は、十センチメートルはあるだろうヒールの靴を履いていてなお、アーノルドの胸のあたりまでしかなかった。

上目づかいで見上げて挨拶してきたときの、可愛らしさと言ったら。

アーノルドの、お世辞にも優しいとは言えない風貌と高い身長が、ヴィオレットを怯

えさせてしまったようで、初めて顔を合わせたとき、彼女は若干涙目になっていた。

それも小動物のようで可愛らしかった。

名前を間違えられたときは、ショックを受けて放心状態になってしまったが、その可愛らしい声で名前を連呼されると、嬉しさのあまりコンラッドの腰を殴ってしまったくらいだ。

とにかくヴィオレットは、アーノルドの理想を体現していて、すべてが完璧なのだった。

そうこうしているうちに応接室に着き、ソファーに腰を落ち着けたアーノルドたちは、さっそく打ち合わせをはじめる。

口下手なアーノルドにかわって、コンラッドが話を進めてくれた。

「おおよその流れは他の国と大して変わりませんから、ヴィオレット様もご存知だと思います。違う点は指輪くらいでしょうか。オルレーヌ国では指輪の交換をするんですよね」

「はい。結婚すると、夫婦は左手の薬指に指輪をします。婚約期間中は、女性だけ婚約指輪を右手の薬指にはめます」

ヴィオレットは受け答えこそきちんとしているが、アーノルドともコンラッドとも一切目を合わせない。

風貌の怖さに自覚がある自分だけなら分かるが、人当たりのいいコンラッドとまで目

を合わせないことに多少違和感を覚えた。何か理由があるのだろうか。

「マルス王国の貴族の男女は、アクセサリーの交換はいたしません。男性は右手、女性は左手の甲に、魔法を用いて夫の紋章を刻印します。ですので、ヴィオレット様にはアーノルド様の紋章を入れていただきます。このことはご存知でしょうか？」

魔法で刻印された紋章は身分証明にもなる。この国でフィリップ公爵夫人だと分かって害をなす者はまずいないので、もしものときはヴィオレットの身を守ってくれるだろう。

刻印の偽装は重罪であるため、入れ墨で紋章を入れようなどという輩は皆無。そして、刻印を消すことは、今知られている魔法と技術では不可能だ。マルス王国において、それだけ貴族の結婚は重んじられている。

「一応は……。ただ、詳しいやり方は存じあげませんが」

「魔法自体は簡単なものですし、呪文は司祭様が教えてくださるので心配はいりません。ただ、刻印は真実の愛を証明する神聖なものですので、お互い想い合っていないと上手く刻印できないそうです。それは……大丈夫ですかね」

コンラッドの言葉に二人はびくっと肩を震わせた。

アーノルドはヴィオレットに対して、自分でもはっきり分かるほど好意を抱いている

が、彼女はどう思っているのだろう。

　ちらりとヴィオレットの横顔を見るが、うつむいた顔は帽子に隠れてよく見えず、表情はうかがい知れない。

「……式がすんだあとは屋敷に戻り、親しい方たちを招いた披露宴ですね。ガーデンパーティーにする予定です。のちほどお呼びする方のリストをお見せしますが、漏れがございましたら教えてください。私からお伝えしたいのは以上です。何かご不明な点や、ご心配な点はありますか？」

「いえ。丁寧に説明していただいたので、特にありません」

「アーノルド様は何かございますか？」

「……刻印。……手、握るの？」

　基本的に無表情のアーノルドだが、顔に不安が浮かんでいる自覚があった。

「え？　はい、そりゃあ……。そうしないと、刻印をするための魔法を発動させることができませんしね。それが何か？」

　ヴィオレットも怪訝な顔をしている。

「……オレなんかが触ってもいいの？」

　コンラッドは呆れた顔を隠そうともしなかった。

「手を握るくらい、ダンスのときでもしますよね。あなただって、何回かは舞踏会で経験しているではないですか」

舞踏会へは、引きずられるようにして何度か行かされた。そして女性に声をかけてダンスをするところまで、コンラッドに見張られていたのだ。

「……なんとも思っていない相手なら、別に」

「ああ、そうですか。手を握るくらいでどうこう言ってたら、誓いのキスはどうするんですか」

「ち……キ……？」

アーノルドの顔がほんのりと熱くなる。

「……私と手を握るのはお嫌ですよね」

一方では勘違いが生まれていて、ヴィオレットが憂い顔を見せている。鈍感な主人に対して、コンラッドが舌打ちした。

「ああもうっ……挙動不審なデカい新郎なんて、みっともなくて仕方ないです。今のうちに練習してきてください！　あんたがバカなことを言ったせいでヴィオレット様が落ち込んでいらっしゃるから、お慰めしたあとにね。婚約破棄されたくないでしょう？」

「……嫌だ」

「じゃあほら。二人で庭でも散歩してきてください」

ほらほら、と部屋から追い出され、アーノルドとヴィオレットは玄関まで戻ってきた。

「一時間は帰ってきてはいけません」と言い添えられて、無情にも玄関の扉がぱたんと閉まる。

戸惑う二人のうしろで、ガチャリと鍵がかかる音だけがした。

✽ ✽ ✽

屋敷から追い出されたヴィオレットは、コンラッドの指示通りアーノルドとともにおとなしく庭園を散歩することにした。

広大な庭には様々な花が植えてあり、全部歩いて見て回ると数時間はかかる。

マルス王国は花の咲く時期が長いが、そのうえ公爵家には広い温室があるので、一年中花が楽しめるようになっているそうだ。

二人は玄関からほど近い、薔薇の咲き誇るエリアに来ていた。白、黄、赤など色とりどりの薔薇が巻きついたアーチをくぐり抜ける。

アーノルドが先を歩き、その少しうしろをヴィオレットがついていく。

足の長さはだいぶ違うはずなのに、体力のないヴィオレットが息切れしないのは、アーノルドが気遣って歩調を緩めてくれているからだ、と彼女はしばらくして気がついた。

「……あの、アーノルド様」

先におずおずと口を開いたのは、ヴィオレットのほうだった。

「もし私がお気に召さなかったのでしたら、婚約破棄してください。アーノルド様からされる分には問題がな――」

「婚約破棄はしない！」

アーノルドが前を向いたまま、ヴィオレットが話し終わらないうちに強い口調で言い放った。

見た目の割に（と言ったら失礼だが）、口数が少なく穏やかだった彼の思わぬ反応にひるみ、ヴィオレットは言葉を失う。

「……君を見つけたのは、しゃくなことにコンラッドだったが……オレはもう君を離したくない。君みたいに魅力的な女性に会ったのは初めてだ」

「離したくない」だの「魅力的」だの言われると、慣れていないヴィオレットは恥ずかしさでいたたまれなくなる。

「あ、ありがとうございます」

（アーノルド様が先を歩いていてよかった）

今、ヴィオレットの顔は、みっともなく赤くなっているだろうから。

「……君は嫌だったよね、こんな悪い噂ばかりの男が結婚相手で」

正直に言えば、選んでくれたことが嬉しい反面、そういう気持ちも確かにあった。

『疾風の黒豹』の噂はヴィオレットを震え上がらせるには十分だった。

実際会ってからも、アーノルドの風貌や声、ぶっきらぼうな口調や、口数が少なく何を考えているのか分からないところも怖いと感じる。

だが、もしかしたら表面で分かる部分だけが、アーノルドの本当の姿ではないのかもしれない。外見や噂と異なり、本当は優しい人なのではないか。

今はそう思える。

つい先ほどもヴィオレットがニシンのパイに困惑しているのを見抜いてくれ、助けてくれたからだ。

それに、自分だって外見を気にされるのが何より嫌なのに、ヴィオレット自身もアーノルドのことを見た目だけで判断してしまった。そのことに気づいて、恥ずかしくなる。

「私を選んでいただけて嬉しかったです。恥ずかしながら、今まで男性に好意を持たれたことがなく、初めて頂戴した縁談でしたので」

ドミニクはヴィオレットに伝わっていなかっただけで、好意を持ってくれていたらしい。だが、それはなんとなく数に入れたくない。

「初めて？　本当に？」

いきなりアーノルドが振り返り、目が合った。その深い青にヴィオレットの胸が高鳴る。

アーノルドは優しい目をしていた。そのまま見つめ続けると心臓が破裂するのではないかと思い、ヴィオレットは目をそらす。

「……！　……ご、ごめん」

同じように感じたのか、アーノルドもいたたまれなさそうに目をそらした。

「いえ……」

そのとき、強い風が吹く。

いたずらな風がヴィオレットの帽子をさらった。腰まで届く長い水色の髪がさらりと流れ出る。

「あっ」

手入れの行き届いた美しい髪は傷み一つない。宝石を糸のように加工することができるのなら、きっとヴィオレットの髪と寸分たがわないものになるだろう。

アーノルドが髪を凝視しているのに気づいて、ヴィオレットは髪を両手で押さえた。

彼の表情を見るのが怖くてうつむく。

「お見苦しいものをお見せしてすみません。……気持ち悪いですよね。こんな、人間ではありえない髪の色」

ヴィオレットの言葉に、アーノルドはすぐに首を横に振った。

「……八年前、騎士団に入団して初めて、泊まり込みで山に訓練に行った」

唐突に話し出したアーノルド。その話がどこに向かうのか分からなかったが、ヴィオレットは口を挟むことなく、黙って聞いていた。

「一週間の訓練だったんだけど、退治しなくてはならない魔物はバカみたいに強くて、数も多くて、仲間はどんどん脱落していった。最終日には、持たされていた携帯食料や水も底をついた。すごく疲れて、のどが渇いて声も出せなかった。死ぬかも、と思ったときに、君の髪みたいな色の泉を見つけたんだ。……底まで見通せるくらい透き通っていて、神秘的で、何も棲んでいない泉。不思議とそこには魔物が近寄らなかった。そこで水を飲んで、地面にひっくり返ったときに見上げた空は、夕暮れで綺麗な紫だった。そのときの空は、君の目に似ている」

アーノルドの話に、ヴィオレットの目から涙が零れた。それを見て、アーノルドが慌てる。

「……ごめん。宝石とか、花とかにたとえられなくて」

アーノルドは困惑した様子でたたずんでいた。しばらくしてヴィオレットにハンカチを差し出してくれる。

ヴィオレットはしゃくりあげながら礼を言って、それを受けとった。

「そんな綺麗なものにたとえてくれて、私はとても嬉しいです。初めて、この髪と目の色でよかったと思いました。……こんな普通じゃない色、私は大嫌いだったので」

ヴィオレットが忌まわしく思っていた髪や目の色を、そんな風に表現してくれたのはアーノルドが初めてだった。

「……オレは、その髪の色の人間が君しかいないことに感謝している。おかげで離れていても、オレは君を見つけられるから。……マルス王国には、君を髪の色で差別するやつはいない。もし、何か言われたらすぐ教えて。剣でぶった切りに行く。だからこれからは髪を隠さないで。オレに見せて」

「……はい。アーノルド様」

この髪と目の色を持つ人がヴィオレットだけでよかった。そんなことを言ってくれる人などいなかった。

人と違うことはいけないこと。

ずっとそう思っていた。なぜこのような異質な姿で生まれてしまったのだろうと、悩んだことも少なくなかった。

「……でも、剣で切らないでください。アーノルド様が怪我をするのも、罰せられるのも嫌です」

アーノルドが髪と目の色を受け入れてくれて嬉しかったが、本当に誰かを切ってしまわないか心配で、つっかえながらヴィオレットは訴えた。

「アーノルド様は、本当は噂のような方ではないですよね？　進んで人を傷つけたがる方ではないはずです。噂について、否定なさればいいのに」

「別にいい。根も葉もない噂だから」

「でも、アーノルド様は悲しかったでしょう？」

ヴィオレットはアーノルドをそっと見上げる。

「……そう、かもしれない」

「アーノルド様が否定なさらなくても、私はアーノルド様の味方でいます。だから、大丈夫です」

微笑むと、不意にアーノルドが抱きしめてきた。

「……っ」

ヴィオレットは一瞬息を呑んだが、抵抗しなかった。

男性は苦手だったはずなのに、なぜか嫌悪感はない。むしろ毛布に包まれているような安心感があった。

（……温かい）

人に抱きしめられると、こんなにも安堵するのだと、ヴィオレットは初めて知った。

同時に、筋肉質な体は、彼が男性なのだと改めて思い知らされてドキドキした。

身を硬くしたままではあったが、アーノルドに身を任せる。

彼は腰をかがめて、ヴィオレットの頭に頬を押し当ててきた。

自分のものと違う、石鹸の入り混じったようなアーノルドの香りがする。

アーノルドの手にわずかに力がこもり、もっと強く抱きしめられる。

（このまま抱きしめられていたい）

そう思ったヴィオレットだったが、だんだんと息苦しくなってくる。

「ア、アーノルド様。く、苦しいです」

ヴィオレットはばたばたともがく。ヴィオレットの顔はアーノルドの胸元に押し当てられているので、息苦しいのだ。

「ご、ごめん」

アーノルドはヴィオレットを解放した。しかし彼の体が離れた瞬間、小さな痛みが走る。

「痛っ……」

ヴィオレットの髪がアーノルドのジャケットのボタンに引っかかってしまったようだ。

「申し訳ございません。すぐにとります」

ヴィオレットは謝ると、引っかかった髪を外そうとする。だが、慌てているせいか上手くいかない。彼女の髪はただでさえ細くて絡まりやすいのだ。

「……ダメだよ」

ヴィオレットは、もういっそ髪を引きちぎってしまおうと、手に力を込めた。

アーノルドがささやいた。彼の大きな手が、ヴィオレットの手をそっと包み込む。そしてそのままボタンを引きちぎった。

「……とれた」

「も、申し訳ございません。大切なジャケットのボタンを……！」

狼狽（ろうばい）するヴィオレットに、アーノルドは首を横に振った。

「君の髪と違って、ボタンはまたつけなおせる」

「どうして、私の髪をそんなに大切にしてくださるのですか」

「……君の髪は美しいから。それにつ、つ、妻を大切にするのは、お、夫として当たり前だ」

アーノルドが顔を赤らめながら言う。そんな彼に、ヴィオレットもつられて顔が熱くなってしまった。

アーノルドは、風にさらわれた帽子を拾ってヴィオレットに手渡す。

「ありがとうございます、アーノルド様。でも……」

受けとったヴィオレットは、帽子を近くの天使の銅像にかぶせた。

「もう私に帽子は必要ありませんから」

そう言ってにこりと微笑む。

「あ」

ヴィオレットは短く声をあげると、アーノルドに近づいて彼の胸元を指でそっとなぞった。アーノルドがぴくりと身じろぎする。

「……申し訳ありません。シャツに口紅がついてしまいました」

ヴィオレットは申し訳なく思って言う。

「オレのせいだから。カーラが上手く洗ってくれるだろうし、大丈夫」

「カーラ？」

ヴィオレットは首をかしげる。

「……メイド頭（がしら）。夕食のとき、他の使用人もまとめて紹介する」

「はい。ありがとうございます」

「……風が出てきたね。そろそろ戻ろうか。夕食の準備ができているかもしれない」

アーノルドは自分のジャケットを脱ぐと、ヴィオレットに羽織らせてくれる。

「あ、ありがとうございます。でもアーノルド様が寒いですよね」

いつのまにか日が傾いていた。温暖なマルス王国も、この時季は日がかげると若干冷え込む。

ヴィオレットが遠慮して脱ごうとするのを、アーノルドが止める。

「オレは平気。不快じゃなければ着ていて」

「不快など、決してありません。……とても温かいです」

アーノルドのジャケットはヴィオレットには大きく、膝ほどまで丈があった。身長差が四十センチメートルほどあるのだから、当然と言えば当然だが。

「ふふ、やっぱり大きいですね」

「……そうだね」

アーノルドは平然と答えた。しかし、なぜか彼の目は泳いでいる。そして、あっ、と何かを思い出したように声をあげた。

「……刻印のことだけど。君の手を握るのが嫌なわけじゃないから。……むしろ逆」

「逆？」

「……オレなんかが君の手を握るのが、申し訳なかっただけ」

「申し訳ないだなんて」

ヴィオレットはもともと大きな目を、さらに大きく見開いて首を横に振る。そして、おずおずと口を開いた。

「練習、しますか？」

ヴィオレットは手を差し出す。アーノルドから目はそらしたものの、恥ずかしさのせいで頬がほんのりと熱くなってくる。

「……いいの？」

「もちろんです。アーノルド様がよろしければ、ですが」

「……じゃあ、玄関まで」

アーノルドはトラウザーズの太もものあたりで手のひらを拭いてから、恐る恐る手を伸ばしてきた。

その手は、そっとヴィオレットの手に重なる。

アーノルドがゆっくりと握り込んできて、ヴィオレットも握り返す。

「手をつなぐと、とっても温かいのですね」

ふふ、とヴィオレットは笑う。

なんだか手を離しがたくて、できるだけゆっくり歩いたのに、あっという間に玄関に到着してしまった。

アーノルドが玄関の扉を開けようとしたが、まだ鍵が開いていない。

彼がドアノッカーを鳴らすと、ほどなくしてにやけ顔のコンラッドが、扉を開けてくれた。彼はなぜだか息を切らしている。

「はぁ……っ。お帰りなさいませ。仲直りはできたようですね」

「……コンラッド、息を切らしてどうした？」

「なんでもありません」

コンラッドは「ふうん」と生暖かい目で、アーノルドのシャツの胸元をじろじろ眺めている。

「ちゃんと練習もなさったようで、明日は安心ですね」

つないだままだった手を見られ、二人はぱっと手を離した。

「では、私はご夕食の用意をしてまいりますので」

コンラッドはそう言って踵を返す。そのうしろ姿を睨みつけているアーノルドに、ヴィオレットは小声で話しかけた。

「あの、アーノルド様。……先ほどのジャケットのボタンをいただけませんか？　予備がないようでしたら、いいのですが」

「……ああ」

怪訝そうにしながらも、アーノルドは快くボタンを差し出してくれた。ヴィオレットはそれを大切に受けとる。

「アーノルド様が私の髪を、守ってくださったので、その記念にしたいのです。大事にします」

ヴィオレットが忌み嫌っていた髪をアーノルドが大切にしてくれた。そのことがとても嬉しかったのだ。

ヴィオレットの言葉にアーノルドは驚いた顔をしたが、すぐに小さく微笑んだ。

笑顔と言うにはあまりに微かではあったが、鋭利だった目が和らぎ、柔和な印象になっている。

その顔を見たときに、ヴィオレットはなぜか心臓が高鳴って、思わず胸を押さえた。

アーノルドが心配そうな顔をする。

「……大丈夫？」

「は、はい。大丈夫です」

ヴィオレットは自分に戸惑いながらも頷いた。

（どうしたんだろう、私の心臓……）

「……じゃあいいけど、何かあったら医者を呼ぶから言って」

「はい」

優しく気遣ってくれるアーノルドに、ヴィオレットは心からの笑顔を向けた。

＊　＊　＊

前公爵夫妻は知人と過ごすとのことだったので、夕食は二人だけだった。

アーノルドは食卓の前に、使用人たちをまとめてヴィオレットに紹介する。

「……コンラッドが不在のときに何かあれば、カーラに言ってくれればいいから」

「はい」

ヴィオレットは頷くと、使用人たちのほうを向く。

「何かといたらぬところがあるかとは思いますが、立派な女主人となれるよう努力いたしますので、お力をお貸しいただけると嬉しいです」

そう言って丁寧に淑女の礼をとったヴィオレットに、使用人たちは好感を持ったよ

うだ。

メイド頭のカーラはアーノルドに「あのようにお美しい上にお優しい奥様が来てくださるなんて、奇跡です。絶対に離してはいけませんよ」と失礼なことをささやいてきた。

この家の使用人はアーノルドが生まれる前から働いている者が多く、基本的に主人に対して容赦がない。

使用人が給仕を終え、夕食がはじまった。食事が進むにつれて、ヴィオレットとアーノルドの会話が弾んでいく。

「アーノルド様は、お肉とお魚でしたら、どちらがお好きですか？」

「……肉」

「私もです。同じですね」

ヴィオレットは、いまだコンラッドとは必要最低限の会話しかしないが、アーノルドとは雑談を楽しむようになった。

昼食では一言二言しか話さなかったことを思うと、大きな進歩だ。

アーノルドと目を合わせるのはまだ慣れないようだが、それは彼も同じだった。

夕食を終え、アーノルドは素振りをすることにした。

礼服では動きにくいため、動きやすい格好に着替える。脱いだシャツをカーラに渡すと、彼女は胸元についた口紅をちらりと見た。

「あら、仲がおよろしくていいですね」

カーラにもコンラッドと同じ生暖かい目で見られ、非常にいたたまれない気持ちになる。

アーノルドはその視線から逃げるように外へ出た。

今日の仕事は休みだったが、鍛練を欠かしては腕が鈍る。

「二八八、二八九、二九〇……」

素振りしながら、今日ヴィオレットと二人で庭を散歩したときのことを思い返していた。

思えば女性と二人きりになることなど初めてだった。舞踏会で女性から「二人きりになれる場所に行きましょう?」などと誘われても、全力で逃げていた。

だから、他の誰かとヴィオレットを比較することはできないのだが、彼女の甘い香りと柔らかい体は誰よりもアーノルドの心を掴んで離さない。

(……触れたい)

無意識にそう思ってしまった自分を、首を横に振って律する。鍛練中だというのに、

不謹慎だ。

「三〇〇、三〇一……」

邪念を追い払うため、アーノルドは剣を振り続ける。

しばらくして素振りを終えたアーノルドは、自室に戻って剣の手入れをはじめた。

刀身の細い愛剣シュバルツ。大振りな剣もいいが、速さを重視するという点では小回りのきくものが一番いい。

アーノルドが『疾風の黒豹』と呼ばれる所以は、シュバルツあってのものだ。

丹念に砥石をかけ、鋭さの増したそれに、オイルを布に染みこませて塗り付ける。最後は丸めた羊毛で、余分なオイルを拭きとって終了だ。

今日も、我ながら上手く手入れができた。丁寧に手入れされたシュバルツは、さぞ切り心地がいいことだろう。アーノルドは満足して頷くと、剣を鞘に収めた。

そのとき、扉がノックされた。

コンラッドが「結婚式の新郎の心得」とか、小うるさいことを言いに来たに違いない。

無視してやろうと思ったが、どうせ勝手にドアを開けられてしまうだろう。

「……どうぞ」

返事をして、アーノルドは書棚からタイトルを見ずに本を一冊抜き出してソファーに

座り、適当なページを開いた。書棚にある本のほとんどは、コンラッドがアーノルドに、「公爵として一度は読みなさい」と押しつけてきたものだ。

静かに扉が開く音を聞き、アーノルドは事前に牽制（けんせい）する。

「……忙しいんだけど」

「読書をなさっていたのですね。お忙しいところ申し訳ありません。出直します」

アーノルドの予想に反し、聞こえてきた声はコンラッドのものではなかった。申し訳なさそうな顔をしたヴィオレットが、のぞかせた顔を引っ込めようとしている。

「……！」

アーノルドは慌てて本を放り投げ、背筋を伸ばして居ずまいを正した。

投げた本は弧を描き、ベッドの向こうへ飛んでいく。

「……忙しくない」

「そ、そうですか？　では、失礼します。すぐにすませますね」

ヴィオレットは恐縮しながら部屋に入ってくる。

「アーノルド様、本を投げてはいけませんよ」

苦笑しながら、ベッドの向こうに回ってわざわざ本を拾いに行ってくれた。しかし……

「……」

本を拾いあげたヴィオレットは、表紙を見て固まってしまった。アーノルドの座っているソファーからはヴィオレットの背中しか見えないので、その表情をうかがい知ることはできない。

「……？」

不思議に思い、アーノルドもヴィオレットの隣に行ってその手元をのぞき込んだ。

【これで彼女もあなたのトリコ！　～女をモノにする10のテク～】

ヴィオレットが持っていたのは、ドヤ顔で美女の肩を抱く男の絵が表紙に描かれている本だった。どうやら閨（ねや）でのテクニックを解説した本らしい。表紙がこれだけ下世話なのだ。中身はさぞかし下劣（げれつ）な内容だろう。

「……」

アーノルドは無言でヴィオレットから本をひったくると、窓を開けて庭に放り投げる。

今度はヴィオレットも咎（とが）めることはなかった。

バサッ！

本が何かに当たる音がした。

「痛っ！」

同時に、コンラッドの声が聞こえたが、聞こえないふりをする。

（……あの男、次の給料は半分にしてやる）

バタン、とアーノルドは窓を閉めた。

「……違う。本を開いただけで、読んでいない。あの本はコンラッドが――」

真実なのに、我ながらものすごく言い訳がましい。

「大丈夫です、アーノルド様。健全な男性にはそのような欲求があるのでしょう。……私は気にしません」

嘘だ。

ヴィオレットは、アーノルドから思い切り顔をそむけ、遠い目をしている。

まずい。先ほどの散歩で縮まった距離が、また大きく開いたようだ。

「……座って」

「はい」

ソファーを勧めるが、ヴィオレットは隣ではなく、アーノルドの向かい側に座った。

実際の距離以上に心の距離を感じる。

（……明日の朝食は料理人に頼んで、コンラッドの嫌いな人参を、山盛り出してもらうことにしよう。メインは人参のステーキ、デザートは人参のコンポートがいい。飲み物は人参ジュースだ）

コンラッドへの仕返しを考えながら、アーノルドはヴィオレットに問う。

「……オレに用事があったのでは？」

アーノルドが促すと、ヴィオレットは気まずそうに口を開いた。

「お礼を申しあげるのを忘れておりましたので、式の前に、と思いまして」

湯あがりらしいヴィオレットは、下ろした髪が濡れたままだ。白い肌が桃色に上気し、神秘的な美しさの中に妖艶な色香までもがある。

「……」

このまま直視していると何かとり返しのつかないことになる気がして、そっとヴィオレットから視線を外した。

「支度金を過分にいただきまして、ありがとうございました。ドレスや宝飾品などもお気遣いいただいて……。どれもとても素敵なものでした」

ヴィオレットがぺこりと頭を下げる。

「……ああ」

そのことに触れられると、大変気まずい。なぜならヴィオレットに贈った宝飾品の数々は、アーノルドが選んだものではないからだ。

「……女性の気に入るものを選ぶ自信がないから、メイドたちに頼んだ。お礼の手紙、

嬉しかった。でも、返事はコンラッドにさせてごめん。……オレは字が汚いし、女性が喜ぶような手紙を書けなかったから」

早く返事を書きなさいとコンラッドにせっつかれたが、アーノルドはのらりくらりと逃げていた。結局根負けしたコンラッドが返事を出したのだ。

「それでも……」

ヴィオレットが微笑む。その笑みは、まるで満開の薔薇のようだ。

「お気遣いくださったのはアーノルド様で、私が嬉しかったのはそのお気持ちです。でも……次はアーノルド様が選んでくださったドレスや靴と、アーノルド様からのお手紙がいただければ嬉しいです。どんなに短くてもいいですから」

「……明後日、城下街に買い物に行こう。君の部屋の家具も必要だ。手紙も書く」

現在、ヴィオレットには客室に滞在してもらっている。

ゆくゆくはアーノルドの部屋と続きになっているものをヴィオレットに用意するつもりだ。だが、ヴィオレットの好みの家具をそろえてもらおうと、部屋はまだ空の状態だった。

女性と二人きりで買い物に行くのは初めてだ。そんなアーノルドが、上手くヴィオレットをエスコートできるだろうか。いや、できなかったとしても、ヴィオレットなら寛容

に受け入れてくれるだろう。

ヴィオレットが望むものならなんでも買い与えたい。アーノルドは明後日ヴィオレットと出かけることを想像して、今から浮き足立ってしまった。

だが、その前に確認したいことがある。

「……本当にオレと結婚してもいいの？　……君は、オレのことが怖いだろ」

「……っ」

アーノルドの言葉に、ヴィオレットが息を呑む。

初めて会ったとき、ヴィオレットは確かにアーノルドを見て怯えていた。

とはいえ「顔が怖いから結婚したくない」と言われたところで、悪いが今さらヴィオレットを手離すつもりはない。

そうなれば、仮面か何かをつけて対処をするくらいしか考えられないのだが……いささか緊張しながらヴィオレットの返事を待った。しばらくして、ヴィオレットが口を開く。

「申し訳ありません」

ヴィオレットの発した言葉の意味を、アーノルドは考えていた。

（……これはやはり……結婚したくないということだろうか）

覚悟はしていたものの、やはりダメージが大きい。だが、続く言葉はアーノルドの予想と違っていた。

「アーノルド様が怖い、というわけではありません。私は、若い男性が苦手なのです。父より年上の方は平気なのですが……。幼少期に、男の子たちに容姿をからかわれたのが、すごくトラウマになってしまって。ご不快な思いをさせてしまって申し訳ありません。できるだけ早く慣れるように、善処いたします」

そう言ってヴィオレットが頭を下げてきたとき、今まで感じたことのないほどの怒りが込みあげてきた。

アーノルドは、見た目に反して気性は穏やかだ。アーノルドから人に争いを仕掛けたこともない。……これまでは、だ。

「……君が頭を下げる必要はない。顔をあげて」

恐らく少年たちは、ヴィオレットの気を引くためにやったのだと思うが、言い寄ろうとしたことも含めて許せない。ヴィオレットを傷つけるものは、等しく万死に値する。

アーノルドはソファーからすっくと立ち上がった。そして、置かれた剣を手にとる。

「そいつらの名前を教えて。……全員、シュバルツの錆にしてやる」

「ダメですっ！　アーノルド様！」

蒼白(そうはく)になったヴィオレットが、アーノルドのそばに来て腰にしがみついた。

「こちらに来る前にきちんと謝罪されて、一応和解しています。私は大丈夫です、アーノルド様」

アーノルドが動けないように、ヴィオレットは腕の力を強めた。

正直、ヴィオレットは一般的な女性と比べても非力なほうなので、振り払おうと思えばすぐに振り払える。

アーノルドがそうしなかったのは、ヴィオレットが抱きついてくれたことがたまらなく幸せで、いつまでもこうしていたかったからだ。

先ほどまでの荒々しい怒りは、どこかに行ってしまった。

今、アーノルドは非常にだらしない顔をしていることだろう。コンラッドがいたら、憎たらしいニヤニヤ顔でアーノルドを見てきたに違いない。

「……あっ」

我に返ったらしいヴィオレットが、顔を赤らめて離れた。

「申し訳ありません。馴(な)れ馴(な)れしい真似をいたしました」

「……オレこそ、気を高ぶらせてしまって、すまなかった」

息を吐いて、アーノルドはソファーに座り直した。

「もう一度聞くけど……本当にオレと結婚していいの？」

ヴィオレットは一瞬だけ逡巡する様子を見せたが、微笑んで頷いた。

「私は……アーノルド様でいい、のではなくて、アーノルド様が、いいのです」

「……そう。分かった」

ヴィオレットの言葉に、アーノルドは少し表情を緩ませた。そのまま立ち上がって、ヴィオレットの前に片膝をつく。そして、片手を彼女に差し出した。

「……オレと、結婚してもらえますか」

「……！」

ヴィオレットは一瞬目をみはると、顔を両手で覆う。しばらくして彼女は、緊張した面持ちでアーノルドの手に白くて柔らかい手を重ねた。

「……はい。こんな私でよければ、喜んで」

ここで、アーノルドがヴィオレットの手にキスでもすれば様になるのだろうが、そんなキザなことは彼にはできない。

だが、手を重ねたヴィオレットは本当に幸せそうだ。ならば、きっとこれで正解なのだ。

閑話　主人の結婚前夜、執事の感慨

明日はいよいよ念願の結婚式。

コンラッドは万感の思いで、涙が出そうだった。

(あの小さかったアーノルド様が……)

アーノルドがヴィオレットの手を握ることすら不安がっていたときには、『図体はデカいのに少年か！』と突っ込みたくなった。アーノルドは見た目に反して、本当にヘタレだ。

アーノルドのせいでヴィオレットも勘違いして落ち込んでいた。荒療治ではあったが二人を庭に追い出した自分を褒めてやりたい。

実は二人を追い出したあと、コンラッドは見晴らしのいい部屋から遠眼鏡を使って二人を観察していたのだ。そのときのことを思い出して、コンラッドは一人ため息をつく。

最初、前後に並んで歩いているのを見たときには「お隣を歩きなさい！」と思わず突っ込んでしまった。

ヴィオレットの帽子が風で飛ばされ、そのあと彼女が泣き出したときには、「何やってんだ、あのヘタレ！」と遠眼鏡を握りつぶしそうにもなった。

けれどヴィオレットを抱きしめたことは褒めてやってもいい。普段のヘタレなアーノルドからは想像できない行動だ。

ヴィオレットも拒んでいない様子で、しばらくして二人は仲よく手をつないで屋敷に戻ってきたのだった。

そのあとの食事の様子を見ていても、アーノルドとヴィオレットはだいぶ打ち解けたようだ。散歩に行く前の重苦しい雰囲気を思えば、ヘタレにしてはよくやった、とコンラッドは心の中で主人を称賛する。

だが、たまに目が合っては二人で赤面し、目をそらしているのは、付き合い立ての幼いカップルのようでこちらまで気恥ずかしくなる。

アーノルドがすぐにヴィオレットに惹かれたのは、誰がどう見ても一目瞭然だった。しかし、ヴィオレットはどうなのだろうと心配だったのだ。けれど散歩から戻ったあとの様子から見れば、問題ないだろう。

（式にはハンカチを多めに用意して臨まねば）

コンラッドはそう思い、明日の準備をはじめたのだった。

4　……キスは、二人きりのときに。

「痛い！　痛いです！」

新婦の控室では、コルセットをぎゅうぎゅうと締めあげられたヴィオレットの悲鳴が響いていた。

化粧と髪結いが終わり、ドレスを着たら無事に結婚式なのね……と胸が熱くなったのは一瞬だった。

扉のノブを両手でしっかりと掴んで支えているが、離したら勢いあまって倒れてしまいそうだ。朝食がお腹の中から飛び出してしまうのも時間の問題だと思う。

「ヴィオレット様は腰が細くていらっしゃいますが、もう少し！　もう少し締めれば、もっと美しく見えます」

カーラをはじめとするメイドたちが、ここが腕の見せどころとばかりにコルセットのひもを引っ張っている。まるで綱引き（つなひ）でもしているようだ。

先ほど到着したマッキンリー伯爵夫人はそんな娘の様子を見ながら、のんびりお茶を

飲んでいた。

「我慢なさい、ヴィー。これも美しくなるためです」

(……こんな仕打ちを受けないと美しくなれないのであれば、美しくなりたくないです)

ヴィオレットはそう思った。

「……まぁこれくらいでいいでしょう」

ようやくカーラは満足したようだ。ヴィオレットはやっと責め苦が終わったことにほっとしたが、コルセット自体は固定されてしまっているので息苦しさは変わらない。

一時間ほどの式の間に、酸欠で倒れてしまうのではないかと心配になる。

「これくらいで酸欠になってしまうほど、女性はやわではありません。万一倒れても隣に旦那様がいらっしゃるので、抱きかかえてくださいますよ」

とカーラは涼しい顔だった。

「だ、抱きかかえ……?」

(大丈夫じゃない！　そんなことされたら、今度はまた別の意味で倒れてしまうかも。絶対に耐えなくては)

ヴィオレットは一人、固く決意した。

細かい刺繍が施され、レースとリボンがふんだんにあしらわれた豪奢なウエディング

ドレスを着せつけられる。その姿に、メイドたちから「ほう……」とため息が漏れた。

引きずるほど長いベールにも、繊細な刺繍が一面に施されている。

ドレスはヴィオレットにぴったりだった。白いドレスがヴィオレットの神秘的な美しさを、よりいっそう引き立てている。

けれどカーラの鋭い目がヴィオレットの胸元に注がれる。

「ノア、タオルをとってくれる？」

「どうぞ、カーラ様」

「ありがとう」

カーラはヴィオレットの胸元のドレスの生地をがっと掴んだ。

「……きゃあ！」

そこに、ノアから受けとったタオルを詰め込みはじめる。ヴィオレットの悲鳴もまったく意に介していない様子だ。

メイド頭の熟練の腕によって、ヴィオレットのささやかな胸に立派な谷間ができた。

見事としか言えないが、詐欺とも言える。

「これでメリハリができて、ますます美しさが増しましたね」

ヴィオレットにレースのベールをかぶせると、カーラは満足そうに頷いた。

「お美しいです！　ヴィオレット様」

メイドたちが口々に褒めてくれる。

「これならアーノルド様にも喜んでいただけるわね」

母である伯爵夫人も花嫁衣裳を身に着けた愛娘を見て、しみじみとした表情になった。

ヴィオレットの準備が終わると、伯爵夫人は一足先に控室を出ていった。

それからしばらくして、ヴィオレットはカーラをはじめとしたメイドたちに連れられ、大聖堂の入口に向かう。そこには、すでにアーノルドが待っていた。

「アーノルド様」

呼びかけると、アーノルドが振り返る。

金の肩章や勲章がつけられた真っ白な盛装は、アーノルドの褐色の肌と対照的でよく映えていた。教会の前にたたずむアーノルドは、まるで本物の王子様のように見える。

(昨日はアーノルド様をあんなに怖いと思っていたのに……)

ヴィオレットは自分でも不思議だった。

この服を身に着けて、昨夜のように跪いてくれたら、どこの王子様もかなうまい。

「……ヴィオレット様？」

カーラに声をかけられ、ヴィオレットは我に返った。

「やはりコルセットがお苦しかったですか？　今からでも調節しましょうか？」

「大丈夫です。ちょっとぼんやりしていただけなので」

ヴィオレットは慌てて首を横に振って否定した。

同じく、なぜかぼんやりしていたらしいアーノルドも、カーラの声で我に返ったようだ。

（今日は朝から準備でバタバタしていたから、お疲れになったのかな？）

「……おいで」

「はい」

アーノルドの差し出してくれた腕に、ヴィオレットはおずおずと自分の腕を絡ませた。

「ではアーノルド様、ヴィオレット様。いってらっしゃいませ」

カーラたちが扉を開いてくれる。

アーノルドとヴィオレットは大聖堂の中へと足を踏み入れた。

大聖堂の白い大理石の床には、太陽の光がステンドグラスを通って、美しく映りこんでいた。

柱の上部にはマルス王国の国花である、ハイビスカスの花が彫り込まれている。ハイビスカスは暖かい地域にしか咲くことのない、大輪の赤い花だ。

天井にも、美しい花の装飾が施されている。

真ん中の通路には赤い絨毯が敷かれていて、その両端の席を参列者が埋め尽くしていた。

「あ……」

参列者たちがヴィオレットを見て、「ほう……」と息を呑んだ。

通路の中頃まで進んだところで、ヴィオレットは足を止めた。

「……どうしたの？」

「ピンヒールが折れてしまいました……このまま歩くのは無理そうです。そっと脱ぐしかありませんね。アーノルド様との身長差がさらに開いて、滑稽ですが……」

ヴィオレットは小声で説明する。

歩みを止めた新郎新婦に、参列者が次第にざわつきはじめた。

絨毯の上とはいえ、裸足で歩くことに抵抗はあるが、選択肢は他にない。

ヴィオレットは意を決して靴を脱ごうとした。

「……脱がないで」

ヴィオレットの耳元でアーノルドがささやき、彼女の体を抱きあげた。いわゆるお姫様抱っこだ。

「きゃっ」

驚いたヴィオレットは一瞬バタバタと暴れたものの、すぐにアーノルドの首に腕を巻きつける。抵抗して落ちたら危ない、と考えたのだ。

ヴィオレットがおとなしくなったことを確かめると、アーノルドはそのまま歩きはじめた。

参列者たちには、パフォーマンスの一環だと思われたようだ。

「きゃー！」

「素敵……」

すらっとたくましいアーノルドがヴィオレットを抱きあげて歩く様に、女性たちからは羨望の眼差しが向けられる。一方、男性たちは正反対の反応をした。

「新郎ふざけるな」

「見せつけやがって！」

そんな、なかば本気のささやきが漏れてくる。

「アーノルド様……」

ヴィオレットは消え入りそうな声で言った。

「重いのにすみません」

「……全然重くない」

ヴィオレットは小柄ではあるが、一応成人した女性だ。それなのにアーノルドは、まるで子猫でも抱くように軽々とヴィオレットを抱きあげた。日頃から鍛練(たんれん)を積んでいるからだろう。さすが、騎士団長だ。

(私を軽々抱きあげてくださるなんて、アーノルド様かっこいい……!)

ヴィオレットは、内心悶(もだ)えていた。

恥ずかしい反面、自分が物語の中のヒロインになったようで嬉しかった。だが、参列した女性たちがアーノルドを見つめていることには、なぜか心がざわめく。

(アーノルド様は、私の、なんだから)

ヴィオレットはアーノルドの首に回した手に、ぎゅうっと力を入れた。彼は自分の夫だと、主張するように。

祭壇(さいだん)の前まで来ても、アーノルドはヴィオレットを下ろそうとはしなかった。

「式が終わるまでこのままでいい」

アーノルドはそう言ったのだが、ヴィオレットは反対した。

「立つだけなら平気なので!」

ヴィオレットにしては強く言ったためか、非常に遺憾(いかん)そうな顔をしながらも、アーノ

ルドはヴィオレットを下ろしてくれる。

滞り（とどこお）なく式は進み、誓いの言葉を述べたあとは、いよいよ紋章の刻印となった。

「……では、新郎は右手、新婦は左手で、互いの手を握って祭壇（さいだん）に置きなさい」

司祭に言われた通り、二人は祭壇（さいだん）に握った手をのせる。

「ではアーノルド・フォン・フィリップの紋章を互いに思い浮かべて」

司祭が二人の手の上に自分の手をかざす。

「私のあとに続いて呪文を唱えなさい」

大聖堂の中はしん、としていた。誰かが息を呑む音すらも、響いてしまいそうなほどに。

「アエタルヌマベリタス・アモルウビビスニトル・デフィデリクラルス」

静まり返った中で、小声で呪文を唱える司祭。この呪文は、古代クルムデン語を起源として作られたといわれている。

司祭のあと、ヴィオレットの鈴（すず）を転がすように繊細な声と、アーノルドの低いバリトンとが重なった。

それはまるで朗読劇の一場面のようで、参列者はため息すら漏らさず、二人の美しい声に聞き惚れた。

二人の手がほのかな光に包まれ、甲に紋章が黒くはっきりと浮かびあがった。

刻印を目にした二人は、互いに安堵のため息をつく。

「この婚姻に際し、神の前で刻印により二人の愛を証明する」

これで、二人が互いに愛情を持っていることが証明された。

司祭は刻印を確認し、満足げに頷く。

「では、誓いのキスを」

（……いよいよだわ）

昨日のアーノルドは刻印の儀にためらいを覚えていたが、ヴィオレットには誓いのキスのほうが問題だった。

手をつなぐのは、緊張はするもののなんとかなる。だが、キスは緊張するどころの話ではない。

しかも、こんな衆人環視の中で平然とできるわけがない。

そして……ヴィオレットは初めてのキスを、人に見られながらしたくなかった。

けれど司祭に促され、二人は向かい合う。

ヴィオレットの思いをよそに、アーノルドがベールを持ちあげた。

切れ長の目が伏せられ、その端整な顔が近づいてくる。

ヴィオレットはぎゅっと目をつぶった。

アーノルドの唇がヴィオレットに触れる。

「……？」

唇ではなく頬に。

離れる直前にアーノルドがヴィオレットの耳元でそっとささやいた。

「……キスは、二人きりのときに」

言外に『そのうちきっとするから』と続いているようで、想像したヴィオレットは赤面してしまったのだった。

式が滞りなく終了し、会場を公爵家に移して披露宴がはじまった。形式ばった式とは異なり、親しい間柄の人だけを呼んでいる。

快晴でありながらも気温は心地よく、ガーデンパーティーにはちょうどいい日和といえた。

どん！　と、時折空に向かって火魔法や水魔法が放たれる。

マルス王国の貴族たちは、祝砲代わりにこうして魔法を使うらしい。

最初、ヴィオレットは驚いたが、皆がそれだけ祝福しているのだと分かり、次第に慣れた。

ヴィオレットはヒールの折れた靴を新しいものに替えたあと、アーノルドとともに、招待客たちに祝いの言葉をもらう。

はじめに、ヴィオレットの両親が二人のもとへ来た。

アーノルドとマッキンリー伯爵夫妻は今日が初対面。あまり表情は変わらないが、さすがの彼も緊張しているようだ。

「娘をよろしくお願いしますね」

頭を下げる伯爵たちに、アーノルドも慌てて頭を下げる。

「……大事にします」

他の招待客も控えているため、あとは披露宴が終わってから、と伯爵たちは手短に話をすませた。立ち去る直前、伯爵夫人がヴィオレットにささやく。

「やっぱり噂はただの噂ね。お優しい方みたいでよかったわ。……幸せにね」

頷くヴィオレットに、満足そうにして伯爵夫人は離れていった。

この国の公爵であり、騎士団長でもあるアーノルドのほうが、ヴィオレットより招待客が多い。

そのため、お祝いを言い終えた人々が食事をはじめる頃には、ヴィオレットは緊張ですっかり疲労してしまっていた。

「……何か食べるものをとってくる。君は座ってて」

「ありがとうございます、アーノルド様」

アーノルドは水の入ったグラスをヴィオレットに手渡し、食事の並んだテーブルに向かった。それと入れ違うように、ヴィオレットは声をかけられる。

「大変だったわね、ヴィー。そろそろ落ち着いたかと思って来たけど、いいかしら？」

「久しぶりね」

エミリエンヌをはじめとする友人たちが、デザートを手にやってきてくれた。

「皆、来てくれてありがとう」

立ち上がろうとするヴィオレットを、エミリエンヌが押しとどめる。

「あーいいのよ。そのままで」

「それにしても……」

友人の一人がうっとりした顔で頬に手を当てる。

「フィリップ公爵って素敵な方ねぇ。背が高くてお顔も端整でいらっしゃるし。騎士団長なだけあって筋肉がついてるところも素敵！」

「お噂とはだいぶ違うのね。ヴィーを抱きあげていらっしゃるところなんか、とても素敵だったわぁ。芝居の一場面みたいで」

うんうん、と友人たちが一様に同意する。

「優しくしていただいてるのね。安心した」

エミリエンヌがほっとした顔で、ヴィオレットを軽く抱きしめた。

「ありがとう」

今まで、エミリエンヌには心配をかけたと思う。

以前彼女が、『このままヴィーの男性不信が治らず、結婚できなかったらどうしよう』とノアと話し合っているのを聞いたときには、申し訳なさで胸を痛めたものだ。

「幸せに、なってね」

「……うん」

「で！」

しんみりとヴィオレットの手を握ったエミリエンヌは、一転していつもの明るい声を出した。

「フィリップ公爵にお願いして、独身の素敵な方を紹介していただけない？　今日のためにマルス語の日常会話くらいは覚えたから！」

「う、うん。分かった」

他の友人たちも凄（すさ）まじい気迫を放ちつつ、うんうんとエミリエンヌに同意する。気の

置けない友人たちのはずなのに、なぜかものすごく近寄りがたい圧を感じる。

「騎士団長で公爵様だもの！　ご友人には素敵な方がたくさんいらっしゃるはずだわ！」

ちょうどそのとき、両手に皿を持ってアーノルドが戻ってきた。

「……お待たせ。友達？」

「フィリップ公爵！」

エミリエンヌたちが一斉に淑女（しゅくじょ）の礼をとる。

「……今日の主役は花嫁だから、オレに気を遣わなくていい。はい」

アーノルドはテーブルに皿とフォークとナイフを並べた。ヴィオレットの好きな肉料理を中心にとってきてくれたようだ。

「ありがとうございます、アーノルド様」

「ヴィー！」

エミリエンヌに小声で名前を呼ばれる。先ほどの件をお願いしろ、と催促しているようだ。

「あの、アーノルド様」

「……ん？」

アーノルドが小首をかしげる。

（普段と違って、子供っぽくて可愛い……）

そう思いつつ、言葉を選びながらヴィオレットは続ける。

「私の友人には婚約者が決まっていない子が多いので、彼女たちにアーノルド様のお知り合いを紹介していただけないでしょうか」

「いいよ」

アーノルドが快諾（かいだく）する。

「……あそこ」

アーノルドが目線で一つのテーブルを示す。体つきのしっかりした精悍（せいかん）な顔つきの若い男性が五人ほどいた。

「……騎士団の部下で、爵位持ちもいる。さりげなく話しておく」

アーノルドはエミリエンヌたちに小さく微笑んだ。

「彼女は、外国に嫁（とつ）いで寂しい思いをするだろうから、時間のあるときは遊びに来てあげてほしい。……彼女をよろしく」

エミリエンヌたちは頬を染め、「きゃー！」と両手をそこに当てた。

アーノルドは先ほどの男性たちのところに行き、話しかけている。

すると、男性たちがこちらを見て、にこっと微笑んできた。上手く話をしてくれてい

るようだ。

「フィリップ公爵って、お声も素敵ねぇ。笑うともっと素敵……。あ、安心して。もちろんとったりしないから。まぁ、ヴィーにべったりだから、そんな心配ないわね」

大好きな友人たちがアーノルドを気に入ってくれて嬉しい。

けれどその一方で、何かもやもやした気持ちが生まれる。

(私のアーノルド様なのに……)

この気持ちがなんなのか、ヴィオレットは分かりかねていた。

✽ ✽ ✽

披露宴(ひろうえん)が終わって家族だけになり、しばらくしてアーノルドは「用事を思い出した」と言ってそそくさとその場を離れた。このような場は苦手なのだ。

ヴィオレットは楽しそうに談笑しており、席を立ったアーノルドを「いってらっしゃい」と見送ってくれる。

自分の部屋に向かっていると、コンラッドに会った。

(……また面倒なのに見つかった)

無言ですれ違おうとするが、当然話しかけられる。

「アーノルド様、今日はお疲れ様でした。がんばりましたね！」

なぜかコンラッドは涙ぐんでいる。両親すら泣いていなかったというのに。

アーノルドは予想と違う反応に若干たじろいだ。そんなアーノルドを気にもとめず、コンラッドは続ける。

「ヴィオレット様たちは？」

「……まだ話してる」

「そうですか。大旦那様たちはめったにお帰りにならないんですから、あんたもそのまいらっしゃればよかったのに。……まぁ、今日はアーノルド様もお疲れでしょうからいいでしょう。初夜の準備がありますしね」

ニヤニヤしているが、何がそんなに面白いのか分からないし、知りたくもない。

「……じゃあ、夕食になったら呼びに来て」

お小言がはじまらないうちにさっさと部屋に戻ろうと、話を終わらせる。

「あ」

立ち去ろうとしていたアーノルドの背中に、コンラッドが声をかけた。

「アーノルド様、この前私が差しあげた本、外に捨てたでしょう。いけませんよ。戻し

ておきましたからね」

（……部屋に戻ったら、早いうちに捨てなければ）

そう固く心に誓い、アーノルドは部屋に戻った。

ソファーで一息ついてから読書をはじめ、読み終えると本棚に収める。ちょうど隣にコンラッドの戻した本を見つけたので、興味本位でぱらぱらとめくってみた。

「……」

アーノルドには、かなり刺激が強かった。あまり参考になりそうにない……というか、そんな機会に恵まれる気がしない。

後継者の問題もあるし、まったくしないというわけにはいかないだろうが、ヴィオレットは、アーノルドとそういうことをいたしてもいいのだろうか。

そんなことを考えていると、軽いノックの音がした。それに答える前に、アーノルドは手に持っていた本を慌ててゴミ箱に放り込む。

その上に、いらない紙をいくつか丸めて、隠しておく。

「……どうぞ」

「失礼します。アーノルド様」

現れたのは、ヴィオレットだった。

（……対策しておいてよかった）

アーノルドはこっそりと胸を撫で下ろす。

「夕食だそうです」

「ありがとう。……今日は誰もが君を褒めていた。『美しくて清楚で、理想の妻だ』と」

喜ぶと思ったのに、なぜかヴィオレットは苦しそうな顔をしている。

「……そのように褒めていただく資格はありません。私は醜いので」

「……君が？」

ヴィオレットが醜いというなら、美しい生き物などこの世界のどこにも存在しない。

見た目でも中身でも、ヴィオレットとは対極に位置する言葉だ。

「披露宴のとき、アーノルド様がエミリエンヌたちに褒められて、とても嬉しかったのに。『私のアーノルド様なのに』って醜いことを思ってしまったんです。アーノルド様とエミリエンヌたちが仲よくなったら嬉しいのに、『もう話さないで。アーノルド様を見ないで』って」

（……それは）

アーノルドは、ヴィオレットを抱きしめそうになるのをこらえた。

「……オレも同じだ。君が褒められると優越感があったけど、君を他の男に見られるこ

とには嫉妬(しっと)した」

「嫉妬(しっと)？」

「君も嫉妬(しっと)してくれたんだね」

ヴィオレットが嫉妬(しっと)してくれるほど自分に好意を抱いてくれている。そのことが嬉しくて飛び上がりそうだ。

「嫉妬(しっと)……」

ヴィオレットは、その言葉の意味を自分に言い聞かせるように、改めて繰り返した。しばらく黙り込むと顔を赤らめる。

「わ、私、先に行っておりますので！　アーノルド様も早くいらしてくださいね！　では！」

ヴィオレットは、逃げるように部屋を出ていってしまった。

（……何かしてしまっただろうか？）

あとに残されたアーノルドは、コンラッドが呼びに来るまで部屋に立ちすくんで考え込んでいた。

5　心臓が破裂して、死んじゃうかもしれません。

結婚式の翌日、アーノルドと城下街に行くため、ヴィオレットはノアに準備を手伝ってもらっていた。ドレスを着て、今は髪を整えてもらっている。

「ノア、あのね」

髪の毛をくしで梳かしてくれているノアに、ヴィオレットは神妙な面持ちで口を開いた。

「……私、アーノルド様と一緒にいると心臓が破裂しそうになるの。一昨日からそうなんだけど、昨日の夜は特にひどくて……病気かな」

「あー、そうなんですか？　でも初夜は無事に迎えたんですよね？」

一大決心をして打ち明けたというのに、ノアはなんとも素っ気ない。

「初夜って？」

聞きなれない言葉に、ヴィオレットはきょとんと目を丸くする。その様子を見て、ノアは怪訝そうな顔をした。

「昨日は同じベッドで休まれたのですよね？」

ノアの言葉にヴィオレットは顔を赤らめた。

なんということを言うのだろう。想像しただけでどうにかなりそうだ。

「や、休むわけないでしょ！　同じベッドでなんか！」

動揺を隠せないヴィオレットに、ノアは平然と答える。

「……あー、事情は察しました。まあ、ヴィオレット様がこのような状態なら、まだ無理ですよね。大変ですね、アーノルド様も」

ノアは一人で納得している。

ヴィオレットはもう『初夜』のことは追及しないことにした。

「そんなことより、胸が苦しいのよ。病気だったらどうしよう」

ノアはドレッサーにブラシを置いた。ヴィオレットの髪を手ですくいながら、はぁーっとため息をつく。

ヴィオレットが「もう帽子はかぶらない」と告げたので、ノアは上手く耳を隠すように髪を結ってくれた。

「ヴィオレットお嬢様のそれは、病気ではありません」

「え、本当？　よかった」

ヴィオレットはほっと胸を撫で下ろした。

「はい。終わりです」

仕上げに濃い青のリボンをつけると、ノアが手を止めた。

「でも、じゃあこれはなんなの？」

「……はぁ」

そう問うヴィオレットに対し、ノアはまたため息をついた。彼女は鏡越しに、なんとも言えない顔でヴィオレットを見ている。

「私が教えて差しあげるのは簡単ですが、まずはそのことをアーノルド様にお伝えしたほうがよろしいかと」

「あのね、ノアも一緒に買い物に行って――」

「嫌です」

最後まで言い終えないうちに、すげなく断られる。

「新婚夫婦と一緒に馬車に乗るのは嫌です。私、邪魔ですし」

「お願い。上手くお話しできないの」

アーノルドを前にすると、胸が苦しくなって話せなくなってしまうのだ。

食い下がるヴィオレットに、ノアは無慈悲にもにっこり微笑んで言った。

「準備が終わったので、アーノルド様にお迎えに来ていただくようお伝えしてきますね。お二人で仲よくいってらっしゃいませ」

「ノア、ひどい」

目を潤ませてしょんぼりするヴィオレットを置いて、ノアは部屋から出ていったのだった。

✽ ❊ ✽

（……彼女の様子がおかしい）

アーノルドは、そう感じていた。

目を合わせてくれないばかりか、会話もしてくれない。

昨日の夕食のときは前公爵夫妻や伯爵夫妻とは普通に接していたが、アーノルドとはあまり話してくれなかった。それに、手を握れるようになったはずなのに、朝食のとき少し手が触れただけで電気が流れたようにびくっとされた。

朝食のあと、オルレーヌ国に帰る伯爵夫妻たちを見送ってからも、「そ、それでは！」とさっさと部屋に戻ってしまった。

「……オ、オレ、何かした？」

ものすごく嫌だったが、他に適当な相手がいないため、コンラッドを部屋に呼び出して相談する。コンラッドもヴィオレットの態度について、不思議に思っていたようだ。

「お二人の間にあったことすべてを知っているわけではないので、私には分かりません。昨日の夜へマしたんじゃないですか？　痛がらせたとか」

その言葉に、アーノルドはムッとする。

「夜？　オレは彼女に手をあげるようなことはしない」

「……？　いや、アーノルド様がそのようなことをなさるとは思っていませんよ。昨日いいしたんですよね？　そのときの話です」

「……したって何を？　話しかしていないが」

コンラッドがなんの話をしているのか分からない。会話がかみ合っていない気がする。

怪訝（けげん）な顔をしていたコンラッドは、しばらく考え込んではっとした顔をした。

「え？　初夜に事をいたさないって、あんたどんだけヘタレですか？　言わなくてもそのくらい分かってると思っていたんですが。今日はヴィオレット様のお部屋で休みなさい。分かりますね？　私が何を言っているか」

「……分かった」

分からないが、面倒くさいので頷(うなず)いておいた。

「とにかくヴィオレット様がお怒りなのは、別のことが原因だと分かりました」

それから少し考え込んで、コンラッドはアーノルドに告げる。

「お二人がぎくしゃくしていると、私たち使用人ものすごく迷惑なので、出かけている間にどうにかしてください。謝罪と何かプレゼント。それでなんとかなります。多分」

「……分かった」

コンラッドのざっくりしたアドバイスに、アーノルドは力なく頷(うなず)いた。そして、弱々しく口を開く。

「……コンラッド、一緒に――」

「嫌です」

アーノルドのお願いは最後まで言わせてもらえず、ばっさり切り捨てられたのだった。

✽ ✽ ✽

ヴィオレットは、自分のアーノルドへの態度が、非常によくないのは分かっていた。

アーノルドが話しかけてくれても、ろくに返事もできない。次第にアーノルドも黙り

こくってしまい、馬車の中にはなんとも言えない沈黙が流れていた。

アーノルドと隣同士で座っているだけで心臓が爆発しそうになるし、声を聞けば卒倒(そっとう)しそうになる。目が合えば息が止まりそうだ。

(なぜこんなことになってしまったのだろう。……このままではアーノルド様に嫌われてしまう)

高位貴族たちの住む高級住宅地と城下街の境(さかい)には門がある。そこで馬車が停止し、二人は降りた。

「では、私はこれで。お帰りの際はご連絡ください」

御者(ぎょしゃ)は逃げるように馬車を出してしまった。心なしか普段よりも速く馬車を走らせていった気がする。

「……あの」

急にアーノルドに話しかけられ、ヴィオレットは肩をびくっと震わせてしまう。

「は、はい！」

ヴィオレットが硬くなりながら返事をする。

「……ごめん。オレ、何かしたんだよね？」

「いえ！　そんな。アーノルド様は何もなさっていません」

ヴィオレットは否定したが、アーノルドはすっかりしょげ返っている。

「でも、話してくれない……」

(私のせいで、アーノルド様にそんなお顔をさせるのは辛い)

ヴィオレットの心が痛んだ。

「私が悪いんです。アーノルド様」

アーノルドを傷つけるくらいなら、おかしいと思われてもいい。ヴィオレットはアーノルドに、自分の状態を打ち明けることにした。

「昨日、私が嫉妬していたと言われてから、私、おかしくて。アーノルド様とお話ししたり隣にいたりするだけで、心臓がドキドキするんです。ノアには病気じゃないって断言されたけれど、私、このままだと心臓が破裂して、死んじゃうかもしれません」

自分でも支離滅裂でわけが分からないと思ったが、アーノルドは優しくヴィオレットの髪を撫でた。

一瞬びくっとしたが、直接肌に触れられるよりはなんともない気がした。

「……落ち着いて。大丈夫」

何より、アーノルドの口調が普段以上に優しくて、ヴィオレットはおとなしくされるがままになっていた。

なぜかアーノルドは嬉しそうだった。ノアといいアーノルドといい、ヴィオレットの心臓の心配は誰もしてくれないらしい。

ムッとした気持ちが表情に出ていたのか、アーノルドが噴き出した。そしてすぐに謝る。

「ごめん……嬉しかったから」

アーノルドと目が合う。やっぱり息が止まりそうになる。

ヴィオレットはすぐに目をそらしたくなったのに、なぜかそらせなかった。

「ちゃんと言ってなかったけど、君が好きだ。愛してるよ」

そう言われた途端、ヴィオレットの心臓がドキッと跳ねた。

「アーノルド様……」

「……君は？」

「私、私は……」

そう聞かれてやっと、ヴィオレットは自分の気持ちが腑に落ちた気がした。

(胸が高鳴ったり、色々な人に醜く嫉妬してしまうこの気持ちは、好き、ということなんだ)

「私も、アーノルド様が好きです」

消え入りそうな小さな声だったが、アーノルドには届いたらしい。彼は微笑みながら

ヴィオレットを抱きあげて、小声でささやく。

「ドキドキするくらいじゃ死なないけど、君がもしそれで死んだら、オレも死ぬ。だから心臓が破裂しそうになっても、オレと話して。触らせて」

「……はい」

(心臓が止まりそうになったってかまわない。アーノルド様に触れられないのも話せないのも、とても寂しい)

初めて好きになった男性であるアーノルドが、ヴィオレットを「好きだ」と言ってくれている。

そのことがたまらなく幸せで、嬉しかった。けれど……

「……もし私が人間ではなく、エルフだとしても、アーノルド様は私を愛していると言ってくださいますか?」

怖かったが、聞かずにいられなかった。

その問いに、アーノルドは間を置かずに答えた。

「もちろん」

ヴィオレットは安堵するると同時に、アーノルドを疑うわけではないが、不安がよぎった。

(もし本当にそうだと分かっても、アーノルド様はおっしゃる通り、私を好きでいてく

れるのかな）

そんなヴィオレットをよそに、大きな拍手が巻き起こった。いつのまにか大勢の人がヴィオレットたちをとり囲んで見守っていたらしい。

……すっかり忘れていたが、ここは街中(まちなか)だ。しかも人の往来(おうらい)がもっとも激しい、門の近くなのだ。

「おめでとう！」

「よかったね！」

わらわらと近づいてきた人々が、気安くアーノルドの肩を叩く。

「……」

ヴィオレットは恥ずかしさから、穴があったら入りたい衝動にかられた。しかしできるはずもなく、アーノルドの肩に顔をうずめる。

マルス王国の国民性はかなり社交的だとは聞いていたが、ヴィオレットの想像以上だった。

アーノルドは多弁ではないけれど、この国の住人なだけあって、そつなくその場を切り抜けている。

ヴィオレットは顔を見られるのも口を開くのも恥ずかしく、アーノルドに抱きあげら

れたまま、彼の肩口に顔をずっと押し当てて黙っていた。

その状態が先ほどの光景を見ていない人たちの目も引きつける、というのは分かっていたが。

✽ ❀ ✽

「かっわいー！　わっかー！　へえー団長ってこういう子が好みなんすねー。ムッツリでロリ、ゴホンゴホン……」

「お前は結婚式行ってねーからな。奥さん見るの初めてか」

「っていうか、もっと女の子が喜ぶ店あるでしょ。なんでこんな店に連れてきたんすか」

「私がアーノルド様に、無理を言ったので……」

アーノルドとヴィオレットの向かい側に座っているのは、彼の同期であるルーカスと彼の部下。

（……どうしてこうなった）

アーノルドは、ヴィオレットをこの店に連れてきたことを後悔した。

だが、見慣れぬ男性に緊張しているのか、ヴィオレットがすがりつくようにアーノル

ドの腕を掴んでいるのが可愛い。もっと掴んでくれていいのに。

――話は一時間ほど前にさかのぼる。

門の人混みから逃(のが)れたあと、ヴィオレットの部屋の家具を注文しに行った。近日中には屋敷に届くという。

家具店を出ると、アーノルドは時計を見た。昼にはまだ早い時間だ。

「……少し早いけど食事にする？」

「そうですね。じきにお店が混んできそうですし」

「……食べたいものはある？」

「アーノルド様の行きつけのお店があるなら、そこがいいです」

ヴィオレットの言葉に、アーノルドは少し渋い顔をした。

「……行きつけの店は、そんなに品がいい店じゃない」

「普段どのようなお店に行かれているのか、見てみたいのです」

困惑しているアーノルドに対し、ヴィオレットの意思は固そうだ。

「うーん。……分かった」

アーノルドは渋々了承した。

その店にヴィオレットを連れていきたくない理由は二つある。

一つ目はヴィオレットに言った通り、その店が庶民――それも男性向けの大衆食堂だからだ。高位貴族はおろか、女性もほとんど行くことはない。

下級騎士のときは金銭的な理由で高い店には行けず、その大衆食堂に通っていた。

アーノルドは公爵としての収入があったが、他の同僚たちに合わせて、安い店を選んでいたのだ。そして騎士は、休憩中であっても急な呼び出しが少なくない。そのため、注文してすぐに食事が出てくるその店を、今でも皆重宝している。

二つ目は、騎士団の連中の行きつけでもあるということだ。

飢えた肉食獣のようなやつらを、か弱い子ウサギのようなヴィオレットに会わせたくない。

昨日の披露宴では皆遠慮して、一言二言しか話をしなかったが、時間が許すならもっとヴィオレットと話したかったはずだ。もし食事中に捕まってしまったら、逃げられないだろう。

だが、今日はヴィオレットを喜ばせるための外出だ。できるだけヴィオレットが望むことをしてやりたい。

それに、自分の日常を垣間見たいと言うヴィオレットは健気で可愛く、逆らえるはず

がなかった。

騎士団の人間はアーノルドの部下であるため、近寄らないように牽制すれば大丈夫だろう。だが、そう思ったのが甘かった。

よりにもよってルーカスに会ってしまうとは……

やつに会うと分かっていれば、どうにか彼女を言いくるめて個室の店に連れていったのに。

店に入って注文をすませると、別のテーブルにいたルーカスとアーノルドの部下たちがこちらに気づいて、図々しくも相席してきた。

先ほどヴィオレットの意見に強く反対しなかったことを後悔したが、もう遅い。

今の自分にできることは、いかにこいつらとヴィオレットを接触させずに店を出るかだ。アーノルドはルーカスたちに急な呼び出しがあるように念じた。

けれどそんな願いもむなしく、ルーカスは馴れ馴れしくヴィオレットに話しかける。

「昨日、オレと会ったの覚えてる？　ヴィー？」

（……気安く愛称で呼ぶんじゃない。オレも呼んだことがないのに）

今日ほどルーカスの社交性の高さに腹が立ったことはない。

「申し訳ありません……。昨日はたくさんの方とお会いしたので、全員のお顔は覚えて

いないのです」

「うっそー。オレみたいな色男も覚えてもらってねーの。ガッカリ。まあ、ヴィーの視界に男を入れないように、アーノルドのガードがすごかったからなー」

「団長、束縛すごいんすか。らしいかも」

部下たちが納得だ、というように頷いている。

「あの、ルーカス様はアーノルド様のご友人なのですか？」

ほとんど面識がない若い男との会話など苦痛だろうに、ヴィオレットは健気にも自分から話しかけている。

「そう、同期なんだ。オレは今、魔法騎士団分隊長だから、アーノルドのほうが出世は早かったけどな。親友としては鼻が高いよ」

「親友じゃない」

「こういうこと言ってくるけど、休みの日に誘ったら付き合ってくれるし、所謂ツンデレだな」

「……お前が屋敷に押しかけてきて、一緒に出かけるまで追い回すからだ」

アーノルドは心底嫌そうに、顔を歪めた。

「お待たせしましたー！　日替わり定食です」

男性店員がトレーにのせて運んできた料理を、手際よく並べる。

そのあと、彼はヴィオレットに皿を差し出した。

「おねーさん可愛いからサービス。また来てー」

「あ、ありがとうございます」

店員がヴィオレットにウインクを残し、テーブルを離れる。彼女に渡されたのはフルーツの盛り合わせで、サービスというにはいささか……いや、かなり量が多いし、下心が丸見えだった。

ヴィオレットが嬉しそうなのでいいとしても、二度とこの店には来させない。少なくとも一人では。

「アーノルド、これくらいで機嫌悪くなりすぎだろ。女なんか興味ないって顔してたくせに、ベタ惚れすぎて笑えるな」

ルーカスが怒気をまとったアーノルドを、ニヤニヤしながら眺める。

「……うるさい。気づいてるなら、さっさと詰め所に戻れ」

ルーカスと部下たちは、アーノルドの言葉を聞いて首を横に振る。

「可愛い女の子と話してたら、むさくるしいとこに戻りたくなくなりますね。ずっとお話ししてたいー。ヴィーちゃん、それ食えます？　日替わりだけでも、けっこー女の子

には多いですよね」

今日の日替わり定食は、サラダ、肉炒め、パンがてんこ盛りで一つの皿にのっている。一般的な女性が食べる量にしてはかなり多い。

「このくらいなら……。フルーツは皆様もどうぞ」

ヴィオレットは彼女の前に置かれていたフルーツ盛り合わせを、テーブルの中央に移動させる。

「ありがと、ヴィー」

じゃ遠慮なく、とルーカスがウサギの形に切られたリンゴにフォークを刺して、むしゃむしゃ食べはじめる。

ヴィオレットもナイフとフォークを操り、上品でありつつも次々とフルーツを口に運んだ。

その様子を見て、ルーカスは感嘆の声をあげる。

「へえー結構がっつり食べるな。こんなに細いのに。オレ、たくさん食べる女の子が好きだから、今度お誘いしたいな。うるさいのがいないときに」

ルーカスはばちっと気色の悪いウインクをして、不埒な誘いをかける。ヴィオレットは困惑した顔で返事に詰まっていた。

「ええと……」

アーノルドは、ルーカスを睨みつける。

「オレの目の前で堂々と口説くな」

「冗談だよ。本気でお誘いするなら、お前がいないときにするって」

ルーカスは悪びれない様子で肩をすくめた。

「……お前が言うと冗談に聞こえない」

「褒めてくれてありがとー。ま、そろそろ食べ終わったし、戻るか。これ以上からかったら、アーノルドに殺されそうだ」

「えー。もっと新妻とお話ししたいです！　団長、お屋敷に呼んでくださいねー！」

部下は不満そうだったが、渋々ながらも立ち上がった。

「……呼ばない」

断ったが、やつらは約束なしに来そうだ。

「アーノルドの珍しいところが拝めて有意義だった。じゃあまたな、ヴィー」

そう言って立ち上がったルーカスが、ヴィオレットを見据えて目を細める。そして、さらに口を開いた。

「ヴィーは実に興味深い。……その美しさより、他のものが」

微笑みを残して、ルーカスはひらひらと片手を振る。

「あ、じゃ失礼します。団長、ヴィーちゃん」

店を出ていくルーカスに続いて、部下たちも次々と去っていった。

「あの、私、上手くお話しできなくてすみません。アーノルド様のご友人ですのに……」

ルーカスたちが出ていくのを見送り、ヴィオレットがしょんぼりと肩を落とす。

「……君はよくやってくれていた。あいつらも喜んでいただろ？　……上手くやってくれなくてもよかったけど」

『むしろそのほうがよかった』とアーノルドは言外に匂わせた。

「……ごめん。相席、防ぎきれなくて」

「いえ。私も慣れないといけないですし、アーノルド様の親しい方たちと仲よくなりたいですから。……でも、皆さんたくさんお話しになるので、びっくりしました」

「……こっちの国の人間は皆あんな感じだよ。オレが特殊なだけ。……兄もああいう感じだし」

「そうなんですか」

アーノルドの兄は都合が悪くて式に来ることができず、ヴィオレットと対面できなかった。

「そういえば、ルーカス様のおっしゃっていた『他のもの』ってなんなんでしょう？」

別れ際にルーカスが言い残していった言葉が、ヴィオレットはふと気になった。そして、ヴィオレットを見つめる、あの意味深な目。

「……あいつはたまにわけの分からないことを言うから、気にしなくていい。そうそう君に会わせる気もないし」

アーノルドは淡々と言って、リンゴのウサギにぶすっと勢いよくフォークを突き刺した。

6　一緒にベッドで休みますか？

食堂を出たあとは、雑貨屋や菓子屋、本屋などに寄ったり、広場を歩いたりして二人での初めての散策を楽しんだ。

ヴィオレットはアーノルドに、洋服店でドレスを選んでほしがったが、雑貨屋と菓子屋で女性客にじろじろ見られて大変居心地が悪かった。そのため、ドレスはまた次の機会にしてもらった。

そうして一通り買い物を楽しみ、御者(ぎょしゃ)を呼んだのは、城下街が閉門する直前の夕方。ヴィオレットたちの様子がすっかり普通に戻っていたため、迎えに来た御者(ぎょしゃ)は安心している様子だ。

「旦那様にお客様がお見えですよ。屋敷でお待ちいただいています」

馬車の扉を開きながら、御者(ぎょしゃ)が口を開いた。

「……誰？」

今日、誰かが訪ねてくるような約束はなかったはずだ。なのに、アーノルドの許可を待たず屋敷に入れるということは、普段から出入りのある人間ということになる。

「ルーカス様です。昼間お会いになったそうですね？　お話しし足りなかったとのことで、仕事を急いで終わらせていらっしゃったそうです。本当に仲がよろしいですね」

「……全然仲よくない」

アーノルドはムッとして答えたあと、馬車に乗り込む。御者(ぎょしゃ)はヴィオレットがアーノルドの隣に座ったのを確認すると、馬車を走らせた。

アーノルドはルーカスが訪ねてきても、ヴィオレットと会わせないよう、帰宅したら使用人によく言い含めておこうと思っていたのに、完全に先手を打たれた。アーノルドが警戒するのを予想して、当日訪問してくるとは。

「……抜かった」

「アーノルド様？」

イライラしているのが伝わったのか、ヴィオレットが心配そうにアーノルドを見上げる。

「……」

アーノルドは落ち着くために息を吐いた。

ヴィオレットの前では年上らしく余裕を持っていたいのに、彼女に見せてしまうのはいつも焦っていたり嫉妬していたりと、みっともない姿ばかり。これではまるで十代の少年のようだ。

「……大丈夫」

アーノルドはヴィオレットの手に自分の手をそっと重ねる。ヴィオレットは一瞬身じろぎしたが、振り払うことはしなかった。

ルーカスの女性関係は派手だが、友人の彼女や妻に横恋慕することなどない。それが分かっていてなお、ヴィオレットを彼に見せたくなかった。

ヴィオレットに対しても、アーノルド以外の男など見てほしくない、話してほしくないと思う自分は、本当に小さい男だと思う。

そんなアーノルドの気持ちをよそに、馬車は屋敷に到着した。馬車から降り立つと、アーノルドはヴィオレットに言った。

「……君は客室に行ってて」

「分かりました」

怪訝そうな顔をしながらも、ヴィオレットは頷いた。ヴィオレットが客室に向かったのを見届けて、アーノルドは応接室に向かった。

「お帰り」

アーノルドが応接室の扉を、ノックもなしに勢いよく開けると、のんびりとくつろいでいたルーカスが、ティーカップを片手に挨拶した。

彼は、へらへらとした笑みを浮かべている。

腕を組んで仁王立ちしているアーノルドがイライラしていることに、気づいていないはずはないのだが。

「やー、お前ら帰ってこないのかと思った。泊まりじゃなくてよかったわー。あ、晩飯はここで食わせてね。お前んち、飯美味いし。風呂も入らせてもらおっかなー。でかいし、入浴剤とか石鹸の種類多いしー」

「……帰れ」

「オレ、お前に会いに来たわけじゃないんだけど。お前のお姫様に興味がある。あの店じゃできねー話だったから、来たんだ」

アーノルドの眉間にしわが寄り、彼が立ち去ろうとするのを見て、ルーカスは慌てて片手をぱたぱたと振った。

「あー待って待って、五分でいいから。お前も同席していいから！　寝取りたいわけじゃねーから！　……ちょっと確認したいことがあってさー」

ルーカスが目を細める。

「上手く耳隠してっけど……ヴィー、エルフだろ？」

「……興味本位で彼女に近づくな。帰れ」

アーノルドは怒気を込めてルーカスの手首を掴み、椅子から立ち上がらせる。

「興味本位じゃねーって。ちょっと確認したいことがあるだけ。お願いお願い。ね？」

「……五分だ」

食い下がるルーカスに、アーノルドはため息をついた。

✽ ❊ ✽

客室で待たされていたヴィオレットは、アーノルドに応接室へ連れてこられた。

「やあ、ヴィー。さっきぶりー」

ルーカスがへらへらしながら、ヴィオレットに手を差し出してくる。

「……ルーカス」

アーノルドがそれを鋭く咎めた。

「触らないと正確に分かんねーから、この程度は目つぶってくれ」

ルーカスの言葉の意味が分からず首をかしげながらも、ヴィオレットはそっと手を出した。ルーカスがぎゅっと握ってくる。

「……！」

ヴィオレットは、手を握り込まれた途端、嫌悪感に似たものを感じた。ルーカスのことは嫌いではないのだが、やはり、アーノルド以外の男性にはまだ慣れていない。反射的に手を引っ込めようとするが、ルーカスは離さない。

「……え？　ナニコレ」

ルーカスの顔からへらへらとした表情が消えた。

「魔力がでかすぎて限界量が見えない……。闇属性以外の魔法が全部使えるの？　……嘘でしょ。こんなの、他に見たことがないんだけど」

ルーカスの言っていることが分からず、ヴィオレットはアーノルドを見た。彼は簡単に解説してくれる。

「……ルーカスは触(ふ)れた相手の魔力ステータスを見ることができるんだ。見るだけで量くらいは分かるらしい。……もう、いいだろ」

アーノルドはヴィオレットの手を掴むと、彼女をグイっと自分のほうに引き寄せた。

「もう少しくらい、いいじゃん」

「嫌だ」

アーノルドがじと目でルーカスを睨(にら)みつける。

ルーカスは、ヴィオレットの手を握っていた自身の手を未練がましく眺めて、握ったり開いたりを繰り返しながら尋ねてくる。

「魔法を使ったことは？」

「結婚式で刻印を刻んだときだけです。それ以前は必要なかったので、使い方も知りません」

魔法を頻繁に使うのは魔法騎士団くらいのもので、普通に生活する上で魔法を用いる機会はそうそうない。特に女性はあまり屋敷から出ないので、魔法を使ったことのない人が多いのだ。

「貴族のお嬢様じゃフツー使わないもんなー。こんなに大きな魔力があるのに、もったいねー。マジでうちの隊にほしいんだけど」

上目づかいでルーカスが手を合わせるが、アーノルドはすっぱり断る。

「絶対やるか。五分たった。帰れ」

アーノルドは扉を開けると、ルーカスをグイグイと部屋の外に押しやった。

「もうこの話しねーから！　晩飯だけ！　晩飯だけでも食わせて！　ついでに風呂も！」

「……お前に食べさせる食事はない」

ちょうど夕食を知らせにやってきたコンラッドが、もみ合う二人を怪訝（けげん）な顔で眺める。

「ルーカス様、もうお帰りですか？　夕食をご用意したのですが」

「用意したんだってよ？　もったいねーじゃん。いいだろ？」

「……食べたら帰れ」

アーノルドはルーカスから手を離し、ため息をついたのだった。

夕食と湯あみをすませたヴィオレットは、客室のベッドに横になりながら、今日のことを思い返していた。

結局、ルーカスは湯あみまですませていった。アーノルドは迷惑そうにしながらも、本気で追い出しはしなかったので、本当に仲がよいのだろう。

一人になると、ルーカスに言われた魔力の量のことが気になってくる。

外見以外にも、人間と違う部分があることをまざまざと突きつけられるのは、それなりにショックだ。

やはりヴィオレットは人間ではない、と言われているようだった。

そしてきっと、そういうものは他にもあるだろう。

自分のことなので詳細を知りたい気持ちもある。だが、アーノルドが話を続けたくなさそうだったので聞けなかった。

多分、普通の人間と異なっている部分が明らかにされることで、ヴィオレットが傷つくのではと気にしたのだろう。

ルーカスに指摘されなくても、じきに分かったことかもしれない。だから、そこまで気にしてもらわなくてもよかったのだが、アーノルドが守ろうとしてくれているのは嬉しかった。

そろそろヴィオレットが眠りにつきそうになったとき、部屋の外から言い争うような声が聞こえた。

「……なんで……っ！」

「だから……！」

アーノルドとコンラッドの声だ。二人はいつも、一見喧嘩のようなやりとりをしているけれど、今回はそれより長くて激しい気がする。

仲裁に入ったほうがいいだろうか、とヴィオレットはドアノブに手を伸ばしかける。

だが、今着ているのはノアが選んだ薄い夜着だということを思い出した。

ソファーにかけてあったストールを羽織り、扉を開ける。

「どうかしました？」

「ああ、ヴィオレット様」

コンラッドがヴィオレットを見て、ほっとした顔をした。

「昨日はアーノルド様がお部屋に伺わなかったようで、すみませんでした。今日は連れてきましたので。何かありましたら、呼んでもらえれば助けに来ます。では」

コンラッドはアーノルドを客室に押し込めると、一礼して去っていった。あとに残されたのは困惑したヴィオレットと、所在なさげにたたずむアーノルドだけ。

「ええと……とりあえずソファーにお座りください」

「……うん」

アーノルドを立たせたままでは申し訳ないので、ヴィオレットはソファーを勧めた。ヴィオレットも彼の隣に座る。

アーノルドが着ているのは、ゆったりとした黒い夜着だった。結婚式のときに着ていた、白の盛装も似合っていたが、アーノルドは黒っぽい服装が好みらしい。

きちんとした服を着ているときとは異なり、襟ぐりの大きく開いた薄い夜着からは、鎖骨がのぞいている。今までとは違う色気のようなものを感じた。

アーノルドは一向に口を開かない。直視しないように彼から目をそらしながら、ヴィオレットは話を促した。

「私にご用が？」

ゆっくりと深呼吸をしたのち、アーノルドは重い口を開いた。

「……コンラッドに、昨夜ここに来なかったことを、失礼だって咎められて……今夜は自分の部屋には戻るなって言われた」

「……」

アーノルドの返答に、ヴィオレットは一瞬固まった。

そういえば、ノアが昨日「もし、アーノルド様が夜にいらしたら、すべてお任せすれば大丈夫です」と言っていた。具体的に何をするのかまでは教えてくれなかったが、結婚式を終えて初めての夜は夫婦でともにするものだと。

「分かりました。アーノルド様にしたいことがおありなら、私はすべて従います」

「……軽々しくそういうことを言うべきじゃない」

目を見開いたアーノルドが、顔を赤く染めた。

アーノルドの肌は褐色なので、よく見ないと気づかないが、頬が上気するほど怒らせてしまったらしい。

ノアの助言通りにしたつもりだったのに、失敗してしまったようだ。

「すみません。私、何か失礼なことを……」

「……怒ってるわけじゃない。……オレ、ソファーで寝るから、君もベッドで休んで」

「それなら、私がソファーで寝ます。私のほうが小柄ですし」

ソファーは大きめの作りではあるものの、長身のアーノルドが横になれるほどではない。ヴィオレットが横になるにしても小さいが、足が少しはみ出る程度なので、眠るには問題なさそうだ。

「……押しかけたのはオレだし、君をこんなところで寝かせられない」

「私だって、アーノルド様をこんなところで寝かせたくありません」

どちらも「自分がソファーで寝る」と譲らず、話は平行線をたどる。

引きこもりがちなため運動不足のヴィオレットは、城下街の散策ですっかり疲弊している。もう休もうと思っていたくらいなのだ。

すでに眠気が耐えられなくなりはじめていたので、早く不毛な議論を終わらせたい。

このままでは埒が明かないと、ヴィオレットは別の提案をすることにした。

「じゃあ、一緒にベッドで休みますか？」

普段のヴィオレットからは到底考えられない積極的な発言に、アーノルドは驚いた。

「……君はいいの？」

「お嫌ですか？　……あーのるどさま」

✽　❀　✽

ヴィオレットは、普段より幾分か舌足らずな口調でアーノルドの名前を呼んだ。加えて、彼女は目をとろんとさせて、アーノルドを見上げてくる。

その驚異的な可愛さは、アーノルドを悶えさせるのに十分だ。

「……オレが嫌なはずない」

ヴィオレットの肩からストールがすべり落ち、大きく開いた華奢な胸元が見えた。アーノルドはごくり、とのどを鳴らす。そして目をそらしながら、そっとストールをかけ直した。

「じゃあいいですよね？　いっしょにねても」

「……う、うん」

頷いた途端、ヴィオレットがアーノルドの胸元に倒れ込んでくる。

（……誘ってる？）

抱きしめてもいいものか、と逡巡していると、ヴィオレットはすやすやと寝息を立てはじめた。どうやら眠かっただけらしい。

今日は長く歩き回ったので疲れたはずだ。普段とは違った様子も、眠くて思考力が低下していたからだろう。

そうでなければ、つい数時間前まで『近くにいるだけで、心臓が破裂して死にそう』などと言っていたヴィオレットが、こんな積極的な発言や行動をするはずがない。

「……はぁ」

がっかりした反面、安心したアーノルドは、軽くため息をついた。

優しくヴィオレットを抱きあげると、そっとベッドに下ろす。そして自分もその隣に静かに横になると、上掛けをかぶった。

初めて見たヴィオレットの寝顔は、直視したら死ぬのではないかと思うほど可愛い。この顔を写しとって残す技術が早く開発されることを、アーノルドは祈った。高名な画家に頼んでもいいが、自分以外にこの顔を見せたくない。

「……おやすみ」

アーノルドは愛らしい妻の額に優しく口づけを落として、髪をそっと撫でた。

好きな人と同じベッドにいる。

アーノルドにとって、こんなことは初めての経験だ。

鼓動は激しくなる一方で、まったく休むことができなかった。

ずっとヴィオレットの寝顔を見ていたかったが、それではいつまでも落ち着けそうにない。

アーノルドは天井を眺めることにした。

視界にヴィオレットが入らなくなっても、寝息や身じろぎする気配までは消すことができない。もともと職業柄、人の気配には敏感なのだ。

（……今日は眠れそうにないな）

✽ ✽ ✽

「ん……」

窓から差し込む柔らかい光で、ヴィオレットはいつものように目を覚ます。だが、開いた目に映った光景は、普段とは異なっていた。

「きゃ！」

唇が触れそうなほどの距離にアーノルドの端整な顔があり、ヴィオレットは慌てて起き上がる。

「きゃあ！」

自分の夜着がはだけているのに気づき、また小さく悲鳴をあげた。夜着を整え、ストールを体に巻きつける。そして、床に落ちてしまっていた上掛けをアーノルドにかけた。

（なぜ、アーノルド様がここに？）

ヴィオレットはできるだけ冷静になって、昨日のことを思い出してみる。

そろそろ寝ようとしたところで、アーノルドが部屋を訪れたことまではっきり覚えている。そのあとどちらがソファーで休むかでもめたあたりから、記憶がない。

ヴィオレットの記憶がはっきりしない以上、アーノルドに聞かないことには、この状況は把握できない。

（失礼なことをしていないといいのだけど……）

眠っているアーノルドは普段よりいくらか幼く見える。思えば、アーノルドの顔をこんなにじっくりと見ることは初めてかもしれない。

目が閉じられているせいか、それとももう慣れたのか、最初の印象のように「怖い」とは感じなかった。意外と長いまつげが、頬に影を落としている。

彼の右目の下にとても小さなほくろを見つけて、ヴィオレットはそっと指で触ってみた。

「……」

身じろぎしたアーノルドがうっすらと目を開ける。ヴィオレットは慌てて手を引っ込めた。目が開ききっておらず、寝ぼけているのかぼんやりしている。

「おはようございます。アーノルド様」

同じベッドで挨拶（あいさつ）することに気恥ずかしさを感じる。

アーノルドはぼんやりとした表情のまま、ヴィオレットに手を伸ばしてきた。

「きゃ！」

抱き寄せられたヴィオレットは、起床からほんのわずかしかたっていないのに、三回目の悲鳴をあげた。顔を胸元に押し当てられ、アーノルドの規則的な鼓動が近くで聞こえる。

「……おはよう。オレの可愛いお姫様」

アーノルドがヴィオレットの額に、軽くキスを落とした。

不意打ちのキスとセリフに、ヴィオレットの顔が熱くなる。

結婚式以来の二度目のキス。唇ではないが、まだ慣れない。

「ア、アーノルド様!?」

(……寝ぼけている。アーノルド様は完全に寝ぼけている)

普段のアーノルドがこんなセリフを口にするはずがない。ヴィオレットが理想としていた王子様がしそうなことで、むしろ嬉しいのだが……

こういうことには、心の準備というものが必要なのだと彼女は気づいた。これ以上あれこれされたら、身がもたない。

ヴィオレットは、アーノルドを起こすことにした。

「アーノルド様!　起きてください！」

大きめの声で呼びかけながら、アーノルドの胸元に手を当てて揺さぶる。

「……ん……ああ、お、おはよう……っ!?」

何度か瞬きをして、ヴィオレットを認識したらしいアーノルドが、慌てて起き上がった。ヴィオレットも向かい合うように座る。

「……一応、合意だから。君が『一緒に寝ましょう』って誘ってくれたあと、寝ちゃったからベッドに運んで、何もしてない。さっきは夢の中だと思って……ごめん」

いつも穏やかに話すアーノルドが、よほど慌てているのか早口でまくし立てる。

(夢の中なら、アーノルド様は「ああいう」ことをしたいのかな)

色々考えてしまい、もういたたまれないやら恥ずかしいやらでどうしていいか分からない。とりあえずヴィオレットは謝った。

「私も寝ぼけていたとはいえ、すみません」

女性からベッドに誘うなど、はしたない。話している最中に寝てしまうなんて失礼だし、ベッドに運ばせたのも申し訳ない。

「……気にしなくていい。君は軽いし、寝ている姿も可愛かったから」

「そ、そうですか……」

可愛いと言われたのは嬉しかったが、返答に困り、ヴィオレットはなんとも素っ気ない返事をしてしまった。

「……君がよければ、今夜も一緒に寝ていい？」

アーノルドの言葉に、ヴィオレットは頬を赤らめた。

彼の気持ちが嬉しい反面、恥ずかしさもあったのだ。

「私、寝相が悪いみたいで、アーノルド様のことを蹴るかもしれませんが、大丈夫ですか？　すでに昨日蹴ってしまったかもしれませんが……」

「……蹴られてもいいから、君と寝たい」

アーノルドは真面目な顔で答える。

「アーノルド様がよければ、一緒に寝るのはかまいません」

照れたヴィオレットは、また素っ気（そけ）ない返事をしてしまった。

「……じゃあ、今夜はオレの部屋に来てくれる？　君が寝ている客室のベッドより、オレの部屋のベッドのほうが大きいから」

「は、はい。よろしくお願いします」

ヴィオレットは顔を赤らめたまま頷（うなず）いた。

「……話は変わるけど、オレ、君が来た日から一週間休暇をとってるんだ」

「ということは、今日を入れてあと四日ですか？」

「……うん」

突然休暇の話をし出したアーノルドの意図が分からず、ヴィオレットは困惑した。

(仕事に行きたくなくなったのかな？　それとも逆に、もう仕事に行きたくてたまらないとか？)

ヴィオレットは戸惑(とまど)いながらも、次の言葉を待った。

「……君がよければなんだけど……明日から、新婚旅行に行かない？」

アーノルドはヴィオレットの返事を待たずに、慌てたように次の言葉を発した。

「馬車で三十分くらいのところに、うちで経営している温泉宿があるんだ」

「宿を経営なさってるんですか？」

騎士団長としての仕事だけでも忙しいだろうに、公爵としても手広く仕事をしているらしい。

休めているのだろうか、とヴィオレットは心配したが、公爵家の仕事はコンラッドも手伝ってくれるので大丈夫だという。

「休暇がもう少しあれば、他のところでもよかったんだけど。……どうかな？」

「嬉しいです」

アーノルドが提案してくれたことが嬉しかった。ヴィオレットが了承したことで、アーノルドもほっとした顔を見せる。

「楽しみにしていますね、アーノルド様」

7　……食べちゃうかも。

「アーノルド様！　ピンクのイルカが来ましたよ！　可愛い！」

人懐（ひとなつ）っこいイルカに触（ふ）れながら、ヴィオレットははしゃいでいた。

ヴィオレットとアーノルドは今、ボートの上にいる。

「イルカに触りたい」とアーノルドに言ったところ、馬車より時間がかかるが、船で温泉宿に向かうことにしてくれたのだ。

客船から海上のイルカを触ることはできない。だから、イルカの多い波の穏やかな地点でボートを下ろし、イルカに近づいていた。

ヴィオレットは自分に運動神経のない自覚があったので、ボートに乗ると言われたときは、海に落ちるのではないかと心配になった。

けれどアーノルドが「君が海に落ちてもオレが助ける。泳ぎは得意だから安心して」と心強い返事をくれたため、安心して乗ることができた。

ヴィオレットは生き物に好かれるらしく、イルカたちはこぞって彼女に集まってきた。他の客もいるが、彼らは魚をちらつかせてようやく触れている。

イルカの肌はザラザラしているのかと思っていたが、存外つるつるとして触り心地がよかった。

「アーノルド様も触ってください」

「ほら」と促すと、アーノルドもイルカにそっと手を伸ばす。イルカはアーノルドに触れられてもおとなしくしていた。

「そろそろ船に戻ります」

船員の声がして、ヴィオレットはイルカたちに声をかけた。

「また来るね。触らせてくれてありがとう」

「ピー！」

手を振るヴィオレットに、イルカが名残惜しそうに声を出した。

温泉宿は東方の国の建物をイメージして作られていた。従業員の服装はその国で着られているキモノという独特なものなので、国内でありながら異国に来たようだ。

東方に行ったことのないヴィオレットは、初めて見るものばかりで楽しい。

「フィリップ公爵、お久しぶりでございますね。ご結婚おめでとうございます」

　女性従業員が客室に向かいながら、祝いの言葉を口にしてくれる。

　離れの客室に着いたところで別の従業員がやってきて何事かを話し合い、彼女たちは顔を曇らせた。

「大変申し訳ないのですが、手違いでお部屋がお一つしかご用意できていませんでした」

「……オレは離れじゃなくてもいい」

「それが、離れ以外のお部屋も満室でして……」

「……だったら、オレは従業員の仮眠室でいい」

「いえ、そんなわけには」

「私は同じお部屋で大丈夫ですよ」

　蒼白になる従業員を前に、ヴィオレットが口を開いた。

「屋敷では一緒に寝ていますから」

「君がいいなら……」

「はい。私はいいですよ」

　その言葉に、従業員たちはほっとした顔をする。

「本当に申し訳ございませんでした。すぐにご昼食をお持ちしますので」

彼女たちはそう言うと、丁寧にお辞儀をして、去っていった。

そのあとまもなくして従業員の運んできてくれた昼食も、東方の料理だった。

食材も東方からとり寄せているらしい。本来は木の棒を二本使って食べるらしいのだが、慣れないと難しいため、二人はナイフとフォークで食べた。

「アーノルド様は、東方へ行かれたことがあるのですか？」

「……仕事で一度だけ。長い休暇がとれたら、一緒に行ってみる？」

「はい。ぜひ！」

アーノルドの話を聞きつつも、二人のそばに控えている従業員が着ているキモノが珍しくて、ヴィオレットは気づかないうちに凝視してしまっていた。

「……似たものが温泉街に売っているはずだから、食事が終わったら買いに行こう」

アーノルドがそう言ってくれ、従業員たちもにこにこして提案する。

「それはいいですね。着るのは難しいので、おっしゃっていただければ私どもが着付けますよ」

「きっとお似合いになりますわ」

（そんなに物欲しそうな目をしていたかな）

ヴィオレットは恥ずかしくなったが、ありがたく厚意を受けとることにした。

アーノルドの経営している温泉宿以外にも、近くにいくつか宿があるらしい。その宿泊客をターゲットとした店がたくさん集まって、今では温泉街と呼ばれるようになったそうだ。

温泉街も異国情緒にあふれていた。キモノを着ている人と、見慣れたドレスの人が入り乱れているのは、なんだか面白い。

「……甘味を買ってくる。ここに座って待ってて」

「ありがとうございます」

手近なベンチにポケットからとり出したハンカチを敷くと、そこにヴィオレットを座らせて、アーノルドは行ってしまった。

目当ての店は東方の甘味を扱う人気店らしい。

普段口にしたことがないものを食べるのはわくわくする。

アーノルドの買ってきてくれる甘味に思いをはせていたら、突然、声をかけられた。

「お嬢さん何してるの？　おにーさんと遊ばない？」

「え？　わ、私ですか？」

恐る恐る顔をあげると、二十歳前後と思われる男が立っていた。アーノルドよりは少

し低いものの、なかなかの長身だ。身なりもいい。どこかの貴族だろうか。

（……怖い）

表情はあくまでもにこやかで悪意も感じないのに、身がすくんでしまうのは、アーノルドが隣にいないからな気がする。

（この前、ルーカス様たちにお会いしたときは、こんなに怖くなかったのに）

ヴィオレットが怯えていることを気にもせず、男は馴れ馴れしく彼女の隣に座ってきた。

「うっわ。可愛い。名前は？」

「……ヴィオレット・フォン・フィリップです。あの、私、主人を待っているのであなたとは遊べません」

きっぱり断ったつもりだったが、男は引き下がらない。

「じゃーご主人様が戻ってくるまででいいからさー、おにーさんとお話ししよ？　君、身なりがいいけど使用人なの？」

「違います。主人というのは、私の夫です」

ヴィオレットは男の目の前に、左手の刻印を見せつけた。

「フィリップって、あの……？　す、すみませんでしたぁー！」

刻印を目にした男はみるみるうちに表情を変え、ものすごい速さで走り去っていった。

ヴィオレットはほう、と安堵のため息をつく。刻印の効果は抜群だ。

「……大丈夫だった？　ごめん、一人にするんじゃなかった。何もされてない？」

買い物を終えたらしいアーノルドが、息を切らしてやってきた。男を見つけて慌てて走ってきたらしい。

「アーノルド様」

ほっとしたヴィオレットは泣きそうになってしまった。

隣に座ったアーノルドは自分の胸元にヴィオレットの頭を抱き寄せ、優しく撫でてくれる。

「……ごめん」

「……落ち着いたら甘いものを食べて、買い物に行こう。欲しいもの、なんでも買ってあげる」

「そんなにたくさんは、いらないです」

ヴィオレットが望めば店中の商品を買い占めそうなアーノルドに、思わず苦笑してしまう。

彼の規則正しい鼓動と髪を撫でる優しい手が心地よくて、いつのまにかヴィオレット

の涙は引っ込んでいた。

「もう、私のそばから離れないでください」

「……うん」

アーノルドは優しく髪を撫で続けながら、ヴィオレットと約束してくれた。

二人は、目的だったキモノの他にも色々な土産物を買って宿に戻った。

初めての温泉を楽しんだあと、早速従業員がキモノを着付けてくれる。

ヴィオレットが選んだキモノは淡いピンク色で、小花がちりばめられている柄だ。オビは赤にした。

「お若いので、華やかなものがお似合いになりますね」

そう言って従業員も褒めてくれたし、アーノルドも気に入った様子だ。

夕食も非常に美味しかったが、キモノのオビはとても苦しく、ヴィオレットはあまり食べられなかった。可愛らしい装いではあるが、このまま生活するのはかなり大変そうだ。

寝るのも辛そうだと思ったので、食事が終わると従業員の手を借りてキモノを脱いだ。夜着に着替えると、なんとも言えない解放感がある。

「……入ってもいい？」

部屋のドアがノックされるとともに、アーノルドの声がした。着替えるため、アーノルドには二回目の湯あみに行ってもらっていたのだ。

「大丈夫です。すみませんでした、アーノルド様」

ヴィオレットの返事を待って、アーノルドが入ってくる。

何度か見ているのに、アーノルドの湯あがりの姿は見慣れない。加えて、アーノルドの着ているユカタという、キモノに似た夜着の影響か、彼の艶っぽさが増している気がした。

凝視しすぎていたのか、アーノルドが怪訝な顔をする。

「……どうかした？」

「鎖骨が……いえ、なんでもないです。すみません」

「鎖骨？」

アーノルドはなおも不可解な顔をしていたが、追及しないでいてくれるようだ。

「……少し早いけど寝る？　結構歩いたから、疲れたんじゃない？」

「そうですね。早起きして、明日の朝も温泉に入りたいですし」

アーノルドの提案に、ヴィオレットも了承して一緒にベッドに入る。二人用に作られ

たベッドは大きいので、少し間をあけても問題なく寝られそうだ。

「……一緒に寝るの、平気になった？」

昨日、一昨日と一緒に寝たが、問題なく眠れた。今朝はアーノルドが寝ぼけることもなく、ヴィオレットの心は平穏に保たれている。

「アーノルド様となら平気です」

彼の隣にいても、あまり緊張しなくなった。ヴィオレットはそう思い答えたのだが、アーノルドは複雑そうな表情をする。

「……オレと一緒にいて、安心してくれるのは嬉しいんだけど」

大きな手がヴィオレットの頬を包む。

「オレもフツーの男だから、君のこと食べちゃうかも」

耳元でアーノルドがささやいて、吐息が耳をくすぐった。

（……食べる？）

『疾風の黒豹』という物騒な二つ名はつけられているものの、アーノルドは普通の人間だ。まさか本当にヴィオレットを食べてしまうとは思えない。

彼の言葉の真意がヴィオレットには分からなくて尋ねようとしたが、聞けなかった。

ちゅっと軽い音を立てて、アーノルドの唇がヴィオレットのそれに触れたからだ。

ヴィオレットは驚きすぎて声も出なかった。

実際はほんの一瞬だったのに、ものすごく長い間、唇が触れ合っていたように感じる。

「……おやすみ」

ぎゅっとアーノルドの胸元に抱き寄せられる。生まれて初めてのキスに、ヴィオレットの心臓は今までで一番ドキドキして、破裂しそうだった。

(ア、アーノルド様にも分かってしまうんじゃ)

落ち着こうと胸を押さえたが、鼓動は高鳴るばかりだ。すぐにアーノルドの規則正しい寝息が聞こえてくる。

(……寝られないです。アーノルド様)

ヴィオレットの心臓は、もうしばらく収まりそうにない。


それでも疲れていたため、いつのまにか寝てしまったらしい。

翌朝ヴィオレットが目を覚ますと、アーノルドはいなかった。枕元に手紙が置いてある。

『よく寝ていたので起こしませんでした。温泉に行ってきます』

素っ気ない文面が、武骨な文字でつづられている。それでも初めての手紙だ。それをカバンにしまい込み、ヴィオレットも温泉に行くことにした。

ヴィオレットがユカタを着て部屋に戻ると、アーノルドも戻ってきていた。ソファーに座って窓の外を眺めていたが、ドアの開く音でこちらに顔を向ける。

「……お帰り」

いつものように微笑んで迎えてくれた。

「ただいま戻りました」

（普通だなぁ。ものすごく普通）

昨日初めてキスをしたのに、そのことに触れる気配もない。もしかしたら初めて一緒に寝た日のヴィオレットのように、アーノルドは寝ぼけていたのかもと思い、普通に接することにした。

手に持っていた夜着をカバンにしまい、アーノルドの隣に座る。大きく作られた窓からは、丁寧に作り込まれた東方風の庭が見える。

「東方のお庭は、こちらとはだいぶ違うんですね」

「もうすぐ朝食が来るから、そのあと散歩してみる？」

「はい！　近くで見てみたいです」

それからほどなくして朝食を終え、二人は宿のゲタという靴を借りて庭に出た。キモノよりはましだがユカタも歩きにくいのに加え、ゲタはバランスがとりづらくて歩きに

くい。

「きゃっ」

石に足をとられてよろけたヴィオレットを、アーノルドが支えてくれる。

「大丈夫?」

「大丈夫です。……ありがとうございます」

「……危ないから」

アーノルドの手が伸びて、ヴィオレットの手をそのまま握り込む。見上げると褐色(かっしょく)の肌がほんのり赤くなっている気がした。

東方の庭は派手ではないが、味わいがあった。

「……枝ぶりが乱れてる。庭師を呼ばないと」

ぼんやり庭を眺めているだけのヴィオレットの横で、アーノルドは経営者の顔をしていた。ヴィオレットには分からないが、アーノルドならではのこだわりがあるのだろう。

ヴィオレットはアーノルドと出会ってから、ずっと気になっていたことがあった。なかなか言い出せなかったが、彼の仕事がはじまれば忙しくなるだろうから、言ってみることにした。

「アーノルド様」

「……何？」

入念に庭を見ていたアーノルドが、ヴィオレットに視線を落とした。

「アーノルド様は、私にはもったいない方です」

アーノルドは表情を変えることなく、黙って聞いている。

「ですが、私はアーノルド様に一つだけ不満があります」

ヴィオレットはそう言うと、アーノルドを見つめた。

✽ ❊ ✽

（不満。……不満）

顔が怖い。声が怖い。表情に乏しく、寡黙なため何を考えているか分からない。

少し考えただけでも、我ながらかなりの欠点がある。

ヴィオレットの言葉に心当たりがありすぎて、アーノルドにはどれのことだか見当がつかない。むしろ一つだけでいいのかと思う。

（……ヴィオレットが可愛すぎて、調子にのってキスしてしまったことか？）

もう少し段階を踏むべきだったかもしれない。なんにせよ、優しいヴィオレットが口

にするということは、よほど不満が募(つの)ったということだ。

アーノルドは死刑宣告を受けるような気持ちで、ヴィオレットの次の言葉を待った。

「アーノルド様、私の名前をご存知ですか？」

「……もちろん」

「呼ばれたことがないのですが」

（……そういえばそうかもしれない）

ヴィオレットは幾度(いくど)となく呼んでくれているのに。

アーノルドにとっては女性の名前を呼ぶのが気恥ずかしい。しかし、妻の名前を呼ばないというのは、あまりに失礼だろう。

ヴィオレットは怒っているのではなく消沈(しょうちん)している様子で、だからこそ余計に申し訳なさを感じた。

「……ごめん。ヴィオレット」

「覚えていてくださって嬉しいです」

ヴィオレットはそう言って、いたずらっぽく笑った。こんなに嬉しそうな顔をしてくれるのなら、もっと早く呼ぶべきだった。

「もっとワガママを言わせていただけるなら、愛称で呼んでいただきたいですけど」

（……ヴィー、か）

呼びたいが、その愛称を思い浮かべると、どうにもルーカスのドヤ顔がちらつく。

「……ヴィオでもいい？　オレだけの呼び方で呼びたいから」

「はい。お好きなようにお呼びください」

「……誰にも呼ばせないで」

「はい」

ヴィオレットが少し恥ずかしそうに微笑む。

そういえば、アーノルドも彼女に対して要望があった。

「……オレのことも、アルって呼んで」

「はい。アル様」

「あと、敬語はやめて」

「はい。……ええと、善処しま、するね」

ヴィオレットは、こちらに来てからノア以外にはずっと敬語を使っているのだ。慣れないのか、言いづらそうに困り顔をした。

「……ちょっと待ってて」

ヴィオレットにそう言い置いて、アーノルドは近くの大きな木の陰に隠れる。

彼女の困った顔が可愛すぎて、このままでは不埒な真似をしそうだったので、何度か拳で地面を殴った。

衝動をおさめてヴィオレットのもとに戻ると、彼女は不安げな顔をする。

「大きい音がしたけど、どうしたの？」

「……大丈夫」

アーノルドはそう答えて、ふたたびヴィオレットの手をとった。

「あれ？」

ヴィオレットはアーノルドの拳に目をやる。

「ちょっと血が出ていま……出ているけど、どうしたの？　ぶつけた？」

言われて目をやるが、大したことのないかすり傷だ。とはいえ、ヴィオレットが同じような怪我をしていたらすぐさま医者を呼び、包帯をぐるぐる巻きつけてもらうが。

「……大したことないから」

「ダメ。ばい菌入るといけないし」

珍しく厳しい顔つきになったヴィオレットが、アーノルドを引っ張るようにして宿に戻る。

心配されるのはくすぐったいような気持ちだったが、嫌な気分はしなかった。

✽ ✽ ✽

アーノルドの手当てが終わると、彼にはまた庭に出てもらい、ヴィオレットは従業員の手を借りて、ドレスに着替えることにした。

今からもう屋敷に戻るのだ。

「休暇はいかがでしたか？」

ドレスを着せてくれたあと、従業員が尋ねてくる。

「まるで異国に来たような気分でした。料理も美味しかったし、買い物も楽しかったし、お庭も綺麗だったし、とにかくすごく楽しくて。また来たいです」

「それはよかったです。お客様に喜んでいただけることは、私たちの喜びですから」

上手く言い表せていない気がしたが、従業員には伝わったようだ。

彼女は、右手の小指をぴんと立てて、ヴィオレットに差し出してくる。

「……？」

従業員の仕草の意味が分からず、ヴィオレットはきょとんとする。

「東方ではこうやって、小指を絡ませて約束をするんですよ。またアーノルド様といら

してくださいね、ヴィオレット様。約束です」

ヴィオレットは照れたように微笑んで、同じく右手の小指を彼女のそれに絡ませた。

「はい。約束します」


従業員たちに見送られたヴィオレットとアーノルドは、温泉街を散策してから屋敷に戻ることにした。

昨日来たときも散々色々な店を見たつもりでいたが、そのときには目につかなかった商品も結構ある。

「見て、アル！　東方の仮面は面白い顔をしているんだね」

店先にあったオメンという仮面を手にとって、ヴィオレットが微笑む。

マルス王国の仮面と言えば目元を覆うものが主流だが、東方のオメンは顔全体を覆うようになっているらしい。

「……オレもこれで顔を隠せば、子供に怖がられなくなるかな」

ヴィオレットはアーノルドの言葉に顔をしかめた。

「アルの顔、私、大丈夫になったんだよ。最初は少し怖かったけど……今はむしろ好き、だし。子供に『怖い』って言われたら、私がそれ以上に『好き』って言うから、そんな

ことしないで。アルの顔が見られなくなるのは寂しい」

　必死で訴えるヴィオレットを見て、アーノルドはくすくす笑った。ヴィオレットは面白くなくてふくれっ面になってしまう。

「どうして笑うの？」

「……ごめん」

　笑いを引っ込めたアーノルドは少しかがんで、ヴィオレットの頬に軽くキスをする。

　驚いたヴィオレットが目を丸くして、ふくれっ面をやめた。

「……買い物は終わったかな。帰ろうか。手をつないでもいい？」

「は、はい。買い物は終わりました。手をつないでもいいです」

　ぎくしゃくとヴィオレットが頷く。

「ヴィオ、敬語」

「い、いいよ」

　言い直したヴィオレットに満足そうにして、アーノルドがそっと彼女の手をとった。

「とっても楽しかった。また来ようね、アル」

「……うん」

　ヴィオレットの微笑みに、アーノルドも小さく笑みを返す。

新婚旅行は二人の距離をぐっと縮めて終わったのだった。

8　あんまり私のこと、甘やかさないで。

旅行から帰宅した翌日は、休暇の最終日だ。

ヴィオレットはアーノルドと公爵家の庭を散歩したり、二人でお茶を飲んでのんびりと過ごした。

長いようで短かった一週間の休暇はあっという間に終わり、今日からアーノルドは仕事に行ってしまった。

アーノルドの出勤時間は早いらしく、ヴィオレットが起きたときには、彼はすでに出かけたあとだった。

アーノルドは、ヴィオレットを寝かせておくよう使用人たちに伝えていったらしい。

しかし、これは妻として失格なので、明日からは起こしてもらおうとヴィオレットは誓った。

夜はアーノルドに会おうと、部屋のソファーに座って、彼の帰宅を待っていたのだ

が……

「……ヴィオ。遅くなってごめん。ベッドで寝ててよかったのに」

アーノルドの申し訳なさそうな、優しい声音で起こされた。いつのまにか眠ってしまったらしい。まぶたが閉じてしまわないよう、瞬き(まばた)をして耐える。

「だって会いたかったの。おかえりなさい、アル」

そう答えて――ヴィオレットはアーノルドを見つめた。

(騎士服……！　かっこいい！)

「……どうかした？」

自分を凝視(ぎょうし)したまま固まってしまったヴィオレットを、アーノルドは怪訝(けげん)そうにのぞき込む。

「大丈夫！　なんでもないの」

ヴィオレットは、ソファーのクッションを抱きしめて悶(もだ)える。

アーノルドは長身でスタイルがいいので、なんでも似合うのだが、これは格別だった。

ヴィオレットはアーノルドを見てめまいがしそうになり、額に手を当てた。

儀式用ではないためか、金色の房飾りのついた肩章以外は装飾がない。

結婚式のときのような華やかさはないが、黒がアーノルドによく似合っていた。引き

締まって見える、高貴な黒が彼には一番ふさわしい。

「……貧血とかじゃないよね？」

「大丈夫！　元気だから」

アーノルドは不思議そうにしていたが、追及しないことにしたようだ。

「元気ならいいけど、心配だから無理はしないで」

「うん。分かった」

アーノルドに心配され、ヴィオレットは申し訳ない反面、嬉しく思った。

「朝からアルに会えたらもっと元気になるんだけどな。だから、明日は絶対起こしてね？　お願い」

念を押すと、アーノルドは嬉しそうな、それでいてなんとも言えない複雑な顔をして、はぁとため息をついた。

「どうしてそんな可愛いことを言うの……。オレも朝からヴィオに会えたら、かなり嬉しいけど……」

「アルもそう思ってくれてるなら、嬉しい。じゃあいいよね」

ヴィオレットはにこっと笑うと、右手の小指をアーノルドに突き出した。旅行の終わり、従業員に教えてもらった仕草だ。

「はい！」

「……何？」

アーノルドは意味が分からず、当惑した表情を見せた。

「温泉宿で従業員さんに教えてもらったの。東方では約束するときにこうやって小指と小指を絡ませるんだって」

「……分かった」

アーノルドは同じようにして、小指をヴィオレットのそれに絡ませた。

「約束ね？」

「……約束する」

ヴィオレットとアーノルドは照れくさそうに小指を絡ませ合うと、しばらくして指を離した。

「……お風呂に行ってくるから、ヴィオはベッドで休んでて」

「え？　脱いじゃうの？」

(まだ堪能したかったのに……)

残念に思いながらヴィオレットが言うと、アーノルドは怪訝そうにした。

「……オレももう寝るし」

「うん……そうだよね」

訓練で汚れているだろうし、そうでなくても騎士服では寝られない。分かってはいるものの、ヴィオレットは内心がっかりした。

「ほら、ベッドで休んでて」

「でも、アルと一緒に寝たい」

ここで一人で寝てしまっては、待っていた甲斐(かい)がない。

「じゃあ……」

渋るヴィオレットにアーノルドは提案する。

「一緒に入る？　ヴィオは二回目になるけど」

「べ、ベッドで待ってるね！　でも、寝ないから！」

すぐさまベッドに入ったヴィオレットを見て、アーノルドはくすくす笑いながら浴室に向かった。

✽ ✽ ✽

アーノルドが部屋に戻ると、ヴィオレットはベッドで眠ってしまっていた。

本が広げてあり、起きていようとした努力がうかがえる。ヴィオレットの手をそっと本からどけ、しおりを挟んでテーブルに置いておく。

アーノルドもヴィオレットの隣に潜り込み、彼女の髪を優しく撫でた。

ヴィオレットは、アーノルドが色々な服装をするのを好むらしい。

結婚式の盛装、ユカタ、先ほどの騎士服と、アーノルドに気づかれないように（と思っているはずだ）喜んでいた。

ヴィオレットは何を着ても可愛いが、自分は何を着ても同じだろうに、とアーノルドは思った。

ただ、不可解ではあるが、喜んでくれるのは悪い気がしない。

騎士服は特にお気に召したようで、彼女のあからさまにガッカリしている様子には、笑いそうになってしまった。

（……そんなに気に入ったのなら、今度の休日は一日中着ていようかな）

ヴィオレットは恥ずかしがって、喜ぶ様子を見せようとしないだろうけれど。

アーノルドはヴィオレットの髪を一房手にとって、軽くキスをした。そして、優しく腕の中に抱き寄せる。

「……おやすみ。ヴィオ」

キスをしてから抱きしめて眠ることは、宿で一緒に寝たときから二人の習慣になった。ヴィオレットも拒まないので、してもいいということなのだろう、と勝手に解釈して続けている。

あわよくばその先に進みたいところだが、あまり急いで嫌われたくない。

アーノルドはそう考えながら、目を閉じた。

翌朝、朝食をすませたアーノルドは騎士服に着替えると、ヴィオレットを起こすことにした。このまま寝かせておきたいのだが、彼女に起こしてくれと念を押されたので、仕方がない。

気持ちよさそうに寝ているのに可哀想な気もするが、アーノルドも愛妻に見送ってもらえると嬉しい。眠くなれば昼寝でもするだろう。

「おはようヴィオ。オレ、もう行くよ」

「……んん。おはよう、アル」

声をかけると、ヴィオレットは眠そうな顔をしながらも上半身を起こした。

「アルが起きるときに起こしてって言ったのに」

少し頬を膨らませてヴィオレットは下を向いた。けれど、うつむきながらもちらちら

騎士服を見ている。

「……よく寝てたから。今日は昨日より早く帰れると思うけど、先に休んでていい」

「アルと一緒に寝たいから待ってる。昨日も早く寝ちゃったし」

敬語でなくなったヴィオレットは、年齢よりも口調が幼い感じがして余計に可愛い。

（……このままでは仕事に行きたくなくなる。そうじゃなければ、ヴィオも連れていきたくなる）

そう思ったアーノルドは、部屋を出ようとした。

「……じゃあ、オレ行くね」

「あ、待って」

ヴィオレットはベッドから下りると、綺麗（きれい）に包装された小さな包みをテーブルの上からとって、アーノルドに渡した。

「これ、昨日作ったから、持っていってほしいの。気に入ってくれればいいんだけど」

開けてみると、入っていたのは手のひらにのるくらい小さなクマのぬいぐるみと、クマの顔が刺繍（ししゅう）された黒いハンカチだった。

「お守りなの」

「……大事にする」

アーノルドはポケットにクマとハンカチを収めた。

「しっかし、お前が女の子のためにプレゼント買うなんてなー」

商品を選ぶアーノルドを見ながら、ルーカスがニヤニヤしている。

「……うるさい。早く選んでくれ。そのために連れてきたんだから」

女性向けの雑貨が並ぶ店内は、かなり居心地が悪い。男二人組では当然浮くので、店員や客からもじろじろ見られているのが分かる。

アーノルドは、今朝ヴィオレットからもらったプレゼントのお返しを探していた。

誰にも見せるつもりはなかったが、目ざといルーカスに、ポケットの膨(ふく)らみを見咎(みとが)められ、彼が買い物に同行することになった。

仕事を急いで終わらせたあと、アーノルドはルーカスおすすめの店に連れてきてもらう。

「んー。最近女の子にあげて喜ばれたのはこういうやつ。ヴィーも気に入るんじゃね」

アーノルドの持っているかごに、ルーカスが香水やハンドクリームなどの商品をぽんぽん放り込む。それらは入れ物も可愛らしいので、ヴィオレットも気に入りそうだ。

「お前が選んだもののほうが喜ぶだろ。一つくらい自分で選べ」

ルーカスが言うことはもっともだ。だが、女性へのプレゼントを選ぶなど、アーノルドにとって初めてなので、非常に自信がない。

「ヴィーならなんでも喜ぶだろ。ヴィーにさっさと会いたいなら早く選べ」

ルーカスに急かされ、アーノルドは悩みながらも商品の並ぶ棚から一つを選んで手にとった。

アーノルドの選んだ商品を見て、ルーカスは「えっ」と困惑した顔を見せたが、せっかくアーノルドが選んだのだからと思ったのか、何も言わなかった。

アーノルドが帰宅すると、コンラッドとヴィオレットが出迎えてくれた。

「おかえりなさい。アル」

「今日はお早いお帰りですね」

「これ、持っていっておいて。オレはヴィオの部屋に行くから」

カバンを受けとったコンラッドは、アーノルドの持っているたくさんの包みを見て、感心したような顔をした。

「かしこまりました。夕食のご用意をしておきますね」

「分かった。行こ」

アーノルドは、ヴィオレットを促す。注文しておいた家具が届いたので、ヴィオレットは今日から、自室に移っていた。

ソファーにヴィオレットを座らせ、自分もその隣に座る。

「……これあげる。お礼」

プレゼントをテーブルの上にのせると、ヴィオレットはキラキラした目でアーノルドを見上げる。

「こんなにたくさん？　開けてもいい？」

「……もちろん」

嬉しそうに次々包みを開けるヴィオレットを見て、アーノルドは笑みを浮かべた。

「どれも可愛い！　ありがとう、アル」

たくさんのプレゼントの中から子供ほどの大きさのあるクマのぬいぐるみを選び、抱きしめながら、ヴィオレットがお礼を言ってくれた。

「ほとんどルーカスが選んだけど、そのクマだけはオレが選んだ。オレが選んだものが欲しいって、ヴィオが言ったから」

「嬉しい。大事にするね」

ヴィオレットは顔をほころばせた。

（……ルーカスはなんとも言えない表情をしていたけど、こんなに喜んでいるじゃないか。この笑顔が見られるなら、明日も何か買ってこよう）

アーノルドは優越感に浸った。

夕食のあと、アーノルドは上機嫌なコンラッドに呼び止められた。

「プレゼントなんて、アーノルド様にしては気が利きましたね。ルーカス様が選んだんですか？」

「……一つはオレが選んだ」

「へぇー。で、花ですか、菓子ですか。なんか、やけにデカい包みがあったんですけど……」

「……ルーカスが選んだのは香水とか。大きい包みはオレが選んだもので、中身はクマのぬいぐるみ」

「はぁ!? 成人した妻にぬいぐるみって。小さいものならまだいいですけど……」

「でも、すごく喜んでた」

「そりゃ、ヴィオレット様はお優しいから。でも、一般的な成人女性はクマのぬいぐるみより、宝石のほうが喜びますよ」

「ヴィオ以外の女性と親しくしないから、そんな知識いらない」

「……ご馳走様です。あの、ついでにすみません。ぶしつけなのは承知ですが、夜はどういうことをなさるんですか？」

こういう話にオープンな国民性だとはしても、主人に対しては無礼だ。だが二人は一般的な主従関係と異なるので、アーノルドは気にしなかった。

彼は怒るでもなく答える。

「……キスして抱きしめる」

「そりゃそうでしょう。で、あとは？」

「……終わり」

「……はぁ？　好きな女性が隣にいて、朝まで抱いて寝てるだけ？　そんな状況、ムラムラして仕方ないでしょう、普通。なんの修行ですか？　いっそ拷問じゃないですか。アーノルド様は聖人にでも転職する気ですか？」

言いながら、コンラッドははっとして言う。

「……もしかして不全ですか？　その若さで可哀想に。大丈夫です！　適切な治療をすれば治りますから！」

コンラッドが明るく言うので、アーノルドはムッとする。

「違うから」

「それはよかった。いや、そんなによくもないか。普通にすればいいじゃないですか。後継者のこともあるんですから、していただかないと困ります」

「それは分かってるんだけど……ヴィオってそういうこと、していい感じしなくて」

「うーん。まぁ、そうですね……」

ヴィオレットは先祖返りのエルフだからなのか、人間離れした神秘的な雰囲気があり、そういうものとは無縁な感じがする。だからこそコンラッドも気になって、ぶしつけにも聞いてきたのだろう。

「でも、ヴィオレット様は貴族のご令嬢ですからね。そういう教育は受けていらっしゃるはずですし、結婚を承諾なさったからには、納得されているはずですよ」

アーノルドはコンラッドから、だから後継者を早く作れというものすごい圧を感じた。

「……そういう雰囲気になったらする」

「雰囲気はあなたが作るんですよ。あ、こういうときこそ、あの本を参考にしてください。ちゃんと読んだんでしょうね」

それからコンラッドの指導がはじまり、アーノルドが部屋に戻ったときには、待ちくたびれたヴィオレットは眠ってしまっていた。

アーノルドの休暇が明けてから一週間。

疲れて帰宅しても、可愛いヴィオレットが笑顔で出迎えてくれるので、それだけで疲れが一切なくなる。

「ヴィオ、コンラッド、ただいま」

「おかえりなさい。アル」

「お帰りなさいませ」

今日のヴィオレットは機嫌が悪いのか、少々表情が硬い。

（……プレゼントを渡せば機嫌が直るかな）

「はい。今日は期間限定のケーキと花と……」

「……ありがとう」

買ってきたものを差し出すと、ヴィオレットは硬い表情のまま受けとった。そして、彼女にしては勢いよく口を開く。

「あのね。プレゼントはとても嬉しいんだけど、アルは買いすぎ！　お金持ちなのは知ってるけど、私のために無駄遣いするのはやめて」

（……怒っている姿も可愛い）

優しいヴィオレットがこんなに勢いよく怒ることなど初めてだが、怒りの感情をぶつ

ける姿すらも愛らしい。アーノルドは返事も忘れて彼女に見とれた。

「聞いてる？」

聞いていなかったと言うと怒りが増幅するので（それはそれで見てみたいが）、アーノルドは慌てて頷（うなず）いた。

「聞いてた。とりあえず、オレの部屋に行こう。コンラッド、あとはよろしく」

「かしこまりました」

いたたまれない顔をしながら空気となっていたコンラッドにカバンを押しつけ、ヴィオレットの手を引いてアーノルドの部屋に向かう。部屋に入ると、ヴィオレットをソファーに座らせた。

「オレ、ヴィオにプレゼントするのが一日の楽しみなんだけど。だからヴィオへのプレゼントは無駄遣いじゃない」

はぁ、とヴィオレットはため息をついた。

「……プレゼントはとても嬉しいの。でも、お花を一輪くれたり、その日のお仕事についてお話ししてくれたりすれば十分なの。それに……」

ヴィオレットが目を伏せた。

「あんまり私のこと、甘やかさないで」

「……なんで？」

ヴィオレットはまったくワガママを言ってこないので、アーノルドに甘やかしているつもりはない。

（なんならもっとワガママを言ってほしいし、もっと甘やかしたいくらいなのに）

「……こんな風に甘やかされたら、アルのいない世界で生きていくのが怖くなる」

「……オレ、ヴィオを手放す予定はないよ？」

「私、エルフの先祖返りだから。きっと普通の人間とは寿命が違う。皆がいなくなっても、私は生きていかないといけない」

「ヴィオ……」

アーノルドはヴィオレットを優しく抱きしめた。普段より優しい声音を意識して、ささやく。

「……早く子供を作ろう。オレがいなくなっても大丈夫なように、ヴィオの味方をいっぱい作っていくから。だから、怖くない。……オレが生きてる間は、ヴィオのことをぐずぐずに甘やかすの、許して」

「私とアルの子供……」

ヴィオレットはほんのり顔を赤らめた。彼女は不思議そうな顔をして首をかしげる。

「子供ってすぐにはできないんだね？　毎日……し、してるのに」

「……うん？」

できないのは当たり前だ。子供ができるような行為を一切していないのだから。ヴィオレットは貴族の娘だし、伯爵夫人か家庭教師などから事前に聞いているはずなのだが……

違和感を覚えたアーノルドは聞いてみた。

「……子供の作り方、知ってる？」

「恥ずかしいこと聞かないで！　……知ってるよ」

「……じゃあ教えて？」

ヴィオレットが顔を真っ赤にしながら口を開く。

「同じベッドでキ、キスしたらできるんでしょ!?　エミリエンヌが教えてくれた」

恥ずかしそうに言うヴィオレットがなんとも可愛らしい。

「……」

アーノルドは予想だにしていない答えに一瞬驚いた顔をして、すぐ笑みを浮かべた。

「……それくらいじゃできないよ。あとで教えてあげる」

そう言ったあと、アーノルドは湯あみに行った。

＊　＊　＊

先に湯あみをすませていたヴィオレットは、彼の帰りを待つ。アーノルドが戻ってくれば、彼の言っていた「あとで」になるのだろう。

（『子供の作り方』って、キ、キスじゃないんだ……）

知らないことをされるのは、怖い。それにヴィオレットは、子供を作ることに不安があった。

「私が、子供を作ってもいいのかな……」

きっとエルフの特性を何かしら子供も受け継ぐだろう。母のように瞳の色だけならいいが、受け継いだのが髪の色や耳の形だったら？

きっと子供は傷ついてしまう。

アーノルドとの子供は欲しい。だが、そうなってしまうことは忍びなくて、ヴィオレットは一人、ベッドの上に座りクマを抱きながら葛藤した。

扉がガチャっと音を立てて開き、アーノルドがタオルで頭を拭きながら入ってくる。

「……お待たせ」

「は、はい！　おかえりなさい」

ぎこちないヴィオレットの返事に、アーノルドはくすくす笑いながらヴィオレットの隣に座る。そしてテーブルの上にタオルを置いた。

「……緊張してる？」

「すごく。……あの、もしかして、なんだけど」

「うん」

「……キスよりすごいことを、するの？」

思い切って尋ねると、アーノルドはヴィオレットの手からクマをとりあげた。彼はそれをサイドテーブルにそっと置く。

アーノルドの唇が、ヴィオレットの頬に触れた。

「……するよ」

「きゃ！」

触れた唇の熱さに、ヴィオレットは思わず声をあげる。

「私……死なない？」

「……死なない。前に言ったよね？　もし君が死んだら、オレも死ぬって」

アーノルドが、ゆっくりヴィオレットを押し倒した。

「ヴィオの嫌がることはしないよ。だから、怖がらないで」

ヴィオレットの目に映っていたのは、アーノルドの瞳の青い色だけだった。

「アルにされることなら、私、怖くない」

ヴィオレットがそう告げると、アーノルドの唇がゆっくりと下りてくる。

いつものキスは触れたらすぐ離れるのに、今日は長く深かった。口の中に濡れた熱いものが入ってくる。それはアーノルドの舌だと、しばらくして気づいた。

「……っ」

息が続かなくなったので、アーノルドの胸を激しく叩いて訴える。すると名残惜しそうに唇が離れた。

「……嫌だった？」

ヴィオレットは肺に空気をとり込みながら、首を横に振る。

「私はアルみたいに訓練してないから……！　息できない」

多少ムッとしながら訴えると、アーノルドはなぜか嬉しそうに小さく笑った。

「……キスをするときは、鼻で息をして」

もう一度、とふたたびアーノルドの唇が下りてきて、ヴィオレットはそのまま翻弄された。

9　……なんで？

翌朝、アーノルドから額に優しくキスされて、ヴィオレットは目が覚めた。彼はいつもより機嫌がよさそうだ。

「おはよう、ヴィオ。体の具合はどう？　治癒魔法をかけたから痛みはないと思うけど」

「おは、よう」

まともに顔を合わせるのが恥ずかしく、ヴィオレットは上掛けで顔を隠した。アーノルドが意地悪な声で言う。

「……今日は早く帰れると思うんだけど、今夜もしていい？」

何を、と聞き返すほどヴィオレットの察しは悪くない。

「知らない！」

「……昨日がんばったのに、お姫様の機嫌が悪くて残念。……今夜はご期待に添えるようにがんばるね？」

「だから知らないってば！」

そうは言ったものの、いくら恥ずかしいとはいえ、怒ったような態度で見送ってしまうのは嫌だ。ヴィオレットは上掛けからそっと顔を出した。

あんなに嫌な態度をとっていたのに、アーノルドは小さく微笑んでヴィオレットを見ている。

そんなアーノルドの顔を見て、きゅうっと胸が締めつけられる気がした。

「アル」

「……ん？」

起き上がったヴィオレットはベッドの端に腰かけた。ちょうどアーノルドと向かい合うような形になる。

「嫌な態度をとってごめんなさい」

「……そんなこと思ってない」

ヴィオレットはアーノルドにぎゅうっと抱きつく。この部屋に二人きりなのは分かっているけれど、恥ずかしかったので耳元でささやいた。

「私、嫌じゃなかったから。……すっごく恥ずかしかったけど」

「……ああ、もう」

アーノルドが苦しいくらいにヴィオレットをぎゅうぎゅう抱きしめて、深いため息を

ついた。

「……朝からそんなこと言わないで。押し倒したくなる」

「アルってば。がんばっていってらっしゃい」

ヴィオレットは苦笑いして、ふと、アーノルドにお願いがあったのを思い出す。

「アル、あのね」

ヴィオレットはアーノルドに恐る恐る言った。

「何？」

「ルーカス様にお会いしたいんだけど」

「……なんで？」

アーノルドはヴィオレットから体を離して、顔をのぞき込んできた。普段あまり表情の変わらないアーノルドが、珍しくにっこり笑っている。

（な、なぜか分からないけど、怖い）

ヴィオレットはひるみながらも、ふたたび意を決して口を開いた。

「私、ちゃんと自分のことを知りたい。他の人と違うところも。だからまずは、魔法のことをルーカス様に教えてもらいたいなって。以前にお会いしたとき、私の魔力ステータスは他に見たことがないとおっしゃっていたよね。その話を詳しく聞きたいの」

それに、とヴィオレットは心の中で思う。

(自分がいったいどういう存在なのか、はっきりさせないままで子供を作ったら、やっぱりダメだもの)

そんなヴィオレットに、アーノルドは心配そうな顔をする。

「……大丈夫?」

アーノルドの言葉に、ヴィオレットは小さく頷(うなず)いた。

「魔法の使い方を知っていれば、役に立つこともあると思うし……」

「……知ったことで、逆に危なくなることもあると思うんだけど。まぁ、そういう状況にさせるつもりはないから……分かった。ルーカスを連れてくる」

アーノルドは渋々ながらも頷(うなず)いてくれた。

翌日、笑みをまき散らしているルーカスを連れて、仏頂面(ぶっちょうづら)に磨きのかかったアーノルドが帰宅した。

夕食をすませ、食後のお茶を飲みながらルーカスが口を開く。

「ヴィーから誘ってくれるなんて嬉しいなー。邪魔者がいなきゃ、もっとよかったけど」

「……オレがいないと、ヴィオに何をするか分かったもんじゃない」

アーノルドはむすっとしながら、デザートのケーキをフォークでつつく。そんな彼に苦笑しつつ、ヴィオレットは本題を切り出した。

「以前、私の魔力ステータスが珍しいとお聞きしました。そのお話を詳しく伺いたいのです」

「……ヴィーのご両親のどちらかがエルフなのか？」

ルーカスがヴィオレットに質問する。

「父は普通の人間です。母方の祖母がエルフだったそうですが、私だけがエルフの特質を受け継いだらしく、母は瞳の色が紫色なだけで他の特質は持っていないようです」

「ご両親に何か聞いたりしてない？」

「いいえ。何も」

「そっか。まず、ヴィーが本当に知りたいことを、オレは答えられない」

ルーカスは「このお茶うめぇなー」と言いながら、カップの中の紅茶をスプーンでぐるぐるかき混ぜて続けた。

「オレはヴィーの魔力量が底知れない上に、闇魔法以外全部使えるってのが、とんでもなさすぎて驚いただけ。フツー、自分に合った魔法しか使えないものだから」

「一つか二つの属性しか、普通は使わないってことですか？」

「使わないっつーか、できない。水の中で火を使えないだろ？　そういうこと。一つの属性しか使えないのが普通で、二つの属性を使えるのは、魔法騎士団でもオレを含めて数人だけだ。ちなみにオレが使えるのは水と風魔法ね。ましてや闇魔法以外全部使えるなんてやつはいない。聞いたこともない。まー、人間とエルフでは色々違うんだろうな。本当は研究所でがっつり調べたいところだけど……」

アーノルドにすかさず鋭い視線を向けられ、ルーカスは肩をすくめた。

「私も魔法を使うことは可能でしょうか？」

「使いてーの？」

軽い口調とは裏腹に、ヴィオレットを見据えるルーカスの目は厳しい。

「力を持てば、余計な争いに巻き込まれるかもしれねーぞ。オレは他言するつもりはないけど、こんなにとんでもない魔力を持っていると知られたら、どこの国でも欲しがるし」

「戦いの前線に出たいわけではないのですが、アルや大事な人たちに危険が迫ったときに、役に立つかもしれないと思って」

「んー。まあ、そういうことなら……」

ルーカスは、このことは他言しない、人前でむやみに魔法を使用しない、と約束させて、空いた時間に魔法を教えてくれることになった。

「可能なら、エルフの里に行くのが一番いいと思うんだけどな」

「エルフの里、ですか」

ルーカスの言葉を、ヴィオレットは繰り返す。

エルフの里とは、エルフが集まって暮らしていると伝えられている場所だ。いくつかの書物にその記述はあるが、場所は判明していない。

「エルフだったら、ヴィーの知りたいことを知ってるんじゃないか？　まぁ場所が分からないから行きようもないけどさ。でも、もしかしたら、ヴィーの母上はご存知なんじゃねーの？」

（……エルフの里に行けば、ずっと抱えているこのもやもやした気持ちが、なくなるの……？）

本当のことを知るのは怖い。

（でも、決めたんだから。私が何者なのか、はっきりさせるって）

近いうちにエルフの里のことを母に聞いてみよう、とヴィオレットは決心した。

その翌日、天気がよかったので庭でお茶を飲んだあとヴィオレットが屋敷に入ると、コンラッドの話し声が聞こえてきた。玄関ホールの脇にある映話機（えいわき）で話しているようだ。

「……そうですか。では、こちらから使いを出します。いえ、では失礼します」

会話を終え、ふう、とため息をつくコンラッドにヴィオレットは近づく。

「どうかなさいました？」

「実はアーノルド様が大事な書類をお忘れになりまして」

コンラッドが手に持っていた書類を、ヴィオレットに見せる。

「アーノルド様も訓練中でこちらに戻れないようですし、私が届けに行こうかと」

「コンラッド様はお仕事があるのでは？」

「主人の不始末は使用人がどうにかしないといけませんので、仕方がありません」

コンラッドは余計な仕事を増やして、とでも言いたげな顔をしている。

「私が行きましょうか？　暇ですし」

「え、でも……」

コンラッドが嬉しそうな反面、困った顔をする。

「……大丈夫ですか？　王宮には男性がたくさんいますけど……。私も同行しましょうか？」

「コンラッド様に一緒に来ていただいては、意味がありません。それに、男性が苦手なことを克服したいんです。だから、一人で行かせてください」

「では、ありがたくお願いします」

コンラッドが書類と携帯できる映話機(えいわき)をヴィオレットに渡す。

「何かありましたら映話機(えいわき)でご連絡ください。変な人に絡まれたときは、すぐ刻印を見せてくださいね！　無理だと思ったら帰ってきていただいて結構です！　私が行きますので」

「大丈夫です、コンラッド様。お使いくらいできますから」

コンラッドもアーノルドほどではないにしろ、大概過保護だ。

王宮までは、馬車で送ってもらった。

王宮に到着し、御者(ぎょしゃ)がドアを開けてくれる。彼の手を借りて、ヴィオレットは馬車から降りた。彼もヴィオレットが男性を苦手なことを承知しているため、気遣ってか心配そうな顔をしている。

「私も一緒に行きましょうか？」

「大丈夫ですよ。すぐに戻りますので」

御者(ぎょしゃ)の申し出を辞退して、ヴィオレットは一人騎士団の詰め所に向かう。

たどり着けるか心配だったが、詰め所の入口はすぐに分かった。そこにいた職員に尋

ねる。

「騎士団長のアーノルド・フォン・フィリップを呼び出していただくことは可能ですか？　私は彼の妻なのですが、忘れ物を届けに来ました」

「連絡をとりますので、ソファーにおかけになってお待ちください」

騎士らしいきびきびした動きで、職員が映話をはじめる。

ヴィオレットは職員の勧めてくれたソファーに座って待つことにした。質素で飾り気はないが、王宮の設備なだけあって、座り心地のいいソファーだ。

「訓練が終わったようですので、間もなく団長がこちらに来られます。そのままお待ちください」

映話を終えた職員がヴィオレットのそばに来て教えてくれる。

「はい。ありがとうございます」

人に預けてはいけない重要な書類かもしれないので、ちょうどアーノルドの訓練が終わったところでよかった。

通りすがりの騎士たちにじろじろ見られて居心地が悪い。早く来てくれるといいのだが。

（……いつも通りノアにドレスを選んでもらって、お化粧も髪もちゃんとしてもらって

いるはずだけど、何かおかしい？）

　ヴィオレットは落ち着かず、そわそわと確かめるように髪に触れた。ちゃんと耳も隠れている。

「ヴィオ！」

　息を切らしたアーノルドが、険しい顔をして大股で近寄ってくる。

「アル」

　夫の姿に、ヴィオレットはほっとして立ち上がった。

「おいで」

　アーノルドがヴィオレットの手首を強く掴み、早足で歩きはじめる。ヴィオレットはアーノルドの速度に合わせなければならず、自然と小走りになった。

「アル、待って！　速い」

　長い回廊に来たところで、体力のないヴィオレットは辛くなって声をあげる。

「っ！　ごめん。速かったね」

　アーノルドがはっとした顔をして、足を止めてくれた。

「ヴィオが一人でこんなところに来たっていうから心配で……ごめん。今から休憩だから、団長室に行こう。食事を持ってこさせるから」

「でも御者さんを待たせてるの」

「……御者は帰らせる」

アーノルドはポケットから映話機をとり出して、連絡をとった。間もなくして応答した御者に、先に帰宅するよう指示を出す。アーノルドは話を終えポケットに映話機をしまうと、今度はゆっくりとした足取りで団長室に向かった。

二人の向かいから歩いてきた騎士が、アーノルドの姿を認めて足を止め、恭しく敬礼する。

「お疲れ様です。団長」

「……お疲れ」

騎士はヴィオレットに目を向けた。

「こちらの方は？　詰め所への女性の立ち入りは原則禁止されているはずですが」

(そ、そうなの？)

ヴィオレットは居心地悪く思いながら、アーノルドの様子をちらっとうかがった。アーノルドはいつもの仏頂面のままだ。

「……彼女はオレの妻だし、急用で来てくれたから問題ない」

「アーノルドの妻の、ヴィオレットです」

ヴィオレットは淑女の礼をとって挨拶した。

「出すぎたことを言って申し訳ありません。私は、副団長のフリッツ・ネルソンです。以後お見知りおきを」

フリッツは舐めるようにヴィオレットの顔を見ると、また恭しく一礼してその場を立ち去った。

「アル、あの人……」

「……オレのことを、よく思ってないみたいなんだ。仕事には問題ないからいいけど。行こう」

アーノルドはなんでもないような口調で言って、また歩き出した。

団長室に着くと、アーノルドはヴィオレットをソファーに座らせ、その隣に座った。

「……ごめん。あとがついたね」

アーノルドが強く握りすぎたせいで、ヴィオレットの手首には、うっすらと彼の指の形が赤く残ってしまっていた。

「大丈夫。すぐ消えるから」

すっかり消沈してしまったアーノルドを安心させるように、ヴィオレットは優しく

言った。

「これ、忘れないうちに渡すね。部屋のテーブルの上に忘れてたみたい」

手に持ったままだった書類をアーノルドに手渡す。

「……ありがとう。でも、今度来るときはせめて、コンラッドを連れてきてくれる？　虫よけにはなるから」

「虫？」

確かに最近は夜でも暖かく虫は多いが、別に王宮に限ったことではない。コンラッドは虫が寄りつかない体質なのだろうか。

ヴィオレットは首をかしげた。

「……ヴィオに寄ってくる害虫のこと。入口まで迷わず来られた？　変なやつに絡まれなかった？」

「迷わなかったよ。あのね、今日の私、何か変？　誰にも話しかけられてはいないんだけど、アルを待っているとき、すごく見られたから」

アーノルドはヴィオレットを頭の上から足先まで眺めた。

そして頷き、自分だけで納得している。

「……詰め所は女性の出入りが少ないから見られたんだと思う。マルス王国には女性の

騎士はいないし。それにヴィオは可愛いから」

「私のこと可愛いって言うのは身内だけだと思うけど」

「……ヴィオはもっと自覚して」

アーノルドが幾分か強い口調で言った。

「分かった」

それは夫の欲目だろう、と思いつつもヴィオレットはおとなしく頷いた。

「失礼します。お食事をお持ちしました」

ノックとともに見習いと思われる騎士が、食事を運んできてくれた。それらをテーブルに並べると、すぐに退室する。

普段屋敷で食べ慣れている料理ではなく、アーノルドと街に食べに行った大衆食堂のような庶民的な料理だ。味は美味しかったので、ヴィオレットはぺろりとたいらげる。

食事を終えると、アーノルドはヴィオレットの持ってきた書類を国王陛下に届けに行ってしまった。残っているのは書類仕事だけなのだそうで、それが終わったらアーノルドと一緒に帰れるそうだ。ヴィオレットはそのまま団長室で彼を待つ。

窓からは、魔法騎士団の訓練している様子がうかがえた。

あちらこちらで火や水が飛び交っている様子はとても派手に見える。危険のないよう

に訓練しているのだろうが、魔法をよく知らないヴィオレットにとっては見ているだけで怖い。

「お待たせ。退屈だったよね」

ドアを開ける音がして、息を切らしたアーノルドが部屋に入ってきた。急いで戻ってきてくれたらしい。

「窓から訓練を見ていたから、退屈じゃなかったよ」

「魔法を使った訓練は派手だから、見ていて退屈しないかもね」

アーノルドが仕事机について書類を広げはじめた。

「できるだけ急いで終わらせるから」

「私が見たらいけない書類？」

「機密情報のない報告書だから大丈夫だけど、見ても面白くないよ」

「アルの隣に座りたい。見るつもりはないけど、目に入るかもしれないから一応聞いただけ。いい？」

ヴィオレットの頼みをアーノルドが断るわけもなく、彼は折りたたみ式の椅子を隣においた。

「……座り心地悪いよね。ソファー持ってこようか？」

「この椅子で大丈夫」

ヴィオレットがそう答えると、アーノルドは仕事をはじめた。座っているだけでは暇だろう、とアーノルドは彼女に小説を渡してくれる。最近流行している小説で、部下の騎士からもらったらしい。

「東地区の警備増員要請……？　人員は十分足りてる。却下」

書類に目を通しながらぶつぶつ呟き、眉間にしわを寄せるアーノルド。

彼が屋敷に仕事を持ち込むことはないので、仕事をしている姿を見るのは初めてだ。ものすごく貴重な気がして、本を読みながらもヴィオレットは横目でちらちらアーノルドの様子をうかがう。

アーノルドは手を動かす合間に、たびたび右手に持ったペンを回しながら、額に左手の人差し指を当てていた。それがアーノルドの考え込むときの癖らしい。

「ふふっ」

思わず声に出して笑ってしまった。

「……何？」

ヴィオレットの漏らした笑い声に、アーノルドは顔をあげる。

「あ、ごめん。邪魔して」

「邪魔じゃないよ」

「アルが考え込むときの癖、知ってる？」

「……何かしてる？　オレ」

無意識でしているのだろうから、アーノルドが知らないのは当然だ。ヴィオレットはその質問には答えず、別の質問をする。

「アルは、いつも誰かとこんな風に、同じ部屋で仕事をするの？」

「……機密にかかわる書類も多いから、仕事中は誰も入れない。ヴィオは特別」

「特別」という言葉がヴィオレットの胸をくすぐった。

「じゃあアルの癖は、私だけの秘密だね？」

「教えてくれないの？」

「私だけの秘密にしたいから、言わない」

「……そっか」

アーノルドは自分の癖には大して興味がないらしく、無理に聞き出そうとはしなかった。

その代わり、微笑しながらヴィオレットをじっと見つめていたかと思ったら、ぎゅうっと抱きしめてくる。

「ちょっと。仕事は？」

「……休憩」

「キ、キスはダメ！」

「……誰も来ないよ？」

ヴィオレットは抵抗したが、力でかなうはずもない。アーノルドはヴィオレットの頬を優しく撫でながら、ゆっくり唇を重ねた。

しばらくヴィオレットを堪能したアーノルドは、そのあとは真面目に仕事にとり組んだ。

それから屋敷に帰って夕食と湯あみをそれぞれすませても、アーノルドが普段帰宅する時間よりも早かった。ベッドに入るにはまだ時間があったため、ヴィオレットとアーノルドは寝室で二人だけのお茶会をした。お茶のみで、お菓子はない。

ノアによれば、リラックス効果のあるお茶らしい。お茶の色は可愛らしく、淡い赤色だ。香りが甘いので、お菓子がなくても満足できる。

二人はソファーに並んで座り、お茶をたしなむ。

「今日は心配かけちゃってごめん。苦手なものを克服していかないとと思って、コンラッ

ド様の同行をお断りしたんだけど」

アーノルドを慌てさせてしまい、結局迷惑をかけてしまったかも、とヴィオレットは落ち込む。

アーノルドは深く息を吐いて、ヴィオレットの手を握った。

「……急いで克服しなくてもいい。むしろ、オレ以外の男が苦手なくらいでちょうどいい」

「そ、そう？」

「……うん」

「色々と不都合があると思うのだけど」

「……ないよ」

アーノルドはきっぱりと言うが、そんなことはないとヴィオレットは思う。

「……オレこそ」

アーノルドが不意に抱きしめてきた。座ったままこうされると、頬と頬がくっつきそうなほど顔が近くなるので、断然ドキドキする。それに、アーノルドの声が耳元のすぐ近くで聞こえるし、吐息が首筋を撫でていくから。

「……ヴィオが他の男の視線に晒されてると思っただけで、みっともなく嫉妬した。王宮にヴィオが来るのは嬉しいけど、ダメだな。仕事に集中できなくなる」

「やっぱり、王宮への用事はできるだけコンラッド様にお願いするね」

「……仕事の褒美（ほうび）には、コンラッドの顔よりヴィオの顔が見たい。だからヴィオに来てほしい」

「どうすればいいの、私」

ヴィオレットは苦笑いする。

「……誰の目にもヴィオを触（ふ）れさせたくない。でも、オレはいつも目にしていたい」

本心はどうなのか分からないが、本気の口調でアーノルドが言う。

「無理だよ」

優しく言い聞かせるようにヴィオレットが言うと、アーノルドは残念そうに頷（うなず）いた。

「……早く子供に家督を譲って隠居したい。……そしたら、ずっとヴィオと一緒にいられる」

まだ子供ができてすらいないのに、ずいぶん先走った話だ。

「そうだね」

（それはなんて幸せなことなんだろう。そのためにはやっぱり、エルフの里に行かなきゃ）

ヴィオレットはふたたび決心した。

アーノルドと一緒にベッドに入り、本を開く。団長室では読み終わらなかったので、

続きが気になったのだ。

ヴィオレットは上半身を起こしていて、アーノルドはすでに横になっていた。

「流行(はや)ってるだけあって面白いよ。アルも読んでみれば？」

「……ヴィオに読んでほしい。オレ、ヴィオの可愛い声が大好きだから」

「眠たいときのアルは甘えたになるんだね？」

眠そうにしているアーノルドが可愛らしく思えて、ヴィオレットは頭を撫(な)でた。お日様のような金色の髪は思ったよりも硬い。

アーノルドは心地よさそうに目を閉じた。

「――空は真っ暗だった。そこには星も月もなかった」

ヴィオレットは読みはじめたが、アーノルドの耳には多分届いていないだろう。区切りのいいところまで読み終えたところで、アーノルドの寝息が聞こえてくる。ヴィオレットはそこでしおりを挟み、本を閉じた。アーノルドの額に軽く口づける。

「……お疲れ様、アル」

明日アルが帰ってきたら、また読んであげよう。そう思いながら、ヴィオレットも横になった。

✽ ✽ ✽

「おい色男」

朝礼のあと、アーノルドは、背後から突然声をかけられた。

顔を見なくても、すぐに誰だか分かる。王宮騎士団の中で、アーノルドに気安い態度をとるのはごく一部の人間だけだからだ。

大抵の騎士はアーノルドが近くにいるだけで、ぴりっと張り詰めて緊張を隠さない。

アーノルドが振り返ると、案の定ルーカスがいた。彼はニヤニヤしながら近寄ってくる。

早足で団長室に向かうアーノルドの速度に合わせて、ルーカスも並んで歩いた。

「昨日ヴィーが来たんだろ？　魔法騎士団まで水色の髪の美少女が現れたって噂で持ちきりだったぞ？　お前の知人らしいけど怖くて聞けねえって、オレに探りを入れてくるやつもいた。フツーに教えたら面白くないからごまかしといたよ」

「……オレが忘れた書類、届けに来てくれたんだ」

完全に他人事のルーカスは、ニヤニヤ笑った。アーノルドは小さくため息をつく。

「せっかくなら、オレにも顔見せてほしかったわー。まぁ、どっかの誰かさんが嫌がっ

ただろうけど。そういやオレ、早く帰れそうだけど、今日あたりにしようか？　ヴィーの魔法教室」

ルーカスといえど正直会わせたくないのだが、当のヴィオレットが望んでいるのだからやむをえない。

「……分かった。オレも帰宅する時間を合わせる」

仕事を調整すれば、なんとか帰宅できるだろう。

アーノルドは頭の中で、効率よく片づけられるよう、段取りを考えはじめた。

「団長、本日中に目を通していただきたい書類とお手紙です」

団長室に戻ると、下級騎士が書類と手紙を持ってきた。彼はいつもこまごまとした雑用を引き受けてくれている騎士だが、いまだにアーノルドを前にすると緊張するようだ。

「急ぎ片づけていただきたい業務なので、こちらが終わってから訓練にいらしてください。今は副団長に監督していただいています」

「……分かった」

用はすんだのに、騎士は立ち去ろうとしない。アーノルドが不思議に思っていると、騎士は恐る恐る口を開いた。

「あの、団長。これは仕事と関係ないのですが、一つお尋ねしてもいいですか？」

彼が業務と関係ない話を持ち掛けてくるのは初めてだった。アーノルドは意外に思いながらも頷く。

「……許可する」

「昨日いらした女性はどなたですか？」

褐色の頬を赤らめながら騎士が尋ねてくる。

どうやらヴィオレットが気になるらしい。あの美貌なら当然のことだ。自分の妻が部下を魅了していることに優越感を感じる。

一方で、腹立たしさも感じた。アーノルドは騎士に、にっこりと微笑む。

「ひっ」

極上の笑顔を向けてやっているはずなのに、なぜか騎士は怯えた顔で後ずさる。

「……彼女はオレの可愛い妻だ。他のやつらにも伝えておけ。もし水色の髪の、妖精のように美しい女性を見かけても、自分からは話しかけるな。必要以上に視界に入れることも許さないとな」

「は！　すぐ伝達しておきます。失礼いたしましたぁー！」

騎士は逃げるように退室していった。

アーノルドは書類に目を落としながら、ぼそっと呟く。

「……身のほど知らずが」

✽ ❊ ✽

アーノルドとルーカスが連れ立って帰宅し、夕食をすませてから、庭で魔法の訓練をはじめた。

ヴィオレットは、ドレスから動きやすいワンピースに着替えている。

「魔法の使い方について簡単に説明するな。まずは、やりたいことを強くイメージすること。自分の中の魔力の流れを意識しながらな」

「イメージ、ですか」

「そう。強く念じたことが呪文によって魔法になり、発動するってこと。ちょっとお手本を見せるから。――アクアクラルスミノル」

ルーカスが近くに咲いている花に手をかざした。

その瞬間、ルーカスの手から現れた水が花に降り注ぐ。

「すごい！」

ヴィオレットは思わず拍手した。

「いきなり竜巻起こすとか、大量の水流を発生させるとかは無理だろうけど、これくらいならできるんじゃねーかな。あ、ついでにアーノルドの魔法も見てみる？　地味だけど、お前も嫁にいいとこ見せたいだろ？」

ちら、とルーカスに視線を向けられ、アーノルドはむすっとした顔で答えた。

「……地味は余計だ」

ルーカスが腰に差している剣を鞘から抜き出した。ヴィオレットが見守っていると、ルーカスはいきなり自らの腕に刃を当ててすっと引く。

「え!?　何をなさるんですか！」

「大丈夫だよ。浅いから」

とはいえ、うっすらと赤い血がにじんでいる。そこからぽたぽたと血が垂れた。

「ん」

ルーカスがその腕を、アーノルドの面前に突きつける。

アーノルドは傷ついた部分に、ぞんざいに手をかざした。

「……アウローラクラルスクーラト」

手のひらからほんのりと明かりが漏れる。アーノルドが手をどかすと、ルーカスの傷

は綺麗(きれい)に治っていた。

「意外だろ？　こいつは光属性で、治癒魔法使えるの。火魔法とか使いそうな見た目なのにな？」

「アルは優しいので、火よりも光のほうが合ってますよ」

にこやかにヴィオレットが言うと、アーノルドは照れたように微笑んだ。

ヴィオレットは彼の目を見つめたが、目が合ったのが気恥ずかしくて、二人は互いにくすくす笑い合う。

「……アウラクラルスミノル」

「きゃ！」

ルーカスが周囲に軽く風を起こした。加減をしているようで、大した威力ではない。服の裾(すそ)を揺らす程度のものだ。

「ピンクの空気を漂(ただよ)わせるのをやめろ！」

ヴィオレットとアーノルドが二人きりの世界に浸っていたので、気に障ったらしい。

ヴィオレットはこほん、と咳払(せきばら)いしてから口を開いた。

「アルの属性は一応知っています。以前、使ってくれたので」

「あ、そうなんだー。オレ怪我した分損したわ。ってか、ヴィー怪我したの？　針でも

刺した？」

けらけら笑いながらルーカスは尋ねる。

貴族の女性は危険なことはまずしない。家事すらしないので、日常生活の中で怪我をする可能性が高いのは、確かに針仕事くらいだろう。

「怪我……ではないのですが」

アーノルドがヴィオレットに魔法を使ってくれたのは、初めて夫婦の営み（いとなみ）をしたときだった。だが、それを口に出すのは恥ずかしく、ヴィオレットは言葉に詰まってしまう。

「あ、ああー！」

ルーカスはヴィオレットの表情で察したようだった。

「悪い、無粋なこと聞いた！　おにーさんが悪かった！　ああ、そっかー。なるほどなー」

勝手に納得したらしく、一人でうんうん頷（うなず）いている。

「あ、でも間違ってるかもしれないから、やっぱりヴィーに教えてほしいわ。いつ何のために使ったのか、詳細に教えて？」

多分想像はついたはずで、恐らくそれで間違いはないのに、ルーカスはニヤニヤとした顔でヴィオレットに迫ってくる。

「え、えーと……」

ヴィオレットは困り顔でアーノルドをちらりと見て、目で助けを求めた。

心得た、とばかりに頷いた仏頂面のアーノルドが、ルーカスの耳元でささやく。

「オレが代わりに詳細を教える、おにーさん」

「うっわぁー！」

顔面蒼白になったルーカスが、自分を抱きしめるようにして腕をさする。

「自分よりでかい男に、そんなひっくい声で言われたら鳥肌立つわ！　オレの周りにはあけっぴろげな女しかいないんだよ。たまには恥じらってる女の子が見たいんだ。どこでヴィーみたいな恥じらい持った女の子と出会えるんだよ」

「……少なくともお前が出入りする店には、そんな女性はいないだろうな。遊んでないでそろそろ身を固めろ」

アーノルドは、すがりついてくるルーカスを冷たい目で見据えた。

「ルーカス様は女性のお友達も多いんですね」

何も知らないヴィオレットの言葉に、二人が固まった。彼らは無言で見つめ合っている。

（な、何かおかしなことを言ったかな？）

二人の反応にヴィオレットが戸惑っていると、ルーカスがわざとらしく咳払いした。

「こほん。じゃ、冗談はやめてはじめるか。ヴィー、さっきオレがやったみたいに水を

出してみて。大量に出すなよ？　一応これ、少しだけ水が出る呪文なんだけど、ヴィーの魔力ならヤバい量が出そう」

「はい。いきます！」

ヴィオレットはさっきルーカスがしていたように手を構えた。自分の中の見えない魔力の流れを意識して、手から水が流れるようにイメージする。

わくわくした顔のルーカスと仏頂面のアーノルドが、ヴィオレットが初めて魔法を使う様を見守っている。

「アクアクラルスミノル！」

呪文を唱え、顔が赤くなるほど力を込めているのに、水は出ない。

しばらく見守っていたルーカスは、ヴィオレットの前に手を差し出した。

「……ヴィー、オレの手のひらに出してくれる？」

「アクアクラルスミノル」

上向きに差し出されたルーカスの手のひらに重ねるように、ヴィオレットは手をかざし、先ほどと同じようにする。

「あー、出た出た」

ほどなくしてルーカスが、自分の手のひらを見つめながら言った。

「本当ですか!?」

アーノルドとヴィオレットも、ルーカスの手をのぞき込む。

よく見ないと分からないほど、わずかな量の水が彼の手を濡らしていた。ほんの一滴、二滴、と言ったところだろうか。

「……少ない、ですね」

「まあ初めてだしな」

「はっきりおっしゃっていただいて結構ですよ」

「センスないな」

容赦なく言いはなったルーカスを、アーノルドが睨みつける。

「まぁ、魔力の量と魔法を使いこなせるかどうかはまた別の話だから。経験も関係するし。アーノルドだって魔力は弱いけど、魔法はそこそこ使えるもんな？　使いすぎると魔力が底ついてヘタるけど。分かりやすく言うと、性欲があってもテクがないってのと同じだな。あ、オレはもちろん両方あるぞ。お試しはいつでもどーぞ？」

「……馬鹿言うな。余計なお世話だし、そのたとえ分かりづらい」

ウインクするルーカスの頭を、アーノルドが仏頂面のままはたいた。

「魔法が使えれば、アルの助けになると思ったんですが……」

落ち込むヴィオレットに、ルーカスが明るく声をかける。

「まぁ練習すれば上手くなるかもしれねーから。オレも早く帰れるときは付き合うし、ヴィーも暇な時間にやってみな？」

「はい、ありがとうございます。ルーカス様」

ヴィオレットはこくりと頷いた。

（……悔しい）

右の手のひらをぼんやりと眺める。

強い魔力を持っていると言われたので、すぐにでも使えるような気がしていたのだが、それは甘い考えなのだと思い知らされた。

「……ヴィオ、行くよ」

アーノルドの声に、ヴィオレットははっと我に返って顔をあげた。

「はい」

アーノルドに駆け寄って、手をとった。

「焦る必要はないし、無理しなくてもいいんだよ。魔法が使えても使えなくても、ヴィオはヴィオなんだから」

ヴィオレットの心を見透かしたように、アーノルドが優しく言った。

「分かってる」

ヴィオレットはそう答えたが、内心はこう思っていた。

（……たくさん練習して、使えるようにならなくちゃ。守られるだけじゃなくて何かあったときに、大切な人を守れる存在になりたい）

もちろん『何か』は来ないほうがよい。だがもしそのときに、何もできなければ後悔するのはヴィオレットだ。

ルーカスが帰宅し、ヴィオレットとアーノルドはそれぞれ湯あみをすませてベッドに入った。

親しい者以外は分からないだろうが、アーノルドが嬉しそうな顔をしている。

「アル、どうかした？」

理由を問うと、彼ははにかみながら口を開く。

「……ヴィオから目を合わせてくれたの、初めてだった」

「そう？」

ヴィオレットは男性と目を合わせることにはまだためらいがあるけれど、アーノルドに対する恐怖心はもちろんとっくにない。だがそばにいるだけでドキドキするので、目

を合わせるなどもってのほかだ。

先ほどが初めてと言われ、ヴィオレットは納得した。

目が合っただけで嬉しそうにするアーノルドに、なんだか申し訳なさを感じる。

「ごめんね。私そんなことも、できてなかった」

「……謝らなくてもいいけど、まだ難しい？」

「目を合わせるよりすごいことしてるのに？」とからかうアーノルドに、ヴィオレットは恥ずかしくなって、彼の胸を拳(こぶし)でぽかぽか叩く。手加減はしているが、たとえ全力で叩いたところで、アーノルドにとっては大して痛くもないだろう。

「もう！　……意識しちゃうと、まだちょっとできないの」

「……そっか」

なぜかアーノルドは、残念がるどころか嬉しそうにしている。

「なんでまだ嬉しそうなの？」

ヴィオレットが疑問に思って聞くと、アーノルドは嬉々として答えた。

「……意識してしまうって言ってくれて嬉しい。もちろん、目を合わせてくれたら嬉しいんだけど……あー、どっちでも嬉しいな。困った。ヴィオがオレを好きでいてくれるって感じられるなら、なんでも嬉しい」

ヴィオレットは苦笑いした。

「私がアルを好きでいるのは、これからもずっと変わらないよ。……私の人生が終わるまで」

「……ヴィオ。いい？」

何を、と聞くほど野暮ではない。ほんの少し前だったら分からずに聞いたと思うが。

こくりと頷いた瞬間、アーノルドが馬乗りになってきた。唇が優しく下りてくる。

(私はこれからもずっと、あなたにドキドキさせられる)

多分、ヴィオレットがアーノルドと一緒にいる限り、鼓動が激しくならない日は来ないだろう。

10

少しでも、アルにうしろめたいことはしたくないの。

ヴィオレットはいつになく緊張していた。

目線だけ動かして、傍らのノアをすがるように見る。ノアが『大丈夫です』と言うように笑顔で頷いたので、ほっとした。

この日、フィリップ公爵家を訪れたのはドミニクだった。

マルス王国へは商品の買いつけのために訪れたらしい。

ヴィオレットがアーノルドに嫁いでから、会うのは初めてだ。

今日のことは事前に手紙で知らされている。エミリエンヌが同伴するわけでもないため悩んだのだが、幼馴染がはるばる会いに来てくれると言うのを断るのは失礼だと思い、了承した。

既婚女性であるヴィオレットが夫以外の男性と二人きりなるというのはよろしくないため、ノアにそばにいてもらうことができる。それも了承した理由の一つだ。

もっとも、ドミニクはヴィオレットと二人きりがよかったらしく、時折ちらちらとノアを見ていた。けれど、彼女に少しも離れる気配がなかったので、諦めたようだ。

ドミニク自身も、二人きりになりたいと口に出すことはなかった。

「あー、久しぶりだな。元気だったか？」

「うん。ドミニクも変わりない？」

「おー。店も繁盛してるし、全然変わらねーよ」

「エミリエンヌも元気？」

「元気すぎるほど元気だぞ。手紙のやりとりはしてるのか？」

「たまにね」

想像していたよりスムーズに会話できて、ヴィオレットは内心ほっとした。いつもより砂糖を多めに入れた紅茶を口に含む。

「公爵にちゃんと優しくされてるか？」

心配そうな顔で少し声を潜めて、ドミニクが尋ねてくる。

「優しすぎるくらい優しくしてもらってるよ。心配してくれてありがとう」

安心させるように微笑んでみせると、ドミニクは一瞬黙ったあと、はぁーっとため息をついた。

「ならいいけど……何かあったら言ってくれよ。と、友達なんだから」

ドミニクはシュガーポットを手にとり、ざざーっと勢いよく紅茶に砂糖を注ぎ込む。

そしてヴィオレットが止める間もなく、一気にそれを口に流し込んだ。

あれでは飲むに耐えられないほど甘そうだが、大丈夫なのだろうか。ドミニクは甘いものがそんなに好きではなかったと思うのだが。

ヴィオレットはハラハラしながら、ドミニクを見守る。

「うぇ。あっまぁーー！」

案の定、ドミニクは紅茶が口に合わなかったらしく、端整な顔を歪めた。

「どうしてそんなに砂糖、入れちゃったの。大丈夫？」

「いや……つい……」

「どうぞ、ドミニク様」

ノアが差し出した新しい紅茶をまた一気に流し込み、ドミニクは一息つく。口直しにと、ヴィオレットもサンドイッチを渡す。

「はい」

「ありがとう。もらう」

ドミニクのために作ってもらった、ハムとレタスのサンドイッチだ。

マスタードが多めに塗ってあるそれを気に入ったらしく、あっという間に一つ平らげると、二つ目に手を伸ばした。

サンドイッチを頬張りながら、ドミニクがちら、とヴィオレットの胸元に目を走らせた。その胸元を飾っているのはドミニクがプレゼントしたものではなく、ペリドットのついたネックレスだ。

「それ、フィリップ公爵から？」

「あ、うん。そうなの」

ヴィオレットは微笑してネックレスに軽く手を当てた。その答えにドミニクはなぜか

イラついた顔をした。

(何か気分を害するようなこと、言ったかな?)

ヴィオレットは思い返してみるが、どこが気に障ったのか分からなかった。

「オレがやったネックレスさー、つけてる?」

「ごめん。一度もつけてない」

申し訳ないと思いつつ、ヴィオレットは正直に答えた。

「すごく気に入ってるんだよ。だからいつでも目につくように、ドレッサーに飾ってるの。でもドミニクは友達だけど、男性でしょう?　男性からもらったものを身に着けるの、アルに悪いかなって」

「ふーん。でもさ、オレからもらったってわざわざ言わなきゃ分かんなくね?」

ドミニクは仏頂面(ぶっちょうづら)で、さらに言い募(つの)ってきた。

やはり、アクセサリーとは身に着けるためのものなので、いくら「気に入っている」と言ったところで、本来の用途で使われていなければ、プレゼントしたほうとしては不満なのだろう。

けれど申し訳ないが、ヴィオレットはなんと言われてもアーノルド以外からもらったアクセサリーを、身に着けるつもりはなかった。だから、彼女にできるのは誠意をもっ

て自分の気持ちをドミニクに伝えることだけだ。

「うん。言わなければ、きっとアルは気づかないと思う。それでも——」

ヴィオレットはほんのりと頬を火照らせて、ネックレスに視線を落とした。

「少しでも、アルにうしろめたいことはしたくないの」

「……っあー！　そうきたかぁ……」

ヴィオレットの答えにドミニクはぽんと軽く額を手で打って、天を仰いだ。しばらくして頷く。一応は納得してくれたらしく、その表情は笑顔に戻っている。

「そっか。まーいいよ、どう使ってくれようと。無理やり押しつけたようなもんだし」

そのあとはすっかり普通のドミニクになり、ヴィオレットたちは時間まで会話を楽しんだ。

ヴィオレットは昔話に花を咲かせたのち、仕事の時間だというドミニクを見送った。

ノアとコンラッドもヴィオレットのうしろに控えている。

玄関を出たところで、御者が馬車のドアを開けて待機していた。ドミニクを街まで送ってくれるらしい。

「今日はわざわざ来てくれてありがとう」

「いや、仕事のついでに来ただけだから。お前に会うためだけに来たわけじゃないし」

ドミニクが赤らんだ顔をふい、と背ける。

「それでも、来てくれて私は嬉しかった」

ヴィオレットがドミニクに笑顔を向ける。彼はちらりとこちらに顔を向け、また背けた。

「ふんっ。そ、そうかよ。仕事でちょくちょく来るから、また寄ってやるよ。手紙も出してやる」

「うん。私も出す。またね」

「ぜひ、またお越しくださいませ」

コンラッドが恭しく頭を下げ、ノアも続いて礼をした。

ドミニクを乗せた馬車が門を出ていくまで見送り、ヴィオレットたちは屋敷に戻る。

「男性のお友達をお持ちだったのですね」

コンラッドが、歩きながらヴィオレットに言う。

「はい。でも男性の友人はドミニクだけです。幼馴染なんですけど、仕事でこっちに来たから寄ってくれたんです」

「……アーノルド様がご在宅のときにお招きすると、面倒なことになりそうですね」

「え？　でも、お友達ですよ？　さすがに二人きりでは会いませんし、ノアも一緒にい

てくれます」

コンラッドの言わんとすることが分からず、ヴィオレットはきょとんとした。

✽ ✽ ✽

公爵家の馬車に揺られながら、ドミニクは物思いにふけっていた。

その人がドミニクの屋敷を訪ねてきたのは、彼がフィリップ公爵家を訪ねる数日前のこと。

突然、その人から会いたいという内容の手紙が届いたときは冗談かと思った。ドミニクに用があるような相手ではないからだ。

文面ではこちらに判断を委ねる形ではあったものの、あちらのほうが身分が高い以上、訪問を断ることはできなかった。

実際に会うまでは、やはりいたずらではないかと疑っていたので、本人が本当に訪れてきたときは驚いた。

わざわざ自分で訪ねてくるくらいだから、ドミニク以外には聞かれたくない話なのだろう。

お茶の用意がすむと、ドミニクはすぐにメイドを下がらせた。

「それで、なんの御用でしょう」

わざわざ世間話をするような間柄ではない。単刀直入に問いかけたドミニクに、彼は口を開いた。

「ここにも『疾風の黒豹』の悪名は届いているだろう？」

「はぁ、まあそれなりには。真実かどうかは分かりかねますが」

「君には、うちの騎士団長を失脚させる手助けをしてほしい」

「……なぜオレに？」

ドミニクは騎士団と無関係だ。ましてや他国の人間であるから、協力したところでメリットは一切ない。

「失脚させようとずっと動いていたんだが、女性の影もないし、仕事ぶりは真面目で、つけ入る隙がなくてね。悪い噂をばらまいたりはしていたが、せいぜい下級騎士の間で人気が下がるだけで、上層部の評価はまったく変わらない」

（こいつが噂を流していたのか。ご苦労なことだな）

その割には、特にダメージを与えられなかったようだが。

「手詰まりだったんだが、彼が結婚したのは知っているだろう、奥方は君の幼馴染だぞ

うだから。君は団長の奥方に懸想していたらしいね？　あいつが邪魔なのは君も同じだろう。団長が罷免されれば彼女が手に入る可能性が出てくるぞ」

「はぁ。そういうことですか」

どこから聞いたのかは分からないが、他国の一貴族の子息が懸想している相手をわざわざ調べあげるなんて、彼は相当暇らしい。

アーノルドが真面目に仕事にとり組んでいるから、彼には大した仕事が回ってこないのかもしれない。

「新人騎士の訓練で、団長は一週間ほど屋敷をあける。そのときに、君は奥方を連れ出してくれ。その後、私が団長と取引するつもりだ。計画に乗ってくれるか？」

「乗ってくれるかって……」

ドミニクは呆れた口調で答えた。

「オレは協力するしかないんでしょう？　ここまで手の内を明かされて、頷かなければ消されますよね。で、あなたは別の手段で団長を陥れる」

「賢い人間は好きだよ」

彼は満足げに頷いて、促すように手を差し出す。

「あなたと手を組みます」

ドミニクは差し出された手を握る。

メイドの淹(い)れてくれた紅茶は手をつけられることがないまま、すっかり冷めきっていた。

「城下街の門までで、よろしいですか？」

御者(ぎょしゃ)の問いかけで、ドミニクははっと意識を戻した。

「はい」

「本日はありがとうございました。また機会がありましたら、お送りさせてください」

「送ってくださり、ありがとうございました」

ドアを開け丁寧に見送ってくれた御者(ぎょしゃ)に、ドミニクは軽く頭を下げて街の門をくぐった。

大国の繁華街はオルレーヌ国と比べものにならないほどの人であふれかえっている。

ドミニクはすぐに雑踏(ざっとう)に紛れた。

「……お前はオレが守るからな、ヴィー」

その呟(つぶや)きは誰の耳にも届かないまま消えた。

✿ ✿ ✿

帰宅したアーノルドは、ベッドの脇に腰を下ろした。上掛けにくるまって、すっかり夢の中にいるヴィオレットの寝顔を見ながら、彼女の頭を優しく撫でる。

ヴィオレットの手元から落ちたらしい本が枕元にあり、アーノルドが帰宅するまで起きていようとした気概が感じられる。

起きているヴィオレットに会えなかったのは残念だったが、その努力だけで嬉しい。

アーノルドは彼女の頭を撫でているのとは反対の手で、本をサイドテーブルに置いた。

近頃仕事が多忙を極めており、休暇をとるどころか帰宅時間すらも遅いせいで、起きているヴィオレットにしばらく会えていない。

寝顔も可愛いが、起きているヴィオレットに会いたい。鈴を転がすような可愛らしい声が聞きたい。満開の花のような愛らしい笑顔が見たい。

このままではヴィオレット欠乏症になりそうだ。

（……どうにか休憩時間を調整して、せめて映話でヴィオと話せないかな）

髪を撫でながらヴィオレットの寝顔を眺めて、真剣に考えていると……

「……おかえりなさい、アル」

ヴィオレットが重たげなまぶたをうっすらと開ける。

「……ごめん、起こした。寝てていいよ」

「せっかく会えたから、お話しする……」

まぶたをこすりながら、ヴィオレットが健気(けなげ)に言う。けれど眠たそうな声で話をするのがやっとで、起き上がることはできないらしい。

ヴィオレットに申し訳なく思いながらも、できれば直接伝えたかったことがあったので、今のうちに話しておくことにする。

「……ヴィオ、来週の話なんだけど、新人騎士の訓練で一週間くらい屋敷をあける。何かあってもすぐに助けに行けないから、外出しないようにして」

屋敷の中であれば安全だ。アーノルドの不在を知っている者はごく一部だけだし、わざわざ屋敷を襲うような者もいないだろう。

「分かった。気をつけていってらっしゃい、アル」

目覚めたときには忘れているかもしれないが、ヴィオレットがえへへと微笑んだ。

寝ぼけているせいか、普段よりぽやーとした笑顔で、それがまた可愛らしい。

ヴィオレットが起きていられる限り話していたかったが、このままでは無体(むたい)なことを

してしまいそうだった。

「……オレ、そろそろ夕食をとって湯あみに行くから。もう寝て」

「寝ない。私も行く」

立ち上がろうとしたアーノルドの腰に、ヴィオレットがしがみつく。なんだこの可愛い生き物、と彼は内心悶えた。

「……分かったよ」

可愛い妻の手を振りほどくことなどできるはずがなく、夕食はコンラッドに頼んで寝室に運ばせることにした。

「抱っこして」

ヴィオレットが自分からこういうことを言ってくるのは珍しい。寝ぼけている彼女は、甘えたがりな気がする。

「……喜んで」

ヴィオレットを抱きあげて、彼女の背中がアーノルドの腹にぴったりくっつくように膝に乗せる。

「えへへ」

ヴィオレットが嬉しそうに、アーノルドの胸に頬を擦り寄せた。

間もなくしてやってきたコンラッドは、アーノルドに抱かれているヴィオレットをちらりと見たものの、何も言わなかった。普段だったら間違いなくからかってくるだろうが、今は多忙を極めている主人を不憫に思っているらしい。

コンラッドは、黙ってアーノルドの前にテーブルを用意し、湯気の立った夕食を配膳する。

肉料理はなく、野菜と魚を中心にした消化のよさそうな料理が並んでいた。時間が遅いので配慮してくれているらしい。

「ヴィオレット様は……何か召し上がりますか？　安眠効果のあるお茶とか」

アーノルドを見ながら小声で聞いてきたのは、ヴィオレットの顔が見えず、起きているのか分からなかったからだろう。

「目が覚めるお茶をください……」

ヴィオレットが小声で答えた。コンラッドは、アーノルドに『用意していいか』と目で尋ねる。

アーノルドは軽く首を横に振って、その仕草で安眠効果のあるものを持ってくるよう伝える。

ヴィオレットが起きようとしてくれるのは嬉しいが、もう遅いのでゆっくり休んでほ

しい。

頷(うなず)いていったん退室したコンラッドはお茶の用意をしてふたたび戻ってくると、ティーカップにお茶を注(つ)いだ。

「こちらに置きますね」

「ありがとうございます」

ヴィオレットの手の届く位置に、コンラッドがティーカップを置く。湯気は立っておらず、せいぜいぬるま湯程度の温度だ。寝ぼけたヴィオレットが零(こぼ)してやけどをしないよう、コンラッドが配慮してくれたのだろう。

「……食事するから、下ろしてもいい？　このままじゃヴィオも飲みづらいよね」

「嫌。下りない」

問いかけたアーノルドに、ヴィオレットは普段と違いきっぱりと答えて、ティーカップを手にとった。顎(あご)の少し下にヴィオレットの頭があるので、このままではアーノルドがものすごく食べづらい。ワガママを言うヴィオレットは大変可愛いが、下手をしたら彼女の頭に食べ物を落としてしまいそうだ。

かと言って無理やり下ろすこともできず、アーノルドがどうしたものかと困惑していると、コンラッドが顔色一つ変えずに、背筋が凍りつくほど笑えない冗談を言った。

「私が切り分けて『あーん』して差しあげましょうか？」

「断る」

「サンドイッチにいたしますか？　あり合わせでよろしければ、ここでご用意できそうですし」

「……頼む」

コンラッドがサラダや魚のソテーなどを手早くパンに挟み、サンドイッチにする。フルーツの盛り合わせは小さく切り分けてあるので、そのままでも難なく食べられそうだ。

コンラッドは残った料理をサービスワゴンにのせた。

「残ったものは私が食べますから、お気になさいませんよう」

「……お前も遅くまですまないな。これも来週までだから」

アーノルドが忙しいときは、必然的に執事長であるコンラッドも忙しくなってしまうので、申し訳なく思う。

普段は絶対口にしないような感謝を伝えたのは、新人訓練のための準備やその他の問題が山積みになっており、最近の忙しさが度を超しているからだ。

アーノルドの言葉に、コンラッドはわずかに目を見開いたあと、仰々（ぎょうぎょう）しく礼をした。

「私の仕事はアーノルド様にお仕えすることですので。あんたにねぎらいの言葉をいた

だけるなど、明日は雪でしょうか。昔は可愛かったんですけどねー。私の誕生日には『コンラッドいつもありがとう』って手紙をくれましたよね。いつからかいただけなくなりましたが、今年からまたくださってもかまわないんですよ」

「……遅い時間なのに元気だな。早く寝ろ」

たまに優しくすると、ろくなことを言わない。

「はい。では、失礼いたします」

コンラッドは憎たらしい笑みを浮かべながら退室した。

ヴィオレットの顔をのぞき込んでみると、まぶたが閉じられていた。

コンラッドをさっさと追い返して、ヴィオレットと話せばよかったと思う反面、無理はさせたくないから眠ってくれてよかったとも思う。

ポトリとヴィオレットの手からティーカップが落ちる。絨毯のおかげか、ティーカップが丈夫だったからか、ヒビが入った様子はない。中身は飲み切っていたようで、お茶が零れることもなかった。カップを拾うのはあとでかまわないだろう。

「大好きだよ……アル」

ヴィオレットがむにゃむにゃと呟いた。

「……オレも、君を愛しているよ」

アーノルドは、そう小さく呟き返し、ヴィオレットの両のまぶたに軽いキスを一つずつ落とす。

夢の中でも自分のことを想っていてくれるヴィオレットが愛おしい。

(この何気ない時間が、できるだけ長く続きますように)

アーノルドは心からそう願った。

閑話　兄との思い出

あれは確か、兄のテオドールが貴族学校を首席で卒業した翌日。アーノルドは貴族学校の四年生で、勉学に励んでいた頃だった。

朝、アーノルドはコンラッドに起こされると同時に、「公爵様がお呼びです」と告げられた。

呼び出されたのは応接室で、両親とアーノルド、どちらの私室でもないことから、父親としてではなく公爵としての話なのだろうと容易に想像がついた。

早朝の呼び出しゆえに、急ぎの話なのだろうとも。

叱られるようなことをした覚えもなかったし、話の内容はまったく見当がつかなかった。

応接室にいたのは公爵だけ。目の前のソファーにアーノルドを腰かけさせると、彼は前置きもなく口を開いた。

「テオドールが家督はお前に継がせたい、と言うのだが」

「はい？　オレに、ですか？」

思ってもみなかった言葉に、アーノルドは一瞬聞き間違いかと思った。

「……それはなぜでしょうか？」

「あいつは学者としてやっていきたいそうで、そのためにこの国を出て学びたいらしい。公爵などになったら、この国から出ることはそうそうできないからな。私も無理に継がせようとは思わない。お前も継ぎたくないと言うなら、コンラッドを養子にして継がせるつもりだ。あれも私の子供のようなものだからな」

「それは……」

アーノルドは驚きすぎて言葉もろくに出ない。

「……時間をください、父上。兄上のお考えも聞きたいので」

絞り出すように言うと、公爵は鷹揚に頷いた。

「急に言われても、すぐに答えは出ないだろう。私が隠居するまでに考えてくれればいい」

「……はい。失礼します」

話が終わったその足で、兄の部屋に向かう。

形ばかりのノックをして、返事を待たずに扉を開いた。

「兄上、この国を出られるというのは本当ですか!?　そのうえ、オレに家督を継がせるおつもりなどと……！」

ずかずかと部屋に足を踏み入れると、アーノルドの声でテオドールは目覚めたようだった。ベッドの上で上半身を起こして、あくびをしている。

「ふぁー……。朝早くから元気だな。お前、返事待ってから入ってくれねー？　オレが一人でやってたらどうすんだよ。いくら可愛い弟でも、そんなん見られたら気まずすぎていたたまれないわー」

テオドールが朝から低俗な冗談を飛ばす。アーノルドはベッドまで大股で歩み寄り声を荒らげた。

「……ふざけないでください！」

そんなアーノルドをなだめるように、テオドールは幾分か優しい口調で言う。

「とりあえず朝メシ食べてからでいいだろ？　腹減ってるとお前、余計イライラするだ

ろうし」

テオドールはそう言い、食堂に向かってしまう。アーノルドもそれを追いかけた。

朝食の席は、わざとなのか家族の誰もそのことに触れないまま終わった。

「では、失礼します」

朝食を終え、お茶の用意をしてくれたカーラと公爵夫妻が部屋を出ると、アーノルドは待ちかねたように口を開く。

「……詳しく話してください、兄上」

昔からテオドールは何をやらせても優秀だ。逆にアーノルドは不出来で、学問も苦手で魔力も弱く、兄弟とは思えないほどだった。

だが、アーノルドがテオドールに劣等感を抱くことはなかった。あまりにも差がありすぎると、そんな気にもならないのだ。

優秀なテオドールは貴族学校を卒業したのち、フィリップ公爵家をなおいっそう発展させ、さらにはマルス王国にも貢献してくれるだろう。公爵夫妻のみならず多くの人が当然のようにそう期待していたはずだ。

その兄が、公爵位を継がない。

しかもこの国を出ていく、など。

お茶を口に含んだテオドールは、ごくりと音を立てて飲み下した。そして長い足を優雅に組む。

「お前は昔から可愛い弟だったよ。ずっと、オレのあとを追ってきてさ」

テオドールが国を出る話とは無関係に思えたが、アーノルドは黙って聞いていた。

「オレはなんでもできるから、貴族学校だろうが、騎士学校だろうがどこへ行っても首席だよ？　でもお前はそうじゃないよな？　お前は剣術が得意なんだから、それを伸ばせる騎士学校に行ったほうがよかったと思う。苦手な勉強づけの学校に無理して行く必要なんかないんだよ」

「……それ、は」

アーノルドは言葉に詰まった。貴族学校は、貴族の子息が王宮の文官になるために学ぶところだ。

テオドールのあとを追うように貴族学校への入学を決めたとき、兄からさんざん考え直せと言われたのを思い出す。

入学する前に家庭教師について基礎を学んでいるときから、自分に学問の才はないと分かっていたけれど、アーノルドはどうしてもテオドールと同じ学校に行きたかった。弟は兄のあとを追うものだと思っていたからだ。

無理して入学した貴族学校では案の定、劣等生のレッテルを貼られている。剣術の授業だけは、学校一の優等生だったが。

「お前はできる子なのに、オレがいるとずっとオレのあとを追うだろう。オレはオレ、お前はお前。オレの真似をすること自体が無駄だ」

「……兄上が思っていらっしゃるほど、オレは優秀な人間ではないです。……ましてや公爵家を継ぐほどの器でもありません。学問も苦手ですし、公爵家の血を受け継いでいながら魔力が極端に少ない、出来損ないです」

アーノルドは幼い頃、体も小さく虚弱だった。成長するにつれ体は丈夫になったが、魔力も弱く学問も苦手なので、心ない人からは「公爵家の出来損ない」とささやかれていた。

ならばせめてと剣術を磨いた。怪我も多くしたし、容易なことではなかったが、そのうちアーノルドはテオドールよりも強くなった。今は同じ年代の中で随一の腕前だろう。学のある人をよしとする貴族社会の中で、公爵やテオドール、屋敷の人間だけはそんなアーノルドを認めてくれた。

「公爵位を継いで、学がないことが支障になるなら、コンラッドにやらせろ。主人の尻ぬぐいがあいつの仕事だ。……アル」

幾分か優しい口調で名前を呼び、すっと立ち上がると、テオドールはアーノルドの隣に座った。ぽんぽん、とアーノルドの頭を軽く叩く。

　昔、落ち込んだアーノルドをよくこうやって慰めてくれた。

「お前はオレの弟だよ。優秀に決まってる。勉学が苦手なら、もっともっと剣術を磨け。そんで、お前をバカにしたやつらが、ぐうの音も出ないくらいに強くなれ」

「……つまり兄上は、オレのためにこの国を出ていくということなのですか？」

（……兄上のような優秀な人材を国外に出してしまうくらいならば、オレが出ていったほうがいいのではないか。オレ一人くらい、どうにでも生きていける）

　そう思ったが、テオドールは首を横に振った。

「お前のため、っていう大義名分はあるけど、オレはお前が思っているより自分勝手な人間だ。オレはもっともっと知りたいことがある。世界の色々なものを見たい。そのためには、公爵って地位は足かせなんだ」

「……足かせ、ですか」

　テオドールは誰もが欲するであろう地位を、邪魔なものだと言い切った。

「それに、オレはお前を軽んじてきた連中が許せない。だからお前に公爵位を継がせて、立派にやれるってことを証明したいんだよ」

テオドールは自分の膝を拳で強く殴って憤った。

憎々しい顔をするテオドールを、アーノルドは初めて見た。テオドールはいつも飄々として、にこやかだからだ。

「でも、それはオレのエゴで、お前の意志ではない。なぁアル。オレは別に、可愛い弟に無理やりお荷物を押しつける気はない」

真剣みを帯びた双眸で、テオドールはまっすぐにアーノルドを見つめる。

「オレが継がないからやむなく……じゃなくて、お前はどうしたい？　公爵位を、継ぎたいか？　継ぎたくないか？」

普段ふざけてばかりいるテオドールがたまに真剣な顔をすると、すごみがあった。そんなとき、アーノルドはいつも、テオドールこそが人の上に立つのにふさわしいと思う。少なくとも、今の自分にはこのようなすごみは出せない。

アーノルドはテオドールのあとを追うばかりで、自分の意思で何かを決めたことなどないに等しかった。自分からはじめたのは、剣の腕を磨いたことくらいだろうか。

「オレは……」

アーノルドの答えを待たずして、一週間後、テオドールはわずかな荷物だけを持ち、マルス王国を旅立った。

それからほどなくしてアーノルドは騎士学校に編入し、二年後、首席で卒業。騎士団に入ったあとは順調に出世し、今では団長になった。

——だが、兄に聞かれた問いの答えは、まだ出ていない。

11　ふざけるなよ！

騎士団長は、今日も忙しい。

アーノルドは団長室で、いつも通り書類の山と格闘していた。

部下の鍛錬（たんれん）に付き合ったあとに書類仕事をしていると、自分はやはり頭を使うより、体を動かしているほうが向いていると実感する。

書類業務だけ他の人間に任せたいところだが、機密情報を多くとり扱っているのでそうはできないのが実情だ。

アーノルドは思わずため息をついた。

今日はまだ手紙に目を通していないのを思い出して束を手にとる。朝一番に下級騎士が持ってきたものだ。送り先だけざっと確認していると、一通だけ何も書かれていない

ものがある。宛先もないので、誰かがアーノルド宛の手紙に紛れ込ませていたのだろう。

アーノルドは慎重に封を開けた。刃物などが入れられている可能性を考えたのだが、入っていたのは便箋だけだった。

『騎士団長にふさわしくない。退任しろ』

筆跡がさとられないよう、切り抜かれた新聞の文字が貼られていた。

「……よく飽きもせず続けられるな」

このような手紙は月に一通ほどの頻度で送られてくる。

送り主の見当はついていた。追及しないのは、相手が騎士として優秀だからだ。このようなことをしているあたり、騎士としての信念に問題はありそうだが。

アーノルドは顔色を変えることなく手紙を読み終えると、それを小さくちぎってゴミ箱に捨てる。

そのときちょうど、控えめなノックとともに下級騎士が入ってきた。

「お茶をお持ちしました」

「……ありがとう」

頼んではいなかったが、休憩の頃合いだろうと気を遣ってくれたらしい。近頃特に多忙なアーノルドを、気にしてくれているようだ。

書類が山と積まれた机に置くのははばかられたので、アーノルドは直接カップを受けとった。

疲れているアーノルドをいたわってか、いつもより砂糖が多めだ。

「この書類を魔法騎士団まで持っていってくれないか」

「団長がお茶を召し上がったら、カップを下げてから持っていきますね。机に置けないでしょう」

「……すまない」

そのとき、映話の通信が入った。目は書類に落としたまま耳だけ傾ける。詰め所の入口にいる騎士からだった。

「お約束はされていないようですが、団長にお客様です。いかがされますか」

「……忙しいので断ってほしいんだが。……名前は？」

「ドミニク・フォン・ノアイユ様です」

――ドミニク。

姓は知らなかったが、名前には聞き覚えがあった。最近屋敷を訪れたという、ヴィオレットの幼馴染だ。

正直、男がヴィオレットに会いに来るというのは、いい気分がしない。だが、二人き

りで会っていたわけではないし、ヴィオレットの交友関係を狭めたくはなかったので、何も口出ししなかった。

そんなドミニクが、アーノルドになんの用なのか。

彼は不審に思い、話を聞くことにする。

「……通せ」

アーノルドがそう言って映話を切ると、ほどなくしてドミニクはやってきた。

下級騎士はドミニクのお茶を来客用のテーブルに用意して退室した。アーノルドのお茶も淹れ直してテーブルに置いてある。

ドミニクはアーノルドの目の前に立つ。身長は男性にしては少し低めで、小柄なヴィオレットと並ぶと自分よりも釣り合いがとれそうだ。

恐らく、以前ヴィオレットに聞いた、男嫌いの原因となった幼馴染の一人だろうとアーノルドは推測している。ヴィオレットに対していまだ好意を持っているようだ。だから彼女に会いたいのは理解できるが、なぜアーノルドに会いに来たのだろう。本来なら視界にも入れたくないくらいだろうに。

「……悪いが、忙しいので仕事をしながら話させてもらう」

ドミニクはさわやかな笑みを浮かべ、恭しく礼をした。

「かまいません。お初にお目にかかります。ヴィオレットの幼馴染のドミニク・フォン・ノアイユです。お忙しいところ面会をお許しいただき感謝します、フィリップ公爵。ここでは、騎士団長とお呼びしたほうがよろしいですか」

「……呼び方はお好きに」

簡単に挨拶をすませると、アーノルドはすぐに書類に目を落とした。

ドミニクは表面上は人好きのする笑みを浮かべているが、胡散臭いとアーノルドは思った。何か、腹に一物抱えているような。

「単刀直入に申しあげますね。見極めに来ました。……あなたがヴィオレットにふさわしいかを」

あまりに尊大なドミニクの言葉に、アーノルドは思わず顔をあげた。

「……ただの幼馴染の君にそんなことをされる理由はないが？　第一、君に認められなかったとしても、彼女はもうオレの妻だ。左手の刻印は消せない」

そう簡単にヴィオレットとアーノルドが離縁することはないのだ、と暗に伝える。

ドミニクは横柄な態度のまま軽く鼻を鳴らした。

「ヴィオレットがあなたから離れない自信があるんですか？」

「……自信は、いまだにない。でも、オレはヴィオを愛している。だからもし彼女に望

まれれば離縁しよう。それがヴィオの幸せなら」

これはアーノルドの正直な気持ちだった。

もちろん、ヴィオレットを離したくはない。だが、もし彼女の心が離れることがあれば、無理に自分の手元に置いたままにしたくはなかった。

「……『ヴィオ』、ですか。その呼び方をするのはあなただけですね」

ドミニクから表情が消え、彼は小さく呟いた。

アーノルドだけが特別な呼び方をしているのが、うらやましかったのか気に障ったのかは分からない。

「……＊＊＊、＊＊＊＊」

次にドミニクの放った言葉は、マルス王国の言葉ではなかった。オルレーヌ語であることはなんとなく分かったが、マルス語しか知らないアーノルドには、理解できない。

「……悪いがオルレーヌの言葉は分からない。マルス語でもう一度言ってもらえるか？」

アーノルドが聞き返すと、ドミニクは先ほどの胡散臭い笑みを浮かべた。

「すみません、つい母国語が。そろそろ失礼しますと言ったんです。……せっかくなので淹れていただいたお茶をいただいてから行きますね」

ほどよく冷めていたのか、ドミニクは一気にお茶を飲み干した。

「美味しいですけど、公爵家でメイドが淹れてくれたお茶のほうが美味しかったです。最近、仕事でマルス王国によく来るので、先日はヴィオレットに相手をしてもらったのですが、ご存知ですよね？」

アーノルドが不在のときにヴィオレットと会っていることを伝えて、諍いが起ればいいとでも思ったのだろう。

しかし、アーノルドは顔色一つ変えずに落ち着いた声音で答えた。

「……もちろん」

平然としたアーノルドの返答に、ドミニクは笑顔のままで言う。

「今度はフィリップ公爵がご在宅のときに、ぜひお邪魔したいと思います。では、失礼しますね」

「……ああ、ぜひ。大して相手ができず、すまなかった。案内を呼ぶか？」

「いえ。突然来たのにお時間をいただき、ありがとうございました。失礼します」

ドミニクはアーノルドに礼をして、静かに退室した。それを見送り、アーノルドはふたたび書類に目を落とす。

ドミニクは何も言わなかったが、恐らくアーノルドが「ヴィオレットにふさわしい」とは評価しなかっただろう。

だが他人にどのような評価をされようと、ヴィオレットにだけ好かれていればいい。

だからアーノルドの心はまったくざわめかなかった。

＊　＊　＊

ドミニクは団長室を出て、装飾のない回廊を歩いていた。

マルス王国の王宮は豪奢かつ繊細で美しいが、王宮騎士団の詰め所は質素な作りだ。騎士道に則ってよく教育されているのか、騎士たちがすれ違いざまに丁寧に挨拶をしてくれる。

「おはようございます、ミスター。ご案内しなくても大丈夫ですか？」

「おはようございます。もう戻るだけなので大丈夫です。通った道は覚えていますので」

ドミニクも笑顔で挨拶を返した。

彼は、先ほどのアーノルドとの会話を思い返す。

さっき、わざとオルレーヌ語で言ったことは、もちろん「そろそろ失礼します」なんて生易しい言葉ではない。

ドミニクは心の中で呟いた。

（「……やっぱり、あなたにヴィオレットは渡したくないですね」と言ったんですよ。『疾風の黒豹』さん）

✿ ❀ ✿

ヴィオレットは先週からアーノルドと顔を合わせることがないまま、彼は新人の訓練に出かけてしまった。

ドミニクは仕事でしばらくマルス王国とオルレーヌ国を行き来するらしく、何度か公爵家を訪れた。自然と屋敷の使用人たちとも親しくなったようで、数日前に来たときには、コンラッドと二人で話しているところを見かけたくらいだ。

少年時代のドミニクに、幼いヴィオレットはかなり泣かされたが、大人になった彼は女性の扱いに慣れていて、優しい。

エミリエンヌたちの近況やオルレーヌ国の変化などを聞けて、ドミニクの訪問はヴィオレットの密かな楽しみになっている。

今日は珍しく空が曇っていた。マルス王国は一年中ほとんど晴れており、曇りは珍しい。

そんな涼しくて過ごしやすい天気の日にドミニクがやってきたので、ヴィオレットは

庭でお茶会をすることにした。

　ドミニクがオルレーヌ国特産の菓子を持ってきてくれ、ヴィオレットは懐かしい味を楽しんだ。甘みの少ない素朴な味の焼き菓子で、甘いお茶によく合う。

　もちろんノアもうしろに控えていて、一緒にお茶を飲もうと誘ったが断られてしまった。

　ヴィオレットと二人きりであれば、稀に一緒にお茶を飲んでくれることもあるが、さすがに客人と同じテーブルにつくことはできないのだろう。

　ノアも、久しぶりにオルレーヌ国のお菓子が食べたいのではと思ったのだが。

（お菓子は分けておいて、ドミニクが帰ってからノアにもあげよう）

　ヴィオレットがそう考えていると、ドミニクが口を開く。

「もうすぐ何の日か覚えてるか？　ヴィオレット」

「ん？　エミリエンヌの誕生日のこと？」

　ドミニクとヴィオレットに共通の予定といえば、それくらいしか思い当たることはない。そしてどうやら、ヴィオレットの答えは正解だったようだ。ドミニクが頷く。

「そ。プレゼントねだられててさー、ヴィオレットに見立ててほしいんだけど」

「ドミニクなら女の子のプレゼント、選び慣れてるよね？　それこそドミニクが仕入れ

ているものから選べば、間違いないんじゃないの？」

ドミニクの働く宝石店は若い女性向けの商品を多くとり扱っている。ヴィオレットが結婚祝いをもらったときのように店の商品から選べば、エミリエンヌも喜びそうだが。

「あいつ、好みにうるさいだろ？　去年やったプレゼントは『趣味じゃない』って突っ返された」

「そんなことないよ、エミリエンヌは優しいよ？　誕生日の前に病気になって、プレゼントが用意できなかったから歌をプレゼントしたけど、すごく喜んでくれたよ」

ヴィオレットがきょとんとする。

ドミニクは目を見開いてかなり驚いた様子だった。

「ええっ……。基本的に換金できないプレゼントは受けとり拒否してくるぞ、あいつ。かといって用意しないとブチぎれるし……」

ドミニクはそのときのことを思い出したのか、苦々しい顔をした。

「そうなの？」

ヴィオレットと一緒にいるときのエミリエンヌはいつも優しい。厳しいところなど想像できない。

ヴィオレットの知らない一面に戸惑っていると、ドミニクが拝むように手を合わせて

きた。

「頼む。ヴィオレットが一緒に選んでくれたら間違いないから。もちろんノアも一緒でいいから！」

「うーん。いつ？」

ドミニクが熱心に頼み込んでくるので、ヴィオレットは困惑しながらも尋ねた。

「オレが次、マルス王国に来るのは明後日なんだけど、どう？」

「ごめん、無理。私、その日まで外出できないから」

一昨日からアーノルドは屋敷をあけており、明後日の夜に帰宅する予定になっている。その間は屋敷を出てはいけない、とアーノルドから言われている以上、ドミニクのプレゼント選びに付き合うことはできない。

「でも、その次にこっちに来る日は、誕生日のあとなんだよな。気に入らないプレゼントを渡すのも、遅れて渡すのもお怒りを買うんだよー」

ドミニクが困った顔をして、人差し指で頬をかいた。

「でも、外出したらダメって言われてるから……」

エミリエンヌの怒りを買うのは可哀想だとは思うが、アーノルドとの約束をおいそれと破るわけにはいかない。ヴィオレットは頑なに首を横に振ったが、ドミニクは食い下

がってきた。

「外出できないのって、フィリップ公爵が新人騎士の訓練に駆り出されていて不在だから？」

「どうしてそのことを知ってるの？　私、言ってない」

ヴィオレットはドミニクに、アーノルドが不在にしている理由を伝えていないはずだ。不思議に思ったが、ドミニクはにこやかに答えた。

「今、仕事でマルス王国中を回ってるから、騎士団の情報も自然と耳に入ってくるんだよ」

王宮を守る騎士団、それも団長を含むそれなりの人数が数日不在にするということは、そこそこ機密情報だと思うのだが。

（そんな重要な話、外部に漏れるようなことがあるかな）

ヴィオレットは疑問に思った。

けれど、ドミニクは貴族ではあるがごく普通の宝石商であり、オルレーヌ国の諜報部（ちょうほう）に所属しているわけでもない。不当に情報を得ているとは考えられなかった。

「話を戻すけど、プレゼント選んだらソッコー屋敷に送るから。お願い」

きっぱり断ったのに、なおもドミニクが拝（おが）み倒してくる。

根負けしたヴィオレットは困って、うしろに控えているノアに目線だけで助けを求

めた。

するとノアは、この場を切り抜けるための提案をしてくれた。

「コンラッド様にお伺いしてはどうですか？　お呼びしてきます」

「うん。そうだね」

ノアの言葉にほっとしてヴィオレットは頷いた。

きっとコンラッドが上手く断ってくれるだろう。ヴィオレットはそう思っていたのだが……

「よろしいのではないですか？」

コンラッドを呼んできてもらい、ヴィオレットが相談してみると、彼は予想外にもヴィオレットの外出をあっさり許可した。

「え？　でも、アルが外出してはダメだと……」

コンラッドの言葉に、ヴィオレットは困惑した。

「騎士団が定期的に巡回していますから、マルス王国の治安はそこまで悪くないです。アーノルド様は念のためそのようにおっしゃっただけですよ。それにすぐすむご用事でしょうし、ヴィオレット様もお友達へのプレゼントをお買い求めになりたいのではないですか？」

コンラッドは笑顔でなんでもないことのように言った。

「アーノルド様がお戻りになったら私からお話ししましょう。お叱りは私が受けます。ヴィオレット様がご無事でお戻りになればなんの問題もありません。ドミニク様も魔法をお使いになれるのでしょう？　だったら、もし何かあっても、ヴィオレット様を逃がしていただくことくらいはできると思いますよ」

ドミニクが無言で頷(うなず)いて肯定する。

「それはそうですけど……」

なんだか胸騒ぎがする。

だが確かにコンラッドに言われたことはもっともで、ヴィオレットはつい頷(うなず)いてしまった。

「じゃあ、……行きます」

「楽しみだな。ヴィオレット」

ドミニクは少年時代からは考えられないほど、さわやかな笑みを浮かべた。

ヴィオレットはなぜだか、その笑顔に言い知れぬ不安を感じたのだった。

そうしていよいよドミニクと外出する日がやってきた。

ヴィオレットは約束をたがえてしまうことをアーノルドに謝罪したかったが、「訓練中は映話に出られないと思います」とコンラッドに言われた。そのため、アーノルドに外出する旨を伝えることがないまま、城下街に行くことになった。

アーノルドと城下街に行くときはドレスを着ていくが、今日のヴィオレットはノアから借りたワンピースを着ている。

城下街で貴族だと分かると面倒に巻き込まれるかもしれないからだ。アーノルドがいればどうにでもなるが、今日は頼りになる夫は不在だ。

城下街へは公爵家の馬車で行った。

ヴィオレットたちは門で馬車から降り、ドミニクに連れられて宝飾店へ向かう。そこで、目当てだったエミリエンヌへのプレゼントを選んだ。

ヴィオレットからはエミリエンヌの好きなルビーのイヤリング、ドミニクからは金の鎖が美しい懐中時計を贈ることになった。文字盤の数字の部分に、十二個の宝石がつけられた豪華な時計だ。

ドミニクは付き合わせたお礼だ、と言って、ヴィオレットとノアにもそれぞれ同じものを買ってくれる。ノアは恐縮して断っていたが、ドミニクはほぼ押しつけるようにしてプレゼントした。

「じゃあ帰ろう。ドミニクも仕事があるんでしょ？」

「あるけど、のどが渇いたからさ、そこでお茶していかない？　アイスとかもある店だし」

ほんの三十分ほど外にいただけだが、今日はとても暑く、ヴィオレットものどが渇いている。アイスを食べたらさぞ美味しいだろう。

だが、馬車ですぐに屋敷に戻れるので、それからお茶をもらえばいい。アイスもすぐには無理だろうが、帰宅してからお願いすれば夜にはできあがるだろう。

「帰る」

ヴィオレットが首を横に振ると、ドミニクも無理強いしようとはせず、あっさり頷いた。

「分かった。馬車まで送る」

ヴィオレットは道が分からないため、来たときと同じようにドミニクについて歩いていく。だが、だんだんと裏通りに入っていき、人気がなくなっていった。

隣を歩くノアをちらりと見上げると、ノアも怪訝そうにあたりを見回している。

アーノルドと一緒に城下街に来たときは、このような道は通ったことがない。人気のない裏通りには「入ってはいけない」ときつく言い含められた。危険な目に遭う可能性があるためだ。

「行くときには通っていない道じゃない？」

ドミニクが道に迷ったのではないかと心配になり、ヴィオレットは尋ねた。

「近道だから」

ドミニクはゆるぎない口調で答え、迷いなく足を進める。迷ったわけではないようだった。

「近道でも、あまり通りたくない」

「もうすぐだから」

ドミニクは先ほどから言葉少なで、普段と様子が違う。

ヴィオレットは心細くなり、傍(かたわ)らのノアの手を握った。ノアもぎゅっと握り返してくれる。

「悪いけど、私たち別の道から帰る」

ヴィオレットはドミニクに断りを入れて踵(きびす)を返し、喧噪(けんそう)であふれかえる道へ戻ろうとした。道筋ははっきり分からないが、にぎやかなほうへ歩けば出られるだろう。

だが、ヴィオレットとノアが表通りに戻ることはできなかった。

「送るって言っただろ。まぁ、用事がすんだあとにだけど。……終わったらちゃんと全部話すから」

うしろから普段より低いドミニクの声が聞こえてきたが、どんな表情で言ったのかは見えなかった。

口元に布を当てられたと思った瞬間、ヴィオレットは意識を手放してしまう。

ノアの手だけは離さないようにと思ったけれど、それができたのかは分からなかった。

「……ずいぶん手荒じゃないですか」

「レディに敬意を払って穏便にしたつもりだけど？」

「それに縛るなんて……」

「逃げられたら計画が台無しだからな。魔法を使われても困る」

ぼそぼそとした話し声が聞こえた。

ヴィオレットがうっすらと目を開けると、人影が二つ見える。

一人はドミニク、もう一人はうしろを向いていて、誰だか分からなかった。

起きていると気づかれないように、頭を動かさずに部屋の中をうかがう。

ヴィオレットもノアも、うしろ手に布で拘束されていた。

部屋はあまり広くないし、埃っぽい。あまり使われていないようだ。

家具はヴィオレットとノアが座らされている、古びたソファーとテーブルだけ。窓は

カーテンがぴっちりと閉められているため薄暗い。

眠らされていたため時間がはっきりとは分からないが、まだ昼間だろう。

「ヴィオレット様、お怪我は？」

ノアも気がついたらしく、小声でささやいてくる。

「ないよ。ノアは？」

「私もありません。ご無事で何よりです。ヴィオレット様を害するつもりなら、もう何かされているはずですから、きっと大丈夫です」

こんな状況であっても、ノアはかなり落ち着いていた。

ノアの優しい声音に、ヴィオレットは少し安心する。

「お気づきですか、レディ」

小声で会話していたつもりなのに、気づかれたのか男が近寄ってきた。

絨毯（じゅうたん）の敷かれていない、薄汚れた古い床のせいでかつかつと靴音が響く。

ヴィオレットは、目の前で立ち止まった男の顔を見て、ハッとした。

「あなたは……副団長のフリッツ様？」

「騎士団の詰め所で一度、お会いしましたね。ヴィオレット様」

「……ずいぶん乱暴な面会ですが、これが騎士道に則（のっと）ったやり方なのですか？　夫はこ

のようなやり方を推奨しているとは思えませんが」

自分でも驚くほど低い声が発せられた。

（……怖い）

膝が震えそうになるのを、足に力を入れてこらえる。

手は震えていたが、うしろ手に縛られているので、フリッツからは見えないはずだ。

フリッツの目的が分からないので空恐ろしさを感じたが、怯えていることを知られるのは嫌だった。

毅然とした態度を装えたのは、傍らにノアがいたからだ。一人だったら、恐怖で泣き出していたかもしれない。

「いささか乱暴にしてしまったのは認めます。申し訳ありません。団長はずいぶんあなたを過保護にしているようですね。今夜、団長が屋敷に戻られたら、寵愛しているあなたは不在。躍起になってあなたを探すでしょう。明朝届くように、団長へ手紙を送ります。そこで、あなたを帰すのを条件に取引を持ち掛けるつもりです」

「取引？　団長を辞任するように、とでも言うつもりですか」

「ええ。その通りです。団長を辞めることになったら、公爵としてもやりづらくなるでしょうね。そうしたら、あなたも割を食うことになるでしょう。この国では推奨されて

いませんが、離縁して別の国で再婚されればよいのではないですか？　もしかしたら、あなたのことを思って団長のほうから離縁を申し出てくるかもしれませんね。あなたならいくらでも相手がいるでしょう。そこの彼とか」

ちらりとフリッツがドミニクを見た。

「ねえ、嘘だよね？　ドミニクがこんなことに加担するなんて」

ヴィオレットはドミニクに問いかけるが、彼は答えない。表情もないので、ヴィオレットには彼が何を考えているのか分からなかった。

「もしかして、ありもしない噂を流していたのも、あなたなんですか」

ヴィオレットは、キッとフリッツを睨みつける。

「そうです」

悪びれた様子もなく、フリッツはすぐに肯定した。

「アルが真実でない噂をささやかれて、どんなに傷ついたか……！」

口下手なアーノルドが、誤解を解く機会はそうないだろう。だからこそ、今も噂は蔓延している。

（私利私欲のためにアルを傷つけただなんて……）

怒りで声が震えた。

「夫はそんな卑怯な取引には応じません。もしすべてあなたの思い通りになったとしても、私は絶対にアルと離縁しないです」

おとなしそうな外見と裏腹に、強気な姿勢を崩さないヴィオレットを見て、フリッツは鼻を鳴らした。

「今はどうとでも言えるでしょうが……」

「オレの魔法の属性は風なんですよ」

ふいにフリッツの言葉を遮り、ドミニクの声が響いた。この場に似つかわしくない、普段通りの飄々とした口調だ。

（急に何を言い出すの、ドミニク）

ヴィオレットは怪訝な顔をした。フリッツもドミニクの真意が掴めず腹立たしげな顔をしている。

「それが何か？」

苛立ちを隠そうともしないで、フリッツは吐き捨てるように言った。

「ご承知の通り、オレはしがない宝石商なんで、魔法なんてそうそう使わねーって思ってたんですけど、けっこー便利なんですよねぇ。攻撃以外にも使えるんですよ」

「だから何が言いたいんだ！」

声を荒らげるフリッツに対し、ドミニクはゆっくりと口を開く。

「今の会話、王都中に流してますから」

「何？　そんなことできるはず……」

裏切りを示唆する発言に、フリッツは明らかに狼狽した。今の会話が王都中に流れてしまっていたら、彼は副団長の地位を失い、騎士団に在籍し続けることすらも不可能だろう。

ドミニクが宙に手をかざす。

「じゃ、いったんこっちで音量調節してやってみますねー。アウラクラルスミノル。あー、あー。ドミニク・フォン・ノアイユでーす」

風魔法で拡張されたドミニクの声が部屋中に響く。調整されているというのに、耳が痛いほどの大音量だった。

ヴィオレットとノアは思わず眉間にしわを寄せる。手が自由に使えたら耳を塞いでいたところだ。

「ね？」

ドミニクが微笑んで、かざした手を握り込む。声の大きさはもう普段通りだった。

「まぁ、王都中ってのは言いすぎですね。オレの魔力じゃせいぜい城下街程度かな。ご

丁寧にあらいざらい話してくれたんで助かりました。あー、あと映話をしかるべきところとつないでます」

ドミニクは軽く飛び上がると、壁の電灯の上から携帯型の映話機を手にとった。上手く隠されていて、下からはよほど注意しなくては見えない位置だ。

映話機に相手の姿は映っておらず、誰とつながっているのかは分からない。

その通信を切ると、彼はそれをポケットにしまう。

にこやかだったドミニクの双眸が、鋭くなった。そして吐き捨てるように言う。

「あんたの敗因は、オレを仲間にしようとしたことだな。オレのヴィオレットへの想いは、そんな薄汚いもんじゃない。ヴィオレットは旦那の失脚なんてくっだらねーことで、オレになびくような薄っぺらい女じゃねーし、そんな女ならいらない」

「ドミニク……」

（一瞬でもドミニクを疑った自分が恥ずかしい）

大人になったドミニクは、ヴィオレットを傷つけることは一切しなかったのに。

そして、そのようにヴィオレットを想っていてくれたことを嬉しく感じた。

「わ、私を裏切ったのか！」

怒りで震えるフリッツに、ドミニクは慌てることなく、とぼけた様子で答えた。

「裏切るも何も、もともとオレとアンタの間に、信頼関係なんてなかったじゃないですか。オレはつきたいほうについただけです」

ドミニクが言った直後、外からバタバタと足音が聞こえた。

「ヴィオ！」

ふいに聞き慣れた声がして、ドアが蹴破られた。老朽化したドアは、一蹴りで簡単に吹き飛ぶ。

「まったくふざけるなよ！　オレの留守を狙って、こんな計画を企てやがって！　映話も途中で切られるし！」

鋭い目をぎらつかせたアーノルドが、苛立ちを隠せない様子で入ってきた。珍しく口調が荒い。

「アル！」

アーノルドの姿を認めたヴィオレットは、安堵から泣きそうになる。

「ヴィオ、遅くなってごめん。場所を見つけるのに手間どって」

アーノルドは早足でヴィオレットのもとにやってくると、無事を確かめるように抱きしめる。そしてすぐに厳しい顔になって、体を離した。

ヴィオレットの縄をほどきながら、怒気を含んだ声で言う。

「大体の事情はコンラッドに聞いた。……フリッツのやつ、オレのヴィオを縛るなんて！　ヴィオも！　オレがいない間は外出したらダメだって言ったよな？　あんなバカ執事の言うことなんか聞くな！　オレのことだけを信じろ」

「……ごめん、ごめんなさい。アル……」

アーノルドはいつもヴィオレットに優しくて、厳しく叱責することなどなかった。そのアーノルドが、こんなに荒い口調で感情をむき出しにするということは、相当怒っていて、心配させてしまったのだ。

ものすごく申し訳なくなり、ヴィオレットの目から涙が零れた。

その途端、アーノルドは厳しい顔を一変させ、おろおろとヴィオレットの涙を指先でぬぐう。

「……ご、ごめん。強く言いすぎたね。オレ、ヴィオが心配で」

二人を生暖かい目で見守りながら、ドミニクがノアの手も自由にする。

「くそっ！」

フリッツが固く握った拳で床を殴りつける。逃げようとしないのは、勝ち目がないと分かっているからだろう。彼は憎々しげな目をしながら、アーノルドに問いかける。

「……なぜ団長が、今ここにいるんですか？」

「……こっちを発つ前、うちのバカ執事の様子がおかしかったからな。新人研修は魔法騎士団の団長に任せて早めに戻って、コンラッドを問い詰めた」

座りこんだフリッツを、冷え冷えとした眼差しでアーノルドが見下ろす。

「今までお前を野放しにしていたのは、特に実害がなく、騎士としての資質に優れていたからだ。確たる証拠もなかったしな。だが、オレの大事なものに手を出そうとするなら容赦しない。またヴィオに手を出そうとしたら、次はないと思え」

「次はないって……もうオレには何もないだろう。最後まであんたには、何もできやしなかった。やっとあんたの弱みを掴んだと思ったのに」

自嘲するようにフリッツが呟く。

上司である団長の誹謗中傷をばらまき、あげく公爵夫人を誘拐。このまま騎士団に居続けることなどできるはずがなかった。

「フリッツ様はなぜ夫の噂を流したのですか？」

ヴィオレットはおずおずと口を開く。彼女にはどうしてもフリッツが団長の座が欲しかっただけのようには思えなかったのだ。

「……私は騎士学校で一番優秀だったのですが、団長が転入してきてからはずっと二番に甘んじていました。そして騎士団に入団してからも、私は彼に一度も勝ったことがな

い。一度くらい勝ちたい。そう思うのは自然なことでしょう」

フリッツは不貞腐れた様子で吐き出した。

(そんなことで?)

意外な理由にヴィオレットは驚いたが、口には出さなかった。

本人にとっては大事なことなのかもしれない。もちろん、それがアーノルドの悪評を流していい理由にはならないが。

「……騎士が勝負できるのは、剣でだけだ。オレはお前を認めている。剣の勝負なら、いつでも受けつけてやる」

「あなたは、私を認めてくださっていたのですか……私は……きちんと騎士団を辞し、贖罪します。色々と申し訳ありませんでした、団長」

口調は先ほどまでと打って変わって穏やかで、アーノルドに深々と頭を下げる。

フリッツはつきものが落ちたような、すっきりとした顔をした。

そんなフリッツに、ドミニクが言う。

「オレは風魔法を使ってないぞ。だから、街の人はあんたの悪行を知らない。本当はそうするつもりだったけど、計画を練ってるときにコンラッドが止めたから。『アーノルド様は公開処刑のようなことをするのは望まない』って」

「確かに……オレは望まなかっただろうな」

静かに頷く（うなずく）アーノルドを見て、フリッツは申し訳なさそうに目を伏せる。

「街の人が知らなくても、私が団長に行った（おこなった）ことは許されることではありません。だから、私は罪を償わ（つぐなわ）なければ」

「……ヴィオは無事だったし、お前のしたことは、噂をばらまいたことと、オレに悪質な文書を送りつけたことだけだ。もしまた何かしようとしても、オレが止めてやる。もっとも、ヴィオに手を出したら即座につぶすが」

その言葉に、フリッツは安堵（あんど）するより先に呆れ（あきれ）た顔をした。

「邪魔者の私を排除できる絶好の機会なのに、なぜ……あなたは本当に甘いですね」

「……騎士道に従ったまでだ」

アーノルドはなんでもないことのように言った。

ヴィオレットはキラキラした眼差し（まなざし）でアーノルドを見つめる。

「アル、かっこいい……！」

ドミニクは、なんだか複雑そうな顔をしていた。

「あ、ドミニク」

ヴィオレットは思い出したようにドミニクに向き直った。

「私を信じてくれてありがとう。とっても嬉しかった。やっぱり、ドミニクは私の大切な友達だよ！」

にっこりと微笑んで、ドミニクの手を両手でぎゅっと握り締める。

「え……あ、うん」

ドミニクは握られた手をじっと見つめると、顔を赤くしたり青くしたり忙しく変化させた。

そしてこほん、と咳払いして、いつもの飄々とした笑みを浮かべる。

「お前を信じるのは当たり前だろ！　オレたちはと、友達……なんだからな！」

そんな二人をノアは生暖かい笑みを浮かべて黙って見守っていた。

✽　✽　✽

ヴィオレットたちが拘束されていたのは、取り壊しの決まっていた古い宿屋だった。

フリッツが街の巡回をしているときに目をつけたらしい。

ドミニクはフリッツの計画を聞くと、それに乗ったふりをしてコンラッドにそのことを打ち明けたという。そして、これ以上フリッツに悪事を働かせないよう、綿密に計画

を練ったのだ。

ルーカスもそれに加わり、計画を実行している間、コンラッドとルーカスは映話機を使って、ヴィオレットの様子を終始見ていた。

いざというときはルーカスがすぐに突入できるよう、近くで待機していたらしい。しかしルーカスは、アーノルドがやってきたのを見て、彼の怒りを買うのを恐れ、すぐさま詰め所に戻ったと聞いた。

明日出勤したら、すぐにつるしあげようとアーノルドは誓った。

アーノルドは訓練に行く数日前から、コンラッドの不審な様子には気づいていたが、忙しさにかまけて深く追及しなかったことを今さらながら後悔した。

ヴィオレットが無事だったとはいえ、そのせいで危険に晒されることになってしまったからだ。

ヴィオレット誘拐未遂事件のあと、フリッツは騎士団の詰め所に戻っていった。

アーノルドは、門で待たせていた馬車に、ヴィオレットとノアを先に乗せる。ドミニクと二人で話したいことがあったのだ。

馬車の前で、二人は向かい合った。

「……前回会ったとき、オレは君に認められることはかなわなかったようだが、なぜコ

ンラッドとこの計画を練ったんだ。フリッツに協力すれば、ヴィオが君のものになる可能性も少なからずあったと思うが」

無表情のまま淡々と話すアーノルドに、ドミニクは答える。

「正直、あなたにはヴィオレットを渡したくないです。今でも。だけど、あなたに会いに行く前から、答えはほぼ決まっていたんです。もちろん、ヴィオレットを大事にしないようなヤツだったら、何がなんでもとり返しましたけど」

ドミニクは自分に言い聞かせるように、ゆっくりとした口調で言葉を紡いだ。

「オレが結婚祝いにやったネックレス、すっごく気に入ってくれたのに、あいつ一度もつけてないんですよ。飾ってはくれてるみたいですけど。他の男にもらったアクセサリーをつけるのはあなたに悪いからって。言わなきゃ分かんねーのに、あなたにうしろめたいことはしたくないって。それってヴィオレットがあなたをすっごく好きってことですよね。……そんなの、オレがつけ入る隙なんか、みじんもないでしょ」

ドミニクはとても傷ついた顔をしていた。

アーノルドは慰めればいいのか、謝ればいいのか、分からなかった。とりあえず何か言わなくては、と口を開く。

「……悪い」

「変な慰めはいりませんよ。すっごく腹が立ちます」

とりあえず謝ってみたが、アーノルドは間違ってしまったらしい。ドミニクは苦々しい顔になった。

「……君がこの前オルレーヌ語で言った言葉、本当はなんて言ったんだ？」

ドミニクが吐き捨てるように言ったことが、生易しい言葉であるはずがない。アーノルドはそう思っていた。

「『やっぱり、あなたには渡したくないですね』と言いました。ヴィオレットに選ばれたあなたが、『ヴィオレットが望むなら離縁する』とおっしゃったので、そんなに執着してないんじゃないかと思ったんです。もしヴィオレットがオレを選んでくれたら、何があっても絶対に離したりしないのに……！」

苦しそうな表情でドミニクが吐露する。

ヴィオレットを想ってきた時間は、アーノルドよりもドミニクのほうが長い。

それなのに、いきなり現れたアーノルドが、横から彼女をかっさらっていったのだから、それは気に入らないだろう。

「分かっています。オレが遅かったんです。ヴィオレットにちゃんと気持ちを打ち明けるのが。ヴィオレットが結婚する前に、『もしオレがフィリップ公爵より先に結婚を申

し込んだら、受け入れてくれていたか』と聞いたら、彼女は頷いてくれました。でもきっと、あなたに出会ったあとだったなら、決して頷いてくれなかったでしょうね」

呟くように言ったドミニクの横顔はどこか寂しげで、夕日に赤く染まっていた。

アーノルドは彼を慰める術を知らなかった。言葉を間違えてしまったら、また不快にさせてしまうだろう。

「……ありがとう。君がコンラッドにフリッツの計画を打ち明けてくれなければ、オレはヴィオを失っていたかもしれない」

「別に、あなたのためじゃないです。ヴィオレットのためですから。だから、あなたにお礼を言われるいわれはありません。では」

ドミニクはぶっきらぼうに答えると、一人歩き出す。アーノルドは、しばらく彼の背中を見送っていた。

「アル、お話終わった？」

ヴィオレットが馬車の窓から顔をのぞかせ、アーノルドを呼ぶ。

「……ごめん、今行く」

アーノルドはそう答えると、馬車に乗り込んだ。

馬車が屋敷に到着して、アーノルドとヴィオレットが降り立つ。屋敷に入ると、いつものようにコンラッドが玄関ホールに立って、二人の帰りを待っていた。

「お帰りなさいませ」

アーノルドはコンラッドの胸倉をいきなり掴むと、がんっ！　と勢いよく壁に押しつけた。

「……っ！」

苦痛でコンラッドが小さく呻く。

「ふざけるなよ、コンラッド！　ヴィオに、主人のオレの警告を無下にしろと唆すとは、何事だ！　今日限りでお前は解雇する」

「アル！　私は無事だったんだし、そこまでしなくても。コンラッド様は、アルが幼い頃から一緒に過ごしてきた兄のような方でしょう？」

ヴィオレットはアーノルドにすがりつく。それでもアーノルドの怒りは収まらなかった。

「……それでも！　オレが一番大切なのはヴィオだ！　無事だったなんて、結果でしかない！　ヴィオを危険に晒すなんて許しがたい」

「アル、コンラッド様を離してあげて。お願い、アル」

「……」

ヴィオレットに潤んだ目で見上げられ、アーノルドは舌打ちしてコンラッドから手を離す。

コンラッドは一瞬小さく咳込んだが、すぐに普段と変わらない様子でアーノルドに頭を下げた。

「私の処分はいかようにしていただいても結構です。……ですが、アーノルド様。こうでもしなければ、あなたの悪評は広まり続けたでしょう。あなたが思っているより、私が心配していたということは分かってください」

「……！」

コンラッドの言葉に、アーノルドは目を見開いた。そして唇をかみしめてうつむくと、ヴィオレットの手をとる。

「……お前の処分は保留だ、コンラッド。オレはヴィオと部屋に戻る」

「かしこまりました。ヴィオレット様、お詫びが遅くなりましたが、囮のような真似をさせてしまい申し訳ございませんでした」

アーノルドはヴィオレットに返事をさせる時間を与えず、彼女の手を引く。そしてコンラッドに背を向け、部屋に向かった。

✽ ✽ ✽

部屋に着くまで、アーノルドは一言も発しなかった。ヴィオレットも口を開かなかった。アーノルドとヴィオレットは部屋に入ると、ソファーに腰かける。同時に、アーノルドはヴィオレットを抱き寄せて、美しいアクアマリンの髪に顔をうずめた。

アーノルドは、そのままの姿勢で静かに口を開く。

「……お願いだ、ヴィオ。オレが助けに行けないところで、危険なことをするのはやめてくれ。オレにとって、君以上に大切なものはないことを分かってほしい。君に何かあれば、オレは……」

そこでアーノルドは言葉を切った。

先ほどまでの激高（げきこう）した口調と正反対の穏やかさで、切々とヴィオレットの心に訴えかけてきた。そのあと、すすり泣くような音が聞こえる。

「ア、アル、泣いてる？」

「……泣いてない」

答える声はやっぱり濡れている。普段は表情をほとんど変えないアーノルドが涙を流

す姿は、ヴィオレットの心を締めつけた。

「ごめんなさい、アル。私、もう絶対にアルとの約束を破ったりしないから」

ヴィオレットもアーノルドの心情を思って泣きそうになったが、必死でこらえた。

「……ごめん。ヴィオは悪くないのに、責めるようなことを言って。悪いのはコンラッドと、事態を軽んじて放置していたオレなのに」

アルは悪くない、とヴィオレットは心の中で呟く。

ただ、怖い思いをしたのだから、多少は言わせてほしい。

「私、すっごく怖かった。フリッツ様の計画通りになって、アルが私に離縁を言い渡してくるんじゃないかって。それに私、アルの優しいところは好きだけど、やっぱりフリッツ様を許せない。アルをあんなに傷つけたのに、なんの罰も与えられないなんて」

「……大事な人たちが、オレのことを分かってくれればそれでいい。噂もそのうち消える」

アーノルドはそう言うが、正直、ヴィオレットは納得がいかない。

(フリッツ様が言ったように、やっぱりアルは甘いと思う)

だが同時に、その他人に甘いところがヴィオレットの大好きなアーノルドでもある。

ヴィオレットはアーノルドの胸に顔を押し当ててねだった。

「二人きりのときはいつも抱きしめていて。たくさん私を好きだって言って。私がアル

に『どんな理由があっても離縁されない』って確信が持てるように」

「……ヴィオが望むなら喜んで。まあ、そんな心配があるのは、オレのほうだけどね」

アーノルドは笑い出しそうになるのをこらえながら頷いた。

「……好きだよ、ヴィオ。愛してる、オレの可愛い奥さん」

「私も、アルが大好き」

「……君が求めてくれるなら、何度でも言う。好きだよ」

アーノルドがそう言うと、ヴィオレットはやっと満足して、ふふと微笑んだ。

12　私を甘やかして、どこにも行けないようにしたのはアルでしょう。

フリッツの一件から数週間たち、屋敷は平穏をとり戻していた。

ヴィオレットがとりなしたこともあり、コンラッドは特にお咎めなくそのまま勤めている。

あのときのアーノルドはヴィオレットのことで激高していたが、コンラッドは彼にとってかけがえのない家族のようなものなのだ。簡単に首にできるような存在ではない。

あのあと二人で話し合い、仲直りをしたようだ。

フリッツは、今ではアーノルドに忠実で、騎士団の中では『疾風の黒豹』の悪い噂がだんだんとなくなっているそうだ。そのうち平民の間からも消えるだろう。

そんな穏やかなある日、ヴィオレットは久しぶりに伯爵夫人と自室で映話をしていた。

「ヴィーが元気そうで嬉しいわ」

「お母様もお元気そうで何よりです」

二人は近況を話し合い、しばらく雑談をする。そして、ヴィオレットは本題に入った。

「おばあ様のことをお聞きしたいのです、お母様」

「……そう。あなたには、エルフではなく人間として生きてもらいたかったから、エルフであるおばあ様のことをきちんと話したことはなかったわね。そろそろ、話しておかなければね」

少し驚いた顔をしたあと、夫人は穏やかに微笑んだ。

「おばあ様は、好奇心旺盛な方で、エルフでありながら時々人里に下りてきていたの。そこで悪い人たちに捕まって、危ないところを助けたのが人間のおじい様。種族の違う二人の結婚は誰にも受け入れられなくて、二人は田舎で隠れるようにして暮らしていたわ。そこで生まれたのが私。おばあ様から受け継いだのは紫色の瞳だけだった。私より

もあなたのほうがおばあ様によく似ている」

伯爵夫人はそう言って、懐かしむように目を細めた。

「穏やかな人たちが多かったから、髪の色が違うことでおばあ様が何かを言われているところは見たことがなかったわ。けれど、都市部では偏見を持つ人も多くて……あなたには可哀想なことをしてしまったわね」

まつげを伏せる夫人を見たくなくて、ヴィオレットは慌てて首を横に振った。

「いいの、お母様。もう昔のことですから。マルス王国では私の髪の色など誰も気にしていません。私、今では帽子をかぶって髪の色を隠さなくても、外出できるんです」

「マルス王国では、あなたはあなたのままでいられるのね。アーノルド様と結婚して、本当によかった」

ヴィオレットの言葉に、夫人はほっとしたような顔をした。

その一方で、どこか寂しげだったのは、自分たちのもとではヴィオレットがそのように振る舞えなかったことに負い目を感じているからだろうか。

夫人を安心させるために、ヴィオレットは微笑んだ。

「はい。私、アルと結婚して本当に幸せです」

ヴィオレットはそう答えると、もう一つ聞きたかったことがあるのを思い出した。

「お母様、エルフの里への行き方をご存知ではないですか？　行って、知りたいことがあるんです」

夫人は少し考えてから、口を開く。

「あなたによく聞かせた歌を覚えている？」

「『みんなのおうち』ですよね？　もちろんです」

それは夫人がよく歌ってくれた歌だ。穏やかな曲調が心地よく、聞かせてほしいとしきりにねだった。あれは、もともと祖母が考えた歌らしい。

「その歌がエルフの里へ行くために必要なの」

あなたは花の妖精さん　二回手を叩き　三回くるりとまわったら
妖精にだけ　道開く　するといつも花満開
花畑をまっすぐ進んだら　そこがみんなのおうちです

エルフの里に行くために、その歌のこの部分が必要なのだと夫人は言った。そして、夫人が幼い頃を過ごした家の庭に、エルフの里への入口があると。

「エルフの里に行けるのはエルフだけ。私も行ってみようと試したことがあったけれど、

無理だった。でも、あなたならきっと行けるわ」

新人騎士の訓練が終わり、アーノルドの帰宅が早くなった。彼と毎日顔を合わせられるようになり、ヴィオレットは嬉しく思っている。

この日も、アーノルドは夕食と湯あみをすませて寝室にやってきた。ヴィオレットは昼間の夫人との話を伝える。

「ルーカス様がおっしゃっていたでしょう？　私の知りたいことは、エルフの里にあるって。だから私、行こうと思うの」

「……エルフの里に行きたいの？」

アーノルドはソファーに座ると、まだ濡れた髪を、騎士らしい武骨な大きい手でかきあげながら言う。その仕草がやけに色っぽく、ヴィオレットの胸は高鳴った。

熱くなった顔を隠すようにヴィオレットは両手で頬を覆う。アーノルドの隣に座ると、彼の問いに答えた。

「うん。お母様のご実家にエルフの里の入口があるみたいだから、行きたいの。お母様も一緒に来てくださるって。アルにも一緒に来てほしい」

エルフの里にはエルフしか入れないと聞いた。もしヴィオレットがそこに入れたら、

彼女は人間ではないと証明されてしまう。それは、とても怖い。

けれど、ヴィオレットはきちんと、自分のことを知りたかった。それに、どんなに辛いことがあっても、アーノルドと一緒なら大丈夫だと思えた。

「……そっか。分かった。一緒に行こう」

ヴィオレットの決意が伝わったのか、アーノルドは微笑みながら頷（うなず）いた。

アーノルドの休日、二人でオルレーヌ国に向かった。母国に近づくたび、ヴィオレットは昔のことを思い出し、知らず知らずのうちに身を硬くしてしまう。

そんなヴィオレットの手を、アーノルドは優しく握ってくれた。

汽車から降り立つと、見渡す限り黒や茶色の髪の人しかいない。金髪のアーノルドと水色の髪のヴィオレットは、とても目立った。

以前のヴィオレットならば、うつむいてしまっていただろう。けれど、アーノルドが手を握っていてくれたから、ぶしつけな視線も怖くなかった。

一度、ヴィオレットの実家に立ち寄り、伯爵夫人と合流する。そこからまた一時間ほど汽車に揺られて、夫人の実家に着いた。

夫人の父親は名のある貴族だったが、エルフである祖母と結婚するため、地位を捨て、

家を出た。そのため彼らが住んでいたのは、貴族が暮らしていたとは思えないほど小さな家だった。

使用人はおらず、家族三人で助け合って生活していたらしい。そこでの暮らしは楽しかったと伯爵夫人は言った。

祖父母が亡くなり、夫人が家を出てからは誰も住んでいないようだが、無人だとは思えないほど手入れが行き届いていた。たまに夫人が使用人とともに、家の掃除と庭の手入れをしに来ているのだという。ヴィオレットの祖母は薔薇が好きだったようだ。狭い庭には満開の薔薇が咲き誇っていて華やかだった。

「ちょっとお茶を飲んで休憩していく？　焼き菓子も持ってきたし」

「いえ、すぐにエルフの里へ行きたいです。そのために来たので」

ヴィオレットは夫人の提案をきっぱりと断った。

アーノルドの休日は今日一日だけなので、そんなにゆっくりしていられない。それに時間がたってしまうと、せっかくの決心が鈍ってしまいそうだ。

夫人はヴィオレットの言葉に頷くと、彼女たちを薔薇のアーチの前に連れてきた。

「ここが、エルフの里の入口よ。転移魔法がかけられているようで、『みんなのおうち』の歌詞通りにすれば、魔法が発動するの。幼い頃、母がそうしていたのを見たわ」

いよいよエルフの里に行けるのだ。ヴィオレットは緊張しながらアーチの前に立ち、アーノルドと夫人に向き直る。

「アル、お母様。それでは行ってまいります」

「いってらっしゃい、ヴィー。エルフの里に着いたら、ミディアニアの孫だと言って長（おさ）を訪ねなさい。長（おさ）があなたのひいおばあ様だから」

「分かりました、お母様」

伯爵夫人の隣で、アーノルドは優しくヴィオレットを見つめる。

「……気をつけて」

「分かった。アル」

二人にヴィオレットは笑顔で頷（うなず）いた。歌詞の通りに二回手を叩き、三回くるりとダンスのようにまわる。

その途端、目の前が真っ白になったと思ったら、ヴィオレットは花畑に立っていた。

「……歌の通りに、すればいいんだよね」

どこに向かえばいいのか分からなかったが、『花畑をまっすぐ進んだら』という歌の通りにひとまずまっすぐ進む。

どこまで歩いても、見渡す限り一面の花畑だった。見たこともない花がたくさん咲い

ている。鳥や蝶などの生き物はおらず、とても静かだ。

ヴィオレットの頭上には、雲一つない青空が広がっていた。

しばらく歩くと、急に金色の門が現れた。それはゆっくりと開く。

その中は、エルフの里だった。

ヴィオレットは初めて来たにもかかわらず、確信が持てた。門を通り抜け、里の中をゆっくりと進む。不思議と落ち着いて、なぜか居心地がいい。

エルフたちの家は主に、大きな切り株やキノコをくりぬいて作られていた。家の周りにも綺麗な花が咲いていて美しい。

彼らはあまり家の外に出ないのか、見回しても誰もいなかった。

門の外とは打って変わって、犬や猫、ウサギが悠然と歩いている。彼らはヴィオレットに寄ってきた。

「長のおうちを知っている？」

人の言葉は分からないだろうと思いながら、ヴィオレットは彼らの背中を撫でて聞いてみる。

動物たちは気持ちよさそうに目を閉じて座り込んでいたが、突然ぴん、と耳を立てる。

そして少し歩くと、ヴィオレットを振り返った。ついてこい、と言っているようだ。

動物たちに先導されてしばらく歩くと、里の中心部と思われるところに着いた。他の家よりひときわ大きい切り株の家がある。

「ここなの？」

ヴィオレットが尋ねると、犬が返事をするように「わん！」と吠える。そして、前脚でドアをかりかりとひっかきはじめた。

「どうしたの？　お腹が空いた？」

その音に気がついたのか、家の中から女性が出てきた。

女性の姿を見たヴィオレットは、息を呑む。

装飾のない白いワンピースを着た、すらりとした女性だ。

腰まで届く水色のまっすぐな髪。大きな紫色の瞳。長くとがった耳。透き通るような真っ白い肌。

その女性はヴィオレットによく似ていた。

二十歳をわずかに超えたくらいの外見だが、王族のような威厳がある。それは長く生きてきたゆえに身についたものだろう。エルフの長ともなれば、百歳は優に超えるらしいから。

彼女はヴィオレットをじっと食い入るように見つめてる。

「……私のミディ？　いいえ、似てるけれど違うわね。あなたはあの子の娘？」

「私はミディアニアの孫です、ひいおばあ様」

「そう……ひいおばあ様、と言われると一気に老け込んだ気がするわね。どうぞ、とりあえず中にお入りなさい」

女性は苦笑して、ヴィオレットを案内してくれた。

ヴィオレットを家の中に招き入れた。

ヴィオレットを案内してくれた動物たちも一緒に中に入り、ご褒美にミルクを与えられている。

ダイニングの椅子を勧められ、ヴィオレットは腰かけた。

長は近くの森で採れたハーブで作ったというハーブティーを出してくれた。ハーブティーというと薬湯のような印象があったが、長の淹れてくれたそれは、ほんのりと甘い香りがした。

自分にも同じものを淹れて、長はヴィオレットの向かい側に座る。

ヴィオレットは気を引き締めると、口を開いた。

「ヴィオレットと申します。突然お邪魔してすみません」

申し訳なさそうに頭を下げるヴィオレットに、長は首を横に振る。

「いいのよ。気にしないで」

そう言って彼女は長いまつげを物憂げに伏せ、少し迷ってから口を開く。

「ミディ……ミディアニアは元気にしているの？　時折姿を見せてくれていたのに、最近はまったく顔を出してくれないけれど」

「祖母は……亡くなりました。私が生まれる前に」

ヴィオレットは一瞬言い淀んだが、はっきりと伝えた。

「そう……。人里は危険が多いものね。だから止めたのに」

うつむいた長は、ほう……とため息をついて押し黙った。少しして、すすり泣く声が聞こえる。

ヴィオレットは長にかける適切な言葉が思い浮かばず、黙ってハーブティーを飲んでいた。

しばらくして長は顔をあげた。その顔つきは毅然としていて、泣いていた様子などもうみじんもなかった。

「ごめんなさいね、黙り込んでしまって。ヴィオレット、ひいおばあ様にそのお顔をよく見せて。孫……ということは、あなたには四分の一しかミディの血は入っていないのよね？」

長はじっくりとヴィオレットを見つめた。

ヴィオレットは長の言葉に頷き、話を続ける。

「そうです。ですが、ご覧になって分かる通り、私は先祖返りです。エルフのような外見と魔力を持っています。私は知りたいのです。自分が……いったいどういう存在なのかということを」

ヴィオレットは意を決して、長にその質問をぶつける。すると長は鷹揚に頷いた。

「外見、魔力……どれをとっても人間じゃないわ。あなたは、この里に来ることができた。それがあなたがエルフであることを、何より証明している」

はっきりと長に言われて、ヴィオレットはショックを受けた。

「稀なことではあるものの、エルフの血が混ざった人間から完全なエルフが生まれるのはありえないことではないわ。これほどミディにそっくりなのには驚いたけれど……」

自分は人間なのか、エルフなのか。今までずっと、ヴィオレットは考えることを避けてきた。だから、ヴィオレット自身、自分が何者であるか曖昧だった。

自分が子供を産んだら、その子は人間ではないかもしれない。その子が人間の世界で暮らすには、辛いこともあるだろう。

そう悩んでしまったから、「子供を作ろう」とアーノルドが提案してくれたことにも、どこか積極的になりきれなかった。

だが今、ヴィオレットの正体ははっきりした。

(私、人間じゃないんだ。エルフなんだ……)

突きつけられた答えに、ヴィオレットがしばらく茫然としていると、長が強い口調で言う。

「ヴィオレット、あなたはこの里にとどまりなさい」

「突然どうされたのですか？」

唐突な長の言葉に、ヴィオレットは戸惑いを隠せなかった。

冗談なのだろうか。だが、長の真面目な顔からはとてもそうだとは思えない。

困惑するヴィオレットをよそに、長は淡々と続ける。

「あなたは私の娘の孫なんだもの。手元に置きたくなるのは当たり前でしょう。エルフであるあなたが、人間のところにとどまるほうが不自然よ。外見が違うことで迫害されてきたのではないの？　強大な魔力を狙ってくる愚かな人間もいるでしょう。人間は自分勝手な生き物だもの。けれどこの里でなら、あなたを受け入れられるわ」

長の優しい申し出に、以前のヴィオレットなら頷いただろう。

(だけどもう私は、出会ってしまったから)

生涯この人以外は愛せないだろうという人と。自分が人間ではなかったと知ってし

まっても、もうアーノルドと離れるのは不可能だ。

ヴィオレットは静かに口を開いた。

「……確かに、見た目が人と異なることで、悲しい思いをしたことはあります。でも、今住んでいるところは、それを個性として受け入れてくれるんです。そして私は人間の夫を愛しています。だから、この里に残ることはできません」

しかし、長はさらに言い募る。

「人間とあなたは、生きる長さが違うのよ。彼は年を重ねるのに、あなたはずっとそのまま。彼が死んでから百年、二百年と生きていくことに、あなたは耐えられるの？」

それはヴィオレットがずっと心配していたことだった。だが、その不安ももう、アーノルドがとり除いてくれた。だからヴィオレットは、長の申し出をはっきりと拒む。

「夫との子をなせば、その子供と生きていけます。もし子供ができなくても、夫との思い出を胸に生きていきます」

ヴィオレットは自らがエルフだと分かった今、アーノルドとの子供に会いたい、と思う。子供には悲しい思いをさせるかもしれない。それでも会いたいと思うのは勝手なことかもしれない。

けれどそれ以上の愛情で包むから、アーノルドと我が子で生きていきたいと思うのだ。

これから待ちうけるアーノルドとの別れは、想像するだけで身を裂かれるようだ。だが未来のことよりも、今アーノルドといられなくなることのほうが怖い。だからアーノルドのもとに帰りたい。

それがヴィオレットの答えだった。

長はまぶしそうに目を細め、ふう、と長く息を吐く。

「……若いわね。考えが変わったらいつでも来て。そうじゃなくても、たまに顔を見せに来てちょうだい。そんなにまでヴィオレットが想っている彼なら、会ってみたいわね。今度、『入口』まで私が行くわ」

それから長は里の皆を呼び集め、ヴィオレットを紹介してくれた。エルフは穏やかな気質らしく、突然の訪問者であるヴィオレットを温かく迎えてくれた。

皆、ヴィオレットと同じ外見的特徴を持っていた。髪の色は水色、緑、青が多いようだ。

ここでなら、差別されずに生きていけるだろう。それでもアーノルドのもとへ帰ると決めたのだ。

近いうちにまた来ることを約束し、ヴィオレットはエルフの里をあとにした。

「……お帰り」

「ただいま、アル。お母様、お父様」

エルフの里にいたのはほんの一時間くらいだと思っていたのに、三時間ほどたっていたようだ。母の実家に戻ると、仕事を終えて駆けつけたらしい伯爵も合流していた。

迎えてくれたアーノルドの目が潤んでいたように見えたのは、ヴィオレットの気のせいだろうか。

「ひいおばあ様にはお会いできた？」

「はい。ひいおばあ様は、おばあ様が亡くなられたことを残念がっていらっしゃいましたが、私に会って喜んでくださいました」

ヴィオレットが戻ってくるまで、アーノルドと夫人は二人で、伯爵が到着してからは三人でお茶を楽しんだらしい。ガーデンテーブルには、お茶と焼き菓子が並んでいた。

もっとも、楽しんだというよりは、アーノルドを夫人が質問攻めにしたのだろうということは、容易に推測できたが。

見送りはいいと言ったのに、別れがたいらしい伯爵夫妻が駅まで送ってくれた。

ヴィオレットと夫人から少し離れて、伯爵とアーノルドは二人で話をしている。義理の父と話すのは緊張するらしく、アーノルドはかなり恐縮した様子だった。

「あなたを大事にしてくださっているのが分かって、よかったわ。恥ずかしいみたいで

なかなかお話ししてくださらなかったけれど。もっとお聞きしたかったのに」

夫人はヴィオレットの手をぎゅっと握り締めて、優しい目で見つめてくる。

「あなたはやっと居場所を見つけたのね？　それが私たちのところでないのは寂しいし、申し訳ないけれど、それ以上に嬉しいわ」

ヴィオレットは潤んでしまった目を何度も瞬かせる。

「今の私があるのは、お父様とお母様に大切に守っていただいたからです。だからアルと会えました。感謝しています。……言葉にできないほど」

そう言い終えるか終えないかのうちに、優しく抱きすくめられた。こうして抱きしめられるなんて、子供の頃以来だろうか。

（……懐かしくて優しい、お母様の匂いだ）

「それはあなたがとても愛おしかったからよ。離れていてもあなたは私の大切な娘よ、ヴィー」

「お母様」

ヴィオレットは、自分を人間として育ててくれた夫妻に、本当はエルフであったことを伝えられなかった。

ヴィオレットが人間ではなくエルフだと知っても、母は「大切な娘」だと言ってくれ

るのだろうか。その問いの答えは聞くことができなかった。

ヴィオレットは屋敷に戻り、アーノルドとともにベッドに横になっている。彼女は当然のようにアーノルドの腕の中に収まっていた。

数時間の距離とはいえ、日帰りでの帰省は疲れる。特に、今日は色々あったのだ。

息をつく彼女に、恐る恐るといった様子でアーノルドが尋ねてくる。

「……エルフの里は、どうだった？」

「私と似た外見の人たちしかいなくて、初めて行ったところなのに居心地がよかったよ」

正直な感想を口に出したら、アーノルドがなんとも言えない顔をしているのに気づく。慌ててつけ加えた。

「同じような外見の人を見たことなかったから、仲間意識が芽生えたっていうか……上手く言えないけど」

アーノルドを元気づけたかったのに、間違えた気がする。

その証拠にアーノルドの暗い表情は消えなかった。

「……オレは、ヴィオを待っている間、怖かった。この国よりもエルフの里のほうがいいんじゃないかと思って」

普段は凛々しいアーノルドの眉が下がっている。捨てられた子犬のような表情を見て、ヴィオレットは思わず笑ってしまった。

笑われたアーノルドが、さらに不服そうな顔をするのも、また可愛らしい。

「どうして、私があなたから離れて生きていけると思うの」

愛しい人の頬に、ヴィオレットはそっと手を伸ばす。

「私を甘やかして、どこにも行けないようにしたのはアルでしょう」

「……そうだったね」

ヴィオレットの言葉に、やっとアーノルドが微笑んだ。

「……おいで、ヴィオ。もっともっと、甘やかしてあげる」

「うん」

髪を優しくすかれる気持ちよさに身を委ねながら、ふと、ヴィオレットは不安になった。

アーノルドは知ったらどう思うだろう。ヴィオレットが人間ではなく、エルフだと。

その懸念に気づかないふりをして、ヴィオレットは絶え間なく降ってくるキスに没頭した。

13　アルに出会うために生まれてきたんだね。

ヴィオレットがエルフの里に行ってからしばらくたったある日。

アーノルドとヴィオレットは城下街にやってきていた。近頃二人だけの時間がゆっくりとれなかったので、久しぶりに出かけることにしたのだ。

「ヴィオ、やりたいことある？」

歩きながら、アーノルドはヴィオレットに尋ねた。

「カフェで一緒にケーキを食べたい。アクセサリーが欲しいから、宝飾店でアルが選んで。あとワンピースも。お花屋さんで一番綺麗（きれい）な花も買って、雑貨屋さんにも行きたい。景色がよく見える素敵な食事処で一緒に夕日も見たい」

ヴィオレットは遠慮して答えないかと思ったが、予想より多くの要望が返ってくる。

アーノルドは一瞬ひるみ、少し悩んだあと頷（うなず）いた。

「……分かった。全部約束する」

「本当に？　全部？」

自分でもワガママを言っているのと分かっていたのか、ヴィオレットは聞き返してくる。

だが、アーノルドは揺るがなかった。

「……正直どれも恥ずかしいけど、ヴィオが望みを言ってくれることはあまりないから、嬉しい。約束するよ」

「やったー！　ありがとう、アル！」

ヴィオレットは嬉しそうに破顔した。

（……こんなに喜んでくれるなら、オレが恥ずかしいことくらい、いいか）

アーノルドはヴィオレットの顔を見て、満足そうに微笑んだ。

まず向かった洋服店は、女性に人気があるらしい。外装からしてアーノルドには入りづらかったが、中はもっと居心地が悪かった。ピンクを基調とした内装で、いたるところに女性らしい雑貨が飾られている。

商品はどれもレースやリボンがあしらわれており、可愛らしいものだ。

平民向けの店なので、置いてある商品はドレスではなくワンピースだ。

ヴィオレットにとって、マルス王国の夏はかなり暑いらしい。だから屋敷の中ではドレスではなくワンピースを着ることにするそうだ。ドレスは生地も厚いし、コルセットもつければ夏はかなり大変なのが想像できるので、アーノルドもそれがいいだろうと

思った。

「アル、選んで」

ざっと見ても数十着はある服の中から選べと言われても、アーノルドはすぐに判断できない。困惑していると、「じゃあ」とヴィオレットがいくつか選び出した。

「この中ならどれがいい？」

ヴィオレットが持ってきたのは、襟ぐりと半袖の袖口にレースがあしらわれ、うしろには大きなリボンがついた、色違いのワンピースだった。

「……全部」

「アルが選んでくれたのが欲しいの！」

今日は何がなんでもアーノルドが選ばなくては許してもらえなそうだ。

ヴィオレットが手に持っているワンピースの色は、青、赤、黒。普段ヴィオレットが好んで身に着けているものだ。

けれどアーノルドは、別の色のワンピースを手にとった。

「……ピンク」

それを見て、ヴィオレットは驚いた顔をする。

「私に似合うかな？　そんな華やかな色」

「絶対似合う」

力強く言うと、ヴィオレットはアーノルドからワンピースを受けとった。

「そうかな」

照れくさそうではあったが、アーノルドが選んだことがよほど嬉しかったらしく、まんざらでもない様子だ。

「じゃあこれにする！」

「……他のは？」

「まだ買ってもいいの？　じゃあ、あと一着くらい」

ヴィオレットが嬉しそうに選びはじめる。一着と言わず店の商品を全部買い占めてもかまわないが、そこまですると怒られるので、アーノルドは黙っていた。

仲よく二人で話し合いながら、数着を購入した。ヴィオレットはご満悦（まんえつ）だ。

続いてケーキ屋に来た。その店はテイクアウトができるだけでなく、カフェスペースも併設しており、店内でケーキを食べることができる。開店して間もないにもかかわらず、すでに行列ができていた。並んでいるのはカップルか若い女性が多い。

ここでもアーノルドはぎょっとした目で見られたが、傍（かたわ）らにヴィオレットがいるのが分かると逆に微笑ましい顔になった。

「楽しみだね！」

二人はかなり身長差があるので、立って話すと、ヴィオレットがアーノルドを見上げる形になる。

そのため、最近はアーノルドも少しかがむように心がけていた。

そうして二人で話しながら待っていると、意外とすぐに店内へ案内された。

「うーん……」

ショーケースに張りつくようにして、ヴィオレットはケーキを選ぶ。

「五個くらいは食べられるかなぁ」

「……夕食入るの？」

さらりと言うヴィオレットに、アーノルドは一応釘を刺しておく。

以前から、ヴィオレットは小柄な女性にしてはよく食べると思っていたが、それは彼女の膨大な魔力のせいらしい。魔力を維持するために、人より多くのエネルギーを使うのだと、エルフの里で聞いてきたと言っていた。とはいえ、朝食も結構な量を平らげているのを見た。さすがに食べきれないのでは、と心配になる。

だが、ヴィオレットは自信ありげに頷いた。

「大丈夫！　ケーキ、ここからここまで一つずつください」

一方のアーノルドは、控えめに一つだけ頼んだ。

大皿にケーキがいくつも並んでいるのは壮観だった。甘いものが苦手なルーカスは、見るだけで胸やけがするだろう。

一緒に注文したお茶は、店主がその日の気分で作っているらしいブレンドティーだ。

「美味しいー！」

ヴィオレットはにこにことケーキを平らげていく。

小柄で細身な体に次々とケーキを詰め込んでいくので、周囲がぎょっとした顔で注目しているが、ヴィオレット本人はまったく気にしていない。

「焼き菓子も焼きたてで美味しーい！」

ケーキを頬張るヴィオレットは大変幸せそうで、見ているだけで嬉しくなる。

「……オレの分も食べていいよ。追加してもいいし」

「いいの？」

アーノルドが自分の皿を差し出すと、ヴィオレットは目を輝かせた。

（……まだ入るんだ）

すでに相当な量を平らげているのにまだ食べようとするのを見て、アーノルドは内心驚く。

「でも……全部食べると悪いから……」

ヴィオレットは小さく切りとったケーキをフォークで刺して、アーノルドの口元に持ってきた。

「はい。あーん」

「……え」

アーノルドは思わず固まった。恥ずかしくて見回せないが、周囲の視線をひしひしと感じる。

「食べないの？」

口を開けないアーノルドに、ヴィオレットが表情を曇らせる。

愛する妻を悲しませることなどできるはずもなく、アーノルドは恐る恐る口を開いた。

「……あーん」

（……褐色の肌でよかった）

多分赤くなっているであろう顔の色も、そこまで目立たないと思いたい。

「ちょっと強面のイケメンだけど、あーんしてるの可愛いー！」とか「彼女と仲がいいのね！」とかいうささやきは、聞こえないふりをした。

「ふふっ」

ヴィオレットが嬉しそうな顔をしながらアーノルドに聞く。

「まだ食べる？」

（……正直いらない）

ケーキ自体は食べてもいいが、食べさせてもらうのは恥ずかしすぎる。

アーノルドが困惑して黙っていると、ヴィオレットはしゅんとしょげ返ってしまった。

「いらないの？」

ヴィオレットを悲しませるわけにはいかない。

「……食べたい」

「やっぱり？」

嬉々とした表情になったヴィオレットが、ふたたびケーキをアーノルドの口元に持ってくる。

「あーん」

「……あーん」

それを続けてアーノルドのケーキが半分になった頃、ヴィオレットが言った。

「私も食べたい！」

「……うん。どうぞ」

やっと終わったと内心ほっとしていると、ヴィオレットはムッとした顔をした。そして、エサをねだるひな鳥のように、口を開ける。

（……こうなったらもうヤケだ。今日はヴィオレットを楽しませるって決めたし）

アーノルドは、ケーキをヴィオレットの口元に差し出す。

「……あーん」

それを、ヴィオレットはぱくっと口に入れた。

「美味しいー！」

ケーキを呑み込んだヴィオレットが嬉しそうに微笑む。

「一緒に食べたら美味しいね。アルに食べさせてもらったら、もっと美味しい！」

周囲の視線はものすごく痛いが、アーノルドはヴィオレットの笑顔にあらがえない。

「……も、もっと食べる？」

「うん！」

ヴィオレットがまた口を開けた。

（……甘いな、オレ。でも可愛いからしょうがない）

アーノルドは自分に言い訳しながら、ふたたびケーキを彼女の口へ運んだ。

＊　＊　＊

そのあとも、ヴィオレットがやりたかったことを順調に消化し、いよいよ日の入りの時間になった。二人は食事処に向かう。そこそこの量になった買い物は、いったん御者（ぎょしゃ）を呼び出して屋敷に運ばせた。

食事処に向かって歩いていると、日が落ちてきているのに、ひときわ明るいところがあった。そこには、たくさんの人が集まっている。

アーノルドが形のよい眉をひそめた。

「……火事だ」

マルス王国の建築物はレンガ造りのものが多いが、城下街にある平民の家や店には安価な木材が多く使われているため火事に弱い。そして、そのような建物は密集していることが多いので、被害が拡大しやすかった。

アーノルドはヴィオレットとつないでいた手を離した。

「……こういうときのために水魔法を使える騎士を城下街に配置してるはずなのに、何やってるんだ。オレは現場を見てくるから、ヴィオは先に帰って」

「アル！」

舌打ちしたアーノルドは、ヴィオレットの返事を待たず走り出してしまった。

アーノルドの姿があっという間に小さくなる。帰れと言われたし、魔法が使えないヴィオレットが行っても役に立つことはないだろう。

だが、何か手伝えることがあるかもしれない。なかったとしても、邪魔にならないところからアーノルドを見守っていたい。自分だけ安全なところにいるなんて嫌だ。

ヴィオレットはドレスの裾を持ちあげてアーノルドのあとを追った。街歩きのためにヒールの低い靴を履いてきたのが幸いし、走りやすい。

ヴィオレットが現場に到着したときには、火元と思われる店舗からだいぶ火が広がっていた。

騎士たちが人々を安全な場所に誘導していたが、水魔法が使える騎士は到着していないらしい。近くにいた人の話を聞いたところ、怪我人が出たものの軽傷で、すでに診療所に運ばれたようだ。怪我は気の毒だが、軽傷ですんだことにヴィオレットはほっとする。

ヴィオレットは邪魔にならないようにして、アーノルドを遠くから見守ることにした。

幸い風は弱いため、被害は広がらなくてすみそうだ。とにかく早く鎮火できるといいのだが。

(私に、魔法が使えればいいのに)

ルーカスから魔法を教えてもらったあと、何度か一人で練習していたが、のどを潤せるほどの水すら出せたことはない。

なんのための強大な魔力なのだろうと、ヴィオレットは自分に腹が立った。

「……アクアクラルスミノル」

手のひらを広げてルーカスに教わったように念じてみるが、やはり数滴の水が手のひらに浮かんだだけだった。

そのとき、火元のほうへころころとボールが転がっていった。

「あっ」

ヴィオレットは思わず声をあげた。

アーノルドもすぐに気づいたらしく、ボールの転がってきた先をハッと見やる。人混みの中から、ボールを追って子供が出てきた。

同時に、火に包まれた柱が子供に向かって倒れてくる。

そのことに気づいたアーノルドが、子供に走り寄って覆いかぶさった。

燃えている柱はアーノルドの背に向かって落ちてきており、今にも彼にぶつかりそうだ。

「アル！」

駆け寄ろうとしたが、ヴィオレットの足では間に合わない。

ヴィオレットは柱の方向に手を向けた。

魔法を使うために必要なのは強い念。ルーカスはそう言っていなかったか。

（お願い！　出て！　アルを助けて……！）

ヴィオレットは強い思いを込めて、呪文を唱えた。

「アクアクラルスミノル！」

ヴィオレットの手から放たれた大量の水によって、柱は鎮火（ちんか）され粉々に破砕される。

ヴィオレットが生み出した水は周囲に広がっていき、やがて火事も消し止められた。

水魔法が成功したことが信じられず、ヴィオレットはしばらく動けずにいた。けれどそれどころではないと、アーノルドに駆け寄る。

「アル！」

「……っ」

アーノルドに柱がぶつかる前に消火できていたようで、やけどはなく、大した傷もなさそうだ。

アーノルドはジャケットを脱ぎ、背中に落ちてきた灰を振り払う。

「……怪我はない？」

問われた子供は恐怖で声も出ないのか、こわばった顔で何度も頷いた。

そのとき、人混みから女性が現れた。子供の母親のようだ。

「すみません。ありがとうございます」

子供を抱きしめると、彼女は何度もアーノルドに頭を下げた。

母親に抱きしめられて安心したのか、子供は堰を切ったように泣き出す。

「お姉ちゃん見かけによらないねー。あんなにすごい魔法を使えるなんて」

若い女性が、ヴィオレットの肩をぽんと叩く。他の野次馬たちからも次々と賛同の声があがった。

「あ、ありがとうございます……」

魔法が使えたのは偶然のようなものだし、注目を浴びるのが恥ずかしくてヴィオレットは控えめに返事をした。

「あんたがいてくれて助かっ……た……」

にこにこしていた女性の顔が固まった。

「……エルフ？」

ヴィオレットははっとして耳に触れる。編んでいた髪が水魔法を放った衝撃でほどけ

てしまったようで、とがった耳の先があらわになっていた。ヴィオレットは慌てて耳を手で覆う。

「エルフ？」

「初めて見た！」

「外国の子なのかと思ったけど……」

人々のささやく声。悪意は感じないもののぶしつけな視線が向けられ、ヴィオレットはその場から逃げ出したくなった。

「……彼女は見世物じゃない！」

アーノルドが、ヴィオレットを隠すように頭の上からジャケットをかぶせてくれる。

「あの耳は……ねぇ」

遠い外国であれば、水色の髪の人がいるかもしれない。けれど、この耳は人間ではありえない。

人々のざわめきはやまなかった。ヴィオレットは縮こまってしまう。

そのとき、凛とした女性の声がざわめきを遮った。

「エルフでも人間でも、どちらでもいいわ。彼女のおかげでうちの子が助かったことに変わりはないもの」

子供の母親が、ヴィオレットの手を握った。

「本当にありがとう、お嬢さん」

彼女は涙ぐんでいた。

母親の言葉に、周囲の野次馬たちも「確かにどっちでもいい」という空気になった。

そもそもエルフが物珍しかっただけで、彼らにはヴィオレットを迫害するような意思はまったくなかったのだ。だから当事者であるヴィオレットやアーノルドが拒むなら、それ以上追及しようとする人間は誰もいなかった。

そのあと人々に囲まれて褒められ続けたヴィオレットとアーノルドだったが、なんとかその場を抜け出して、あとを担当の騎士たちに引き継いだ。

夕食は、帰って食べることにした。屋敷に戻る馬車の中でアーノルドは「城下街に水魔法が使える騎士を、もっと多く配置しておかなければ」とぶつぶつ呟いていた。

なんともないと渋るアーノルドを説得し、一応医師の診察を受けさせる。異状なしと分かって、ヴィオレットはほっとした。

しかし、アーノルドの腕に擦り傷ができていたので、「……何もしなくていい」と拒むアーノルドを無視して、ヴィオレットは包帯をぐるぐる巻きにした。

何かと慌ただしい一日であったが、やっと落ち着き、二人でソファーに腰かける。

アーノルドが微笑みながら口を開いた。

「……魔法、使えるようになったんだね」

「アルを助けたいと思ったら、使えたの」

ヴィオレットはそれが嬉しい反面、少しだけショックだった。

(あんなに大きな魔法が使えたことが、エルフであることの証明のようだった)

本来あの呪文は、少量の水を出すためのものだ。それであんなに大量の水を出せたのは、多分大きな魔力があったからこそだ。

ヴィオレットの葛藤（かっとう）を見抜いたように、アーノルドは彼女の頭をぽんぽんと軽く叩いた。子供をあやすような仕草に、ヴィオレットの気持ちはだいぶ落ち着く。

ヴィオレットは意を決して、アーノルドに打ち明けた。

「あのね……。エルフの里でひいおばあ様に言われたんだけど、私は人間じゃないの。完全なエルフなの。ごめん、アル」

ヴィオレットは一息に話した。

アーノルドの反応が怖い。ヴィオレットは死刑宣告を待つような思いで、彼の言葉を待った。だが、彼は穏やかな笑みを浮かべただけだった。

「……ヴィオが何者でもいい。オレは人間だから好きになったんじゃない。ヴィオだから好きになった。むしろヴィオがエルフだったおかげで、オレは助かったわけだし。それに……」

苦笑したアーノルドが、ヴィオレットを抱きあげて彼の膝にのせた。そして、優しく髪を撫でる。

「……オレは初めから、エルフの花嫁を探してたんだよ。忘れた？」

「そう、だったね」

思えばアーノルドは……アーノルドだけは。

（ありのままの私を受け入れてくれていた）

きっとアーノルドは知らない。

アーノルドの言葉に、存在に、優しさに、どんなにヴィオレットが救われたか。

ヴィオレットはすがりつくように、彼の胸元にしがみついた。

「私はずっと、他の人と違うことが苦しかった。自分の正体から逃げてきたから、怖かった」

ずっと孤独で、異端だった。

帽子を目深にかぶれば、奇異の目で見られることはなかったけれど、人間のふりをし

ているだけで、やはり自分は違う生き物だとずっと感じていた。

両親や実家の使用人は、「人と違っていてもいいのだ」と言ってくれた。髪の色や耳の形が違っても、ヴィオレットは確かに人間だと。

けれどそれは都合のいい考えだと可愛くないことを考えてしまい、よけい自己嫌悪(けんお)に陥(おちい)った。

「人間であろうとしたから、私はずっと偽物だった。アルだけが私を本物にしてくれた」

自分の居場所はどこにもないのだと思っていた。この世界のどこにも。

あるとすれば、それはどこにあるかも分からないエルフの里だけだと。

だけどアーノルドは――

ヴィオレットの髪の色を美しいと言ってくれた。

大切な思い出の泉の色に似ていると、そう言ってくれた。

不健康に見えるくらい白い肌の色も、とがった耳もすべて好きだと。

どうして自分がエルフの先祖返りとして生まれたのか、ずっと分からなかった。

もし、そのことに意味があるとするのなら……

「きっと私は、アルに出会うために生まれてきたんだね。私……エルフに生まれてよかった……」

エルフでなければ、アーノルドの花嫁として望まれなかった。

きっと、彼と出会うこともなかった。

エルフだったから、彼を助けることができた。

（エルフでよかった）

ヴィオレットは初めてそう思った。

「あなたが私を愛してくれたから、私は初めて自分を好きになれたんだよ」

「……それはオレも同じだ」

アーノルドがヴィオレットの手をとった。

「ヴィオが思っているよりもずっと、君はオレの心を救ってくれた」

ヴィオレットと出会わなければ、アーノルドにはずっと不名誉な噂がつきまとっていただろう。

誤解もずっと解けないままだっただろう。

「無表情で強面（こわもて）で口ベタだし、ずっと自分に自信がなかった。だから人に受け入れられなくても仕方ないって諦（あきら）めてた。オレが人より優れているのは剣しかないから騎士になって、任命されたから団長を務めているだけで、正直どうしてもやりたいわけじゃない。公爵位だって、兄上から預かっているという気持ちが強かった」

アーノルドがしぼり出すように話す。

「オレが、初めて自分で望んだのがヴィオなんだ。兄上に『公爵位を継ぎたいか？』と聞かれて、ずっと答えられなかった。でも今なら、はっきり答えられる。『継ぎたい。手放したくない』って。団長の階級だってそうだ。君の幸せにつながるなら、たとえ兄上に望まれたってもう、手放したくない。君を守るためなら、オレはどんどん欲深くなる」

アーノルドが優しい口調で、懸命に自分の気持ちを言葉にしてくれる。

ヴィオレットは口を挟むことなく黙って聞いていた。

「もし君が心変わりしたら、離縁してもいいと思っていた。それがヴィオの心からの望みで、幸せになるのなら、オレは潔く身を引くって。でもヴィオがエルフの里に行ったあと、君が人間社会よりもそっちを望むんじゃないか、帰ってこないんじゃないかって思ったら、怖くなった。ヴィオのいない世界なんて、オレはもう考えられないんだって、そう思った」

そこでいったんアーノルドは言葉を切った。一瞬顔を歪めたのは、そのときのことを思い出したからだろうか。

けれどすぐにもとの表情に戻り、優しい眼差しでヴィオレットを見つめる。

「オレを変えたのは君だよ。どんなにヴィオが望んだって、オレはもう離してあげられ

ない」

アーノルドの言葉に胸がいっぱいになったヴィオレットは、彼の背中に手を回した。

「そんなの私なんか、とっくに思ってたよ……！　言ったじゃない。あんなに甘やかされて、アルから離れたら生きていけなくなるって。そうさせたのはアルじゃない。あなたが離れようとしたって、私ももう、アルから離れられない。私を離さないで……！」

気持ちが高ぶってきて、嗚咽が漏れそうになる。

「あ……」

不意に耳に触れられ、ヴィオレットは思わず声を出す。

「……嫌？」

気遣わしげに言われ、首を横に振って嫌ではないことを伝える。

耳はヴィオレットにとって、もっとも忌むべきものだった。見られることはおろか、触れるなどもってのほかだ。だが……

「……嫌なんじゃないかと思って、ずっと触れなかった。オレはヴィオの全部に触れたかったのに」

「アルなら、いいよ」

ヴィオレットは、自分の耳に触れるアーノルドの手に自らの手を添えた。

「アルになら、私の耳も触ってほしい。アルの触りたいところ、全部に触れて」

ヴィオレットは甘くねだるように言った。

「私、アルとの子供がほしい」

ヴィオレットがはっきりそう言ったのは、初めてだった。

アーノルドは軽く目を見開いて、すぐに嬉しそうに微笑んだ。ヴィオレットを抱きあげて、ベッドに優しく下ろす。

「……かしこまりました、オレのお姫様」

そう言うと、ヴィオレットの額に優しく口づけた。

エピローグ

あの火事から数日後、ヴィオレットとアーノルドは城下街を訪れていた。あの日、「景色のいい食事処で一緒に日の入りを見る」という予定をこなすことができなかったので、今日はそれを実行しに来たのだ。

「エルフのお姉ちゃんだ！」

「エルフのお嬢さん、リンゴ持っていく？」

外を歩いていると、知らない人からも声をかけられる。

図らずも有名人になってしまったことで、常に注目されているという緊張感はあるが、いろんな人に接してもらえるのは心地よいものだった。

ヴィオレットはもう、屋敷から出るときに耳を隠すことはなくなった。

あの日、エルフであることが公になってしまって、悪い噂が流れるのも覚悟していたけれど実際はそんなことはまったくなかった。

もともとおおらかな国民性ゆえか、ヴィオレットが魔法で城下街を救ったからなのかは分からない。だが、祖国であるオルレーヌ国ではありえなかった反応だ。そして、身を挺して子供を守ったことで、平民の間でも『疾風の黒豹』の印象は格段によくなったようだ。

アーノルドが予約した食事処は高台にあり、そこまで行きつくのが少し大変ではあったが、ヴィオレットの希望通り景色のいいところだった。

以前ルーカスたちに会った食事処とは違い、店の主な客は貴族や裕福な商人たちだ。

そのため、今日のヴィオレットはきちんとコルセットをつけて正装のドレスを着ている。濃紺のドレスと、水色のヒールの高い靴だ。

食事処は白い石造りで、天井が高く作られていた。個室ではなかったが、テーブルとテーブルの間が開いているため、周りを気にせず落ち着いて話ができそうだ。

アーノルドが予約してくれた席は、窓際の一番眺めがいい場所で、テーブルに店員が一人配置されているらしい。

「失礼いたします。鶏の赤ワイン煮でございます」

人気店なだけあって出てくる料理はどれも見た目まで凝っており、美味しい。特に肉料理が絶品だった。

「美味しいー！」

一口食べて、ヴィオレットは頬を緩ませる。

「……気になるものがあれば、追加で頼んでいいからね」

「うん！」

ヴィオレットは遠慮なく何品か追加で注文した。どれも結構なボリュームのある肉料理ばかりだったが、難なくヴィオレットの胃袋に収められていく。

食事が終わり、食後酒が運ばれてくる。二人はそれを飲みながら、窓の外を眺めた。

「……もうすぐ、日の入りだね」

「うん」

窓から見える空は綺麗な紫色だった。あの日、アーノルドがヴィオレットの瞳にたとえてくれた空の色。

ゆっくりと太陽が沈み、その姿が見えなくなる。空には淡い光だけが残っていた。東方では太陽が見えなくなって、光だけが残った空を薄明というらしい。

「……ヴィオ」

席を立ったアーノルドが、いきなりヴィオレットの前に跪く。

「え？　何？　どうしたの？」

慌てるヴィオレットの問いには答えず、アーノルドはただその手をとった。

「病めるときも健やかなるときも、来年も十年後も、ずっとずっと先も、オレと一緒にいてほしい。……オレはずっとヴィオを愛している。君はオレの唯一の花嫁だ」

その言葉とともに、左手の薬指に指輪をはめられた。金色のリングには、大ぶりのアクアマリンがついている。

「……オレの指には、ヴィオがはめてくれる？」

アーノルドに、同じデザインの指輪を渡される。ヴィオレットは震える手で、彼の薬指にそれをはめた。その指輪には、アメジストがはめ込まれていた。

「……返事は？」

「ごめ……ん。嬉しすぎて……上手く、話せなくて」

言葉に詰まりつつも、ヴィオレットはアーノルドの耳に唇を寄せる。

「――――」

そのささやきは、アーノルドの耳にだけ届いた。

ヴィオレットの言葉を聞いたアーノルドは小さく微笑むと、近くで見ないと分からないほどうっすら頬を赤らめる。そして立ち上がると、優しくヴィオレットを抱き寄せた。

なんとなく二人を気にかけていたらしい周囲から、拍手と歓声が巻き起こる。

二人きりではなかったのだと、我に返ったヴィオレットは顔を火照らせた。

アーノルドはヴィオレットの左手の指に自らの右手の指を絡ませ、歓声に応えるように愛しい妻の唇に優しいキスをする。

ヴィオレットは反射的に拒もうとしたが、ますます大きな拍手が湧き起こった。だから、まあいいか、と目を閉じて、愛しい夫の愛情を受け入れることにしたのだった。

書き下ろし番外編

ヴィオレットが猫を拾う話

「あれ？」

ノアと庭を散歩していたヴィオレットは、茂みの奥から微かな声が聞こえたような気がして、耳をすませた。会話が途切れたタイミングでなければ、聞き逃してしまっただろう。足を止めたヴィオレットに、ノアは怪訝そうに尋ねた。

「どうしました、ヴィオレット様」

「この中から何か声が聞こえた気がしたの」

「……声？　お待ちください。ヴィオレット様。私が確認します」

しゃがんだヴィオレットをノアが静止し、茂みをのぞき込む。しかし、それだけでは分からなかったのか、おもむろに髪をまとめると、上半身を茂みに突っ込んだ。

「だ、大丈夫？　ノア。痛くない？」

「はい。大丈夫ですよ」

しばらくしてノアが茂みから体を抜いた。彼女の髪やら服やらには小枝や葉っぱがついており、ヴィオレットはそれらを掃(はら)ってやる。

ノアは腕に抱えた何かを、ヴィオレットに見せてくれた。

「ヴィオレット様が助けた命ですよ。よくお気づきになりましたね」

それは生まれて間もなそうな黒猫だった。今にも消えてしまいそうなほどに小さくて、微(かす)かで震えているけれど、確かに生きていた。

「可愛い」

愛らしさに、ヴィオレットは手を伸ばす。触(ふ)れると猫は鳴き声をあげたが、その声のあまりの小ささに、ヴィオレットは不安を覚えた。

ヴィオレットの気持ちを感じとってか、ノアは力強く頷(うなず)く。

「お屋敷に連れて帰ってお医者様に診(み)ていただきましょう。大丈夫です。きっと元気になりますよ」

診察を受けたあと、医者の指示に従って猫を小さなかごに入れ、タオルでくるんで温めた。さらにストーブで温かくした石をかごの周りに置く。子猫は体温調節が苦手なためだ。そして二、三時間おきに布に含んだミルクを与える。

弱々しく心配ではあるが、小さな猫に屋敷の人間は頬が緩みっぱなしだ。何かと理由をつけては猫のいる部屋をのぞきに来る。

「どうしてこの子一匹だけ、あそこにいたのかな」

ヴィオレットが疑問を口にすると、ノアは迷いながら答えた。

「野良猫が弱い個体を置きざりにするのは、よくあることです。ヴィオレット様には信じられないでしょうが。一応、母猫が戻ってくる可能性もありますから、気にしておきますね」

「そんな……」

不自由なく暮らしてきた貴族令嬢であるヴィオレットには想像しがたいことだが、野良猫の世界というのは、かなり過酷なものらしい。

この子には今まで苦労してきた分、これからはたくさん愛情を注(そそ)いであげよう、とヴィオレットは誓った。

最初に見つけたのは自分だから世話をすると申し出たヴィオレットだったが、ノアにきっぱりと断られた。

「ヴィオレット様、周囲の助けが得られる環境なら、お一人で背負う必要はありませんわ。もちろんヴィオレット様に、お子様がお生まれになったときも同じですよ。頼って

いただけないとノアは寂しいです。それに私は実家で猫を飼っておりますので、世話に慣れています」

そこまで言われると、ヴィオレットに断る理由はない。もともと一人で、この小さな猫の世話を完璧にこなす自信はなかったのだ。

「じゃあ手伝ってもらってもいい？」

「もちろんです。私だけではなく、他の使用人も喜んで引き受けるはずです。それにヴィオレット様には、ヴィオレット様にしかできない重大任務がありますわ」

ノアはいたずらっぽく人差し指を唇に当てた。ヴィオレットはきょとんとして首をかしげる。

「重大任務？」

ノアはにっこり微笑むと、こくりと頷(うなず)く。

「アーノルド様から、この子の飼育許可を得ることです」

その夜帰宅したアーノルドを、ヴィオレットは部屋から駆け足で出てきて迎えた。

「お帰りー！　アル」

「……ただいま、ヴィオ」

アーノルドは微笑んで、ヴィオレットの頭を優しく撫(な)でる。

「部屋までお持ちいたしますね」

コンラッドが頭を下げて、アーノルドからカバンを受けとる。

「あのね？　お願いがあるの」

「オレが君のお願いを断れないことなんか、よく知ってるだろ。何？」

ヴィオレットの申し出の中身を聞くこともなく、アーノルドはあっさりと了承した。

つくづく妻に甘い夫だ。

ヴィオレットは部屋に向かおうとするアーノルドの手をとると、強引に引っ張り、廊下を歩いていく。怪訝(けげん)な顔をしながらも、アーノルドは抵抗せずにおとなしくついていった。

「あのね？　猫を飼いたいの」

「猫？　もちろんかまわないけど。じゃあ、君の希望を教えてくれたらコンラッドに探させる」

「実はもういるの。昼間、庭で拾っちゃって。今ノアが見てくれてる」

ヴィオレットは猫のいる部屋のドアを開けた。

「ミルクを飲んで、ちょうど寝たところです」

かごの脇に座っているノアが、小声で言った。

ヴィオレットとアーノルドもしゃがんで、そっとのぞき込む。

「今夜は使用人一同、交替で見ますから。朝が迎えられれば、ひとまず安心だと思います」

「オレは日中、面倒を見られないが頼む」

「もちろんです。アーノルド様」

猫は丸くなってすやすやと寝息を立てていた。呼吸に合わせて胸が小さく動いたり、耳がぴくぴくと揺れる。

「可愛い」

アーノルドとヴィオレットは、顔を合わせて笑みを浮かべる。

「うちの子にするなら、名前をつけないとね」

「初めて見たときに、もう決めてたの」

アントーニアと名付けられた猫は、屋敷の人間一同による必死の看病の甲斐もあって、すっかり元気になった。快活に走り回る姿を見ていると、拾ってきたときあんなに小さく弱々しかったことなど忘れてしまいそうになる。

動き回る黒猫は、ヴィオレットの想像していた以上に可愛らしかった。いたずらで壺

を割ってしまっても、無邪気にしっぽを振って擦り寄られると、つい叱るのを忘れるくらいだ。大抵の生き物に好かれるヴィオレットだが、アントーニアも彼女を一番好きなようだ。朝同じベッドで目覚め、一緒に食事をとって散歩をし、ヴィオレットの膝の上で午睡をする。そして同じベッドで休むのだ。

対してアーノルドは過ごす時間が短いせいか、はたまたそれ以外の理由かひどく嫌われている。毎日時間を作ってはおもちゃやお菓子で釣ろうとするのだが、まったくなびく様子はない。

ある日もヴィオレットとアーノルドは、ソファーに並んで座っていた。ヴィオレットの膝の上では、アントーニアが眠っている。

「昼間、たくさん庭を走り回ったから疲れたみたい。少しくらい触っても大丈夫だよ」

ヴィオレットに促され、アーノルドは恐る恐るアントーニアの背を撫でた。途端、アントーニアはぴくりとしたものの、起きる様子はなく、アーノルドは安堵した。

「この子がメスでよかった」

「どうして?」

「オスだったら嫉妬してる。オレだって一緒にいたいのを我慢して出仕してるのに」

「ええ?　猫だよ?　しかもまだ赤ちゃん」

相変わらずのアーノルドに、ヴィオレットは吹き出した。エミリエンヌあたりなら鬱陶しがりそうだが、実は少し嬉しい。悪化すると困るので口には出さないが。

「分かってる。だから我慢してる」

「うんうん。毎日ちゃんとお仕事に行って偉いね？」

ヴィオレットは優しくアーノルドの頭を撫でる。

「猫でこれなら、子供が生まれたらもっとかまってもらえなくなるな、オレなんか」

いじけたように唇をとがらせるアーノルドが、とても愛おしい。そういえば最近はいつもアントーニアがヴィオレットのそばにいるので、アーノルドと二人きりになることは数えるほどしかなかった。

ヴィオレットはアーノルドの耳元に、そっとささやいた。

「ね。今夜はアントーニアにはノアと一緒に寝てもらうから、久しぶりに二人でゆっくりしようか」

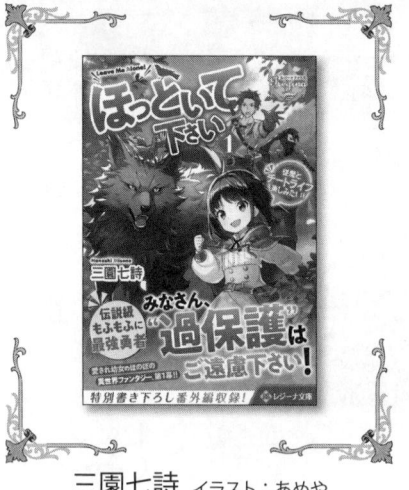

本書は、2018年10月当社より単行本として刊行されたものに書き下ろしを加えて文庫化したものです。


この作品に対する皆様のご意見・ご感想をお待ちしております。

おハガキ・お手紙は以下の宛先にお送りください。

【宛先】

〒150-6008 東京都渋谷区恵比寿4-20-3 恵比寿ガーデンプレイスタワー 8F
（株）アルファポリス　書籍感想係

メールフォームでのご意見・ご感想は右のQRコードから、
あるいは以下のワードで検索をかけてください。

アルファポリス　書籍の感想　検索

ご感想はこちらから

レジーナ文庫

寡黙な騎士団長は花嫁を溺愛する

水無瀬雨音

2021年12月20日初版発行

文庫編集－斧木悠子・森順子
編集長－倉持真理
発行者－梶本雄介
発行所－株式会社アルファポリス
〒150-6008 東京都渋谷区恵比寿4-20-3 恵比寿ガーデンプレイスタワー8階
TEL 03-6277-1601（営業）　03-6277-1602（編集）
URL https://www.alphapolis.co.jp/
発売元－株式会社星雲社（共同出版社・流通責任出版社）
〒112-0005 東京都文京区水道1-3-30
TEL 03-3868-3275
装丁・本文イラスト－一花夜
装丁デザイン－AFTERGLOW
（レーベルフォーマットデザイン－ansyyqdesign）
印刷－中央精版印刷株式会社

価格はカバーに表示されてあります。

落丁乱丁の場合はアルファポリスまでご連絡ください。

送料は小社負担でお取り替えします。


ISBN978-4-434-29706-9 C0193

本書は、2022年4月当社より単行本として刊行されたものに書き下ろしを加えて文庫化したものです。


この作品に対する皆様のご意見・ご感想をお待ちしております。

おハガキ・お手紙は以下の宛先にお送りください。

【宛先】

〒150-6019 東京都渋谷区恵比寿4-20-3 恵比寿ガーデンプレイスタワー 19F
（株）アルファポリス　書籍感想係

メールフォームでのご意見・ご感想は右のＱＲコードから、
あるいは以下のワードで検索をかけてください。

ご感想はこちらから

レジーナ文庫

私が死んで満足ですか？
～疎まれた令嬢の死と、残された人々の破滅について～

マチバリ

2024年3月20日初版発行

文庫編集－斧木悠子・森 順子
編集長－倉持真理
発行者－梶本雄介
発行所－株式会社アルファポリス
〒150-6019 東京都渋谷区恵比寿4-20-3 恵比寿ガーデンプレイスタワー19階
TEL 03-6277-1601（営業）　03-6277-1602（編集）
URL https://www.alphapolis.co.jp/
発売元－株式会社星雲社（共同出版社・流通責任出版社）
〒112-0005 東京都文京区水道1-3-30
TEL 03-3868-3275
装丁・本文イラスト－薔薇缶
装丁デザイン－AFTERGLOW
（レーベルフォーマットデザイン－ansyyqdesign）
印刷－中央精版印刷株式会社

価格はカバーに表示されてあります。

落丁乱丁の場合はアルファポリスまでご連絡ください。

送料は小社負担でお取り替えします。


ISBN978-4-434-33582-2 C0193